本著为国家社科基金一般项目"纳丁·戈迪默小说创作中的民族、性别与叙事关系研究"（17BWW077）的结项成果。

民族、性别与叙事

纳丁·戈迪默小说研究

肖丽华 ◎ 著

Ethnicity, Gender, and Narrative

A Study of
Nadine Gordimer's
Novels

中国社会科学出版社

图书在版编目（CIP）数据

民族、性别与叙事：纳丁·戈迪默小说研究／肖丽华著. —— 北京：中国社会科学出版社，2024. 10.
ISBN 978 - 7 - 5227 - 4013 - 3

Ⅰ. I470.074

中国国家版本馆 CIP 数据核字第 2024FV2192 号

出 版 人	赵剑英
责任编辑	郭晓鸿
特约编辑	杜若佳
责任校对	师敏革
责任印制	戴　宽

出　　版	中国社会科学出版社
社　　址	北京鼓楼西大街甲 158 号
邮　　编	100720
网　　址	http://www.csspw.cn
发 行 部	010 - 84083685
门 市 部	010 - 84029450
经　　销	新华书店及其他书店

印　　刷	北京明恒达印务有限公司
装　　订	廊坊市广阳区广增装订厂
版　　次	2024 年 10 月第 1 版
印　　次	2024 年 10 月第 1 次印刷

开　　本	710 × 1000　1/16
印　　张	19.5
插　　页	2
字　　数	273 千字
定　　价	109.00 元

前　言

　　"一个作家是由他的主题选择的,而他的主题是他自己时代的意识。"这是南非当代文坛最卓越的女作家纳丁·戈迪默(Nadine Gordimer 1923—2014)的自白,她一生勤奋笔耕,著作等身,共出版 15 部长篇小说、二十多部小说集及大量的演讲,获得过诸如布克奖等在内多项国际大奖,并于 1991 年获得诺贝尔文学奖。她不仅是一位优秀的作家,还是一位有着鲜明政治立场而且始终坚守作家良知的人道主义者,密切关注南非的政治斗争,其创作构成了南非社会的一部编年史。她也曾走出书斋,积极投身于社会运动,在南非国大党被南非当局取缔并受到政治迫害的时候勇敢地加入了南非国大党,并对外宣称这是自己"多年来与之共同斗争"的结果,她"愿意与这个组织认同","能属于这样一个组织"是"很美好的"。戈迪默还曾利用自己的社会影响力,在自己的家掩护南非国大党成员,还为他们进行无罪辩护,这些勇敢的人道主义行动,令人敬重。在伴随着南非政治运动的成长过程中,戈迪默与曼德拉成为最亲密的战友,曾为曼德拉起草过发言稿,是曼德拉出狱后最想见到的人之一,斯蒂芬·克林曼(Stephen Clingman)称她"是一个时代的象征",是一位真正的"有机知识分子"。

　　"有机知识分子"这一概念是葛兰西的重要贡献,对这一术语,俞吾金先生指出，应该翻译为"有组织观念的知识分子"① 为佳。有机知识分子指的是知识分子与社会集团的有机性，应该遵从正义和真理的原则，是社会变革的力量，而传统知识分子指的是文人、哲学家、牧师、记者等，发挥的更多是一种教条式的专业职能，只把知识和精神世界的生产当作使命，和政治、社会之间存在着天然的鸿沟。有机知识分子是能够进行独立思考与言行的人，拥有能够运用自己的理性不屈服于任何权威做出独立判断与行动的能力，是那种为解除主体的屈从状态而斗争的人，即"打破主体的屈从魔咒，同时不要忘记人们的苦难记忆，要为他者和边缘发声，为自由和非强制性知识而战"。②

我们审视戈迪默一生的政治生活以及创作生涯，都表明她就是一名真正的有机知识分子。她对社会始终保持敏锐的批判精神，为南非的自由解放勇敢战斗，即使面对残酷的禁书制度，甚至可能的人身危胁，不为所动，拒绝欧美国家的移民邀请，坚持留在南非，斗争到底。随着她在国际社会的名声越来越大，她还将自己的影响力从南非拓展到全球，曾作为国际亲善大使和联合国发展委员会的成员，号召全球知名作家关注艾滋病问题并对全球化的各种弊端保持警惕；她曾顶着巨大的国际压力亲赴耶路撒冷，致力于促成巴以双方积极对话。然而她最重要的武器依然是写作，"政治是某种潜入我作品的东西，因为我周围的生活充满了政治内容，就连生活中绝对隐私的层面也挡不住政治的侵入"。③ 戈迪默之所以能成长为有机知识分子，源自她天然的个性，还得益于她的家庭，得益于她的阅读，也或许得益于犹太人潜

① 俞吾金：《究竟如何理解并翻译葛兰西的重要术语：Organic Intellectual?》，《哲学动态》2010 年第 2 期。

② ［美］爱德华·W. 萨义德：《知识分子论》，单德兴译，生活·读书·新知三联书店 2016年版，第 50 页。

③ ［南非］纳丁·戈迪默、［美］苏珊·桑塔格：《关于作家职责的对谈》，姚君伟译，《译林》2006 年第 3 期。

意识中对边缘的关注与对权力的抗衡。父亲是来自立陶宛的犹太移民，母亲则是来自英国的犹太人，尽管当有人问到犹太风格是否对她的生活和作品产生影响，她对此给予了坚决的否定，"犹太血统对我毫无影响。对我而言，基本的事实是我是一位白种非洲人"。[①] 在她的成长中，母亲的影响，或许对于她建立对种族隔离制度的反思，具有更为直接的作用，她在多种场合都谈到母亲为黑人所做的善举，而随处可见的肤色不公，使她意识到自己在享受作为一个白人所能拥有的特权，"假如我是那类人——黑人——中的一个孩子，我可能根本成不了一个作家"。[②] 戈迪默自幼身体欠佳，导致她不能参加诸多活动，但是这给予她更多时间去阅读，她从小阅读广泛，陀思妥耶夫斯基、福楼拜、卡夫卡、普鲁斯特等都对她的创作产生了明显的引领作用。60 年代末她曾广泛阅读西方马克思主义著作，尤其是卢卡契的批判现实主义理论对她启发最大，最后她在 19 世纪伟大的现实主义作家那里，在美国左翼文学家例如辛克莱那里获得更为重要的启迪与支持，这些思想资源，正是她能够成长为有机知识分子的原因。

使她成为有机知识分子更为重要的则是她所经历的南非现实。南非这块土地原是霍屯督人、布须曼人和班图人等非洲黑人世代居住的地方。17 世纪中叶荷兰殖民者开始入侵南非，19 世纪初英国殖民者侵入南非，他们使用野蛮的武力手段使黑人沦为奴隶。1910 年"南非联邦"成立，白人正式掌握了国家机器，种族主义的发展进入制度化阶段，这种制度化的白人种族主义就是种族隔离。1948 年代表种族主义极端势力的国民党上台后，变本加厉地推行种族歧视和种族隔离政策。从 1910 年到 1948 年，白人政权制定了 49 项种族主义法律。1948 年至 1961 年马兰内阁、斯揣敦内阁和维沃尔德内阁执政的 13 年间，白人

---

① 夏榆：《"我关心的是人的解放"——纪念南非诺奖得主纳丁·戈迪默》，《世界文化》2014 年第 10 期。

② 《20 世纪诺贝尔文学奖颁奖演说词全编》，毛信德等译，百花洲文艺出版社 2001 年版，第 459 页。

当局就炮制了50多项新的种族主义法律，1961年后又继续推出100多项这类法律。直至90年代种族隔离制度的废除，70多年间南非白人统治集团共制定颁布了350多项法律、法令，以立法手段全面推行种族主义，形成从政治、经济到社会、文化等各个领域一套完整而严密的种族隔离制度。他们还在意识形态方面竭力宣扬白人至上、肤色决定一切的反动思想，鼓吹白人是"高等""优秀"种族，以利于巩固和加强种族主义制度。黑人居住、迁移、求职、旅行、集会等方面均受到严格限制，甚至在一些日常公共场所也受到严重歧视，南非当局可随时随地任意拘留、监禁、枪杀黑人。南非的种族隔离得以全面制度化、立法化，这在20世纪80年代世界各国政治、社会生活中是绝无仅有的。在这种政治背景下，任何一位严肃作家，都没有办法回避政治问题，必须有如葛兰西的有机知识分子，遵从正义和真理的原则，秉持人道精神，同情弱者，对不义采取批判立场，这应该说是戈迪默成长为一位有机知识分子最为重要的外部原因。

作为一位有机知识分子，戈迪默经历了南非30年的政治动乱，她在创作中直面南非的政治，关注政治动乱对南非居民个人生活的影响，以及人们对南非政治形势的态度，"我自己出生并生长在一个充满种族歧视的时代，这是我熟知的生活，我一直在写我熟悉的事情。那些小说被人们称之为反种族歧视小说，其实小说只不过是真实反映了当时种族隔离时期的生活，反映了种族歧视的基本情况，也就自然反映出它是如何的残酷黑暗"。① 于是在她创作的黄金时代，与同时期欧美文坛主流拉开了距离，她没有选择此时最流行的现代主义创作方法，而是坚守与延续了批判现实主义的核心精神，走出了一条和欧美现代主义并不同步的文学之路。"真正的、伟大的现实主义把人和社会当作完整的实体加以描写，而不是仅仅表现他们的某一个方面。……现

---

① 李新烽：《曼德拉心目中的英雄——走近纳丁·戈迪默——纳丁·戈迪默访谈》，新华网，http://www.xinhuanet.com/world/2014-07/17/c_ 126764305.htm，2002年3月29日。

实主义的意义就是给予人物和人的关系以独立生命的立体性、全面性。"① 戈迪默在年青时代就阅读卢卡契，其创作也体现了卢卡契的这一理论原则，她在个性与普遍之间寻找到了一种张力，将人物放置于伟大的历史之中，并能够深刻挖掘人物的心理深度。戈迪默具有巴尔扎克般对现实广度的把握，又能够细致入微地触及种族隔离制度的黑暗角落，写出生活的真实，"真实性是现实主义文学最本质的审美品格，对社会之不合理、对人的尊严和命运，表现出高度关切和使命担当，从而使其创作拥有了进步意义和经典价值"。② 戈迪默通过自己的创作实践让世界开始关注南非的白人和黑人之间的种族主义真实状态，她所作出的贡献是卓越的，"艺术不能直接改变世界，但是它却有助于改变男人和女人们的意识，他们进而可以改变世界"③。

　　戈迪默秉承以真实为文学生命，以人文主义信仰直面历史创伤，对于暴露社会的黑暗，对当局严酷的批评，她毫不畏惧，"最好的写作方式就是好像你已经死了"，这种直面极端境遇求真的勇气，令她的小说格外动人。她笔下的故事场景、事件、时间、地点多数都是南非真实的历史，形形色色的种族主义政策、法律，层出不穷的种族暴力，沙佩维尔惨案、工人大罢工、索韦托起义、新南非的成立、真相与和解委员会，等等，都是直接描述的对象，作者以秉笔直书的精神处理自己的小说题材，带着冷静、客观的写作精神直面惨烈的历史现实。她越了解南非的种族制度，就越无法采用她从阅读中学来的欧洲精致的写作手法去描写粗粝的现实，于是采用了一种诚实到近乎冷漠的自然主义白描手法。戈迪默还从卢卡契的著作中吸收了典型性理论

---

　　① ［匈牙利］卢卡契：《卢卡契文学论文集（一）》，邵荃麟编译，中国社会科学出版社1981 年版，第 58 页。
　　② 蒋承勇：《十九世纪现实主义"写实"传统及其当代价值》，《中国社会科学》2019 年第 2 期。
　　③ Chikwene Okonjo Ogunyemi & Tuzyline Jita Allan，*Twelve Best Books by African Women – Critical Readings*，State of Ohio：Ohio University Press，2009，p. 73.

和总体性原则的意见，从第一部长篇小说《说谎的日子》开始，在其漫长的创作生涯中，努力去把握南非历史发展的趋势。现实主义作家不是某个集团的代言人和宣传家，密切关注政治但绝不为政治而写作，整体性的把握就是现实主义的核心诉求。在整体性的基础上，将她的典型人物置身历史洪流中，并且给予他们以独特性和偶然性，从而使人物避免了图谱化、模式化，借用卢卡契对托尔斯泰的评价，戈迪默的小说"创造了个人与社会历史命运最紧密结合的人物。而且是这样：在这些人物形象的个人生活中直接表达出人物命运的某些一定的、重要的和普遍的方面"。[①] 戈迪默的作品，代表了现实主义文学在20世纪晚期的重要成就。

现实主义是一种永远在丰富发展中、在完成中的写作方法，而非某种教条，戈迪默也在现实主义创作的道路上不断探索，在思想和艺术手法上都具有了自己鲜明的特色。从主题看，她的小说早已超越了经典现实主义的范畴，表现出极具现代色彩的探索，并对全球化时代的文化冲突、移民问题、暴力冲突、生态与环境等不断做出积极的回应。"戈迪默以热切而直接的笔触描写在她那个环境当中极其复杂的个人与社会关系。她的文学作品由于提供了对这一历史进程的深刻洞察力，创造了一种革命美学，强调政治与私人生活在南非主体性建构中的相互作用。"[②] 在直面现实、批判现实的同时，不惜花费笔墨满腔热情塑造她心中的政治乌托邦，将这种乌托邦体现在人物或政治描写的细节中，更体现在小说的某种感情结构中。所以她同时又是一个浪漫主义者。[③] 而从艺术手法看，戈迪默将现代主义的许多经验与传统

① ［匈牙利］卢卡契：《卢卡契文学论文集（一）》，邵荃麟编译，中国社会科学出版社1981年版，第44页。

② Susan Pearsall, "Where the Banalities Are Enacted: The Everyday in Gordimer's Novels", *Research in African Literatures*, Vol. 236, No. 3, March 2000, p. 95.

③ Ileana Dimitriu, "Then and Now: Nadine Gordimer's *Burger's Daughter* (1979) and *No Time Like the Present* (2012)", *Journal of Southern African Studies*, Vol. 42, No. 6, June 2016, p. 1045.

的现实主义创作进行嫁接，例如多角度叙事、对话小说、意识流等，实现了艺术手法的突破。她坚持认为，只有富有想象力的小说才能促进政治和社会变革，一个作家能够为一场革命服务的最佳方式也是其高超的艺术水准，而艺术风格与价值不能脱离对社会现实的把握与批判而片面追求，艺术风格的前提是"真实性"。由于对文学真实性的追求，戈迪默对库切拥有着云雀般高扬的想象力，让自己的创作同肮脏的南非丑恶现实划清界限，她是有所保留意见的。这一点在她评价库切时表达得非常清楚，她批评库切拥有云雀般高扬的想象力，却让自己的创作同肮脏的南非的丑恶现实划清界限。戈迪默不断尝试叙事技法的突破，但反对试图割裂文学与政治的关系的文学观。

正是出于对戈迪默有机知识分子身份的敬仰，本书选择"戈迪默的小说创作"作为研究对象，从历时性角度勾勒她创作的整体脉络，并从共时性角度对其深广的现实主题和丰富多元的叙事方法进行把握。本书的研究框架做如下设置。"绪论"部分对国内外的研究现状进行了梳理，这是研究的基础。第一章、第二章都围绕种族主义这一主题展开，这是戈迪默小说分量最重的部分。南非种族隔离制度首先是给黑人族群制造了无法弥补的悲剧，而互相仇恨的制度也无法让白人永远受益，最终南非将成为这一罪恶世界的祭品。因此，戈迪默痛斥这一人类历史上臭名昭著的极权制度，描述黑人的灾难与反抗，并表达了种族融合的渴望。第三章是对其小说中的性别议题进行研究，虽然戈迪默反对被强调为"女性作家"，但她笔下最生动的形象依然是女性。她对在多重压迫之中艰难生存的黑人女性给予无限同情，也敏锐地捕捉到黑人女性的觉醒与独立，她们不断突破来自性别与肤色的定义；白人女性知识分子，是戈迪默刻画最成功的一类人物，多数带有较强的自传色彩。她们受过欧美精英教育，也占据更多优势社会资源，但是，人道主义思想使她们对南非命运不能袖手旁观，于是或者积极投入平权运动中，或者不断探索人类存在的意义，或者试图在世界性版图中追寻真正的自我。第四章讨论戈迪默小说中的家庭伦理主题，由于种族隔离制度禁止跨种族通婚，戈迪默通过描写彩虹家庭试图建立一种反抗式婚恋观，因此家庭伦理问题具备了重要的政治意义。随着种族制度的瓦解，戈迪默的家庭伦理主题向纵深探索，既有存在主义之思，描写偶然之爱、个人自由带来的伦理冲击，也有在新世纪南非同性婚姻合法化讨论之下，传统家庭的解体与全新家庭模式建立的新锐话题。第五章关于成长主题，成长小说作为欧美文学传统中较为成熟的小说类型，戈迪默将之与新南非的建立及国家成长结合，赋予成长小说更为深刻的内涵，主人公的成长与新南非的政治意识密不可分。第六章则是对种族隔离制度废除前后两种形式的流亡进行研究，第一种是反对种族隔离制度的南非人被迫逃离南非，这是一种政治性流亡与离散。第二种是实施种族隔离制度之后大量白人离开南非加入国际移民大军之中。第七章和第八章结合后种族隔离时代南非的政治诉求，例如真相与和解、南非土地问题、南非的选举、南非的经济发展与生态保护问题等，讨论戈迪默创作在新时代出现的转折，她敏锐地认识到种族隔离制度的结束并不是南非问题的结束，反而需要直面更为棘手的困难，这对南非而言是一个巨大考验。第九章和第十章，对其小说中的叙事艺术进行了探析，选取了几个相对比较突出的层面，例如风景叙事、叙事线索、叙事的复调性等，相对于戈迪默小说高超的艺术表现，这两章内容远远无法呈现其价值与特色，因此这是本书的遗憾之处。

　　本书在研究过程中有三大特点及学术创新。其一，完善国内戈迪默整体创作研究，这是本课题最重要的贡献，也是最重要的影响。其中对戈迪默政治伦理思想与中国文化之间的关系进行探讨，为非洲作家作品研究提供了一种有关中国立场与思路的尝试。其二，丰富国内南非文学研究。其三，拓展国内当代外国文学研究。无论研究视野还是研究方法，当代外国文学的研究必须走出"欧美文学主流"的界定，拥有真正的世界文学视野。

本书写作过程中伴随着另外一重思考，即通过对纳丁·戈迪默创作的整体研究，思考作家与公共知识分子的角色问题。"文学以文学的身份去从事政治，艺术的纯洁性本身就与政治脱不了干系。"①戈迪默主动将民族斗争与文化斗争联系起来，为南非废除种族隔离制度、走向文明社会做出了不可磨灭的贡献。她的写作生涯一直饱受争议，即使在她获得诺贝尔文学奖的高光时刻，这种质疑也没有停止，有人指责她对政治的参与并不够深入，因为她的白人中产阶级身份，注定她无法从"历史的内部"进行写作；而支持她的人对于她与非洲人国民大会的密切关系，也颇为担忧，如斯蒂芬·格雷担心她会失去了独立性；还有人担忧随着种族制度被废除，一个因反映种族制度而声名鹊起的作家，面对更为丰富复杂的社会议题，该如何应对。事实上在后种族时代，戈迪默的创作始终保持了敏感与尖锐，在重大社会议题上从未缺席。2012 年，已经 89 岁高龄的戈迪默还发表了长篇小说《最好的时光是现在》，话题的多样性并不比早期创作逊色，充分证明一个真正的有机知识分子永远不会失去战斗力。如今，在一个文学越来越世俗化、娱乐化的时代，我们需要重新阅读这些厚重的创作，需要在戈迪默的作品中感受史诗般壮丽的文学魅力，体会高尚的人道情怀，并进一步思考现实主义文学创作的意义与价值。我们需要思考：现实主义过时了吗？在今天我们需要向现实主义创作传统学习什么？我们如何公正地评价 20 世纪中期以来的当代文坛？

肖丽华

2023.5

---

① ［法］雅克·朗西埃：《文学的政治》，张新木译，南京大学出版社 2014 年版，第 3 页。

目　录

绪　论

第一节　研究综述

纳丁·戈迪默（Nadine Gordimer，1923—2014），南非当代文坛最优秀的女作家，出生于南非约翰内斯堡附近的一个矿业小镇，她的父亲是立陶宛的犹太裔，母亲则是英国的犹太裔。她一生勤奋写作，著作等身，获得过诸如布克奖等在内的多项国际大奖，并于1991年获得诺贝尔文学奖。戈迪默不仅是一位优秀的作家、文人，还是一位有着鲜明的政治立场、始终坚守作家良知的人道主义者。

一　戈迪默创作概况

戈迪默一生共创作了15部长篇小说（1953年第一部出版，2012年89岁高龄时出版最后一部），短篇小说集20部（大约250篇短篇小说），散文、戏剧和论著等20余部，160余篇杂文评论，两本合编的摄影书籍，以及一些剧本和电影脚本。其长篇小说主要有《伯格的女儿》、《贵客》、《自然变异》、《我儿子的故事》、《无人伴随我》以及

《新生》等，短篇小说集有《面对面》、《六尺土》、《星期五的足迹》和《战士的拥抱》等。戈迪默的小说是对南非历史的回应与记录，在南非文学史中，"根据政治事件对那些文学创作进行时代划分成为了一种惯例"。① 因此其创作分期，基本可以按照南非的社会转型划分为三个阶段：1948 年南非共和国选举获胜至 1960 年沙佩维尔大屠杀为第一阶段；1960 年至 1976 年索韦托起义以及 1976 年至 1994 年种族隔离制度终结为第二阶段；1994 年至今为后种族时代即第三阶段。而根据南非种族隔离制度的兴盛衰败史来进行划分，90 年代是一个分水岭。在曼德拉出狱之后，南非基本进入了后种族时代，戈迪默的创作在主题上出现了明显的改变。由控诉、批判过渡到探索与商讨，进而从直接的南非政治议题中脱离出来，开始关注更为具有普遍意义的话题。

第一阶段从 1949 年发表第一个短篇小说集《面对面》开始，直到 70 年代，这基本是其创作的奠基阶段，在这个阶段戈迪默保持了非常旺盛的创作力，出版了 6 部短篇小说集和 4 部长篇小说。其中第一部长篇小说《说谎的日子》（1953）一经出版就获得了评论界的广泛好评，从艺术水准看是第一阶段写得最好的长篇，由于她在这部作品中表现出来的卓越的天赋，欧美评论界称之为南非的弗吉尼亚·沃尔夫。在第一部长篇小说中戈迪默基本确定了她长篇小说的主题：种族冲突与在种族隔离制度之下普通人的命运。

发表于 1971 年的《贵客》开启了戈迪默创作的第二阶段，而这部作品也成为她最重要的代表作之一。这一阶段一直延续到南非种族隔离制度的结束。在这一时期，她的小说主题紧密地结合南非政治运动的发展，反映南非的社会矛盾、痛斥种族隔离制度的残酷、关切南非的自由民主解放事业。这是她创作的黄金期、成熟期，可以说她最

---

① ［南非］康维尔、克劳普、麦克肯基：《哥伦比亚南非英语文学导读（1945—）》，蔡圣勤等译，武汉大学出版社 2017 年版，第 6 页。

卓越的作品都是在这个阶段完成的，代表了其创作的高峰。代表作有长篇小说《保守主义者》（1974）、《伯格的女儿》（1979）、《七月的人民》（1981）、《自然变异》（1987）、《我儿子的故事》（1990）。短篇小说集 11 部，她认为契诃夫是自己短篇小说创作的老师，从其作品中可以探知契诃夫小说那种举重若轻，对小人物命运不露声色却深入骨髓的精准描绘。她的每一部短篇小说集都达到了极高的水准，诸如《跳跃》《六尺土》《不为发表》等佳作，其笔法和艺术成就与世界顶级短篇小说家相比毫不逊色，戈迪默也因此被称为短篇小说大师。

进入 90 年代之后，南非政治局势发生本质变化。曼德拉出狱，成为全球瞩目的重大政治事件，随后他以绝对优势当选总统，成为南非历史上第一位黑人总统；曼德拉上台之后，成立真相与和解委员会，着手解决种族隔离制度之后南非的种种棘手问题。同时，南非加入全球化的大潮，呈现出的社会问题也与以往不同。戈迪默作为一位成熟的现实主义大师，始终立足南非现实，其作品内容也随着南非政治的变化发生了明显的变化，创作进入第三阶段，重点书写新南非不同肤色的人之间的生存现状、艾滋病蔓延、世界恐怖主义、全球化及生态问题，并对更普遍意义上的人类道德困境进行探讨。代表作有长篇小说《无人伴随我》（1994）、《家藏的枪》（1998）、《偶遇者》（2001）、《新生》（2005）、《最好的时光是现在》（2012）等，以及两部短篇小说集。其中发表于 2003 年的短篇小说集《掠夺》仍然保持了前期创作的整体水准，具有深刻的哲学意蕴。发表于 2007 年的短篇小说集《贝多芬是 1/16 黑人》，评论界褒贬不一，但是戈迪默用实际的创作，展示出一位已经高龄的伟大作家笔耕不辍、积极思考与行动的魅力。在她晚年的作品中，最重要的变化其实是对政治的激进姿态，改变为对更普遍的人类命运的思考，这些作品在不同程度上突出了在全球化时代背景下，南非不同族裔的人群对身份认同的迷茫与困惑，以及人类道德伦理的限度。另一部非常值得关注的作品则是发表于 2010 年的随笔集《讲述时代》。该书内容极为丰富，涵盖了一系列主题：童年记忆、种族隔离、审查制度和作家的角色、当代诗人和知识分子的贡献。读者可以通过这本书对戈迪默有一个非常全面的理解，认识到她作为一个艺术家，始终积极参与时代话题、关怀人类创伤、直面这个世界的不公并对之呐喊，这份担当与勇气，永远是文学的力量。

总之，戈迪默用"文学创作来直面现实，回应时代提出的问题"，并不断"反思和探索个人/作家在时代巨变中所应有的位置和所应起到的作用"[①]，她以尖锐精确的文笔记录了南非种族隔离制度的残酷，描画了南非的地理景色与不公平社会给人们带来的心理问题。

二　国外研究综述

国外学术界对纳丁·戈迪默的关注与研究较早，研究资源较为丰富。从戈迪默发表第一部长篇小说开始就已经引起了西方评论界的关注，1951 年她的作品第一次出现在《纽约客》上，获得了欧美评论界的高度评介，此后相关的研究论文与专著不断涌现，伴随着戈迪默在文坛地位的巩固与鼎盛，以及慢慢降温，其批评与研究也呈现出相似的发展曲线。笔者根据中国国家图书馆的国外论文数据库联合检索得出的戈迪默研究数据，1980 年至 2021 年共有 3748 篇，其中学位论文1018 篇，研究性文章 837 篇，评论 728 篇，专著 36 篇。但是数据最为集中的是 90 年代中期，在 1991 年至 1994 年暴增，几年之间研究性文章达到了 260 篇，学位论文 256 篇，专题文章 220 篇，新闻和时评共计 99 篇。相关数据在 2000 年至 2010 年又出现一次高峰，尤其是 2015年，但是从数据分析看，这一年数据最高的不是研究性论文，而是新闻报道，共计 270 篇，学位论文 266 篇，专题文章 215 篇，评论 132

---

①　王旭峰：《解放政治与后殖民文学——V. S. 奈保尔、J. M. 库切与纳丁·戈迪默研究》，博士学位论文，南开大学，2009 年。

篇。原因很明显，戈迪默的去世，在全世界带来了缅怀高潮，所以新闻类高居榜首，然后也带动了文学研究领域的集中讨论，从学位论文的数量可以得出这一结论。

第一，伴随着其漫长的创作生涯，国外的戈迪默研究领域出现过多部纳丁·戈迪默的研究专著，以戈迪默作为选题的硕士学位、博士学位论文的数量也较为可观。在 1991 年她获得诺贝尔文学奖之前，从英国剑桥学位论文数据库中可以搜索到二十余篇硕博论文，随着其获得诺奖，硕博论文数量猛然增加，笔者能检索到的关于戈迪默研究的最早的硕士学位论文为 1973 年艾伦·隆伯格（Alan R. Lomberg）的《枯萎为真理》（"Withering into the Truth：A Study of the Novels of Nadine Gordimer"），集中探讨前四部小说的风格与技巧，对其浪漫现实主义的创作特点进行分析。而在专著方面，1974 年，美国学者罗伯特（Robert F. Haugh）的《纳丁·戈狄默》（Nadine Gordimer）出版，这是最早的戈迪默研究专著。只是此时戈迪默的创作生涯刚刚进入成熟期，因此所讨论的作品数量受限，但是确定了此后戈迪默研究中最为重要的基调，那就是以社会反映论作为研究的基本方法，强调其创作对南非社会现实的记录与见证价值，强调戈迪默作品的社会政治意义，为后来的研究者提供了诸多借鉴，在这之后，戈迪默的专著沿着这个思路继续深入探索。较好的代表作有 1985 年约翰·库克（John Cooke）出版的《戈迪默的小说》（The Novels of Nadine Gordimer），强调不同寻常的童年经历在她创作中具有决定性影响，指出了"极具占有欲的母亲"在其作品中反复出现，戈迪默将她的私人历史赋予了公共议题的价值。尤其是《戈迪默小说中的启蒙主义》（Didacticism in the Fiction of Nadine Gordimer），该研究旨在探讨纳丁·戈迪默 1944 年至 1974 年长篇小说和短篇小说中的主要说教成分，这些说教又是如何融入作品的艺术结构中的。她的早期小说由于过多的说教而呈现出某种对艺术的破坏性，但随着反对种族隔离制度的斗争的深入，随着其文学技巧的进步，这种说教倾向在艺术上则逐渐呈现更为完美的平衡，更富有说服力。1988 年，朱狄·纽曼（Judie Newman）的专著《纳丁·戈迪默》（*Nadine Gordimer*）从"失败的革命""被解构的现实主义""普洛斯彼罗情结"三个角度，论述了戈迪默的创作，指出戈迪默的作品主要关注种族主义、自由主义价值观的危机、历史意识以及性政治。

1992 年，斯蒂芬·克林曼（Stephen Clingman）创作了《纳丁·戈迪默的小说：来自内部的历史》（*The Novels of Nadine Gordimer：History from the Inside*），这是戈迪默研究中的一部重要著作，对戈迪默的文学思想与卢卡契理论的关系做出深入探讨，强调戈迪默的研究必须结合南非的社会局势加以分析，将她的小说与社会和意识形态规范联系起来。这部著作从历史的角度，将戈迪默的创作纳入与南非社会发展的互动关系中进行考察，其论点和研究方法对后来的戈迪默研究产生了重要影响。长达几十页的序言，指出戈迪默属于历史并被其主题所选择。而海德（Dominic Head）的《纳丁·戈迪默》（*Nadine Gordimer*）详细讨论了种族隔离制度废除之前她的每一部小说，并将其作为对现实世界政治事件的反映，以及作为她不断反思自己技艺的证据，戈迪默在早期小说中关注的是文本的政治性，而后期对后现代主义叙事非常关注，当然她从未远离政治。海德在序言中表明，从身体的微观政治和种族隔离的地缘政治，可以看出戈迪默的小说符合后现代主义精神，也就是在一个去中心化、不确定性的时代她始终强调政治参与，呈现一种"重新中心化"的努力。在她的早期小说中，性与政治、个人发展与种族意识之间的联系，特别体现在跨种族的恋爱中；而之后的小说发展了文本的互文性等后现代特征，甚至在《我儿子的故事》《自然变异》中还呈现出元小说的某些特征。此外，1994 年，维格纳（Kathrin Wagner）出版了《重读戈迪默》（*Rereading Nadine Gordimer*）一书，在他看来，戈迪默的小说，尤其在"移民小说"中，描绘了既不友好又充满异国情调的土地，据此可以重新审视作家的认同问题——以及与非洲的融合问题——这是纳丁·戈迪默"文化想象"的组成部分。吉尔·博塞尔·皮格特（Jill L. Purcell Piggott）的著作《写作作为抗争：纳丁·戈迪默的小说》（*Writing Against the Law：Nadine Gordimer's Fiction*）主要讨论的是戈迪默通过小说反抗种族隔离制度的特性。丹尼斯·布拉希里（Denise Brahimi）在 2012 年发表专著《纳丁·戈迪默》（*Nadine Gordimer*），从政治、历史、女性等多个角度对戈迪默多个代表性文本进行了整体性研究。笔者所能检索到的戈迪默研究的专著最新的一部是阿宾娜（Willy MalobaKal'ABinene）于 2018 年出版的《在纳丁·戈迪默小说选集中重新界定性别》（*Redefining Gender in a Selection of Nadine Gordimer's Novels*），对戈迪默作品中的性别话语进行解构性阅读，探讨女性权力斗争与赋权的可能性与意义。

　　第二，对戈迪默单个作品进行的个案研究，更为成熟且成果丰富，是研究的主流，代表性论文非常多，但是整体看来基本集中在几部长篇小说，如《贵客》《伯格的女儿》《保守的人》《无人伴随我》《偶遇者》等。例如朱迪·纽曼（Judie Newman）的《纳丁·戈迪默的〈伯格的女儿〉：案例手册》（"Nadine Gordimer's Burger's Daughter：A Casebook"），该著对《伯格的女儿》进行介绍，还包括了对纳丁·戈迪默相关经典小说及其文章评论的采访报道，以及对南非历史背景和文学接受的讨论。《自由人的牧歌：纳丁·戈迪默的〈保守主义者〉》（"Libertine Pastoral：Nadine Gordimer's *the conservationist*"）、《反思纳丁·戈迪默的〈保守主义者〉中的世界主义》（"Rethinking Cosmopolitanism in Nadine Gordimer's *the Conservationist*"），都是对《保守的人》中戈迪默对白人自由主义的批判的研究。塔姆林·蒙森（Tamlyn Monson）的《我思故我在：重读纳丁·戈迪默〈保守主义者〉》（"Conserving the Cogito：Rereading Nadine Gordimer's *the Conservationist*"）分析了这部作品的寓言特性。2016 年索查（Sorcha Gunne）的论文《〈伯格的女儿〉中的监狱与政治斗争》（"Prison and Political Struggle in Nadine

Gordimer's *Burger's Daughter*")通过回应种族隔离时期南非监狱的社会历史特点，指出女性在政治拘留方面的经历被边缘化，取而代之的是男性的故事，《伯格的女儿》描述了女性的政治斗争与被拘禁的经历，在叙述中给予女性更平等的位置。此论文更为重要的是对监狱这一特殊空间与女性经验的分析。

由于单部作品的个案研究，比较容易紧密追踪理论热点，研究方法与角度较为灵活多变。既有对主题的关注，也呈现出更为多元化的研究趋势。戈迪默的作品具有极高的技巧，充分吸收了欧美文学的传统，因此讨论其作品的叙事艺术，也是国外戈迪默研究的热点之一。这一类的卓越成果非常多，代表作如《不仅仅是政治：戈迪默晚期小说中叙事视角》（"Not Merely Political：Narrative Perspective in Nadine Gordimer's Later Novels"），作者在这篇文章中讨论戈迪默四部有代表性的长篇小说的叙事艺术，对其多角度叙事——"移动的视点"进行分析，指出散点聚焦方式与动态叙事视角这种叙事方式，有利于充分表现个人和政治的探索，呈现出叙事与主题之间内在的整体性。例如《贵客》的叙事视点就是从叙事者布雷少校与主要人物莫维塔的一致转向与次要人物莘扎的一致，视角转变揭示了主人公的个人立场和他真诚的政治承诺。再如苏珊（Greenstein，Susan M.）《〈我儿子的故事〉：白人书写的困境》（"My Son's Story：Drenching the Sensors-the Dilemma of White Writing"）是对《我儿子的故事》进行的叙事学分析，该小说具有双重的叙事结构，表面看这一结构破坏了文本的稳定性，但其有意识的模糊叙事策略确保了"没有阅读可能是终极阅读"，多重阅读正是戈迪默试图实现的，这种双重叙事结构，也有益于读者把握由私密话语到政治大话语的转变。琳达（Weinhouse Linda）在论文《父权制的叙事礼物：戈迪默〈我儿子的故事〉》（"The Paternal Gift of Narration：Nadine Gordimer's My Son's Story"）中，强调了小说的后现代性和叙事的复杂性。凯蒂·格瑞米（Katie Gramich）

在《空间政治：纳丁·戈迪默小说的变化》（"The Politics of Location：Nadine Gordimer's Fiction Then and Now"）讨论了戈迪默小说中空间与政治书写的关系，尤其在西方文论空间转向之后，体现了戈迪默研究对理论趋势的密切关注。也有的论文从后现代哲学的视角，尤其是后现代的核心术语权力与身份问题角度对戈迪默的小说进行研究，如《戈迪默〈恋爱的时节〉中的话语、权力与抵抗》（"Discourse, Power and Resistance in Nadine Gordimer's Occasion for Loving：A Foucaultian Reading"）。近十年随着生态批评的兴起，戈迪默小说研究中又多了一个全新的视角，例如《纳丁·戈迪默〈偶遇者〉的生态阅读》（"Playing at Home：An Ecocritical Reading of Nadine Gordimer's *the Pickup*"），就是对戈迪默晚期小说《偶遇者》在全球化时代的经济发展与生态问题的分析。还有研究者注意到戈迪默后期几部小说普遍呈现一种断断续续的碎片与中断性特点。一些读者对戈迪默创作感到的焦虑，他们越来越被她叙事风格中的中断与漂移所困扰，试图从看似形式衰落的症状中保护她的小说的主题突出性，如《戈迪默〈新生〉中的悲剧意识》（"Unspeakable Phrases：The Tragedy of Point of View in Nadine Gordimer's *Get a Life*"）。

第三，关键词式整合研究。进入 21 世纪之后，戈迪默的研究逐步向着综合性分析进展，这与整个学术界的文学批评倾向有关，单篇作品的新批评式的细读法，逐渐让位于宏观把握。因此出现了一些将戈迪默的创作综合起来进行研究的力作，选取戈迪默创作中比较集中的关键词，例如性别、身份、流散、反讽等，论题集中而深刻。代表作有卡曼加（U. Kamangai）的《纳丁·戈迪默的创作与种族制度的反讽》（"Cracks in the Wall：Nadine Gordimer's Fiction and the Irony of Apartheid"），分析小说中的反讽技巧以及对主题的影响。而法伊卡（Syeda Faiqa）的《戈迪默小说中的边疆题材研究》（"A Study of the Theme of Borderland in Nadine Gordimer's Fiction"）则对戈迪默小说的

"边疆"题材进行分析，指出戈迪默在边缘空间的书写中与霍米·巴巴的边疆概念非常接近，她描述了一个充满混杂和反抗的第三空间。《戈迪默小说中的自由主义》（"Liberalism in the Novels of Nadine Gordimer"）分析自由主义如何塑造小说家的话语，以及她的话语如何与南非有争议的殖民主义和种族隔离意识形态相抗衡。笔者认为如下两部关键词式整合研究专著相对而言具有更大的启发意义。一本是乔布斯（J. U. Jacobs）所著的《南非小说中的流散与身份》（*Diaspora and Identity in South African Fiction*）。这是对南非文学中的"流散"主题进行的综合研究，并以"离散"这个关键词，详细分析了戈迪默的创作，尤其是其晚期的三部作品《无人伴随我》《偶遇者》《最好的时光是现在》中不同形式的流散，戈迪默通过在自己作品中对这些流散主题的刻画，追踪了种族分离主义的兴盛与衰败。另一本是新吉（Sri. Lalan Kishore Sing）写于 2016 年的论文《南非种族隔离制度的政治与后果：纳丁·戈迪默主要创作的批判式阅读》（*Political and Social Ramifications of the Apartheid System in South Africa：A Critical Study of the Major Fiction of Nadine Gordimer*），作者提出南非文学研究包括戈迪默在内的白人作家创作中最常出现的关键词有种族隔离、历史观、身份、种族主义、性别、景观等，建议研究者可以对此进行深度的剖析。

在这一类论文中，评论者还会就某一个话题展开争论，例如《七月的人民》小说的结尾莫琳向着丛林后的直升机飞奔而去，戈迪默采用了开放式结尾，直升机上没有任何东西表明里面的人的身份，无论他们是革命者还是白人士兵，他们是否带来了拯救或厄运，或者莫琳是否有理由欢迎或害怕他们。甚至连它的外表也增加了它的神秘感："她不可能说出它是什么颜色，它有什么记号，它是救世主还是杀人犯，即使她能辨认出是谁留下的印记。"批评家们一直在仔细考虑《七月的人民》最后一幕的神秘含义，但无法就它的确切含义和它所预期的未来达成共识。克林格曼（Stephen Clingman）认为：她正在逃离旧的结构和关系，这导致她走上了这条死胡同（*The Novels of Nadine Gordimer：History From the Inside*）。而巴赞（Bazin）认为她最后的逃跑更可能是自我毁灭而不是解放，更可能遭遇强奸或被杀死，而不是营救和保护。而维瑟（Visser）在《反乌托邦小说中的女性与革命》（*Women and Revolution in Dystopian Fiction：Nadine Gordimer's July's People and Margaret Atwood's the Handmaid's Tale*）中给出了完全不一样的解读，他认为有关直升机的描述，是一种具有攻击性的性行为隐喻，莫琳被动、如同被催眠般朝它飞奔去，这让人想起了叶芝的伟大诗篇里丽达和天鹅之间的相遇。正如叶芝认为丽达是一个会发现希腊文明的报应的接受者，鉴于她的被强奸生下了阿戈斯的海伦，后者被帕里斯诱拐引发了特洛伊战争，因此，莫琳和直升机的即将融合，就像丽达和天鹅（神）的融合一样，预示着一个新的文明，一个南非的新纪元，这个新纪元无法被描述，尤其是在一个短暂的间歇期内，只能象征性地以革命预言姿态来预示。莫琳的逃跑意味着不能和当下共存，只能陷入僵局。类似这样围绕一个话题或者关键词展开的讨论对于作家作品研究而言意义深远，可以很好地推动作品的深入解读。

第四，对戈迪默的短篇小说集进行研究。梅勒（Rubin Merle）对戈迪默短篇小说研究做出了积极探索，认为即使表面奇幻的故事，也是戈迪默对严酷现实的积极回应。格雷厄姆（Huggan Graham）的论文《别处的回响：戈迪默短篇小说的社会批判》（"Echoes from Elsewhere：Gordimer's Short Fiction as Social Critique"）也是对戈迪默短篇小说中的现实批判进行了分析。笔者认为理查·格雷厄姆（Riach Graham）发表于 2016 年的论文《戈迪默的晚期创作》（"The Late Nadine Gordimer"）是一篇颇有启发性的论文，戈迪默在这些文本中采取了某种实验性的文本形式，修正了她之前的政治文本的写作策略，展现了一种写作的偶然性甚至是随意性，作者进而分析了戈迪默的"晚期风格"。戈迪默的晚期小说其实遭到了很多批评家的批判，他们认为其作品阅读起来更像是在翻译而非阅读。从标点、句子的结构，到整个小说的情节，都给读者带来阅读障碍，而非阅读的快感。而该文指出这种形式正是对后种族隔离时代社会的一种呼应。

第五，比较研究也是国外戈迪默研究的一个重点，由于戈迪默的女作家身份以及反对种族制度的激进政治姿态，批评家最喜欢将之与同为在非洲的白人移民多丽丝莱辛以及与黑人女作家托妮·莫里森进行对比研究。与南非同为诺贝尔文学奖得主的库切的比较性研究也深受批评家的青睐。整体来看，比较研究代表性的研究成果是罗伯茨（Roberts Sheila）的《偏执狂和禁忌之地：莱辛的〈歌唱的野草〉和戈迪默的〈七月的人民〉》（"Sites of Paranoia and Taboo：Lessing's the Grass Is Singing and Gordimer's *July's People*"）、斯蒂凡（Stefan Helgesson）的《写作危机：戈迪默、恩德贝勒和库切作品中的伦理和历史》（"Writing in Crisis：Ethics and History in Gordimer，Ndebele and Coetzee"）等。艾莉斯·诺科斯（Alice Knox）的《女性书写种族》（"Women Writing Race：Toni Morrison，Nadine Gordimer，Jean Rhys"）是一篇对三位女作家莫里森、戈迪默与里斯的综合研究，围绕女作家创作中的种族主题，从性别与种族交叉的立场进行写作，涉及种族暴力、跨种族婚恋以及种族意识。卡琳·米勒（Karin Miller）对《我儿子的故事》与《李尔王》进行的比较性研究论文《跨越中间空间》（"Bird Out There：Traversing The Middle Space in Nadine Gordimer's My Son's Story"）指出，《我儿子的故事》具有莎士比亚式的框架，描述令人不安的冲突和嫉妒，人物涉及父母和孩子、占有者和被剥夺者，探讨特权和权力的起源与内涵。该论述将父子冲突转换到当代的场景，把文艺复兴和后现代关于作者功能的概念进行联结，以此分析白人文化霸权的典型性表述。莎娜姿（Fotouhi Sanaz）的《纳丁·戈迪默与曼斯菲尔德短篇小说研究》（"That Other World That Was the World：A Study of Short Fiction of Katherine Mansfield and Nadine

Gordimer"）是对曼斯菲尔德与戈迪默的短篇小说的叙事策略的对比研究，放在一个后现代、后殖民的背景中，分析这些边缘者的叙事声音。评论界很明显对戈迪默的长篇评价较多，理论视角也较为多元，但对其短篇小说一直无从下手，这一困难还将继续，主要的原因就是缺乏理论基础。表面看她的短篇小说结构和形式都很简单，尤其和她的长篇小说相比，但是，反讽和省略的技巧等，研究者都还缺少深入探索。

第六，戈迪默的研究还出现在一些汇编性资料中，如奥贡耶米（Chikwenye Okonjo Ogunyemi）和艾伦（Tuzyline Jita Allan）合著的论文汇编《对十二本优秀作品的南非妇女批评》（*Twelve Best Books by African Women-Critical Readings*）分别选取了 12 位优秀的非洲女作家、女学者的一部代表作进行深度分析，讨论了戈迪默的《伯格的女儿》中的个人和政治的交互作用，并指出戈迪默小说的价值正是"艺术不能直接改变世界，但是它却有助于改变男人和女人们的意识，她们进而可以改变世界"。麦克唐纳（Peter D. McDonald）所著的《种族隔离审查制度及其文化后果》（*Apartheid Censorship and Its Cultural Consequences*）主要讨论戈迪默六部被禁小说，指出种族制度的疯狂在文化领域表现得最为明显。在戈迪默的小说中，政治就是一个"人物角色"，而她从一开始就是一个介入主义者，是一个坚定的抗议小说家。再比如普楚里（Monica Popescu）的《冷战之后的南非文学》（*South African Literature Beyond the Cold War*），其中有一篇文章：《全球化视角下的纳丁·戈迪默与种族制度的终结》（"Nadine Gordimer and the End of Apartheid in a Global Perspective"），分析南非文学在西方资本主义和东欧社会主义国家两个世界之间的艰难发展，描写了在这些世界之中穿梭、寻找生活出路的移民。再例如瓦勒（Wale Adebanwi）的《南非的作家与社会思想》（*Writers and Social Thought in Africa*），其中一篇重要的关于戈迪默的文章——艾琳娜（Ileana Dimitriu）所写的《拾荒者的作家：戈迪默小说中的灵韵》（"The Writer As "Ragpicker"：The Auratic Power of The Mundane in Nadine Gordimer's Recent Fiction"），是针对库切（J. M. Coetzee）对于"戈迪默思想中灵性（spiritual）的转向"做出的回应。戈迪默总被称为"反对种族隔离主义的良心"，而该文作者认为戈迪默恰恰在追寻"灵韵"（spirituality）。世俗行为本身的精神性（spiritual），不是指对宗教教条的尽忠，而是扎根在日常生活中，强烈的弥赛亚主义由日常经验的神圣感代替。该文作者认为戈迪默晚期创作就呈现出本雅明意义上的"拾荒者"特质，从消费资本主义手中抢救出被抛弃的日常生活的重大意义，正因如此，90年代之后戈迪默更偏爱描写个人化的经验。

第七，关于作家的自传与传记。由于戈迪默明确表示过不会写自传，她希望自己的生活保持一定的神秘。罗伯茨（Ronald Suresh Roberts）《没有冷厨房：纳丁·戈迪默的传记》（*No Cold Kitchen：A Biography of Nadine Gordimer*），是目前唯一一部关于戈迪默的传记作品，这部著作凝聚了作者八年心血，绘制了戈迪默的生平和创作地图，为读者勾勒了戈迪默的生平以及她重要的社交图谱，如纳尔逊·曼德拉、爱德华·赛义德、苏珊·桑塔格等，让读者深入了解了戈迪默在种族隔离时期和后种族隔离时期的经历和思想。

整体而言，戈迪默在国外的研究起步较早，也形成了一定的规模，出现了专事戈迪默研究的专家，对戈迪默作品进行的综合研究性专著也有多本，对戈迪默单篇作品进行个案分析的论文数量与质量都有诸多代表性作品。但是由于综合性专著出现的时间在90年代中期之前，而戈迪默的创作依然继续，所以只能是对作家创作风貌的一个断面的综合分析，并未反映戈迪默终其一生的创作全貌。结合个案分析的论文，可以看出，这些研究出现了较为集中的论述关键词：社会批判、身份、种族主义、女性、空间等，高频关键词则是社会历史与种族主义。这样一个研究的定位是基本符合戈迪默创作实况的。而国外研究最重要的一个贡献是，从80年代开始就出现的一个研究倾向，即将其创作作为一个整体进行研究，这对于作家研究而言是必要的。我们既需要局部的个案、文本细读，更需要整体性评判，才能深刻了解一个作家的创作风格、主题延续性，以及与文学传统的关系是什么，其伟大的贡献又在于何处。但是由于戈迪默创作强烈的政治倾向性，其研究议题的高度集中，话题的重合度较高，导致其研究的多元性不够，限制了戈迪默研究的拓展。如果把戈迪默仅仅看成政治正确的代言人，无疑是对其研究的窄化，因为这意味着当她所描写的政治问题不再成为人类关注的焦点时，其创作就已经丧失了有效性。从戈迪默研究的整体趋势来看，其热度与她所讨论的政治问题的热度相关，因此在戈迪默创作的后期，对其创作价值的质疑不时出现。尤其南非学术界，人们对戈迪默过度说教或政治幼稚的指控越来越严重；对她作为一名女作家却拥有不能经得起推敲的女性观而不断质疑，认为她对女性的看法是保守的、过时的；黑人怀疑其写作"理想读者"的问题，认为其政治姿态只是一种向欧美世界的媚俗；等等。

事实上戈迪默绝非只有一个面向，政治性是其突出的特征，但并非其漫长创作生涯的唯一主题，伟大的文学其价值恰恰在于超越性。戈迪默对人性、对人的命运与存在的深切关注，本身也说明她不仅仅是政治的。其短篇小说和长篇小说在主题上、写作风格上又呈现出诸多差距，因此需要更为深入的文本细读，超越早期研究的单一视角颇为重要。从国外戈迪默研究的相关数据的分析来看，与戈迪默作为作家的突出地位不相称的一个表现是，近年来，学术界对戈迪默的批评相对较少。从这些论文的时间分布上看，戈迪默最为引人关注的时间是其获得诺贝尔文学奖的前后几年，之后相对而言进入沉寂，因此没有反映出与时俱进的理论进展。这些都为我们重新解读经典作家留下了大量空间。

三 国内研究综述

相对国外研究，国内戈迪默的研究始终未能形成热点，这一现象本身是值得思考的。外国文学的接受研究，需要密切联系国内文学批评的语境与理论构建，对于这一问题在本书的结语部分将进行说明。

国内研究首先体现在作品的译介方面。截至目前，戈迪默的作品在国内翻译出版的有 11 部，分别是：《七月的人民》（莫雅平译，漓江出版社 1992 年版）、《戈迪默短篇小说集》（章祖德等译，重庆出版社1993 年版）、《我儿子的故事》（莫雅平译，译林出版社 1998 年版）、《无人伴随我》（金明译，译林出版社 2006 年版）、《贝多芬是 1/16 黑人血统》（叶肖译，南京大学出版社 2008 年版）、《新生》（赵苏苏译，人民文学出版社 2008 年版）、《保守的人》（何静芝译，北京燕山出版社2015 年版）、《偶遇者》（梁永安译，漓江出版社 2015 年版）、《在历史与希望之间》（汪小英译，漓江出版社 2016 年版）、《贵客》（贾文浩译，北京燕山出版社 2017 年版）、《伯格的女儿》（贾文浩译，北京燕山出版社 2018 年版）。

国内最早出现以戈迪默为专题的论文是在《读书》1987 年第 8 期发表的董鼎山先生的《正义的南非女作家》，这是国内第一篇将戈迪默引入中国读者视野的文章。董先生在文章中表达了对戈迪默因种族身份错过诺贝尔文学奖的深切遗憾，并将戈迪默的生平、文学创作以及国际声誉都做了简略的论述，对戈迪默的创作给出了"最能代表南非文学"的高度评价。在戈迪默于 1991 年获得诺贝尔文学奖之后，国内报刊出现了一个并不显眼的热点，一些介绍性文章增多，1992 年《世界文学》登载了专栏《南非作家戈迪默及其作品》，收录了其长篇小说《自然变异》的节译、散文《基本姿态》、短篇小说《城市与乡下的恋人们》、戈迪默获诺贝尔文学奖的演说词《写作与存在》以及关于《自然变异》的一篇评论文章。《译林》《外国文学》《世界文学》等先后登载了她的七个短篇小说的译文和部分长篇小说的选译片段。较具代表性的是 1992 年李永彩发表于《外国文学评论》的《纳丁·戈迪默的文学轨迹》，该文紧密结合南非的社会背景和戈迪默的成长历程，按时间顺序梳理了戈迪默的文学创作轨迹。1998 年，瞿世镜发表于《社会科学》的《新南非之母戈迪默》，也对戈迪默进行简单介绍。《文笔精湛，情操高尚——我所认识的纳丁·戈迪默》[①] 也是这类文章的代表作。这些文章基本是导读性质的文章，结合戈迪默的成长历程和南非的社会背景从整体上对戈迪默的创作进行了评介，对国内读者了解戈迪默是非常重要的，拓展了普通读者以及研究人员的视野。这种整体性介绍文章比较有代表性的还有 2002 年李新烽发表在《人民日报》的《走近纳丁·戈迪默》，这是作者对戈迪默的一次深度访谈，对于我们了解戈迪默如何评价自己的创作富有启发。黄天海与良才的《一幅种族统治社会的马赛克——评南非诺贝尔奖女作家戈迪默作品中的艺术真实》强调了戈迪默将反种族主义这个重大题材融于独特的艺术实践。各类诺贝尔文学奖丛书和有关非洲文学和后殖民主义文学的专著、文学史教材中都辟有戈迪默的章节，这些也都属于同类导读性研究资料。

　　90 年代初期，是国内戈迪默研究的一个爆发期，主要原因便是诺奖的促动。根据 CNKI 数据库显示，这类论文大约有 80 篇，整体来看，相对于其他诺奖得主，尤其还是同为亚非拉第三世界文学大家庭的库切、同为女性且带有族裔背景的托尼·莫里森相比，戈迪默在国内的研究明显不足，论文数量偏少，发表刊物质量不高。从内容来看，基本只是对单个文本的分析。当然在这一方面取得的成就还是有目共睹的，表现在对单部长篇小说的内容与主题方面进行挖掘，研究的深

---

① 朱达：《文笔精湛，情操高尚——我所认识的纳丁·戈迪默》，《外国文学研究》1992 年第 3 期。

度和角度也都较为丰富，视角主要有历史主义、后殖民主义、生态伦理、女性主义、身份认证等。代表性的论文有庞好农《从〈朱利的族人〉探析戈迪默笔下的南非泛生态系统》、胡忠青的《论戈迪默小说〈邂逅者〉中的生态美学意识》、金明的《在孤独中走过的生命之旅——解读纳丁·戈迪默的〈无人伴随我〉》、沈艳燕《〈伯格的女儿〉中的身份叙事》等。对戈迪默单部作品的研究除了主题研究，叙事艺术的剖析也有部分论文，例如王梅的《基于对话之上的叙述——〈伯格的女儿〉第三人称叙述中的对话》，主要分析了《伯格的女儿》这部小说的对话性叙事特征，对话性既体现出戈迪默较高的叙事技巧，也体现出戈迪默颠覆南非社会宏大叙事的立场。近几年随着空间理论和文学地理学的发展，讨论戈迪默小说空间性的论文也有出现，这算是一个相对新颖的研究角度，代表性论文有《〈邂逅者〉的地理空间叙事》[①]《从空间批评的角度看〈偶遇者〉的文化意义》[②]。在这些研究者中，沈艳燕和胡忠青两位学者是其中的佼佼者，两位研究者分别发表了数量较多、质量相对上乘的论文，其中沈艳燕的《年寄话语与青春诗学：论〈伯格的女儿〉中的文化病理学意蕴》，从文化病理学的角度分析戈迪默的代表作《伯格的女儿》，视角有一定新意；而胡忠青的《戈迪默长篇小说中的圣经神话原型意象研究》，从《圣经》原型的角度，结合作品的主题思想，分析了戈迪默后期四部长篇小说中的几个《圣经》典故，视角新颖，见解深刻，属于戈迪默研究中的高水平论文。陈昕的《〈自然资源保护者〉中的物质正义》，是相对来说能够突破传统研究思路，与南开大学的王旭峰的《〈无人伴随我〉与后种族隔离时代的"政治正义"》有相似主题，是对戈迪默小说中物质正义的思考，但是文章对于仅仅以祖鲁神话对抗殖民主义的幻想

---

① 胡忠青：《〈邂逅者〉的地理空间叙事》，《太原学院学报》（社会科学版）2018 年第 19 卷第 1 期。

② 朱梦蝶：《从空间批评的角度看〈偶遇者〉的文化意义》，《文学教育》2015 年第 4 期。

性批判不足。

这些围绕单个文本展开的研究，在对某个主题的挖掘方面，有一定的深度，但是也存在一些问题，问题之一是基本围绕着戈迪默的几部代表作例如《我儿子的故事》《七月的人民》《无人伴随我》《偶遇者》《新生》展开，所解读的文本高度重合，无法形成更为综合的作家图景；问题之二，研究的角度也比较集中，从 CNKI 以及超星搜索的数据显示，关键词高度一致；问题之三，忽略对戈迪默短篇小说的研究。戈迪默被誉为短篇小说大师，在笔者看来，从艺术性上看，其短篇小说更胜一筹；问题之四，这些文章的作者并非稳定而持续地对戈迪默展开研究，所以论文多为仅此一篇再无后续，研究的系统性不足，这也导致了戈迪默整体研究目前水平还不够理想。

国内研究界已经出现两篇有关戈迪默研究综述性的文章，即沈艳燕《国内纳丁·戈迪默研究述评与展望》与杨玉珍的《中国戈迪默研究论评》。前者指出了国内研究"数量不足，广度和深度也不够"的问题，对国内的研究做了一个较为完整的梳理。但是由于该论文发表于十多年前，文献只是整理到了 2005 年。后者在前者研究的基础上增加了五年的文献。至今十年过去了，国内戈迪默的研究情况略有改观。主要表现在：课题增多；博士学位论文又出现了两部；研究戈迪默的中青年学者增多；"一带一路"政策之下对非洲、非洲文学的关注，也为戈迪默研究带来一个新的关注度。在这种情况下，批评视角出现多样化，终于突破了后殖民的单一视角，以及性别身份的陈词滥调，高质量论文逐渐出现。

最后我们再看一下国内关于戈迪默研究的硕博论文情况，根据数据显示，以戈迪默的创作作为研究对象的硕博论文共有 20 余篇。博士学位论文仅两篇，即南开大学王旭峰的《解放政治与后殖民文学——V. S. 奈保尔、J. M. 库切、纳丁·戈迪默研究》，该论文虽非戈迪默的专题论文，但是通过对非洲三位作家的比较研究，对戈迪默的探讨非常深刻且极具启发意义；另一篇博士学位论文是上海师范大学的李丹于 2022 年刚刚完成的博士学位论文，在该著作完成之时，尚未得以阅读。硕士学位论文有 19 篇，11 篇是外语专业硕士学位论文，中文专业硕士学位论文 8 篇。基本是单个文本的个案研究，或对几部代表作进行的对比分析，所讨论的文本相对集中。研究视角集中在新历史主义、后殖民主义，如费娟的《对〈伯格的女儿〉中主人公罗莎·伯格的身份研究》（苏州大学，2010 年）、庞叙文的《南非黑人文化身份的探寻——以戈迪默小说〈七月的人民〉为例》（广西师范大学，2011 年）、刘路伟的《纳丁·戈迪默〈七月的人民〉的后殖民解读》（浙江大学，2014 年）等。在这些论文中，万君的《纳丁·戈迪默小说创作的创伤主题研究》（江西师范大学，2015 年），从创伤理论视角出发，对戈迪默的四部小说——《七月的人民》、《我儿子的故事》、《无人伴随我》和《新生》，从家庭、种族、文化身份的角度阐释了戈迪默笔下的创伤主题，从研究的文本范围与主题的集中性来看，较有代表性。而郭薇华的《从〈自然变异〉看纳丁·戈迪默的知识分子情怀》（青岛大学，2009 年）是一篇视角更为新颖的论文，不是局限于作品本身，而是从"批判意识""历史责任感""公共情怀"三个方面来论述戈迪默作为一名知识分子，对南非乃至世界的关怀之情。

整体来看，国内对戈迪默的研究虽然已经取得了一定的成就，但是问题和空白较多。首先，研究的零散性。除了胡忠青和沈艳燕较为集中地研究过戈迪默，其他研究者都只是偶尔为之，这限制了研究深度的开掘。其次，文本的局限性。主要集中于几个代表作的文本分析，最多也不过是尝试将不同时期的两三个文本并置研究，也主要是作为例证的补充使用。尚未有戈迪默的整体性研究。再次，戈迪默的艺术成就首先是由短篇小说奠定的，而且从艺术水准看，其短篇小说具有极高的艺术性，具有很高的研究价值，但是基本没有引起国内学界的关注。又次，研究角度高度集中统一，优势在于可以就这一视角下的议题讨论得更为全面，劣势也是极为明显的，高度重复，将戈迪默的研究引向一种固定模式，窄化了一位创作丰富的作家的研究。最后，就目前已有的论文看，高水平论文还是不够。

第二节　研究思路与方法

一　研究思路

本著的整体研究思路是将戈迪默放在非洲文学的背景中，放在非洲的政治语境中，非洲的历史任务就是非洲文学的历史任务，二者无法隔离，正如学者蒋晖对非洲文学研究提出的观点，"将政治和艺术分开，谈论非洲文学，等于宣布拒绝处理非洲文学中最核心的政治主体问题"。[1] 因此本书在研究中始终坚持三个基本的立场：第一，我们必须明确南非的政治现实永远是小说最坚实的背景；第二，戈迪默的小说创作是在充分吸收欧美文学的养分基础上展开的，而关于南非文学以及戈迪默的创作研究，欧美学界的研究成果是我们必须吸收和学习的；第三，在进行非洲文学研究、讨论戈迪默的创作时，绝对不能丢失明确的中国研究的问题意识与视角。我们并不能像非洲人一样看待非洲文学，更不能亦步亦趋欧美国家的非洲文学研究，我们只能以中国学界的视角与问题意识来理解非洲。"当我们用中国的发展过程、中国的革命经验、中国的历史语境来理解非洲的时候，我们就能发现独特的问题，洞穿话语的遮蔽。"[2]

我们以这样的基本思路来把握戈迪默的创作：20 世纪非洲文学的

①　蒋晖：《中国的非洲文学研究展开的历史前提、普遍形式和基本问题》，《文艺理论与批评》2019 年第 5 期。

②　蒋晖：《我们到了需要研究非洲文学的时候了》，《北京大学非洲研究专题》，http：// www. oir. pku. edu. cn/info/1037/2784. htm，2015 年 12 月。

发展轨迹脉络非常清晰，戈迪默的创作根植于此。戈迪默踏上文坛的时候正是种族制度愈演愈烈之时，她怀着基本的人道主义精神，以及更为进步的政治观念，对南非这一黑暗而可耻的反人类制度进行了控诉与批判；当她的创作逐渐成熟，也是南非文学的繁荣时期，60 年代，非洲更加觉醒了，伴随着国家要独立、民族要解放的革命浪潮，文学盛况空前。在南非，文学与政治密不可分，甚至许多作家本身就是民族解放运动的活跃分子和领导人，戈迪默也是一位政治领域的活跃者。她曾公开宣布支持非国大，与黑人领袖曼德拉私交极好，帮助曼德拉起草发言稿等。因此她创作的鼎盛时期，政治议题是我们绝对不能忽略的，这也正是戈迪默的独特性。而文学与政治的松绑，基本发生在 80 年代末期，非洲文学的主题已转向更为私人的领域，诸如人权、家庭伦理等。戈迪默的关注视野除了做出相应的调整，其思路更为开阔，她对于后种族时代的非洲甚至全球化等问题都有涉猎，表现出了写作的高度敏感性。我们在这样一个思路与知识背景中进行戈迪默叙事作品的整体研究，才能找到一个准确的定位。

二 研究方法

第一种方法，即本著所使用的最重要的研究方法是注重社会历史批评。这是由非洲文学以及戈迪默创作的特点决定的，这也是一种文学研究语境化的方法，不能脱离历史空谈作品主题，因此确立了以题材（问题）研究的方法切入戈迪默创作，提炼出其创作中的关键词，类似于问题小说的主题研究法。第二种方法，即本书研究最为基础性的方法则是文献整理法。需要整理的文献有戈迪默作品创作概况；戈迪默的研究文献；不容忽视的则是南非历史、南非政治方面的文献，这是戈迪默创作所扎根的现实语境，脱离了对这个语境的把握，戈迪默小说的主题研究就是无根之木。

　　第三种方法是跨学科方法的运用，民族学、性别研究、心理分析、空间理论、生态理论等现代批评手段，是必不可少的。第四种方法则是个案研究、文本细读法。这是作家作品研究必须要回归的根本方法。文学研究依赖具体的文本阅读，而非理论的抽象推演。在这些方法的辅助之下，完成了对戈迪默叙事作品的整体性研究，本著的整体布局如下。

　　首先在前言"有机知识分子戈迪默与现实主义"中对戈迪默的有机知识分子身份进行定位，强调其对社会的责任与介入主义。而现实主义精神正是戈迪默创作的基本精神，这也是我们把握其叙事主题与艺术价值的关键。

　　其次本著的主体部分，分成十个章节，其中前面八章逐一剖析戈迪默叙事作品中的主题。分别是：种族隔离制度下黑人苦难与反抗、种族隔离制度下的种族融合与希望、性别身份主题、家庭伦理主题、成长主题、离散主题、"后种族隔离时代"南非政治诉求、生态与经济发展等。本著所总结、提炼出来的主题，都是在戈迪默的叙事作品中反复出现的关键词，通过对这些主题的研究可以完整、系统地了解在其一生漫长的创作中对现实的观照与思考，通过对这些核心主题的了解，就可以掌握戈迪默整体创作在内容上的全景照。

　　最后两章转向对戈迪默小说叙事方面的研究，第九章是风景叙事，主要讨论了其笔下三类不同的风景：风景与权力，风景与国家认同，日常生活风景等。最后一章是对戈迪默创作中最为主要的叙事技巧的总体探究，例如双线结构、多重视角的问题；对话性与复调性的问题；以及空间叙事等问题。戈迪默是一位严肃的现实主义作家，同时又是一位不断进行叙事实验的探险者，本著选取了她作品中这几个比较突出并且更为成熟的角度，当然这并不能完全代表其叙事艺术的全部，好比她在许多作品中对意识流手法炉火纯青的使用等，都是值得研究者作深入的局部研究的。但是本著更强调将戈迪默的创作作为一个整体进行把握，所以在叙事艺术的选择方面侧重于更为普遍性的表现，从而对其在世界文坛上的贡献有更为全面客观的评价。戈迪默笔耕不辍，创作颇丰，从内容上看仅仅这八个主题，并不能完全涵盖其创作，另外其他一些主题，例如创伤主题、哲学主题等，也都是极为重要的，本著将部分主题整合在相关的分析中，并且可以作为后续研究的拓展方向。

最后本著做了一个题为"被低估了的南非国宝级女作家纳丁·戈迪默"的结语。在结语中主要讨论一个研究现象，作为20世纪90年代就获得诺贝尔文学奖的戈迪默而言，中国学界对其的反应可谓超常淡漠，她何以被低估？笔者试图结合中国在80年代中期之后文学评论话语范式的转变，对这一问题给出回答。

第三节　目标和意义

通过对单个作家进行研究，尝试建立我们研究非洲文学的独立视角。本著首要目标是通过对戈迪默作品的阅读与梳理，完成其创作主题整体性研究。既有历时性的分析，即分析戈迪默创作主题的主要构成与发展轨迹；也有共时性的分析，提取其整体创作主题中的某些核心观念，进行深入探讨。从而确立戈迪默创作的重大贡献与对当代世界文学格局的贡献。

本著具有较高的学术价值与意义。首先是完善国内戈迪默整体创作研究。国内目前尚没有一部以戈迪默整体创作为研究对象的论著，而本著的研究将为此做出贡献，丰富与深化国内戈迪默研究。其次，丰富国内南非文学研究。戈迪默是当代南非文坛上一位非常重要的作家，对其作整体深入的研究将会令南非文学研究更加完整。再次，充实国内当代外国文学研究。当代外国文学的研究有更广阔的视野与胸怀，对于这样一位在国际文坛上有重要影响的女作家进行整体研究，会令我国的当代外国文学研究更丰富。最后，吸收、借鉴生态理论、民族学理论，结合叙事理论、空间理论等现代批评方法，将文学与现实的关系细化为文学、种族、性别、国家、叙事之多重关系，丰富文学学科理论。

第一章　种族隔离制度下黑人的苦难与反抗

> 我认为自己肩负着某些重要的职责，应该对南非所发生的一切负责。每一个南非人都应该如此，无论是黑人还是白人。
>
> ——纳丁·戈迪默

为种族政治做出独立的艺术表述，以艺术再现的形式写出种族政治对人类关系的扭曲和重压，这一创作使命贯穿戈迪默的终生创作，使其全部作品具有高度同构性的主题：批判种族隔离制度，揭示这种制度对白人、黑人的自我构成所造成的异化。因此，我们在讨论其创作时，最重要的知识背景便是南非的种族隔离制度。

第一节　南非种族隔离制度简述

南非位于非洲大陆最南端，面积大约有 121.9 万平方千米，东、南、西三面被印度洋和大西洋环抱，黑人占总人口的 70% 以上，包括祖鲁、科萨等 9 个部族，主要使用班图语。白人，包括阿菲利卡人和英裔白人，前者主要使用阿菲利卡语，后者主要使用英语。有色人种是殖民时期白人和土著人的混血后裔，主要使用阿菲利卡语。南非有十多种官方语言，英语和阿菲利卡语是通用语言，绝大多数南非人信奉基督教或天主教。南非是种族隔离制度存续时间最长的非洲国家。"南非联邦实质上是两派欧洲人为了更加牢靠地剥削非洲人民而成立的联盟。"① 在人类历史上曾有许多国家存在过种族歧视问题。例如美国，由于广泛存在着种族歧视现象，20 世纪 50 年代、60 年代和 70 年代曾发生了一系列黑人抗议运动，时至今日，这一运动仍未终结。纳粹德国及法西斯主义也是种族歧视的典型案例。然而，南非是当代把种族歧视制度化、法律化的唯一国家，更系统、更广泛地利用国家权力，也就是利用集中的有组织的社会暴力。

"种族隔离"（Apartheid）是南非荷兰语（阿菲利卡语）的一个单词，原意是"分开、隔离；分开的存在和发展"，代表当今世界上现代奴隶制最卑劣的形式，同纳粹主义的本质一样，它是种族主义国家的一贯思想体系。南非这块土地原是霍屯督人、布须曼人和班图人等非洲黑人世代居住的地方。17 世纪中叶，荷兰殖民者开始入侵南非；19 世纪初，英国殖民者侵入南非。他们使用野蛮的武力手段使黑人沦为奴隶。1910 年"南非联邦"成立，白人正式掌握了国家机器，对黑人实行残酷的民族压迫。种族隔离是 1948 年南非白人政权为其种族政策制定的正式名称，实际上它是指一种制度化的种族隔离、种族压迫和剥削的体制。"种族隔离不过是南非政府作为官方政策实行的制度化和系统化的（白人）种族至上主义……是一种对（南非）各族人民实行种族歧视的综合性制度。"② 这种种族主义政策早为南非联邦成立之前的开普敦、纳塔尔、德兰士瓦和奥兰治四省殖民当局所推行，只是尚未形成统一完整的法律体系。1910 年统一的南非白人政权建立后，种族主义的发展进入了制度化阶段，这种制度化的白人种族主义

---

① Riehard Gibson, *African Liberation Movements Contemporary Struggles Against White Minority Rule*, New York：Oxford University Press, 1972, p. 180.

② ［南非］优素福·迈塔尔－苏勒：《非洲、美国和南非》，载宁骚《民族与国家——民族关系与民族政策的国际比较》，北京大学出版社 1995 年版，第 431 页。

就是种族隔离。1948 年，代表种族主义极端势力的国民党上台，变本加厉地推行种族歧视和种族隔离政策。1948 年，以马兰为首的南非国民党在竞选中公然将种族隔离制列入竞选纲领，用耸人听闻的"黑色危险"来恐吓白人选民，宣扬若不实行种族隔离，白人种族的高贵血统就会被黑人及其他有色人种污染而引起"种族退化"。从 1910 年到 1948 年，白人政权制定了 49 项种族主义法律。1948—1961 年马兰内阁、斯揣敦内阁和维沃尔德内阁执政的 13 年间，白人当局就炮制了 50 多项新的种族主义法律，1961 年后又继续推出 100 多项这类法律。直至 90 年代种族隔离制度的废除，70 多年间，南非白人统治集团共制定颁布了 350 多项法律、法令，以立法手段全面推行种族主义，形成从政治、经济到社会、文化等各个领域一套完整而严密的种族隔离制度。他们还在意识形态方面竭力宣扬白人至上、肤色决定一切的反动思想，鼓吹白人是"高等""优秀"种族，黑人只能永远做奴隶，毒害黑人群众，以利于巩固和加强种族主义制度。黑人居住、迁移、求职、旅行、集会等方面均受到严格限制，甚至在一些日常公共场所也受到严重歧视，南非当局可随时随地任意拘留、监禁、枪杀黑人。在这种种族隔离制下，非白人的居住、通行自由与社会、政治和经济权利均遭到苛刻的剥夺。南非的种族隔离得以全面制度化、立法化。这在 20 世纪 80 年代世界各国政治、社会生活中是绝无仅有的。

概括起来，这种全面系统的种族隔离制包括四大基本制度。

一是保留地制度（后演变为黑人家园制度）。保留地制度系由《土著土地法》（1913 年）和《土著人托管和土地法》（1936 年）确定，它规定：非洲人只能在划定的保留地内占有土地，禁止他们以购买、租借或其他手段在保留地之外占有土地。这样占人口 70% 以上的黑人只能在占南非总面积 13% 的保留地内拥有土地。而且由于保留地地处边远，土地贫瘠，非洲人难以谋生，大批黑人被迫外出，向白人廉价出售自己的劳动力，同时白人殖民者在南非掠夺、霸占土地却得以永久合法化。为强化种族隔离制度，南非白人当局又抛出了以"黑人家园"（又称班图斯坦制度）政策为核心的"分离发展"计划。1959 年，白人政权通过《班图自治法》规定：黑人在原来聚居的保留地按部族组成自由人中央政府直接控制的"班图自治区"，分阶段逐步建立"地方当局""立法会议""自治政府"，最后发展为"独立国家"。这种班图自治区由原来的保留地改名为"班图斯坦"，亦即"黑人家园"。据此，1964—1975 年南非当局人为地拼凑了 10 个以部族为基础的黑人家园：特兰斯凯（科萨族）、博普塔茨瓦纳（茨瓦纳族）、西斯凯（科萨族）、加赞库鲁（聪加族）、坎瓜内（斯威士族）、夸恩德贝莱（恩德贝莱族）、夸祖鲁（祖鲁族）、莱伯瓦（北索托族）、夸夸（南索托族）、文达（文达族）。其中特兰斯凯、博普塔茨瓦纳、文达和西斯凯已在 1976—1981 年间陆续宣布"独立"。但除南非外，这些傀儡政权从未得到国际上任何国家的承认。白人种族主义政权如此行事的一大罪恶阴谋是从根本上剥夺黑人对整个南非具有的权利，让白人永久占有整个南非。白人政权先是通过《班图斯坦国籍权利法》，其有以下规定。一是，所有南非黑人必须取得他所属的班图斯坦的"国籍"，而后在 1976 年特兰斯凯"独立"前夕，由他们炮制的特兰斯凯新"宪法"又公然剥夺特兰斯凯的科萨人的国籍，包括居住在"白人地区"者的南非国籍，规定他们只具有特兰斯凯"国籍"。

二是通行证制度。如前所述，通行证制度是起源于 20 世纪初的最早的一次隔离制度。赫尔佐格上台后通过的《土著登记和保护法》又大大扩大了通行证制度的实施范围。1950 年通过的《人口登记法》又空前强化了通行证制度的种族主义性质。它将南非人口划分为白人、黑人和有色人，当局据此迫使南非居民进行种族鉴定、登记人口，发放表明其所属种族和外貌特征的身份证，这种身份证成为他随时接受检查的通行证件之一。1952 年，当局实施《统一土著身份证法》，据此，寻找工作的黑人在一个城市里的逗留时间不能超过 72 个小时，每个 16 岁以上的黑人必须携带新发的内容详尽的身份证，否则要处罚款甚至监禁。通行证法既是控制黑人劳动力的一种残忍手段，又能剥夺黑人的迁移、旅行、居住、求职、辞职等一切行动自由。

三是特定住区制度。这主要由《城市住区法》（1923 年）、《班图人迁移法》（1945 年）和《特定住区法》（1950、1957 年）确定，它规定：各种族集团分区居住，当一个地区被政府指定为某种族的居住区后，其他种族的人必须搬出此区。未经许可，黑人不能在城市居住。即使在城市中有工作的黑人，也只能在城郊贫民窟一般的"特定住区"居住。所谓特定住区，就是在大工业中心白人城区周围建立的专供黑人或其他有色人种居住的居民点，而黑人一旦丢掉在城里的工作，他在特定住区里的居住权就要被剥夺。这项种族主义政策的实质，正如 1968 年曾任南非总理的沃斯特宣称的："问题的中心，是我们需要他们，因为他们是给我们干活的……但是，为了使他们给我们干活，就永远不应当给予他们索取政治权利的合法资格。"① 即南非白人既需要黑人及其他有色人种创造剩余价值，又不能赋予他们任何起码的权利，包括在"白人地区"里建立任何巩固的立足点。

四是工业肤色壁垒制度。南非当局在工业中设置"肤色壁垒"，这是在经济上排挤黑人及其他有色人种的种族歧视和种族隔离政策，根据《矿业与工作法》（1911 年）、《文明劳动法》（1924 年）、《肤色壁垒法》（1926 年）及《工业调解法》等，确定在工业部门中按照肤色招聘工人的规则，几乎所有高工资的技术工种的"文明劳动"全为白人保留，有色人种的工人则在从事工种、劳动待遇上受到公开排挤和歧视，尤其是黑人只能承担报酬极低的、非技术性的"不文明劳动"。白人政权劳工部部长可以为某一种族的成员在任何工业中保留任何类型的工作。如 1957 年白人劳工部便宣布在纺织业中为白

---

① ［南非］优素福·迈塔尔－苏勒：《非洲、美国和南非》，载宁骚《民族与国家——民族关系与民族政策的国际比较》，北京大学出版社 1995 年版，第 439 页。

人"保留"40000个职位。这项制度也被称为"职业保留制度"或"有色人种差别待遇"。这是白人政权收买白种工人安抚"穷白人"的措施，使他们在劳动力市场上享有特权，而在经济危机期间首先让黑人作出牺牲。

南非的种族隔离制度，除了以上四大基本制度，还有其他一些臭名昭著的种族主义法律。包括：为维护白人血统的纯洁性，禁止不同种族间通婚的《禁止通婚法》（1949年）和严禁白人与非白人之间性关系的《不道德法》（1950年）；鼓励地方当局对汽车、火车、饭馆、厕所、影院、公园、银行、邮局等公用设施实行种族隔离的《公用设施分别使用法》（1953年）；规定不同种族接受不同教育、剥夺非洲人受教育权利的《班图教育法》（1953年）和《扩充大学教育法》（1959年）；旨在镇压一切抵制、反对种族主义的一切言行、一切组织或个人的《镇压共产主义条例》（1950年）；等等。

殖民政府通过层层种族制度与法律，逐渐发展和完善了黑人聚居区黑人保留地制度，在全国范围内严格限制黑人的居住和工作地点。保留地被制度化，发展成为班图斯坦制度。1959年，南非政府通过法律，准备成立八个班图斯坦，这些班图斯坦一般是按照种族团体划分的。根据这项计划，每个非洲黑人都必须居住在班图斯坦中，在白人的居住地点，将不再允许任何黑人居住。班图斯坦制度同样和南非经济的发展紧密相关。班图斯坦远离主要的工业中心，可以当作倾倒失业者的地点。班图斯坦已经成为南非白人经济的蓄水池，经济增长的时候，可以从中吸取大量廉价非洲劳动力；经济衰退的时候，则用来分流和释放多余的劳动力。对黑人的歧视、贬低和压制，人为地制造了大量的廉价劳动力，这种以牺牲黑人利益为代价的经济体制，使南非白人经济渡过了20世纪多次世界性经济危机。种族歧视和种族隔离制度是深嵌于南非的殖民经济体制之中的。黑人解放运动和未来的新南非建设，绝不仅仅只是一个消除种族歧视和种族隔离的文化、制度问题，更是一个严肃的政治经济问题，且后者更具根本性。从此，种族隔离（Apartheid）一词成为这个黑暗制度的代名词，希特勒主义在非洲土壤上复活了。

种族隔离制度从根本上杜绝了黑人改善自身命运的可能性，种族矛盾引发的社会冲突愈演愈烈。20世纪上半叶民族独立运动风起云涌，南非境内的反隔离斗争也如火如荼，1912年，第一个全国性的非洲人政治组织南非土著国民大会在布隆方丹成立，后来改成非洲人国民大会，简称"非国大"，随后展开了一系列的斗争，草拟了非洲人权利法案，要求获得同白人一样的公民权，并在此基础上通过了自由宪章，主张无论民族和种族人人平等。1959年，泛非大成立，提出结束白人统治的政治，组织了反对通行证法的抗议运动，出现了沙佩维尔惨案、索韦托游行，将反种族隔离运动推向了高潮。但是，种族隔离不仅仅是一种制度，更是一种根深蒂固的意识形态，不仅存在于南非的日常生活和政治法律体系中，更存在于人们的思想意识中，必须从意识形态上将其瓦解，从人们的思想中将其拔除。在这一过程中，文学的作用无可替代。戈迪默的文学就具备这一功能，"我自己出生并生长在一个充满种族歧视的时代，这是我熟知的生活，我一直在写我熟悉的事情。那些小说被人们称为反种族歧视小说，其实小说只不过是真实反映了种族隔离时期的生活，反映了种族歧视的基本情况，也就自然反映出它是如何的残酷黑暗"①。正是写作让她走向了政治，"政治是南非的性格"，种族隔离的世界充斥在个人生活的方方面面。在许多方面，这是她对这些病态症状的剖析，也是她试图应付一段不断发展的历史的艰难尝试，这种对历史的介入感是她70年代和80年代小说的重要特点。②

---

① 李新烽：《曼德拉心目中的英雄——走近纳丁·戈迪默——纳丁·戈迪默访谈》，新华网，http://www.xinhuanet.com/world/2014-07/17/c_126764305.htm，2002年3月29日。

② Stephen Clingman, "History from the Inside: The Novels of Nadine Gordimer", *Journal of Southern African Studies*, Vol. 7, No. 2, April 1981, p. 165.

第二节　种族隔离制度与黑人的苦难

瑞士学院院士谢尔·埃斯普马克在颁奖词中指出种族隔离的种种后果，构成了戈迪默作品的重要主题。戈迪默常常被看作最率直而不知疲倦的种族隔离制度的批判者之一，综合考察戈迪默的创作，揭示种族制度的罪恶以及灾难性后果的主题贯穿始终，她首先着力于对黑人悲惨命运的同情以及对黑人不公命运的愤怒。

第一，戈迪默首先描写了种族隔离制度下黑人的贫穷，他们已经被剥夺得一无所有，成为自己土地的流浪者。因为他们的皮肤是黑色，他们是廉价购买的劳动力，这个政府的法律剥夺他们参与国家政治的权利，规定了他们即使不是奴隶，也是永久为贱民的命运。《贵客》中的布雷上校在湖区看到了不啻人间地狱的居民的生活场景，"一些棚屋排列在一个锈迹斑斑的铁皮屋顶上面，不是仓库，尽管里面散发着扑鼻的恶臭，而是住人的，墙上没有窗，就是有一个黑黢黢的门洞，在黑暗的屋里，有些面孔或隐或现，他以为是垃圾的那些散落的东西，原来是人家的家产，没有传统的锅碗瓢盆，只用同一种类似瓦砾一样的东西，好像这些人还生活在远离尘嚣的地方，被一个社群抛弃。眼前的凄凉景象惨不忍睹，令一个丰衣足食的人深感震惊。一个得了疟疾的老人躺在门外地上屈着腿，好像准备着按传统方式被埋葬似的，营养不良的脸上带着衰老的惨笑，一望而知是从那些死神的臭嘴一样的黑门洞里出来的，他看到棚屋里没有用具，只有人，了无生气仰躺着的或是从外面太阳地里爬回屋里"①，这一现象令人深感恐惧，这就是非洲的真实生活，戈迪默以无比的勇气带领读者直面生存条件的可

---

① 所有涉及《贵客》的小说原文基本参考贾文浩的译本。后文不再标注。

怖。类似这样的秉笔直书的描写段落在戈迪默笔下比比皆是,《伯格的女儿》中的主人公罗莎曾驱车跨过了那条黑白分界线,也为我们呈现相似的悲惨世界:"跨过一条自然的分界线,干净的街道就转换成了遍布车辙的土路,市中心转换成了堆着废铜烂铁的大草原和废纸飞扬的永恒秋天……嘈杂破乱的街道、一排排单调划一的简陋小房,安装着奇形怪状的防盗铁栅栏的破烂窗户,四处弥漫的啤酒味和尿味,堆满了被二次丢弃的垃圾,这是一个无法区分到底是郊区还是废品处理厂的街区。"——这样的描写远远超过了19世纪现实主义大师们对悲惨世界的描绘,黑人才是真正的"被侮辱与被损害"的贱民,毫无出路可言。这种场景成为戈迪默小说中反复出现的意象,是所有故事发生的底色,这就是南非的常态,只要作家敢于忠于现实,就不可能对此视而不见。种族隔离制度带来的黑人彻底的贫穷,是南非没有办法很快解决的顽症。作为对比的则是白人社区的繁华、奢靡和现代化,这种巨大的差异是以财富的掠夺构成的,白人的富有是建立在对黑人的剥削之上,如实描写黑人的赤贫生存状况,就是对种族制度最直接的控诉。

第二,戈迪默的小说中有大量篇幅直接描写种族隔离制度对黑人的暴力戕害,即使在种族隔离制度已经废除的今天,仍然让人身临其境,引导读者对人类的这段罪恶历史进行批判与反思。《贵客》描述了针对黑人的鞭刑,在南非的新闻报道中也有对鞭刑的记录,可以验证戈迪默小说的真实性,"他挺着身子站着,一丝丝绽破的肉挂在背后,大滴大滴的血沿着他的大腿倾注下来,九尾鞭嗖嗖地响,向他的肩头横打下去,他那双眼睛布满血丝,嘴唇战栗不停,两手痛苦的扭曲着,然而他仍然保持沉默,直到鞭子第30次落下时,皮开肉绽的他低沉的呻吟了一声,充满肉体遭受折磨时的痛苦,晕倒了"①。而这种

① 郑家馨:《南非通史》,上海社会科学院出版社2018年版,第286页。

针对肉体的酷刑，带来的是深深的精神恐惧，如同驯兽师手里的皮鞭，让黑人产生"怕"，才能更好地控制他们的身体。为了反映种族隔离制度对黑人的这种肉体的直接暴力，作者频繁使用监狱这一空间意象。自 20 世纪 60 年代以来，南非的监狱就不断爆满，成为世界上关押人数占人口比例最高的国家，1976 年的索韦托学生暴动后，有 4.4 万人以威胁国家安全罪而被监禁。比科曾经分析过"恐惧"在南非政治中的作用，白人为了在这片土地上成为统治者，用恐惧控制黑人，这种控制是通过包括警察在内的体制来实现的，无处不在的安全维护，使"白人"这种特质总是与警察制度联系在一起，黑人生活在无尽的恐惧之中，似乎随时都可能因违反某条法律而身陷囹圄，正是这种恐惧侵蚀了黑人的意志，让黑人无法在日常生活中像一个人，更不用说自由人了。在南非，人们因各种不同的原因被监禁：审讯、涉嫌恐怖主义、盗窃、谋杀；还有那些违反通行证法而被监禁的人。种族隔离期间拘留和监禁人民的主要原因是政治原因。据估计，1960—1990 年，大约有 8 万名南非人被拘留。许多妇女和儿童被监禁。1 万人是妇女，1.5 万人是 18 岁以下的儿童。[①]《我儿子的故事》描绘过一个更为可怖的种族暴力的场景，警察镇压举行集会的黑人，"山上的士兵和警察端着枪朝参加集会的人冲下来了……一枚枚榴霰弹在人群后面炸开；恶臭的硝烟追逐着人群，接着一声枪响——子弹横空而过……警察从山上冲下来进入人群，充满恐惧的哭号声被干巴刺耳的枪声打断，那些枪声像钢铁一样坚硬，它们四处横飞，穿透皮肉和骨头，直抵正在挣扎着想逃走的心脏，直抵发出惊叫声的喉咙"。[②]

白人暴徒的行为不会受到制裁，因为种族制度就是建立在对黑人的直接施暴之上的制度。在种族主义的南非，监狱酷刑司空见惯，每年都有人被折磨致死，南非警方都以自杀和疾病为借口掩盖其酷刑带

---

① 杨立华：《列国志·南非》，社会科学文献出版社 2010 年版，第 43 页。
② 所有涉及《我儿子的故事》的小说原文基本参考莫雅平译本，后文不再标注。

来的死亡。南非当局规定的不经审判而拘留的期限，1961 年为 12 天，1963 年改为 90 天，1965 年又延长到了 180 天，后来又有对有嫌疑的恐怖主义分子可以无限期关押的法律，警方可以在宣布释放某人的当时立即宣布新的拘捕令，将其长期关押而不进行审判。南非安全警察对政治犯迫害的手段极其残忍，从 1963 年规定可以实施 90 天不经审判的拘留以后，酷刑更为严重，被关押者不准与外界联系，在关押期间遭到连续的审问和毒打。黑人觉醒运动的创始人斯蒂夫·比科在 1977 年三次被拘禁并受尽折磨，最后导致脑骨多处破碎而死；南非共产党前领导人——著名律师布朗姆费舍尔是阿菲利卡人，因献身解放事业，1965 年被判终身监禁，1975 年因癌症死于狱中，葬礼之后，南非当局竟然要求把他的骨灰放回牢房继续服刑。① 监禁、枪杀、酷刑所构成的黑人生活令人触目惊心，人类在 20 世纪后半叶，种族制度还在大肆横行，还在不断制造惨剧，南非种族隔离制度就是纳粹在黑色非洲大地上的复活。

第三，种族隔离制度对黑人的经济掠夺。种族隔离既是政治意识形态，又是经济意识形态。特别是随着经济的发展和工业化的展开，大量布尔白人陷入破产境地，这就形成了 20 世纪 30 年代的"穷白人"问题。此时的种族隔离政策很大程度上就是要将大部分贫穷、未受良好教育的农村的阿菲利卡族变成富裕的资产阶级。② 南非是世界上最重要的矿产国家之一，矿产资源极为丰富，拥有现代经济发展所需的一切重要战略矿产原料，储量巨大，但是南非的丰富矿产资源也被白人牢牢地控制住。自 20 世纪后半期钻石和黄金开始被大规模地开采以来，采矿业一直是南非重要的支柱产业，在南非的经济发展中起到举足轻重的作用，直至今天，采矿业仍是南非多元化经济中重要的工业

① 杨立华：《列国志·南非》，社会科学文献出版社 2010 年版，第 44 页。

② Patti Waldmeir, *Anatomy of Miracle: The End of Apartheid and the Birth of the New South Africa*, London: Rutgers University Press, 1997, p. 10.

部门。因此，发达的采矿业便催生了一大批采矿工人，这些采矿工人就是那些被剥夺了土地的黑人。因为只有陷入无以谋生境地中的黑人才愿意去干这种又脏又累的廉价工作。戈迪默在《七月的人民》中，多次提及了黑人矿工的艰难生存处境。其实，在殖民之初，黑人与白人共同拥有矿山的开采权，但是白人为了更多地占有矿产资源，获得最大限度的利益，他们运用各种政治手段、法律以及暴力把黑人排挤出了矿权人的群体，最后完全占有了矿产开采权，黑人只能沦为为白人打工的矿工。在贫困线上挣扎的黑人为了养家糊口，不得不离开自己的保留区，离开家人，到白人的农场和矿场去打工，或者到白人家里当仆人。至此，他们已经沦为南非的廉价劳动力，失去了经济上的独立自主权，在经济上完全依附于白人。七月和千千万万的黑人一样，为了挣钱养活自己的家人，常年在外为白人打工，他的家人就靠着他每个月寄回来的钱生活。限制黑人在矿石行业中的参与权，最终使黑人只能以矿工的身份进入采矿业。这样，殖民政府就达到了"不让非洲人与白人竞争成为资本家，只让非洲人以被剥削的工资劳工的身份参与南非的资本主义"[1] 的目的。1913 年的《土著土地法》从根本上消除了黑人土地所有制，"通行证"把非洲人限制在自己的保留地里，使他们只被当作促进白人经济发展的人力资源。[2] 白人殖民者需要黑人的廉价劳动力，需要他们创造剩余价值，但是，不愿意给予黑人任何权利，不允许他们享有自己的劳动所创造的果实。由于这种恶性的掠夺，黑人丧失了最基本的生产资料，不曾掌握其他的生存技能，即使在种族制度被法律废除之后，他们依然无法摆脱身上的贫穷的魔咒。《无人伴随我》就真实地反映了黑人的这一生存状况，黑人奥帕设法搬进了一个白人区，但立刻就意识到一旦他们通过运动来抵抗的那种法律

---

① 郑家馨：《南非通史》，上海社会科学院出版社 2018 年版，第 286 页。

② ［尼日利亚］卡鲁·E. 乌穆：《论南非种族隔离制的起源》，宁骚译，转引自美国《非洲研究杂志》1981 年第 4 期。

限制被取消，还会有一种更古老，甚至是更大的限制需要对付——贫穷。

我们来看一组简单的数据，非洲人和白人工人平均工资之比：

部门	1960 年	1975 年	1977 年
采矿业	1∶15.5	1∶8.0	1∶7.6
制造业	1∶5.5	1∶4.8	1∶4.4
建筑业	1∶5.6	1∶4.9	1∶5.2①

黑人劳动价值的被剥夺就是白人资本家发财致富的秘密，短篇小说《权宜之计》中的主人公坦诚道出，"我们工厂的生存取决于一支稳定而素质良好的黑人劳动力大军。都知道整个黑人的工资标准是太低了，他们没有一个合法的工会为他们说话"。② 戈迪默的小说将黑人被种族制度束缚，不断被剥夺的事实淋漓尽致地描绘出来了。

第四，种族隔离制度对黑人最深的伤害则是精神奴役，让黑人在意识深处接纳了自己低人一等的谎言，黑人接受低人一等的教育，住在肮脏杂乱的棚户区，从幼年就开始面对与白人天壤之别的处境，逐渐形成了自卑感，并习以为常。黑人在"饭馆、酒吧、旅店、俱乐部、咖啡馆——任何群体的真实生活——都没有立锥之地。他们在所有这些地方付出劳动，但是却不能走进去、坐下来。美术馆、电影院、剧场、高尔夫球场、运动俱乐部甚至图书馆，对他们都不开放。在邮局及其公共机构中，他们要在隔离的柜台办事"。③ 在《我儿子的故事》中描述了黑人的生活，他们驯顺地遵守着白人套在他们身上的种族枷锁，只有周六才被允许进入小镇，"像雨后猛长的青草一样，这些人一到星期六就大量涌现在镇上，黑压压地遍布大街小巷……而在

---

① 艾周昌：《南非的现代化与传统文化》，《华东师范大学学报》（哲学社会科学版）1996年第 1 期。

② 所有涉及戈迪默相关短篇小说的原文基本参考章祖德编选的译本，后文不再标注。

③ ［南非］纳丁·戈迪默：《在希望与历史之间》，汪小英译，漓江出版社 2016 年版，第 103 页。

星期六以外的其他日子，这黑压压的人群会从城里消失，温顺地被逐回镇外专供他们栖身的地区"。在平时的生活中，这些驯顺的黑人不能进图书馆，不能参加任何文化组织，连公共厕所也被划分为黑人和白人的。他们与生俱来的那种黑色素导致了更多的限制，他们不得不战战兢兢地向警察呈上通行证，不得不干更脏的活，在更糟糕的地方生活直至死亡。黑人生来就是为了做那些白人不想去做的事情的，那些事情太卑贱，没有比他们的地位更卑贱的了。美国心理学家罗洛·梅（Rollo May）认为："当整个民族置身于不可能受到重视的处境中，这真的是一件很可悲的事。当然，黑人是最现成的例证。白人最大的罪行在于，他们让黑人经受了数百年的奴隶制度，而且，近百年来他们虽然让黑人的身体得到了解放，但心理却仍然受到压制，因而，黑人被他们置于不可能进行自我肯定的处境。"[1] 戈迪默对于黑人这一"无法自我肯定的处境"有着深刻的认知，因此她在《七月的人民》中写到了内战爆发后白人一家跟随着七月逃到了黑人的家乡，但是七月作为仆人的意识根深蒂固，因此清晨依然为他们奉上最好的服务，小说中写到了七月身上的一个熟悉的味道——救生圈肥皂（Lifebuoy soap）的气味。救生圈肥皂有着与殖民统治有关的漫长历史，在南部非洲市场，主要作为一种"强力"肥皂，用于清洗特别脏的身体。因此，广告宣传的救生圈形象最终不可避免地朝着男性化和黑色化的方向发展。"救生圈"一词进一步标志着七月的屈从，因为他是他们的"boy"。即使在此时白人一家已经失去了自己的特权，他们赖以生存的一切都已经被摧毁，可是黑人骨子里的自我奴役的意识并不能立即消除。七月的英语是在厨房、工厂和矿上学来的，它的基础是命令和应答，而不是思想和感情的交流。七月在使用这种只适宜命令和应答的语言的时候，已经被这种奴性的语言所控制，他的内心深处已经不

---

① ［美］罗洛·梅：《权力与无知：寻求暴力的根源》，郭本禹、方红译，中国人民大学出版社 2013 年版，第 27 页。

自觉地接受并适应了自己的下层人的生存状态。"七月弯着腰站在门口，像他们黑人过去一直为他们的白主人做的那样，替他们开始了新的一天。"在他过去的生命中，他几乎没有权利，却有许多义务——女主人每个月在他的通行证上签字才保证了他留在城里打工的合法性，这一条件使他处于"完全依赖"的状态。① 而正是因为如此，他从内心里就不会认为自己有资格和白人拥有同样的作为人的权利，这种思想就是一种自我奴化。1971 年 1 月，比科在跨种族研究所的学生会上发表讲话，试图解释白人自由主义者的思想是如何感染和瘫痪黑人领导层的，因为在非种族主义的幌子下，白人自由主义者"向黑人定义了后者应该为之奋斗的东西，而黑人参与了对他们自己文化遗产的低估"。② 白人种族主义者为种族政策寻找理论根据，根据黑白种族在外表、体质特征上的不同，认定在智力上也有差别，并区分了种族优劣，成为社会不平等的依据，使殖民统治合法化、永久化，种族主义遂成为为帝国主义、殖民主义统治服务的工具。而布尔人从加尔文教的教义中搬出了"先定论"，上帝开始就将人分为"选民"和"弃民"，欧洲白人尤其是布尔人就是上帝的"选民"，他们就该成为统治者并享有种种特权，而黑人就是上帝的"弃民"，注定要受前者的统治和奴役。白种人处在进化梯度的上层，注定成为统治者，而黑人则处于社会底层，是些没有知识、游手好闲的人，理所当然应受他人的统治和剥削。他们坚信：根据《圣经》，白种人和黑种人的区分将在天上和人世延续下去。③ 白人种族主义者的这一荒谬论述，却被黑人接纳了、内化了，自认为不配与白人讲平等，到这个时候种族主义就算真正成功了。

第五，作为一位女性作家，虽然戈迪默反对将自己界定成女性主

---

① Rosemarie Bodenheimer, "The Interregnum of Ownership in *July's People*", *Studies in Contemporary Fiction*, Winter, 1998, Vol. 39, No. 2, p. 108.

② Steve Biko, *White Racism and Black Consciousness*, Chicago: The University of Chicago Press, 2002, p. 64.

③ ［法］弗朗兹·法农：《黑皮肤，白面具》，万冰译，译林出版社 2005 年版，第 19 页。

义者，但是她依然带着性别的视角，给予她观察世界、批判社会的更为特殊的角度，那就是对黑人女性命运的特殊关注。虽然法律在某种程度上把我们分开了，但"在生活中有一个巨大的领域，350年来，不管是在农场还是在城市里，我们在一个我们的意识混杂的广阔领域里相互混合"。① 在《七月的人民》《无人伴随我》等小说中，她的笔触涉及了黑人女性的生存状态，当莫琳一家跟随着他们的黑人仆人七月到他的家乡避难，莫琳看到这里女性大概天一亮就会出去捡柴或者下地干活了，她们与自己的丈夫相比，更是无声的沉默的存在。丈夫到城市里打工，给白人做仆役，这些黑人女性则只能留在部落，过着没有丈夫、极端贫穷的生活，世代如此，她们也已经集体麻木。1952年，南非通过《土著法修订案》，明确规定了黑人的妻子、未婚的女儿或未到缴纳普通税年龄的儿子，与他们到城市居住在一起的残酷条件，其实绝大多数黑人是无法达到这样一个条件的。② 每当丈夫休假回家，她们就可能怀上一个孩子。七月的年轻太太，"她怀里抱着的那个孩子是他们最小的孩子，跟其他的孩子一样，也是七月回家休息的时候怀上的，他不在家的时候生下来"。当七月把白人斯迈尔斯一家带回来，让玛莎让出房间和床的时候，她虽然心里是极度不情愿的，但也只能接受，因为在七月的面前，她是无法言说的"他者"。莫琳第一次见她的时候，她只是"悄无声息地转来转去"，戈迪默寥寥几笔就刻画了一个麻木、对生活逆来顺受的典型的黑人妇女肖像。她对于自己的婚姻与命运或许也有苦恼，也没有和其他女性或者她的婆婆谈过，因为老太太岁数大了，她的脸就表明她知道答案，她曾有一个在矿上待了30年的丈夫。贯穿全部季节之中的是一个遥遥无期久久不变的、没有男人的季节，这季节包括播种时节和收获时

---

① Ingrid Johnston, "Dilemmas of Identity and Ideology in Cross-cultural Literary Engagements", *Canadian Ethnic Studies*, Vol. 29, Iss. 2, 1997, p. 97.

② 尚宇晨：《种族隔离制度下南非白人政府的黑人城市化政策（1920—1960）》，《世界历史》2018年第1期。

节，多雨的夏天和干旱的冬天，而只在男人回家的短暂阶段才有所变化，尽管每个男人回家的次数不一样，但对所有女人来说，各自的男人在家的时间长短大体上是一样的，对于每个女人来说，漫长的等待会因男人回家而有所改变，那段时间她虽然仍像平时一样在其他人中间干着活，过着日子，在生活循环中却和其他人处于不同的阶段，男人离家和回家的交替循环对她们大家都是一样的，是压倒自然人性的生存紧迫感逼出来的。太阳升起来，月亮落下去，钱必须来，男人必须走。《无人伴随我》中的奥帕在黑人聚居区的太太，拥有完全一致的命运。奥帕在城里打工，常年不回家，太太常年留守在乡间，终年无法与丈夫见到一面。"一张年轻圆胖的脸，皱紧起来，手遮在眼前凝视着他，恭敬地远远地向她的男人和她的丈夫问候。"她是沉默的，只是听着她的男人说话，而她也只有被问到的时候才回答。① 这些黑人在城里都会有一个情人，而他们的太太却由于隔离制度以及生活所迫，不得不在家乡苦苦等候。种族制度这一压迫制度的链条中，更为无言的存在是贫穷的黑人妇女。

第六，正是由于种族制度的种种罪恶，在黑人社区制造了更为严重的社会问题，贫穷、疾病、极高的犯罪率等不断滋生，成为黑人社区的巨大隐患。黑人社会存在两种主要的可怕的暴力，一种是政治暴力，这主要发生在非国大与祖鲁人因卡塔的支持者之间，每年导致上千人死亡。截至 1990 年年底，政治暴力的死亡人数比本已经很高的 1989 年还要高出 163%，这大部分是因卡塔自由党企图把它的基地扩展到约翰内斯堡助力的黑人城镇的缘故，大屠杀司空见惯，如对上下班的火车乘客的恐怖袭击，这些毫无理由的袭击火车上的上下班的人和出租车，再加上自卫团和军阀们的暴力，严重地破坏了黑人城镇的稳定，造成了普遍的不安全感、道德败坏和混乱。暴力的另一种形式

---

① 所有涉及《无人伴随我》小说的原文基本参考金明的译本，后文不再标注。

是青少年犯罪。这种暴力的参与者主要是失业的青少年、金矿的逃工者和流氓无产者。年青一代可以说是在暴力充斥的环境中长大，更容易对种族歧视及由此产生的种种不平等现象愤愤不平。贫困是滋生暴力的温床，而失业是暴力的催化剂。"不管对这些暴力的原因作何种解释，有一点是不容否认的，即这些暴力是种族隔离制的产物。"① 青少年犯罪问题是一个长期困扰居民生活的痼疾。其形成的因素是多样的，一方面是教育的缺失，而且在反对种族压迫的斗争中，形成一种无纪律性的文化，他们发动示威或抵制行动，对不参与者动辄处死，他们所表现出的不容异己的专制倾向与民主制度是不相容的。② 但更多是因为白人种族主义统治下的劳动力市场，只需要驯服的工人，而不是惹事的愤怒青年。成年之前，劳动力市场是没有黑人青年的位置的，大多数青年都是在帮派里过的。但是青年黑帮对居民产生严重的干扰，特别是火车、街头上的抢劫盗窃及对女学生的骚扰、强奸等行为，让黑人城镇的居民深感不安。《贵客》的主人公布雷上校的死亡，就与这种动乱有关，被一帮流氓趁火打劫，并失去了性命，通过他的毫无英雄气概、毫无价值的死亡，作者对黑人社区的青少年犯罪问题进行了斥责。"暴力的镇压"与"暴力的反抗"是种族隔离制度所带来的直接衍生物，而与暴力相伴随的枪杀、殴打、流血、死亡等都实实在在地落实到了人的身体之上。在1976年索韦托起义之后，骚乱和暴力冲突成为一种常态。这种动荡伴随着白人政府的统治危机和黑人内部的权力斗争，一直持续到新南非的建立，事实上青少年的犯罪问题至今仍困扰着索韦托的居民，这都是种族制度在今天的南非依然产生深远的影响的表现。"我们正坐在一个定时炸弹上，黑人城镇的青年们，在过去几十年之间，已经有了一个看得见的敌人，这就是政府，

① 静水：《南非种族隔离制遗留的社会文化问题》，《国际社会与经济》1994年第12期。
② 潘兴明：《南非：非洲大陆的领头羊——南非实力地位及综合影响力评析》，上海人民出版社2012年版，第52页。

现在这个敌人不能再看见了，因为出现了变革，现在他们的敌人，是你和我是开着汽车和有房子的人们，这是地位，任何事情都关系到地位，这是一个非常严重的局势。"①

第七，种族隔离制度导致的人性扭曲以及爱情悲剧。从其第一部长篇《说谎的日子》起，跨种族恋爱在种族隔离制度之下的失败，就成为戈迪默创作中反复出现的情节，她以这一婚恋悲剧抨击种族制度的反人性。《说谎的日子》的女主人公是英裔白人矿务官的女儿，爱上了一位黑人青年，最后因为种族隔离制度，爱情无疾而终；《恋爱时节》又重复了第一部小说的主题；《城市与乡下的恋人们》在种族隔离时代，跨肤色的爱情都是罪行，尤其在下篇中，白人男子与黑人女子热恋，但因根深蒂固的种族偏见，将自己与黑人女子生下的孩子亲手活活扼杀。这种爱情悲剧，正是对《禁止混婚法》等种族隔离法案的直接抨击，根源则在于种族制度，扼杀人类爱情与希望的制度必定是罪恶的、应当被粉碎的。

第八，种族隔离制度下糟糕的黑人教育。种族隔离的教育制度是南非国民党政府保持白人至上黑人低下的种族主义统治的重要手段，主要的法律有《班图教育法》和《有色人教育法》。教育上的种族制度，主要表现在实行各种族分校学习，政府宣布教育白人儿童的目的是培养他们作为统治者，而教育黑人儿童的目的是培养他们作为服务者。"工业部门的雇主们认为，接受四年的教育是让黑人成为半熟练工人的基础，明白最基本的算术、文字和工作纪律，所以国家应该鼓励黑人儿童完成这一程度的教育。根据这一目标，班图教育制度成功的提供了小学教育"②，但是教学质量差，教学设施有限，教师的素质低。在全国范围内，学生与教师的比例从1955年的46∶1上升到1967

① ［南非］海因·马雷：《南非：变革的局限性——过渡的政治经济学》，葛佶、屠尔康译，社会科学文献出版社2003年版，第117页。
② 尚宇晨：《二十世纪三十至七十年代约翰内斯堡的黑人社会生活研究》，博士学位论文，上海华东师范大学，2011年，第117页。

年的 58:1。到 1971 年，大约只有 1/8 的教师通过高中毕业的考试。
大约 2/3 教师的只有小学六年级的或者是初中的文凭，他们也主要是
在小学教书。[1] 1976 年 6 月 16 日索韦托学生暴动，是南非种族矛盾的
总爆发，是黑人反抗情绪达到不可抑制程度的表现，学生对种族主义
教育制度的不满是这次暴动的起因。南非当局控制着非洲人的教育，
实行种族歧视政策，给非洲人的学校经费很少，非洲人学生的人均教
育经费只是白人学生的 1/10，黑人学校的设备和师资力量大大低于白
人学校；班图教育部还在 70 年代初企图强迫非洲中小学生用阿菲利卡
语授课。这样一来黑人教师和学生都要从头学习，阿菲利卡语无疑加
大了黑人学生掌握知识的困难，而且阿菲利卡语被看作种族主义统治
者的语言，更引起了黑人的反感。在索韦托学生罢课游行运动中，警
察向和平示威的学生开枪，约有 100 名学生倒在血泊当中，警察的暴
行惹怒了学生们，也引起了广大黑人的愤慨。全国各地的黑人学生都
起来响应索韦托学生代表会的号召，举行了罢课示威；几十万非洲人
和有色工人举行罢工进行抗议。黑人斗争的压力迫使当局在当年的 7
月 5 日宣布取消在非洲人中小学用阿菲利卡语授课的决定，这是学生
们的胜利，也是 70 年代中期黑人运动显示力量迫使当局做出让步的开
始。[2] 然而提升黑人的教育水平绝非易事，《无人伴随我》中的主人公
本，他其实是可以成为一名大学老师，教育白人学生了解西方文化背
景。但是他意识到这样的课程，对那些名义上满足了入学标准，但来
自黑人居住区的黑人学生来说是难以应对的，在那些居住区的学校里
联合抵制是他们历史课的主题，奔跑着与警察作战，是他们学习的
史诗，经济理论就是没有足够的钱去购买公共汽车票。所以黑人的
教育涉及的仍然是非洲国家整体的制度与经济问题，在种族隔离制

---

[1]　Clive L. Glaser, "Youth Culture and Politics in Soweto 1958 – 1976", *Journal of Southern African Studies*, Vol. 24, No. 2, June 1998, p. 301.

[2]　杨立华：《列国志·南非》，社会科学文献出版社 2010 年版，第 116 页。

度之下，黑人的教育就只能是培养半熟练的劳工。黑人教育问题在《贵客》中讨论得更为全面，主人公布雷上校在加拉进行教育现状的调研，这导致他对黑人社区的现行教育幻灭，孩子们活泼好动却被用低劣的方式灌输死记硬背的内容，在脑子里一天天发酵，学校里教的，跟孩子在家里的文化模式不合拍。戈迪默对种族制度之下黑人教育现状的考察，体现出极强的社会问题意识，使其作品具有了极为深刻的现实意义。

戈迪默以敏锐的眼光、宽广的胸怀和深沉的人道主义之情，描述了种族隔离制度带给黑人的灾难，在这样一个邪恶的制度之下，黑人永远也无法挣脱自己的悲惨命运，生为黑人，就已经注定了他们的宿命，正如短篇小说《我真命苦》所描述的，黑人女佣萨拉努力想让自己的孩子逃离最低端最底层的生活，她希望孩子们都受到尽可能良好的教育，她坚信教育可以使孩子们在世界上找到容身之地，她极力挡住他们继续往下滑，但是他们的衣衫一次比一次褴褛，日子越来越不好过，珍妮特这个最爱读书的孩子也已经辍学。他们的大姐早已嫁人，弟弟早已辍学打工。拼尽一切努力，最后发现于事无补，他们只能走上他们既定的人生——似乎无法颠覆、无法超越的魔咒。这个魔咒就是肤色歧视——他们是穷人，是黑人。

第三节　黑人的觉醒与反抗

由于种族隔离制度的罪恶，遭到了来自世界各个国家以及人权主义者的严厉抨击，随着黑人受教育程度的加深，随着全世界文明之光的照耀，黑人的觉醒一直在孕育之中，最终会意识到这一制度是套在自己身上的枷锁，因此黑人奋起反抗，希望能从白人手里夺回自己失去的一切，对这一觉醒与反抗的主题，是戈迪默创作中的重中之重，也正因如此，其小说始终闪耀着人道主义的光芒，也成为她获得诺贝尔文学奖的重要原因。

重新发现非洲传统的努力始于 20 世纪 20 年代纽约哈莱姆黑人文艺复兴，随后在 20 世纪 30 年代开始的黑人性运动中达到第一个顶峰，20 世纪 60 年代南非的黑人意识运动则是这个非洲启蒙运动的另一个高峰，因此黑人意识运动的领袖斯蒂芬·比科的历史作用几乎可以和曼德拉相提并论。"黑人精神"一词最先由法属马提尼克诗人塞泽尔在留学法国期间提出。1935 年，他在文学评论杂志《黑人学生》（*The Black Student*）上发表论文《种族意识与社会革命》，第一次创造性地使用了黑人精神一词（Negritude）。他用黑人精神这个术语指称在法国种族歧视语境下作为种族存在的黑人群体的总体特征，展示黑人的光荣历史和精神力量。黑人觉醒运动的主要发起者是南非学生组织 SASO，受到美国黑人民权运动的影响，这个组织采用激进主义的政治话语。南非学生组织反对被动接受白人的特权和统治，鼓吹黑人的自信和自我肯定。比科阐述了黑人觉醒运动的核心思想，以他为核心的学生组织所发起的运动填补了这一时期黑人运动的空白，并为后来掀起的反抗运动高潮作了铺垫①。正如上一章我们所讨论的，由于种族隔离制度的多年累积的恶果，导致了 1976 年索韦托的学生运动以及蔓延全国的罢工起义，索韦托起义发生后，索韦托等黑人城镇进入动荡时代，骚乱和暴力冲突成为一种常态，这种动荡伴随着白人政府的统治危机和黑人内部政治团体的权力斗争，一直持续到 1994 年新南非成立。索韦托起义在南非历史上具有特殊地位，尼格尔（Mandy Nigel）将索韦托起义看作"南非黑人意识复兴的标志"。②

黑人对种族制度的反抗是戈迪默小说中一个非常重大的主题，与她的创作生涯相伴始终，她采取了多元化的方式描述这一主题。首先

---

① Steve Biko, *I Write What I Like*, San Francisco：Harper & Row Publishers, 1986, p. 76.

② Nigel Mandy, *A City Divided：Johannesburg and Soweto*, New York：Martin's Press, 1984, p. 84.

直面这场斗争，以史诗般的笔调进行记录；其次，以寓言的形式，采用戏仿的姿态，并对未来做出预测，因此她的现实主义被评论界称为"预言现实主义"。第二种表现方式主要表现在《七月的人民》中。在这部小说中，戈迪默采用的就是戏仿的策略，让我们看到原先社会问题的不合理性。① 小说以内战爆发作为开始，但是最初白人依然认为这不过是第 101 次骚乱，结果又是老样子，上千名黑人被逮捕，碎玻璃被扫走，割断的电话线重新被接上，局势又重新被控制。但是事实上这将会成为不一样的一场战争，黑人会成为局势的掌控者。尚未觉醒的黑仆七月是按照种族制度设定的黑人身份，作为一个合格的奴仆而存在。但是暴乱愈演愈烈之时，他看到白人一家面对暴乱的无助，他建议主人一家跟随自己去黑人聚居区的老家避难，这颠倒了他们逻辑上应该处的位置。最后白人一家寄宿在他的家里，成为"七月的人民"。——七月不是有意识地反抗，而是因为环境使然。根深蒂固的奴隶情结，使他甘愿做合格的奴隶。他之所以要保护白人一家，是因为他依然将自己放在了奴隶的位置。但这确实是一个双方地位改变的开始。七月在带着白人一家逃亡到自己家中的第一个早晨，仍然按照白人中产阶级的生活仪式为他们提供服务，戈迪默刻意强调了他身上一股救生圈肥皂的味道，救生圈有着悠久的殖民统治历史，广告宣传的救生圈形象带着男性化和黑色化的指向，进一步标志着七月的屈从。然而小说随后的发展却告诉我们，在内战的背景下七月已经成为"他们的救世主，他们的青蛙王子"。从而我们读出了救生圈所象征的另一个含义——是真正的救生圈，是对已经失去权力的白人的救命稻草，一切全部"在这个散发着救生圈味道的黑人身上，如今黑人成了他们的救世主"②。《七月的人民》成为一个反童话色彩的戏仿故事，他们的黑人仆人七月最后成了决定他们生活的

---

① Shahram, R., "Nadine Gordimer's *July's People*: A Parodic Postmodern Revisitation of History", *Advances in Language and Literary Studies*, Vol. 7, Iss. 4, 2016, p. 33.

② Clingman, *The Novels of Nadine Gordimer*, Virginia: University Press of Virginia, 1992, p. 85.

人，他是青蛙王子、救星。随后他们的矛盾就逐渐升级，当七月逐渐僭越了白人认为的界限，就意味着黑与白的冲突随时可以发生。首先体现在关于汽车的事情上。汽车是白人身份和安全的代表，但是七月不经同意就逐渐将汽车据为己有，他强调了自己将汽车据为己有的合理性，"谁能替你们上铺子买东西，谁能替你们弄来火柴，没有谁能替你们的孩子弄点吃的"。白人现在寄居在七月的村庄，但是他们不能抛头露面，有可能会暴露自己的行踪，不仅给自己也可能给七月带来麻烦，所以七月如今已经不再是莫琳一家的奴仆了。后来莫琳带有讨好但是又想运用一下自己的权威，将七月召唤到自己面前，装作要将汽车钥匙还给七月保管，"——这是你的钥匙"，有一刹那，他的双手略微做了个捧接的手势，紧接着就自己撤回去了，而只用右手的手指头从莫琳手上勾住这一串玩意儿，弄出叮叮当当的声响。多米尼克·海德认为，对他们来说，"七月救了他们，他们欠七月情分。但丧失对车的控制权和猎枪的丢失，才使他们完全依附七月：他们在村庄中就是弱者的角色"。[①] 在这个过程中七月自己也觉醒了，意识到白人并不必然比黑人更强大，更应该具有特权，白人之所以强大，只是因为他们占有了更多的资源，比如金钱、汽车、武器、资讯等。而一旦黑人觉醒，也可以操控同样的资源，白人就将永远失去主人的地位。所以，当莫琳假模假样地说要将钥匙给他保管时，七月在这里的反应非常耐人寻味，他由捧接的姿势换成了手指勾住钥匙，还弄出叮当响，他一改多年养成的毕恭毕敬的姿势，刻意向莫琳强调自己不过是给她干活的奴仆。"奴仆这个荒唐的字眼，一字一字的敲打在她身上。他从哪儿捡到这个武器的？这个词在她家里从来没用过，当着她的面说这个词的人，她还很自负的羞辱他们，揭他们的短"，莫琳自认为是一个自由主义者，并不认同种族主义那一套，但是她在内心深处非常了解自己的这一虚假立场，她优渥的生活正是建立在对

---

① Head Dominic, *Nadine Gordimer*, Cambridge：Cambridge University Press，1994，p. 132.

黑人的奴役之上的，所以当七月将"奴仆"这个词提出后深深地戳穿了她的虚假立场。七月的这一行为表明旧秩序已经失效，革命带来了"角色爆炸"。① 七月在这里对白人采取的反抗姿态，是以一种对双方身份瓦解的方式进行的，这是一种戏仿与寓言式的写法，"预示了巨大的社会变动，僵化的黑白秩序将要瓦解，对白人种族主义者敲响了丧钟"。② 在枪支失窃后与莫琳的争吵中，七月不再使用从白人那里学来的蹩脚的只是听懂白人指令的英语，而是开始使用他自己的土语来指责莫琳，进行控诉。他张开两手拍打在膝盖上，开始用他自己的语言跟她说起话来，他的脸上闪烁着坚毅的神色。莫琳虽然一个词也听不懂，她却听明白了七月所说的他曾不得不是一个好仆人，但是就他自己而言——能干、忠实、为她争面子，——却没有任何意义，他作为人的价值，体现在别处另一些人身上。她不是他的母亲、他的妻子、他的姐妹、他的朋友、他的人民。"在语言问题上，讲一种语言是自觉地接受一个世界，一种文化。"③ 七月放弃白人的英语改用黑人土著语言，标志着白人权力的全面丧失，而黑人意识、内在自我已经复苏，黑白世界正在发生颠倒。一切都颠倒了，汽车、猎枪甚至生活资料，象征经济权的一切都从白人转移到了黑人。这仿佛是殖民史的反讽，历史情节再次上演，不过角色的位置已经调换了，黑人正由边缘与他者回到中心，白人正在逐渐走向边缘。"戈迪默以想象的方式，描述了黑人和白人之间的暴力对抗，标志着南非种族隔离制度的结束。"④ 短篇小说《高速公路上的雄狮》采用寓言的写法，表达了黑人势不可

① Ali Erritouni, "Apartheid Inequality and Postapartheid Utopia in Nadine Gordimer's July's People", *Research in African Literatures*, Vol. 37, 2006, p. 68.

② Shahram, R., "Nadine Gordimer's July's People: A Parodic Postmodern Revisitation of History", *Advances in Language and Literary Studies*, Vol. 7, Iss. 4, 2016, p. 33.

③ [法] 弗朗兹·法农:《全世界受苦的人》, 万冰译, 译林出版社 2005 年版, 第 25 页。

④ Laura Wright, "National Photographic: Images of Sensibility and the Nation in Margaret Atwood's Surfacing and Nadine Gordimer's July's People", *A Journal for the Interdisciplinary Study of Literature*, Vol. 38, March 2005, p. 75.

当的反叛以及对自由的渴望。雄狮是一种黑人被困的象征，它们由于从小就被关在笼子里，它们的世界空洞而虚无，但是渴望自由的本能一定会在某个深夜觉醒，发出巨大的吼叫，正如黑人的觉醒。自由的天性是不会被完全剥夺的。"当那瞳仁的晶体，对于穿过狮笼的铁栅，猛然飞扑到近前求食爆米花的鸽子忽然闭起时，你便可以断定这一点。在某些夜晚它们才显示着自己可怕的力量，它们开始喘息，协腹鼓起，好像它们一直在穿过暗夜而飞奔，别的动物纷纷从它们的路上退缩逃遁。发出了那吼声，一种可怕而强烈的要解放自己的欲望。"高速公路的修建象征着白人资本主义工业的发展，川流不息的车鸣将夜间狮子的吼声盖过，但依然会随着一阵微风被人们听到，这就像备受压抑的黑人觉醒运动，它们是不会真的消失的。作者最后写到了和平罢工的黑人队伍，如同一条粗大的黑蜈蚣长着成千上万条舞动的长足，高视阔步向前进，他们总有一天能跨越任何里程。作者想象被围困的狮子最后扭弯牢笼的铁栅，解放了自己，它转动着那壮丽的头，终于索取那自己从未见过的东西，那个它要在其中为王的国家。

　　除寓言与戏仿之外，戈迪默更惯常采用正面直接记录的方式表现黑人对种族隔离制度的反抗这一主题。例如《我儿子的故事》详细描述了小学教师索尼一家是如何走上革命之路的，这其中混合着个人情感、家庭伦理议题的展开，使革命议题具有了人性与伦理的厚重。索尼曾经挑灯夜读以提高学历，用这样的方式改善自身的处境，而不是通过参加集会或者革命运动，这时的索尼是一个被驯化的黑人的典型代表。然而，就算他只祈求这样的平静生活也是绝无可能的，说明种族隔离制度之下，黑人并没有所谓的"躲进小楼成一统"的幸福生活。有一个小男孩和高年级的学生们一起冲向警察时被枪杀了，一家报纸的摄影记者拍下了另一个孩子托着他尸体的照片，作为圣母哀悼基督像的翻版，它反映了黑人生活中随处可见的苦难。索尼看到这张照片之后，激发了他追求自由的本性，他带领自己的学生穿过草原去示威游行，积极投身于黑人的解放斗争，成为一位职业革命家。戈迪默将他比喻成民族危难之时挺身而出的大卫，他小学教师的工作变成了会议、演讲、论战和赴当局请愿。小说最后，白人暴徒烧毁了他们的家，索尼以"浴火重生的凤凰"来勉励威尔，凤凰总是从灰烬中再生，监狱关不住、汽油弹消灭不了、火阻止不了，因此必须为自己的国家和土地而战。威尔在和父亲一起面对白人的暴力时，思想成熟了，认识到"如果不愿意做奴隶……那就是革命"。《伯格的女儿》是以写实主义的方式表达对种族制度反抗的另一部力作，"种族主义曾破坏着我们的国家，现在甚至更确切无疑，更系统地破坏着它。我不能对这样的悲剧视而不见。我追求消灭种族主义和不公正，我曾追求，将来只要我活着就将继续追求"。① 这段话来自小说人物的原型——南非共产党人费舍尔的演讲，面对不合理的种族制度，唯一的道路就是奋起反抗，并且暴力反抗是不可避免的方式。小学老师索尼最初从未想过自己会认可暴力，但是他最后还是走向了暴力反抗的道路，面对白人种族主义者的暴政、仇杀、军警镇压、随意监禁，包括索尼在内的黑人已经觉醒，他们要掌握自己的命运，他们要争取的是完整的自由与权利，他们争取的是他们的国家，而不是其中划定的聚居区，不是分出去的部落家园，为此武装反抗成为必然，正如民族之矛的宣言：在任何国家的生活中都会有这样的时刻，就是只剩下两种选择：屈服或斗争。现在南非到了这样的时刻了，我们绝不屈服，那么为了保卫我们的人民，我们的未来以及我们的自由，我们没有其他选择，只有尽我们一切所能进行反击。②

黑人在反抗白人统治时有一定的盲目性，在一定意义上将南非带入了新的混乱，戈迪默并未片面地为黑人的暴力反抗进行简单化处理，

---

① 所有涉及《无人伴随我》小说的原文基本参考李云、王艳红的译本，后文不再标注。
② ［南非］海因·马雷：《南非：变革的局限性——过渡的政治经济学》，葛佶、屠尔康译，社会科学文献出版社 2003 年版，第 30 页。

《伯格的女儿》如此描述愤怒的黑人的暴动，他们盲目地仇视与白人有关的一切，焚烧、抢劫每一样白人给予的东西，许多白人也在暴动中死去，也有大批黑人被枪杀。这就是南非，种族隔离制度已经让南非变成了地狱，让人人互相仇恨。"我们的孩子和我们孩子的孩子。父辈的罪行，最终，孩子因父辈的罪行向父辈复仇。他们的孩子和孩子的孩子，那就是未来，父辈无法预见。"南非已经陷入仇恨的循环中，这就是最坏的政治，通过直面黑人暴动的负面性进而凸显了种族制度本身的极端罪恶。黑人暴力反抗从最初的合理诉求，滑向了滥施暴力的深渊。《无人伴随我》中主人公维拉和她的黑人助手奥帕曾在路上遭遇一次来自黑人的袭击，奥帕看见有人在公路上招呼他减速，但是他忘记了在充满仇恨的南非，不能轻易为任何人停车，因此他犯了一个严重的错误，并为此付出生命的代价。黑人不分是非善恶滥施暴力，给南非带来了仇恨与动荡，但纵然黑人在反抗种族制度的时候伴随着暴力与犯罪，纵然在黑人执掌政权后也出现了诸多问题，那么是否意味着历史就应该退回到白人奴役黑人的种族隔离制度中去？"南非从头到尾都在着火，如果我们不想陷入一场自己设计的永久存在下去的暴力，就必须接受各种各样的恐怖袭击和残杀，否则我们所有改革和社会进步的希望都要被摧毁。"① 戈迪默通过自己的小说给出了如实的记录，同时也给出了自己的立场，正如她在演讲时回答记者提问所说的，不能因此而认为白人的殖民政策就是合理的。戈迪默是国际上公认的对种族隔离最直言不讳的批评者之一，在她的创作主题中，对种族隔离制度的批判与期待种族制度消亡，构成了她最为重要的创作意识。

---

① ［南非］海因·马雷：《南非：变革的局限性——过渡的政治经济学》，葛佶、屠尔康译，社会科学文献出版社 2003 年版，第 107 页。

第二章　种族隔离制度下的种族融合与希望

在我们的时代，人类命运的含义以政治来呈现。

——纳丁·戈迪默

第一节　种族隔离制度下白人的处境

南非种族隔离制度的历史构成了戈迪默写作的背景，她以现实主义文学的求真精神与人道主义思想指导自己的创作，不是她有意选择了政治题材，而是在南非，政治就是作家生活的空气，一个严肃的作家不能无视这一残酷的环境，必须做出自己的回应。"政治是某种潜入我作品的东西，因为我周围的生活充满了政治内容，就连生活中绝对隐私的层面也挡不住政治的侵入。在南非，政治过去不是，现在也不是你参与不参与的东西。整个政治气候——社会秩序，你的生活方式——为政治所决定，根本不存在愿意不愿意进入其中的问题。"① 对

① ［南非］纳丁·戈迪默、［美］苏珊·桑塔格：《关于作家职责的对谈》，姚君伟译，《译林》2006年第3期。

种族隔离制度的罪恶和可怕后果的描述，除了全方位描述黑人的痛苦生活，戈迪默进而思考白人的生存处境，以及南非真正的未来——只有种族融合，她也写出了这一希望。

首先，戈迪默对白人自由主义者的种族概念进行了反思。戈迪默早期所持的就是白人自由主义者立场，然后逐渐转向激进。短篇小说《权宜之计》中的丈夫威廉认为自己毫无种族偏见，但是当黑人在工作期间仍然佩戴非国大的徽标，他认为这会影响自己的生意，因此就将之开除，他的原则便是生活必须继续下去，即便是平淡无奇、陈腐旧陋，他真正关心的是权力与经济利益。《七月的人民》中的莫琳夫妇也是白人自由主义的典型代表，他们平时特别憎恨种族主义，自以为对待黑人充满了爱心，可是当作为权力和安全象征的汽车与猎枪被黑人占有之后，他们认为那个黑人已经越界了，这一想法恰恰暴露了他们自由主义的局限性，他们从未准备放弃他们的财产和特权。[①] 一旦涉及自己的核心利益，自由主义者便保持沉默，甚至站在种族主义一方。《家藏的枪》中白人邓肯杀人后，通过朋友介绍请了一位律师，黑人汉密尔顿。母亲克劳迪娅认为儿子的辩护律师应该由少数族裔的人来担当，黑人律师没有应有的聪明智慧。作为一名给人治疗伤痛的医生，克劳迪娅深知黑人与白人的血肉是一样的，但是对儿子律师的质疑体现出了一名白人中产阶级对黑人根深蒂固的种族歧视。虽然夫妻二人在自己的工作中也会力所能及地帮助黑人，但是他们的自由信仰和平日的善举只不过是他们种族主义的一种掩饰和优越感的体现。如果白人不能够真正意识到种族主义的罪恶，他们也将生活于罪恶之中，这种自由主义的概念在尖锐的冲突面前会显得极为无力。

其次，戈迪默描写了在种族制度的宣传之下，白人对黑人的偏见

---

① Bruce King, *The Later Fiction of Nadine Gordimer*, New York: St. Martin's, 1993, p. 108.

而产生的恐惧心理，这是对人际关系的恶性破坏。短篇小说《捕鱼》中描写了一对白人夫妇同一个印度人的相识，以平淡而不露声色的笔触描写了白人根深蒂固的种族偏见，无论有色人种表现得多么优秀，在白人心目之中他们都是荒谬、低贱而愚蠢的。而且种族制度的宣传，导致白人对黑人产生深深的恐惧心理，赫尔佐格在1911年如此煽动白人对"黑祸"的恐惧，"如果问题不解决，我一想起来就不寒而栗。倘若黑人不斩尽杀绝或迁走，我们的子孙会越来越感到不堪低水平文明之苦"。① 马兰等人用耸人听闻的"黑色危险"来恐吓白人选民，宣扬若不实行种族隔离，白人种族的高贵血统就会被黑人及其他有色人种污染而引起"种族退化"。戈迪默在《难道我们没有他处可见面吗?》中非常生动传神地描述了白人的这一恐惧心理——一位南非中下层白人妇女在一个人匆匆步行赶路时的遭遇和心理反应。这位白人妇女远远看见有一人站着，当走近后发现他是一个残疾黑人，于是这位妇女内心生出了对方可能会伤害自己的莫名的恐惧，当经过他时，他伸出了手，而这位女士的钱包掉在地下，却顾不得拾起就拼命奔跑。感到心在剧烈跳动，上气不接下气，直到看见前面有人家了，才停下来。这时候她才想起来：也许那人只不过是要几个钱而已。虽已时过境迁，"我"仍感到当时是多么恐怖……在白人只占15%的南非，施行野蛮残忍的种族隔离制度，整个社会扭曲而畸形，白人这种被伤害的幻觉的出现，正是种族隔离制度对人们心理的摧残。

再次，由于种族隔离制度，黑人与白人之间的尖锐对立，致使整个南非社会充满暴力，而这也必然殃及白人自己，戈迪默在作品中多次描写了白人遭受的暴力事件。短篇小说《跳跃》是一个源于现实的政治故事，讲述了种族隔离如何摧毁南非所有人的灵魂。他是个普普通通的英国移民的孩子，他和他的父母对政治永远不会感兴趣，他通

---

① ［西德］亨·耶内克:《白人老爷》，赵振权、董光祖译，世界知识出版社1991年版，第137页。

过加入跳伞俱乐部的方式和他的同龄人在一起，他的业余爱好还有摄影，他在一次跳伞时飞落在一座类似塔楼的建筑物上，拍了一张照片，结果就被黑人警察带走并将其关押，如同殖民时代白人对黑人所做的一样。他被认为是帝国主义派来的间谍，他生平第一次对黑人问题加以认真的思考，他憎恨黑人，一个无辜的少年被卷入荒唐的政治中，最后成为悲剧。这一切的根源正是种族政治的罪恶。类似情节几乎充满戈迪默的每一部作品，《新生》的琳赛差点在自家的院子里遭到暴力袭击；《最好的时光是现在》则是令人发指的校园暴力；《家藏的枪》直接指出，"死人新闻如同天气预报一样平常"；《陌生人的世界》也写出了白人所具有的这种莫名的深刻的恐惧，"我们不是处于危险之中，而只是因为我们害怕。——害怕黑暗"。恐惧在空气中弥漫，恐惧的气氛笼罩着这个国家，随之而来的是对安全的疯狂追求。然后陷入了恶性循环，人人自危；①《无人伴随我》的女主人公维拉是一位优秀的白人律师，大部分工作内容是力争从富裕的白人农场主手上为普通黑人争取土地的权利，但是她却在一次外出调查时遭到了一群黑人的抢劫和袭击。由于种族制度的残酷，暴力只是一个结果，而世世代代针对黑人所实施的制度性暴力，终究要付出代价，一个充斥着暴力与杀戮的南非正是这样诞生的。小说提到在维拉居住的街道，恐怖已经发生好多次了，60年代的沙佩维尔大屠杀，70年代的黑人学生暴动以及现在的刺杀，他们试图用围墙、警报、狗和左轮手枪来保护自己，这是白人亲手制造的人间地狱，无人可以幸免。短篇小说《幻想生涯》将白人内心的恐惧心理完全展示出来，开着的门让主人公产生了所有白人都会有的那种恐惧幻想，"她不由得也相信了住在郊区的主妇们都有的那种想法，觉得这一下子准有人要闯进来了——风那么大，他们进来了也不会有人听见黑人闯到屋里来"。她脑海中闪现出道听途说

---

① Denise Brahimi, *Nadine Gordimer: Weaving Together Fiction, Women and Politics*, Claremont: UCT Press, 2012, p. 47.

过的许多恐怖故事，黑人如何破门而入杀害他们，"所能唤起的就只有这么一老套的幻想，全城居民都有的幻想，她被这幻想迷住了心窍"。这是通过白人有关"黑祸"宣传所导致的集体幻想，而白人的生活也被全部摧毁了，同时，这种恐惧也反映出白人深知他们所犯下的罪恶，必然有一天南非黑人会如火山般爆发，宣泄几个世纪以来的仇恨。

在这一类的主题中，笔者认为短篇小说《从前》是一篇上乘之作，采用双层叙事，故事的叙述者提到自己有一个晚上被惊醒了，她所感受到的那种实实在在的恐惧，"我没有防盗门，枕头下没有枪，我感到恐惧"，她想到了很多入室抢劫和谋杀的事件，表现出白人对暴力深深的恐惧感，"我一动不动的躺着，心脏不规则的跳动在心室里左撞右碰，好像要蹦出来了"。第二层叙事是关于一个孩子的故事：一对非常恩爱的白人夫妻在郊区拥有一所大房子，他们有一个可爱的儿子，整个家庭非常幸福，但是周围各种暴力事件不断发生，公共汽车被烧毁、小汽车被人用石头砸、小孩被枪杀，于是周边的居民都加强了安保，各家各户都安装了电子警报，他们家则装了电子控制大门，还安装了一个钢铁的围栏，它由一圈弄成锯齿状刀刃的亮闪闪的钢齿组成。妈妈给孩子读女巫的故事，第二天小孩穿过可怕的灌木丛似的刀刺进入"王宫"，要将睡美人唤醒，他认为自己是那位王子，而那亮闪闪的隧道的宽度刚好能容下他爬进去的小小的身躯。但是那刀齿深深地扎进了他的膝盖、双手和头部，越挣扎他就越深地陷入钢齿的缠绕之中。——这部小说的双层结构互相印证并加重了恐惧的氛围，当一个社会到了互相拿枪来保护自己的时候，死亡与枪杀将变得司空见惯，再严密的安保也不能消除恐惧。作品写出了白人在种族隔离制度中担心被反噬的恐惧，从而批判了隔离制度的反人道，通过一个孩子的悲剧，进一步表现了作者对这种制度的痛恨，白人最终也会被自己亲手制造的种族仇恨所毁灭。

最后，戈迪默通过描写种族隔离制度之下作为既得利益者的白人的恐惧不安，指出整个南非仿佛坐在一个随时爆炸的火药桶上，正说明这一制度极端不合理，因此，反抗与废除这一制度，引领南非建立种族融合，就自然成为戈迪默创作的另一个重要的主题。

第二节　南非种族融合的希望

种族隔离政策会制造恐惧，让白人与黑人彼此仇恨与恐惧对方。那么对一个有着漫长的种族隔离历史的国家，在黑与白之间，在该隐与亚伯之间，只有你死我活还是另有希望？这是戈迪默有关种族主义问题的进一步探索，是对新南非命运的考量。

《七月的人民》对此提出了几种可能性。白人资本家巴姆在寄居黑人仆人七月的家乡时，试图参与黑人部落的集体活动，在星期六和村民一起喝啤酒，帮助村民修建蓄水池，教黑人青年使用枪，与村民一起打野猪并且积极学习黑人土语，这都是他积极融入黑人文化的一种努力。但是，根据小说的结尾，这种融合是失败的。而女主人公莫琳独自一人跑向了不知从何而来的直升机，莫琳生死未卜，这个开放式的结尾展现了黑白文化融合的困境。从历史上看，南非种族与文化的融合面临着两种极端势力的挑战，一是白人统治者的暴力统治，一是黑人自己想建立一个完全由黑人组成的政府。在南非的黑人部落里，保守的部族首领仍然把希望寄托在白人政府身上，希望政府能够资助武器消灭其他部落。戈迪默一方面非常痛恨白人的暴力统治，另一方面她也不支持黑人的保守民族主义。白人的暴力统治只会加深黑人的民族仇恨，而黑人的保守民族主义只会阻滞南非的经济和文化的发展。拆掉建立在黑与白之间的壁垒才是未来，戈迪默引用非洲诗人蒙伽尼·赛罗蒂的诗句"黑人必须学习说话，白人必须学习倾听"诠释这一点，南非白人必须重新定义自己，接受南非多数民族的价值观，"建立一种新的、非种族的、由黑人构想和领导的社会文化的关系"①。对于如何恢复和平与和谐，对于南非能否走出种族对立冲突的泥泞，建立种族融合未来，戈迪默进行了严肃的思考。在她的小说中我们看到主要有两条道路，其一是白人必须在思想上摒弃种族主义的立场，与黑人并肩战斗；其二，南非的希望在于孩子。

首先，南非只有在不同种族、无论肤色，都能放弃压迫与剥夺，在正义前提之下完成和解，这需要白人在思想上摒弃种族主义的立场。"我们必须严肃地对待过去，因为它是我们未来的关键。结构性暴力问题，不公正、不合理的经济社会安排，以及未来的均衡发展必须得到正确处理。"②《无人伴随我》中主人公白人女律师维拉就是一个代表，她终生从事的工作都是为黑人争取权益，进入新宪法制定委员会后，积极推动后种族时代南非的公平与正义。在小说的结尾她最终选择卖掉了房子、远离了家人，独自一人租住在黑人擅自占地行动的领袖泽夫家里，这一情节被称作南非白人的现代寓言，标志着白人统治的彻底瓦解，开始寻求与黑人全新的相处关系，也为南非的不同种族之间的和解创造了一种可能性。表现了戈迪默对黑白联合政权的新南非的思考是："正是通过有这些正义感的白人，白人们尽管在过去胡作非为，仍被未来所接受；正是通过这样的人，肤色和种族可以算不了什么，坐在座位上的代表们可以是不同的肤色，而不是纯黑色。"这是真正的和解，"真正的和解是基于建立真正的、民主的、不分种族和不分性别的社会，彻底消除导致我们的社会、种族和民族紧张的每一个因素"。③

因此，南非的种族和解与融合离不开白人的奋斗，《自然变异》

① Stephen Clingman, *Living in the Interregnum*, New York: Knopf, 1988, p. 261.

② Graybill, L., "Truth and Reconciliation Commission of South Africa Report", *African Studies Review*, Vol. 6, 2003, p. 49.

③ Iain S. Maclean, "Truth and Reconciliation: Irreconcilable Differences? An Ethical Evaluation of the South African Truth and Reconciliation Commission", *Religion & Theology*, 1999, http://dx. doi. org/10. 1016/B978 – 0 – 12 – 398393 – 0. 000019 – 5.

通过女主人公海丽拉的选择表达了这一主题。在小说中，海丽拉分别与两位黑人革命领袖建立了两次婚姻关系，通过这一理想的彩虹婚姻，作者暗示了黑人与白人完美融合的可能。在法律禁止黑人与白人之间有任何关系的时代，海丽拉选择了与黑人革命者惠拉相恋并结婚，她的婚姻成了对种族制度最直接的"叛逆"。在与惠拉的相处中，海丽拉渐渐具备了政治意识，并最终彻底投入黑人革命运动中，在这一过程中她甚至获得了一种心灵的启示，"一种把个人与历史紧紧相连而把握历史的感受"。小说第三部分，惠拉被暗杀，海丽拉面对这一悲剧迅速成熟了，她再次选择与一位黑人领袖结婚，她认为黑色是"一件上帝赐予的外衣"，"在那黑色下面，是与我一样的白色，或者淡棕色"，因此海丽拉想象着她的彩虹大家庭，宝宝的肤色将是"我们的颜色"，"一种不存在的类型，我正孕育这种颜色"。白人对废除种族主义制度毫无保留地付出，黑白之间的纽带才会越来越牢固。《伯格的女儿》怀着极大的敬意讴歌白人对废除种族隔离制度所付出的一切。这些白人同样将南非看作自己的家园，他们像黑人一样热爱南非，为真正的公平与正义而战，如莱昂纳尔就是如此。他在法庭上的演讲，令人感动，"当我还是一个医学院的学生时，让我备受折磨的不是我在医院看到的病人的痛苦，而是我一生中随处可以看到的，充斥在日常生活中的人类的屈从和羞辱——对待这些人类的屈从和羞辱，我自己也用沉默和政治的无为参与其中，不说或不主动站在受害者的立场。我们这个国家通常说的白人，在崇拜公平正义之神的同时，又根据人的肤色施行歧视；在宣称信奉人之子耶稣的怜悯之心的同时，却又否认他们生活中的黑人的人格尊严"。对于种族隔离制度他的认识是无比深刻的，这为他日后走上坚定的革命之路做了诠释，他的生命与家庭都成为革命的一部分。伯格的女儿罗莎作为一个女学生就经常往返于监狱与家庭，监狱是这个作品中非常重要的意象，这暗示了南非也如同一座大的监狱。罗莎，如同她在监狱中的父母与伙伴，仍然经历着一种备受束缚的生活，她的感受同那些政治活动被剥夺、声音不被听到的人们相关。这就是罗莎生活的张力，这也正是戈迪默所说的生存的复杂问题。最后她突破了种种限制，投入实实在在的为黑人复活的活动中，寻找到了真实的自我①。罗莎在不断追寻自我的过程中，接受了父亲的革命遗产，跟随父母的道路，为南非的黑人解放奉献自我。这些充满了人道精神，愿与黑人并肩作战的白人，推动了南非废除种族隔离制度，走向文明。

其次，南非种族融合的第二条道路在于孩子，暗示了南非新公民混杂性身份的建构，戈迪默对此满怀信心，他们是南非真正的希望，是建立彩虹南非的重要基石，为此戈迪默塑造了许多非常规的家庭结构。《无人伴随我》中维拉的女儿阿尼克与自己的同性恋女友组建家庭后，收养了一个黑人婴儿，这是一幅很特殊但充满温暖的画面，跨越种族与性别的樊篱，在一个非常态的家庭中和谐融合。《新生》的女主人公琳达在晚年遭遇家庭的一些变故之后，勇敢地收养了一个艾滋病毒阳性的黑人小女孩，当周末琳达陪同这个黑皮肤的小姑娘和自己白皮肤的孙子一起去动物园时，被眼前种族和谐的崭新充满新生力量的画面所感动。《家藏的枪》中儿子邓肯在枪杀自己的同性恋男友入狱后，希望父母收养自己的异性恋女友的孩子，试图通过这个孩子实现一种深度的谅解与融合，表达生的伦理对死亡意识的战胜。而《七月的人民》对这一主题的表述更具有代表性。在七月的村庄里，莫琳的三个孩子维克多、罗伊斯和吉娜，他们分别取名 Victor、Royce、Gina，名字所包含的意义"胜利与皇族"本身寄予了莫琳夫妇的期待，在这个政治寓言故事中，孩子们成为戈迪默政治乌托邦的载体。孩子们由于尚未被种族主义的狭隘观念"制度化"，很快和当地的孩子打成一片，"莫琳的孩子们有希望在未来的

---

① Chikwene Okonjo Ogunyemi & Tuzyline Jita Allan, *Twelve Best Books by African Women-Critical Readings*, State of Ohio: Ohio University Press, 2009, p. 75.

某个地方超越这一裂痕，他们很快学会了村里孩子们的风俗习惯、态度和语言"。①他们迅速适应了物资匮乏的朴实生活，并掌握了必要的生存技能，他们在发黑的河水中的大原石上，像青蛙一样跳来跳去，他们混在当地那些没人能叫得上名字的孩子中间，或许他们也像当地的那些孩子们的身体一样对水传染的疾病有免疫力了。他们不理会白人父母按照白人上流社会的健康观念为他们制定的保护措施，他们靠自身的能力幸免于疾病，从而正在迅速地成为黑人社群的一员，维克多正在忘记如何阅读，甚至跟着黑人小孩用石块擦屁股，刚到黑人村庄的时候，维克多还曾向黑人小孩炫耀自己的汽车模型和玩具，没多久他们就能够从黑人小孩的游戏中找到更多的快乐。这三个名字寓意高贵的白人中产阶级的后代，却正在弃绝物质文明的路上越来越靠近贫穷落后的黑人。莫琳看到自己的女儿，蓝色的眼睛嵌在她肮脏的小脸上，在她的小手指和脚趾上，红色的泥巴刻出了关节的小道道，白皙的腿上看不见的白绒毛也积满了尘垢，连黑孩子身上也未必脏得这么厉害。这是一种融合，是戈迪默通过寓言形式所塑造的种族融合的乌托邦。以退回到文明之前作为终结黑白冲突的方向，虽然显得幼稚而未必可行，但是戈迪默的判断有一点是正确的，那就是未来的希望在于孩子。莫琳的孩子，学会了黑人的语言、黑人的行事方式、放弃白人文化主动接受了黑人文化，"当朱利送给他一根钓鱼绳时，维克多弯腰鞠躬，双手捧住，做出了黑人表示感谢的传统姿态"。海德认为："后革命时代新生的希望寄于莫琳的三个孩子，尤其是吉娜。"②吉娜和黑人女孩妮可成了无话不谈的知心挚友，她们之间没有肤色界限、相互学习、互相支援，按照当地风俗生活，一起手抓玉米饭，最后还学会了当地的土话，会用土话吟唱她从黑人小伙伴那里学来的催眠曲。戈迪默之所以塑造完全融入了黑人文

① Edward Powell, "Equality or Unity? Black Consciousness, White Solidarity, and the New South Africa in Nadine Gordimer's *Burger's Daughter* and *July's People*", *Journal of Commonwealth Literature*, Vol. 54, Iss. 2, 2019, p. 225.

② Head Dominic, *Nadine Gordimer*, Cambridge: Cambridge University Press, 1994, p. 134.

化的孩子，其用意极为明显，"吉娜和黑人小女孩的友谊可以看做是南非的未来的写照"。① 吉娜和妮可的友谊，与年轻的莫琳和自己的黑人女伴莉迪亚的友谊，形成了鲜明的对比。莫琳和自己的女仆曾经也是形影不离，但那不是平等的友谊，莉迪亚不过是她的跟班。这正如莫琳对待所有黑人的态度，无论表面怎样客气，深层依然是享受着作为白人的特权。她从来没有质疑过黑人与白人之间的规范、态度、理由与公平，放学回家路上，女仆帮她头顶着书包，对她而言非常正常。但是吉娜和妮可的友谊是建立在完全平等与互相支持的前提下，孩子成为唯一"有能力再生"的南非人，他们越来越不受父母的支配，因为父母在种族问题上的制约太深，他们在七月的世界里找不到一席之地，而莫琳的逃跑意味着不能和当下共存，只能陷入僵局。

最后，我们需要再一次重申戈迪默的观点，她反对白人种族主义，但也反对黑人种族主义。南非不仅是黑人的家园，也是诚挚地热爱这片土地已经世代居住在此的白人的家园，黑与白的联合，才能建立一个和平美好的新南非，这才是南非的政治出路。"黑人性"的建构有其政治意义，但终归是徒劳的，人的肤色远不及带有普遍意义的人类价值重要。② 作者在同情和支持黑人运动的同时，也指出了黑人运动中存在的这些弊端，她抛弃了白人中心主义，但并不赞同某些黑人的黑人中心主义。短篇小说《客居他乡》《贝多芬是 1/16 黑人》聚焦新南非大背景下白人的身份认同问题，革命获得成功后，黑人又以血液来区分人群，"黑色"成了在这个国家生活的一种优势，白人则随着白色神话的消解从中心滑移到了边缘地位。新的种族歧视，使白人因自己的肤色、黑人复仇心理和狭隘的民族主义而面临岌岌可危的身份危机，"曾经，有黑人想当白人。如今，有白人想当黑人。其中奥秘

① Ali Erritouni, "Apartheid Inequality and Postapartheid Utopia in Nadine Gordimer's *July's People*", *Research in African Literatures*, Vol. 37, 2006, p. 84.

② ［尼日利亚］泰居莫拉·奥拉尼央、［加纳］阿托·奎森主编：《非洲文学批评史稿》，姚峰等译，华东师范大学出版社 2020 年版，"序"第 1 页。

没什么不同"。① 极端的种族主义、以肤色来建立等级秩序的做法都是错误的。戈迪默坚信，南非一定会走向由多数人即黑人进行统治的时代，而当时执政的白人少数民族在未来找到一席之地的任何前景都取决于他们与黑人同胞建立一种"共同文化"，这种文化将使白人和黑人走到一起，而不是在种族隔离制度下强行分离。② 短篇小说《权宜之计》中那只被粘补好了的破碎的中国瓷碗，意味着破碗重圆，它是一套餐具中的一只，它属于一个群体，其完整性昭示着某种哲学概念，我们可以对这一象征拓展为，戈迪默对南非完整的种族关系的理解与期待。让和解之水今日从比勒陀利亚始流，去净化土地和人民，带来团结与和解。

---

① 所有涉及《贝多芬是 1/16 黑人》的原文都参考了叶肖的译本，之后不再标明。

② Edward Powell, "Equality Or Unity? Black Consciousness, White Solidarity, and the New South Africa in Nadine Gordimer's *Burger's Daughter* and *July's People*", *Journal of Commonwealth Literature*, Vol. 54, Iss. 2, 2019, p. 242.

第三章　戈迪默小说中的性别身份主题

人们比原理更重要，

一个真正活着的人不可能中立，

没有谁完全拥有善

也没有谁把恶垄断。

——纳丁·戈迪默

　　对于女权主义者来说，纳丁·戈迪默并不是一个合适的偶像。因为她明确"反对从性别角度评价一个作家的成就"。[①] 她反感评论者将之作为一个"女作家"来看待，她在多种场合下都表示对这一标签的拒绝，曾为此拒绝了一个专门颁发给女作家的国际奖项。评论界不时出现对戈迪默性别立场的批评，如有批评者认为戈迪默对性别的看法非常过时而粗率，她并没有认真思考性别书写的问题。[②] 戈迪默小说中的道德动机远超过其对性别议题的关注，她塑造了许多令人不安的充满争议的女性形象，好比《自然变异》中的海丽拉，她之所以投入革命，只是因为她与一位黑人革命者坠入爱河。但是对戈迪默而言，

---

　　① Naparstek Ben, "Nadine Gordimer at Eighty-Two", *Tikkun*, Vol. 31, No. 3, 2006, p. 67.

　　② Cecily Lockett, "Feminism (s) and Writing in English in South Africa", *Current Writing*, Vol. 2, Iss. 1, 1990, p. 21.

"性与政治，在建构人们的意义与身份中是同样重要的两个因素"。①
在她的小说中我们会很容易发现，女性性别身份与自我探索，是她反
复书写的重要主题之一。

第一节 突破边缘身份重建自我意识的黑人女性

在种族隔离制度之下，黑人的整体命运都是令人悲叹的，而黑人
女性无论在种族还是性别关系中，都处于相对更为边缘的位置。戈迪
默描写了沉默无声的黑人女性，这一部分内容我们在第一章已经讨论
过，从文学史的发展来看，黑人女性作为沉默的他者，体现了有关黑
人女性的刻板印象——麻木、无知、善良、悲惨。20世纪中叶以后，
随着黑人觉醒运动的发展，尤其是美国黑人文学的兴盛，文学中的黑
人女性形象，已经有了较多的改变，而戈迪默为此做出了独特的贡献，
那就是探索了黑人女性更为多元的身份。身份不是一个已经完成的概
念，它是流动且建构中的，是一种生产，戈迪默笔下黑人女性的身份
就是如此，在其最后一部长篇小说《最好的时光是现在》中她依然在
描述具有开放、建构性主体的黑人女性。女主人公贾布是一位人权律
师兼性别活动家，她的父亲是一位教会长老，他认为他的祖鲁同胞一
部分是"必须被拯救"的"失落的灵魂"，一部分是政治诽谤运动和
女权谎言的受害者。贾布对如何处理和父亲在观念上的巨大分歧深感
苦恼：她既尊重父亲的传统，又致力于性别解放，无论白人女性还是
黑人女性都需要不断地质疑父辈的精神遗产，突破既定的身份，才能
寻找到真正的自我价值。戈迪默笔下的黑人女性不断突破边界，寻求
内涵丰富的自我，为文学史上的黑人女性人物长廊，贡献了全新的形

---

① Jill L. Purcell Piggott, Writing Against the Law: Nadine Gordimer's Fiction, Ph. D. State of New Jersey, Drew University, 1999.

象，如极具心理深度的黑人女性革命者、黑人女性政治家等。

《我儿子的故事》中的艾拉就是这一积极的黑人女性形象的典型代表。这是一部视角独特的小说，全篇是以儿子和父亲的视角讲述的家族故事，家庭另一半的成员，母亲和女儿都成为被讲述的对象，戈迪默有意隐藏了黑人女性的复杂内在，并以此暗指黑人女性的自我都在叙事之外，但是戈迪默绝非按照"沉默他者"这一惯性在塑造黑人女性。母亲艾拉与女儿贝比，虽然沉默不语却都做出了激进的行为，成为敢于藏匿武器，走向边境进行革命斗争的革命者，她们的成长与对自我的寻找必须突破黑人男性语言的叙事机制。有女权主义者批评戈迪默对黑人妇女的解放运动并未给予足够的热情与关注，戈迪默的小说中缺少"自我定义的黑人女主角的角色"。这些黑人女性角色从男性身上获得力量，从而使戈迪默的文本"以男性为中心"①。从表面看，这种评论似乎成立，因为母亲艾拉是一个典型的附属者，当索尼提出来他们准备要搬到白人区去居住以此来表达黑人对平等权利的追求，艾拉非常惊恐，认为那是非法的。索尼就势利导，让艾拉尝试理解种族制度的不合理性，黑人需要站起来、团结起来，勇敢地迈出革命的步伐，"我们不接受他们的种族隔离，我们有很多东西要告诉他们，我们正在这样做"。小说的叙事者，一个更为成熟的儿子的视角，对艾拉做了如下评价："艾拉是一个非常沉默的人，以至于她的沉默让她不必要依赖别人的说话就能够提供信息，所以她能够看得懂索尼的所想。"整个文本以男性为中心，艾拉也以男性为生活的中心。但是艾拉通过自己的人生追求颠覆了文本的这一表面结构，呈现出解构的力量，那么认为戈迪默的小说只是一个男性视角忽略了黑人女性，就是一个不公正的判断。

索尼由于参与黑人革命运动而入狱，艾拉每次探监唯一能谈论的

---

① Dorothy Driver, "Nadine Gordimer: The Politicisation of Women", *English in Africa*, Vol. 2, No. 10, October 1983, p. 29.

是家务问题，他俩就家务谈得越多，他俩那种一致性的感觉就越遥远，索尼坦诚此前他多么渴望回家，在家里亲密地待在一起的时候，艾拉和他之间的那种沉默是自然而惬意的，而此刻他们之间的沉默却是一种真正的沉默。在索尼的自述中艾拉永远也不能理解革命、理解索尼，她能理解的只有"家务"。甚至当索尼在法庭上的时候，休庭休息，艾拉走上前来谈论的无非也就是洗衣之类的琐碎家务，好像这就是他们夫妇之间最重要的交流似的——我们要注意，整个故事的叙事视角只是索尼的角度，在他的描述中，我们对艾拉获得了这样一个认识：这是一个跟不上丈夫革命思想的落后女性。她无法感受也无法缓解丈夫因为政治理想失落而带来的痛苦，她只是沉默。因此索尼的背叛充满了名正言顺的意味，这或许只是男性叙事者的判断，并不代表艾拉的确如此。艾拉在儿子眼中也是个绝对的沉默者，儿子在发现了父亲的秘密之后，他害怕看见母亲的痛苦，"我也不想在屋子里单独和她待在一起，我不想要她思考，我不想让妈妈对他有别的想法，只愿她一如既往的对他温柔、信任"。在儿子眼中，母亲只是单纯、脆弱的受害者而已，他甚至觉得要保护母亲一直处在这种弱者的位置上，从而保证她身份自始至终的完整。但是通过小说结尾所揭示的艾拉的成长可以看出，索尼和威尔所代表的男性视点的自以为是，他们将自己作为高人一等的形象，因此才对黑人女性完全忽略，并将沉默作为黑人女性的理想品质。小说中的两位男性叙事者一直持有刻板印象而误读艾拉，直到小说的最后他们才发现家里的两位沉默的女性其实早已将他俩远远抛下，成为成熟的暴力革命者，他们对此大为震惊、迷惑不解。后来儿子才明白，艾拉从一开始就已经知道了丈夫出轨的真相，儿子和父亲，他们并不了解这些女性的心理状态，他们一直误以为自己是黑人女性的引路者、保护者，是她们命运的决定者。艾拉和贝比的反叛行为，是对黑人男性自以为是的男性立场的巨大嘲讽，黑人女性的成长是从摆脱性别的偏见开始的。

　　小说直到结尾，才向读者揭示艾拉真正的自我——在整个故事中被男性叙事者无意忽略了的真实的艾拉，戈迪默因此揭示了被遮蔽的黑人女性如何艰难地建构积极的主体的事实。当儿子发现了艾拉在申请护照，他却认为母亲根本不可能有什么地方可去。但是他立即承认自己对她一点也不了解，他并不了解母亲的痛苦，也无从知道她如何在进行着自我的蜕变。直到艾拉拿到了护照，在护照被批准和颁发之后，她才将申请护照的事情告诉了丈夫。此时的艾拉已经不是当初的艾拉了，她从当初那个任何一件事情都要跟丈夫商量的沉默的艾拉，已经成长为一个有主见、有行动力的艾拉了，但是这一变化并没有引起男性叙事者的注意，在他们心中，艾拉就永远是那个思想落后、沉默安静的黑人女性，戈迪默对根深蒂固的黑人男性思维进行了批判。艾拉采取一种积极行动而不是言说的方式，她通过自己决定自己的命运，隔绝婚姻背叛带给她的伤害，并且跟随着女儿一起成为自由战士。那个真实的艾拉其实再也不会回到这个家庭当中。这一改变，小说交代了一个细节，当艾拉从已经嫁给了一位自由战士的女儿贝比那里回来，亲戚们来家中聚会，艾拉一改常态，开始发号指令让家里人不要对任何人说婚姻的事，这令儿子和丈夫都感觉到非常不适应，从什么时候开始，艾拉学会了权衡政治方面的利弊，从什么时候起，她觉得她理解这类事情？她感觉丈夫有嘲笑的意味，便转过头去，不看那两个男人（儿子和丈夫）。对于一直丧失了话语权的黑人女性而言，她们是在沉默中表达自我，沉默也是一种反抗。儿子发现了妈妈其实和以前是不一样的，"发型改变了，穿着改变了，回到家里来的时候她不问我们过得怎么样"。当她开始去建立属于自己的生活的时候，她变得更加不依赖家里的男性。但儿子依然没有真正理解艾拉，在他眼中她所谓的外出访友纯粹是可悲的谎言，她根本没有朋友，根本没有谁会请她，她不过是想表明，她在假装她有一种属于她自己的生活。儿子一直和她住在一起，但却对她的秘密生活毫无所知，她既没有

"被听到"也没有"被看见",儿子仍然像父亲一样用了一种男人不变的观点来看待女性的改变,跟不上女性成长的步伐的是这些掌握了话语权与行动权的黑人男性。

当警察找上门来逮捕艾拉时,在家里找到了私藏的武器,索尼深信此事因他而起——一个针对他的阴谋,或者艾拉受骗了,被自己的女儿和女婿利用了,艾拉不可能有这样的革命意识,他一直认为只有自己的金发情妇才有成为他的战友的智力和勇气。他一度是艾拉的伴侣,艾拉的勇气所在,而现在艾拉成了自己的主角。直到真相大白之时,索尼才仔细去观察艾拉,发现了一种鲜明的陌生感,她是那样无畏,正如画家在他的主题中找到自己一样,看来好像是某种自我选择的经历,在她身上发现了她的本来面目,那种一直在那里等着去发现的东西,她被发现她那张隐藏的脸经受住了考验,他不得不经过辨认才能认出她来,艾拉不是重建了自我,其实只是把被遮蔽的自我释放了出来。艾拉依靠行动而不是语言,她在自己故事中不需要"父权话语"①。黑人男性,作为革命主体的索尼,作为叙事主体的威尔,从没有意识到艾拉并不是那个沉默的、顺从的、无言的贤妻良母,她已经找到了更高的自己,她能够独立面对自己的命运,这是一个全新的、独立的艾拉,"某种高于自我的东西拯救自我",这是年轻气盛时他教给他羞涩的新娘的信条。艾拉走上革命之路,逃离国家,在戈迪默的小说中第一次让男人放弃了自己的引导者与权威者的地位。② 艾拉的成长完全超越了黑人男性的设定,也超越了常规文学对女性的设定。这里面并没有涉及性与爱的争夺,而是一个受伤后的女性,如何在更广大的天地中发现自我。在种族隔离时代的南非,"政治是身体体验的基本组成部分"。③

---

① Judie Newman, *The Ballistic Bard*, London: Arnold, 1995, p. 193.

② Jorshinelle Sonza, "My Turn, Now: Debunking the Gordimer Mystique in My Son's Story", *Research in African Literatures*, Vol. 11, No. 2, 1994, p. 105.

③ Pearsall, Susan, "Where the Banalities Are Enacted: The Everyday in Gordimer's Novels", *Research in African Literatures*, Vol. 31, No. 1, 2000, pp. 95 – 118.

戈迪默在历史的名义下将破碎的自我和破碎的社会整合起来。所以她能表达的总是比她已经写出来的还要多。在这个意义上"历史就是一个更大的整体性"。① 而没有了索尼和艾拉融为一体的温情，索尼感到无比沮丧，他发现自己在不切实际地乱想，假如法律当年仍然禁止他和汉娜接触，假如白人们为了维护其纯洁性而制定出来的那一套法西斯法律，当年仍然有效，那么他可能就永远不会拿自己去冒险，那一肮脏的法律，本来是可以挽救他的。——不仅女性不需要男性的引导，而是将男性逼迫到一个自我否定的道路上去了，打破了黑人女性受害者的刻板形象，将一名鲜活的、行动着的、不断自我发展和自我否定的，具有强烈主体意识和使命感的黑人女性形象带入小说叙事。无论在文学叙事上还是理论话语上，这都是对刻板的黑人女性形象的一次成功突破，戈迪默塑造了一个超越文学史上所有的黑人女性的全新的艾拉。

但直到小说结束我们对艾拉一无所知，艾拉一直没有说话。她参加革命的动机是否是因为索尼的背叛？她曾经历过的痛苦，她又是如何走上了革命之路？她是否把失望感转移到了更大的对民族国家的爱上面，是对女儿的支持，还是对丈夫的报复？艾拉是不是一位真正的有独立意志的成熟的革命者？这一切我们无从得知。这暴露出小说主人公男性视点的盲点，也给我们留下了对艾拉被遮蔽的自我的思索，她成为一个永不言说的"星期五"。戈迪默将会在其他的作品中让她笔下的黑人女主人公开口讲话。短篇小说《家》的女主人公——黑人女性特里萨就表现了一个黑人女性更为外显的自我表达，她对药物、酒精以及一切会强暴人的意志的东西都有一种恐惧感。她在家人被无理关押后，非常积极而且有策略地投入营救工作中，丝毫不去依赖自己的白人丈夫，把所有的空余时间都花在了找律师，收集、填写各种申请，然后送交地方官员、警察头目或政府要员，或者向那些了解拘

① David Medalie, "The Context of the Awful Even: Nadine Gordimer's *the House Gun*", *Journal of Southern African Studies*, Vol. 25, Iss. 4, 1999, p. 633.

押者情况的组织咨询情况，坚定的意念使她变得举止有力、刚毅勇敢，严峻的斗争形势使她迅速成熟。她的自我成长，令白人丈夫变得不自信，担心她爱上了别人。这种传统男女身份角色的互转，表明了黑人女性的独立成长，白种男人无论在性别上还是肤色上都占据着优势，但是他们难以成为黑人女性成长的导师，而只是一个局外人。

我们再来看一部更为重要的代表作《无人伴随我》，在这部小说中，作者塑造了形象更为复杂的黑人女政治家赛莉。赛莉与丈夫迪迪穆斯一起流亡海外多年，随着南非民主进程的推进，他们平安归国，她身上始终展现出一种强烈的自我意识，与她的丈夫那种将自我完全隐没在国家利益之后的做法完全不同，她给人呈现一种野心勃勃、争强好胜的特点，对于性别、种族甚至国家利益都表现出极强的个人主张，她身上丝毫没有女性的刻板印象——隐忍、牺牲等女性的美德，这是一位对男性权威极具挑战与争议的黑人女政治家形象。赛莉刚刚回到祖国，立即就对政府给他们这些流亡者安排的住处表达了不满，居住环境非常恶劣，到处都很脏，毛毯也非常恶心，赛莉认为这样无法生活，迪迪穆斯和她产生了一次争论：

——你生活过的地方有比这更糟糕的，它没有把我们弄死，
——可那是很多年前，那是没有办法，但是现在，我的上帝啊，我不是在逃命，我不再逃避任何人，我并不感激一点点的住房、政治避难所。

她这种表现，呈现出斤斤计较与功利主义，与老成持重的男性政治家形象不符，戈迪默将赛莉作为一个独特个体的特征全面表现出来。接下来作者写到了赛莉和维拉一起吃饭，戈迪默特意描绘了点菜这个细节，对维拉而言，任何菜都可以。而赛莉则把菜单从上看到下，并询问侍者菜单上面所没有的东西，——鱼，没有鱼吗？维拉读出了没

有鱼的含义。糟糕，一切都很糟糕，甚至都得不到你想要吃的东西。她进而在维拉面前谴责迪迪穆斯，"他似乎很乐意接受这一切，他很温顺，像只兔子，很安静，啃着别人给他吃的任何东西"。她不认可这样的观点，我们必须以高尚的沉默来忍受为了这个事业已经不再需要的事情。她就是一个对世俗生活的享受非常在意的女性，世俗而真实，因此她很在意家里的装修，甚至在流亡期间都会购买很多装饰品。赛莉的"世俗"是一种对活生生的生活的热爱与真实追求，她绝非庸俗浅薄。从她对自己女儿的教育中可以看出她有明确而先锋的非洲文化立场，她的女儿跟随父母海外流亡十六年，她嘴巴里讲出来的是一种伦敦腔的英语，但非洲语言她一种也不会说。而赛莉对她进行教育：我的女儿，我们的人民经历了很多，你父亲和我受了不少磨难，我们已经远离了我们的根，不仅仅由于流亡，你父亲是一位一百多年前抵抗英国人的了不起的酋长的后裔——你有一个不能辜负的名字，你被剥夺了你的身世，它本来应该就在这里。接受你的语言吧。赛莉对非洲身份与语言文化的坚守源自她内心对独一无二的自我身份的追求，也体现出作为黑人女性对自己文化之根的认同，戈迪默有意识将黑人女性的自我探寻与非洲文化之根的寻找结合起来。

　　当赛莉将明确的自我与坚定的非洲文化结合之后，她会在各种场合和事件中充满自信地表现这个自我。她逐渐进入了新的政治核心，工作做得非常成功，如今她是一个只有通过秘书才能见到的人，她有几间办公室和一套指挥系统，——电脑、传真机、助手。当丈夫逐渐成为政治事业的边缘之时，而妻子在政治风浪中却成为弄潮儿，这是一种男女角色的逆转，黑人女性的可能性正被无限挖掘。最初丈夫迪迪穆斯以革命前辈自居，对于赛莉进入政治事业颇为担忧，他认为她的坦率被理解成好斗，她那种怀疑的、质疑的、破坏的举止会被认为是对传统风格的政治交流的不敬，她的这种举止不利于她提升到领导层。甚至她利用她身体的方式也不合时宜，她进入会场，穿着高跟鞋，奔跑着穿过会议室，没有试图谨慎地走动，他感到担忧，甚至她的明显不温顺的女性气质会对她不利，她的个性与言行时刻都显示出对男性权利占有的打扰。他能感觉到别人对她那样性格的人会怎样感受，而且是一个女人的性格，他不知道如何把自己有益的经验教给她，教她如何言行举止，如果她想要实现她的抱负，他看到这种抱负在她的心里已经被唤醒，但她不是在用正确的方式进行。——戈迪默对迪迪穆斯的心理刻画是成功的，他是一位优秀的政治家，但是他以僵化的观点理解女性，他以导师自居，认为女性就该有很多规范，同时认为女性在政治上是幼稚的，需要成功男性的正确引导。但是戈迪默却以反讽的方式对他这种男性权威及女性观进行了解构——他不得不面对自己的政治失败。迪迪穆斯就是一个男性眼光的代言人，他的男性权威视角、他的失败以及他对女性从事政治行动的误判，体现出戈迪默对男性权威的一个挑战。这和《我儿子的故事》中的索尼一样，将自己作为黑人女性的人生导师看待，最后不得不面对一个无情的事实，他们都被大步前进的黑人女性远远抛下了。小说结尾，迪迪穆斯经常在家里，而赛莉却满世界地飞，他们颠倒了曾经的关系。一旦黑人女性觉醒，她们就会迅速成长，赛莉不仅非常胜任她的政治角色，而且简直是一位卓越而勇敢的女政治家。当她的名字出现在一份暗杀名单上，她听到电话里的恐吓信息，丝毫没有恐惧，而是冲进客厅晃动着，高声地咯咯笑，并且安慰家人。这与迪迪穆斯的紧张程度形成了对照，她不仅不需要一位男性的引导与保护，反而更勇敢、更坚定。

赛莉是戈迪默所有女性人物中写得最为丰富、立体的，不仅写出了赛莉的成长、成功，还进一步写出了这位黑人女政治家人性的复杂、她的自私与政治野心，挖掘出更为深刻的人性内涵，完全打破了既定女性角色的界定。正当她政治事业蒸蒸日上时，由于丈夫迪迪穆斯曾经参加过早期的审讯工作，如今新政权为了表示自己有能力对过去进行检讨，对当年奉党的命令参加审讯工作的同志进行清理，而赛莉此时已经成长为极有前途的政治新星，她对丈夫遭受不公虽然极为愤愤不平，但是她对自己的政治地位很警觉，如果丈夫此时的身份影响到她的前途，或许她也是可以与婚姻切割的，丈夫感觉到了她仿佛踩到了狗屎疯狂而厌恶地要从她的鞋跟上擦掉一切痕迹的那种冲动。第二个事件则是他们的女儿未婚先孕，在安排流产的前一天她却逃跑了，而在那一天赛莉要参加记者招待会，就在这个孩子选择逃跑的那个上午召开，"她打扮好了准备公开曝光，在分心和焦虑之中，她穿上了定做的裙子和短上衣，就像一位将军穿上制服一样，戴上配备的黄金的小耳环，套上有雕刻的木质手镯，就像王室成员穿戴自己国家设计和制造的服装和珠宝那样，一张行走着的国内产品的广告牌，她总是会设法在自己身上穿着一些非洲工艺品，这是不言而喻的，个人的需求必须服从于伟大的国家事业"。这一政治事业、政治身份对她自身而言无比重要，戈迪默安排这样一个巧合和冲突，就是为了检验她在母亲身份与政治家身份之间的考量。对她来说不可能因为一个愚蠢的孩子而让自己处境狼狈。在自己女儿的人生难题与身心痛苦和她的政治事业之间，她带着痛苦感选择了后者，在这种紧张的冲突中，赛莉表现出的不再是一个常规意义上的被刻板化的母亲，她有政治野心，并且将个人事业追求放在了第一位。这种形象在男性人物那里并不少见，是符合大众文化对男性作为事业型人格的设定，但女性，却往往被设置成理想化的母亲，任何时候都会把母亲的角色放在第一位。赛莉的超越性与革命性形象，在文学史上是有贡献的。正如作者补充介绍的，赛莉非常适应自己当前所处的政治角色，她穿着非洲人的袍子，戴着头巾，学会了来自不同文化的礼仪和习俗，多么自信和有魅力，她在室内到处走动，从一组人到另一组人，以同样的和蔼可亲在这些人之间驻足，他们有白人政府的成员、来自这些运动组织的战友，以及一群喧嚷的人，她和他们很随意地开着合适的玩笑，大家都非常愉快。——到小说结尾，迪迪穆斯和赛莉的形象完成了反转，黑人女性成长为一位独立且始终坚守了自我的形象，在迪迪穆斯略带失望与自我哀怜的情绪中，不得不承认自己的太太过去是现在还是他的战友，既是他的女人，但又是超越这个角色的人，在他内心中上演的，这种幻想，既无意义又无用处。她是在执行一项特殊情形下的特殊任务，就像他过去那样。而这样一位黑人女性政治家的复杂性、颠覆性，在世界文学的长廊中也是具有开拓性的。

第二节　白人女性的身份追寻

相对黑人女性的塑造，白人女性的自我探索，戈迪默更为得心应手，她所关心的核心议题集中于性与身体、政治身份等，同时面对新出现的全球化问题，她将白人女性的探索与全球化问题的讨论结合起来，显示出更为开阔的视野。

首先，戈迪默认为，性与自我的寻找密切相关，这一思想与女性主义有关性与身体、自我的观点相似，也与 20 世纪身体哲学的思考不谋而合。自我是感受对身体的轮廓和特性的觉知，是对世界的创造性探索的真正起源，身体不仅是一种"实体"，而且是一种行动系统，它被体验为应对外在情境和事件的实践模式。在日常生活中，身体的嵌入，是维持连贯的自我认同感的基本途径。[1] 但这一问题在种族隔离制度之下的南非，另有特殊性，"南非国内的性和政治之间有着特殊的联系。因为，种族隔离到底是怎么回事？是关于身体的。是关于身体的差异。整个法律结构是建立在物质基础上的，因此身体就变得极其重要"。[2] 这些观点正是戈迪默塑造那些极具个人意识、努力探寻

---

① ［英］安东尼·吉登斯：《现代性与自我认同》，赵旭东、方文译，生活·读书·新知三联书店 1998 年版，第 275 页。

② Dagmar Barnouw, "Nadine Gordimer: Dark Times, Interior Worlds, and the Obscurities of Difference", *Contemporary Literature*, Vol. 35, No. 2, July 1994, p. 252.

自我价值的白人女性的出发点。例如《新生》中的琳赛，她拥有幸福的婚姻，但是追求偶然之爱；她始终诚实面对自己的选择，但从不曾放弃个人事业的成长，她在事业上取得重大的成就，最后被任命为宪法法院的法官；她始终坚持对身体的自我控制，并以此作为自己存在的依据。《七月的人民》则让我们看到了身体的感受会在一个极端的政治环境中逐渐变得迟钝，莫琳只有在经期到来时才意识到时间，而她和巴姆之间的性，不仅索然无味甚至不再有存在的必要。她在自我探索的道路上迅速前进，"她已经踏上了长途旅程，而把他落在了后面，留在那间主人卧室里"。当莫琳和周边的环境发生的冲突越来越尖锐，她感到在七月的家乡无比痛苦与压抑，她渴望着逃离，连同她作为妻子与母亲的身份一起完全丢弃。莫琳的自我探索会有怎样的成果，戈迪默并未明确交代，而是给了一个充满象征色彩的开放结尾，"她走出小屋，加快步伐，大步走过茅草堆和鸡笼，颠下斜坡，跳过一块块石头，突然奔跑起来。她跑上茂盛的草地，闪开打在身上的树枝，弯腰穿过荆棘丛。她跑向河边，而且听见了他们，那白男人和孩子们的声音……她奔跑着：怀着一生中所有被压抑了的自信，还有警觉，像一只独居的野兽，正处于既不找配偶也不养幼崽的季节，活着只是为了自身的生存。要求责任感的一切都是敌人。她仍然可以听到震动声，在那些树那端更那端，而她向它跑去。她奔跑着"。这一段包含了大量急促的动词的结尾像极了卡夫卡《判决》的结尾，人物以极为迅速的一系列动作——走出、加快、大步、颠下、跳过、奔跑，让读者产生一种压迫感，一种加速度奔向终点的急切，这正是莫琳在重新唤醒身体的意识的表现。"戈迪默的写作动机就是要改变南非白人的意识。"① 《七月的人民》是典型的政治小说，对黑白对立的南非的现实进行了深刻的描述，莫琳一方面对自己隐秘的种族主义进行反

---

① Chikwene Okonjo Ogunyemi & Tuzyline Jita Allan, *Twelve Best Books by African Women-Critical Readings*, State of Ohio: Ohio University Press, 2009, p. 76.

思，另一方面开始回到作为一个女性最为本真的诉求，如同一只独居的野兽，活着只是为了生存，所以，这个开放式结尾回到了作为女性身体这个最基本的立场上来。

《无人伴随我》将性爱、婚姻与自我的寻找联系起来，塑造了一位颇有争议色彩的、具有明显的自我意识的独立女性——维拉。维拉看重的是自由，她拒绝通过婚姻而建立捆绑关系。性也只是自我的一部分，与是否忠于伴侣、是否符合道德都没有关系，因此性爱不属于任何人，它就是你的性感、你的自我的一部分。她追求性的自由，追求政治的正义与事业的成功，始终坚守自我的价值，她的自我探索充满了强烈的性本能成分。她的丈夫本内特是一位箱包代理商，曾经是维拉的情人，当年维拉年轻的丈夫正在打一场战争，本内特在维拉眼中是一个超出婚姻的性契约和道德束缚的被选择的人。她承认对他着迷的原因是性，她认为性爱就是"意味着你不再是独自一人，你们交换自我的负担，你成为另一个生物"。维拉将性的探索当成自我探索的一部分，本就不会是她最后一个情人，维拉四十多岁的时候，遇到了比她小 15 岁的奥拓——一个希特拉婴儿，真正的种族主义的产物，维拉对他产生了特别的情感，她要弥补他儿童时期的贫乏，她会经常见缝插针地在工作之余到他所住的那间房子——1201 室去约会。"在这三个小时的间隔里所发生的事情只与她有关，她的性特征，在她存在中的一个隐秘的常数，就像眼睛的颜色、鼻子的形状一样的一个特征，一种只属于自我，而非任何他人的个人精神的本性"，维拉正是通过身体来认识自我的秘密。她对身体、性、道德、婚姻的忠诚等概念具有超越世俗的看法，既拥有她的情人又不伤害她的丈夫，她认为这是她策略的一部分，对这样的处境，她认为只要没有人被伤害，可以允许她做任何事情，那都是她的权利，她在丈夫面前感觉到的是一种自豪和自由，而不是背叛。于她而言，性是与他人建立联系的重要方式，她幻想可以通过性将自我的负担转给他人。这是她在年轻的时候对性与自我的认识。

维拉通过性与身体这一方式，实现了自我探索与突破，但是她不试图通过性建立亲密关系，她更不希望因为性而建立依赖，将人生的负担互相转嫁。她是一个彻底的个人主义者。对待感情与婚姻的态度，维拉与本内特形成了鲜明的对照，本内特将自己一生的意义寄托在了维拉的爱情上，而维拉却专注于自我的成长，丈夫和家庭只是她自我探索中的一个环节和成分。他们的儿子曾这样描述维拉：在你的忙碌中，在你的专注中有一种满足感。相反，从婚姻与伴侣身上寻找意义的本内特，年龄越大越凄凉，他不得不面对一个事实，维拉并没有像他一样将对方看作生命的中心，维拉一直在努力向前，他在很多年之前就已经跟不上维拉的进步了。维拉如此评价他们之间感情的实质，"爱没有改变过。但对我而言还有很多东西，我不能生活在过去"。整个南非社会发生了这么多比性爱更为重要的事情，但是本内特却对此毫无知觉，只有政治事件与维拉有关时他才会关心，这令维拉感到失望。戈迪默塑造了许多女强男弱的婚姻关系，女性一直在进步、迅速成长，而男性却沉溺于爱情幻觉，于是成为被动的一方，逐渐跟不上女性的步伐。戈迪默父母的关系是这一系列亲密关系的原型，这是她对自己原生家庭的一种无意识的认同。在另一个层面上也符合女性主义有关自我角色的探索：女性拥有多重角色，这些角色都以女性的身体作为发生的场域展开争夺，作为母亲、作为妻子、私密的我、事业的我等。女性的成长要突破以婚姻和家庭为核心、为终点的单一模式，寻找更为多元化的价值实现，正如"维拉"们对自我的探索之路不会停止。小说结尾她走向了绝对的自我，离开本内特，以一种新的状态结束或者悬置了这段婚姻关系。她卖掉了他们共同生活的房子，独自一人租住在黑人领袖泽夫的家里，她享受着生命这一孤独的本质。她不需要亲情、不需要来自子女的天伦之乐来填充生命的空白，这种与世俗慈母相悖的表象，是戈迪默非常勇敢的探索，文学史已经塑造了太多为了子女舍弃自我的伟大母亲了，维拉这样特立独行更关注自我的女性，代表了女性另一个层面但同样真实深刻的一种天然本质。在她卖掉房子的时候，她的女儿指责她，她回答说"我无法与某个没有我就不能生活的人生活在一起"，维拉对人生与自我的探索，超越了本内特所代表的平庸男性的眼光，也超越了传统意义上的女性主义。

在小说结尾，随着维拉对人生理解得更为深刻，她将早年对性与自我的思考也进行了否定，早年她以为通过性就可以将自己的生命负担与另一个人分享，到最后她明白这依然是虚幻的。她试图建立一种更为彻底而全新的自我生活，能够真实地和自我对话，甚至连亲密关系最终都放弃，进入全新的生命状态。小说的结尾，"年纪已大的维拉找不到一个伙伴，独自一人跳着舞，没人目睹。在她房子的客厅里，她跳着摇滚乐和帕塔帕塔舞，跳舞是过程中的一个仪式，一种孤独的兴奋会使她激动不已。它与某件别的事情联系在一起：一种自由；她与一个男人之间的彼此吸引，——这种吸引没有通常要求完婚的欲望，本认为他们的婚姻是一次失败，维拉把它看作是旅途中的一个阶段，与其他人一起的、与许多人和不同的人一起的旅途，每个人的结局都是朝着自我独自行走"。那个旧政权的灭亡使得放弃一种旧的个人生活也成为可能，她在法律基金会时就是一个起固定作用的人物，谁也无法想象离开了她这个基金会还能运行。她的同事们满意地一致认为没有人能反对她，大家都非常欣赏她所具有的冷静的辨别事情轻重缓急的能力，而在离开了本内特之后，维拉全身心地投入宪法问题技术委员会的工作。维拉始终感到她是敞开的、充实的，又是未完成的，将由她自己去穿越。这样的探索，突破了性别定义，自我就是自我陪伴的最终形式。

其次，戈迪默探索了身体、性与政治的关系，她的政治小说基本都是采用双线叙事，政治主线为主，性与自我探索的线索为辅，白人女性常常是这些副线的主角，她们通过性将自己与世界、与政治结合起来。这种以黑人男性＋白人女性为一组亲密关系的人物组合，代表了白人男性对黑人和女性统治的主导社会准则的颠倒。① 短篇小说《死亡和花朵的气息》描写了一位年轻的白人女性革命意识的萌芽，加入黑人和平游行队伍，寻找自己人生定位的故事。小说刻画了她第一次与一位黑人跳舞时的心理，她通过观察自己跳舞时的身体感受，发现自己和平时一样跳着舞，没有任何特别的感觉，霎时她浑身感到一阵轻松，心里也十分舒坦，这就是黑人与白人的平等意识。但是当她在参加黑人和平游行活动、回看那些黑人时，他们看到了她专注的目光，突然之间她意识到自己并非毫无感觉，而是体会到了这些黑人看到她一个白人姑娘被抓起来的时候的感觉。——在小说结尾她成熟了，从最初与黑人跳舞时忐忑不安的白人少女，迅速成长为有着坚定的革命信念、对种族主义深恶痛绝的一位战士。戈迪默非常巧妙地运用了身体的感受这一角度，使政治话题具有了私人性。

《自然变异》探索了性欲对政治激进主义的影响。戈迪默曾在访谈中谈到有很多女性就是通过和国王、政治家的性关系来影响了世界的，这大概就是海丽拉这个人物的原型，这部作品讲述了海丽拉的冒险经历和成长历程，她四岁时被母亲遗弃，后因为和一个"有色人种"的年轻人交朋友而被罗德西亚寄宿学校开除，由两位姨妈收养，她却与自己的表兄有了恋情，于是被姨妈赶走。随后她经历了一系列的冒险，探索各种各样的关系，首先是性的，然后是政治的。她爱上了南非黑人革命组织者惠拉并与之结婚生子，这其中的冲动有强烈的原始性欲成分，她永远都记得第一次看到惠拉在大海游泳时，她感觉那就是海神。她热爱惠拉从而热爱黑色、热爱黑人革命。在她完美的

---

① Judie Newman, *Nadine Gordimer*, London：Routledge, 1988, p. 95.

"彩虹"婚姻被残暴的暗杀粉碎后，海丽拉才真正认识到必须致力于解放事业，最后身为白人的她成长为新成立的黑人政府的第一夫人。当然海丽拉作为《自然变异》这部小说的中心人物，仍然具有较多的空白和模糊的点，她作为一个白人南非妇女反抗殖民历史，部分的是通过她的性活跃的身体。[1] 戈迪默坚信政治和性"对人们的生活影响最大"，她宣称自己"对海丽拉这样的人着迷。他们本能地生活，先行动后思考。由于种族隔离是按身体来划分的，只有身体的完整才能作为重返社会的标志，完整的身体从过去的碎裂状态中复活。因此，当身体总是超越意识思维的边缘时，海丽拉超越了强加的限制或框架"。[2] 对海丽拉而言，性不仅是她的力量，也是一种自我建构的幻想。性与政治的结合，是海丽拉成长的关键元素，也是其政治计划的一部分。

《伯格的女儿》也是身体、性别、性与政治紧密结合的典型作品，在小说中作者写了很多政治事件，用的全部是真实的事件、时间、人名，弱化虚构与现实的界限。她写了1946年8月19日黑人矿工在威特沃特斯兰德的大罢工，写了暴乱集会法，写了费舍尔的被捕，写了工人之盾的组织，写了1950年的反共产主义法、解散共产党、60年代的焚烧通行证运动、各种各样的暗杀行动、沙佩维尔惨案、警察的暴行，这就是小说里的人物生活着的为之奋斗的时代。戈迪默处理这一历史政治题材的方式近似于历史实录或新闻作品，政治事件就是生活本身，这就是主人公罗莎的生存背景，"我呼吸着它，就像孩子不管从何处被投入世界，都必须毫无选择地呼吸山外的空气或者城里的烟雾一样"。在这样的政治氛围中，作者描述了罗莎如何处理政治遗产对自己的影响，最后实现德性政治伦理的自我选择。她

---

① Stefan Helgesson, *Writing in Crisis*: *Ethics and History in Gordimer Ndebele and Coetzee*, Scottsville: University of Kwa Zulu, 2004, p. 65.

② Stephen Clingman, *The Novels of Nadine Gordimer*: *History from the Inside*, Amherst, MA: University of Massachusetts Press, 1992, p. 320.

从对自我的追求，成长为对集体的追求。"个体身份与三个因素相关，一是一个人在历史中的位置；二是与团体的联结；三是记忆。"①
她的记忆以她对自我身体的感受为核心，最为重要的情节则是 14 岁时她去监狱探望母亲的时候身体正经受着月经初潮的痛。戈迪默通过第一人称叙事，特别强调这个生命体验在她成长中的意味，"真正的意识都集中在我骨盆下面的地方，那里沉重湿淋淋的，持续不停的疼痛着，有谁能描述青春期早期月经期间身体内各种力量分外强烈的积聚?"戈迪默采用近似自然主义式的描写，让读者直接和人物一起体会身体的这一感受压倒了她对政治的认识，"开始流血。不痛。我用手试探只感觉湿湿的，打开灯一看，是的，血。但在监狱外面，我神秘的身体内部在翻江倒海，所以在那个公共场合，我处在每月一次的毁灭性危机中，我自身构造的清除、撕裂、排泄。这与我的子宫同在，而一年前我根本没有意识到——身体里——有个这东西。下身一阵接一阵地痛，疼痛的间歇，我才意识到手指上吊着热水袋的橡胶环"。有评论者指出，戈迪默之所以强调罗莎的月经初潮是发生在她去监狱探监的路上，很明显，作者是想强调监狱与女性活动家的个人和政治经历紧密地交织在一起。② 小说开篇就对罗莎的身体敏感性进行了反复描述，正是为了说明罗莎对发现自我、确立自我具有强烈的冲动，绝非只是继承父辈留给她的政治身份。因此小说接下来描写了罗莎对自己的本质产生了质疑，父母的政治遗产只是一个巨大的负担，她因此踏上了一段自我发现之旅。她离开南非到达欧洲，她与不同的男性发生爱情，她所追求的不是实现政治理想的超我，而是"身体的自由"。一旦尊重了身体，她反而更加理解了南非，意识到作为白人必须为种族制度负责，必须终结该隐与亚伯的仇恨，最后她回到南非，

---

① Chikwene Okonjo Ogunyemi & Tuzyline Jita Allan, *Twelve Best Books by African Women-Critical Readings*, State of Ohio: Ohio University Press, 2009, p. 89.

② Sorcha Gunne, "Prison and Political Struggle in Nadine Gordimer's *Burger's Daughter*", *Journal of Southern African Studies*, Vol. 42, No. 6, 2016, p. 1059.

走上了父亲的道路。

最后，戈迪默对白人女性身份的探索在后种族主义时代的表现则是，全球化语境之中女性身份所呈现出的新问题。在新南非成立之后，种族主义政治不再成为戈迪默的首要话题，而全球化的讨论日益引起全球学者的关注，戈迪默非常敏锐地捕捉到了这样的时代议题，并在其中思考了女性身份的冲突，这一主题的代表作是《偶遇者》。主人公朱莉，南非白人大资本家的独生女，一直找不到归属感，也并不了解真实的自我，她需要寻找一个定位。戈迪默没有停留在一个普通的议题上，而是将朱莉置于全球化时代有关对第三世界的想象中，朱莉的自我嵌在了一个更为宏观也更具有时代热点的议题当中。"一个人不能基于他自身而是自我，只有在与某些对话者的关系中，我才是自我。"① 朱莉是白人资本上流社会的叛逆者，因此在她最初的自我"表演"中就是将自己定位于边缘与反抗。她从父亲家里搬出来租住在曾经是黑人仆役居住的小屋里，和一帮嬉皮士混迹于 L. A. 咖啡馆，对世界奉行自由主义原则。朱莉故意与大资本家父亲疏远，不嫌弃第三世界的非法移民阿布杜，愿与之交往。就个人而言，这是她作为一个人的开放性的标志；从社会政治层面来看，她对待友谊的方式揭示了一种自鸣得意的模式，即试图在后种族主义时代表明她很"酷"的一种姿态。② 这种生活事实上依然是虚空的，她的自我依然是没有依托、缺少价值感的。阿布杜对她而言意味着一种可以发现全新自我的契机，她的自我探索与建构之旅，从一场性爱开始，她在一本诗集中读到"任何一个拥抱女人的男人就是亚当，那个女人就是夏娃，一切都是第一次的样子出现"，这句引文暗示着朱莉在遇见来自第三世界的阿布杜后，一个全新的自我将成为可能。

---

① ［加拿大］查尔斯·泰勒：《自我的根源：现代认同的形成》，韩震等译，译林出版社 2008 年版，第 44 页。

② Dana C. Mount, "Playing at Home: An Ecocritical Reading of Nadine Gordimer's *the Pickup*", *A Review of International English Literature*, Vol. 45, No. 3, July 2014, p. 101.

朱莉与阿布杜恋爱之后，第一次实实在在感受到肤色歧视、第三世界刻板印象、移民政策等如何在普通人的生活中发生作用，阿布杜是她了解世界进而明确自我的一个窗口。在遇到阿布杜之前，虽然她已经29岁，但是因她的真实阅历，她只不过是个孩子，她如同所有的有一定地位的白人女性一样拥有一种她们不自觉的自由，爱去哪里就去哪里的自由，跟陌生男人说话的自由，她对这个地球上另一个真实的世界一无所知。她和阿布杜的恋爱，没有人当真，连修车厂的老板都劝告朱莉不要和阿布杜来往，因为阿布杜是一个从第三世界偷渡来的下等人；朱莉的父亲批评她，对自己做的事情欠考虑，不过是被惯坏了的任性。朱莉决定跟随被驱逐的阿布杜一起回到他的家乡，开始完全未知的一场冒险，出现在她身上的矛盾将不再局限于南非的种族与阶级，而开始进入这个世界的东、西对立，文化冲突。朱莉的父亲曾警告朱莉，她要探险的是一个危险的地方，一个经常有敌对政治势力火并、卫生环境奇差无比的国家，在那里女性受到的是奴隶般的待遇。在阿布杜的家乡，朱莉切身感受到整个世界被分裂，阿布杜沙漠深处的故乡，不过就是全世界发达国家倾倒垃圾的垃圾场而已，他们停在了世界发展的计划之外，万般无奈地被隔绝了，这就是阿布杜逃离的原因。阿布杜曾带朱莉去集市，在朱莉眼中，这简直是一个令人大跌眼镜的用破烂拼凑的图景：一个个颤巍巍的摊子被热气蒸得扭曲变形，各式各样的东西，迤逦一地：蔬菜、水果、晒干的果皮、无法确认是什么的条状物（鱼或者肉）、扁块的面包、一瓶瓶黏糊糊的东西或堆成宝塔形状的西瓜、有一些摊子摆着的是串成一串的脚踏车轮、汽车车轮盖、磨损的工具、旧收音机与掏空了机件的马达。一堆堆三手的旧衣服，一些不知道多少人用过的太阳眼镜和大哥大，还有一摞摞的塑胶杯碗盘和陶瓷的小罐子、煮锅、烧水壶。朱莉对这一场景无比愤怒，为什么全世界都把破烂扔到这里来？为什么我们只把这样的狗屎卖到这里来？——只是因为这里的人没有钱买得起任何别的东西。

这种文化冲突、资本冲突带来的认知困惑，让朱莉必须从一个更大的文化语境中来审视自我，这是一个白人自由主义女性从未体验过的冲击。一直以来，她的世界都是一条街连另一条街，一个区连另一个区，否则就是有高速公路，把一个有人居住的地方与另一个相连接，但现在在街道的尽头迎向她的却是一片成堆的瓦砾、空的罐头盒子和在太阳下闪烁的玻璃瓶，再过去就是空无一物的沙子，无形无状，一动不动。阿布杜的家乡则如同朱莉在路上看的到一具羊的尸体——腐烂的、发臭的，那就是他的国家、他的国民，这就是他真实样子的缩影。

朱莉在这样一个破败不堪的地方，竟然发现了自己原先不了解的自己，她在给当地女性与孩子补习英语的过程中，发现了自己非常擅长教学工作，而她在南非时从来没有想过自己还能具有价值。通过努力，她最后被获准进入"妇女集团"——厨房。在阿布杜的文化里，厨房是家庭的核心，是由女性掌管的，她终于发现自己是一个女性社会的一部分。这是一种日常生活的共同空间决定，劳动和责任，而她在南非曾经的家庭、圆桌派和国家共同构成的她曾经的生活空间，现在看来只不过是易卜生的"玩偶之家"，她的圆桌派，不过是一群玩游戏的人。① 朱莉开始寻找真正的意义，建构属于自己的身份主体，她的生命中早有过好几个自我，但没有一个是有确定性的。她的自我探索继续扩大，那就是希望在沙漠置田，当她在沙漠深处看到了那片绿油油的稻田之后，她就想让绿色的梦梦想成真。在这样一个贫穷的地方购买一片已经开发好的稻田所需要的费用对朱莉这个来自南非的有钱小姐而言，简直是可笑的数字，于是朱莉最后选择不跟随阿布杜移民美国回到她所熟悉的白人资本主义社会，而是留在沙漠。

朱莉的自我探寻之旅，既体现了一位白人自由主义女性的觉醒，同时包含了三种权力关系，主要来自白人女性与有色穆斯林女性的权

① Andrea, Event, "Exceptionalism, and the Imperceptible: The Politics of Nadine Gordimer's *the Pickup*", *Modern Fiction Studies*, Vol. 58, No. 4, 2012, p. 747.

力关系；英语世界对非英语世界的权力；资本世界对贫穷的第三世界的权力关系，这种复杂的权力关系，是戈迪默所赋予这位白人女性自我追求中的深刻内涵。朱莉在阿布杜的家乡始终保持着自由，她可以不戴头巾，到处闲逛，而这不是阿布杜的姐妹们可以拥有的权利。她的局外人身份意味着，虽然她被邀请进入这一领域，但她受到的限制比家庭中其他女性要少，她的散步是独立性的一个重要例子。① 而阿布杜家里的其他女性，这一生的命运似乎只是在等待。阿布杜对朱莉的任性行为非常恼火的时候，他却只能对着家里的其他女性发作，当他对自己的妹妹发脾气时，他忽然意识到，他对这个女孩拥有对他的妻子所没有的支配权。而朱莉与她们不一样则是因为她是白种女人，她可以逃离这个文化习俗对女性的不公正的审判。她在阿布杜的家乡找到的自己的第一个价值来自她能够教授英语，而英语代表了发达的现代世界，是全球通用语言，对阿布杜家乡的年轻人而言，能够流利地使用英语，对他们能否逃离这个灾难之地，具有重要作用。她的稻田之梦能够实现，直接依赖资本家父亲为她准备好的信托基金。戈迪默对朱莉这一白人女性形象的建构，代表了在全球化时代一种更为多元、更为动态的身份边界，影响"自我"的元素更为复杂，仅仅只是"性别"等单一元素无法做出合理的解释。

总之，对戈迪默来说，性显然不是限制或压迫，而是解放，从白人家庭走向社会自由的途径。② 戈迪默认为反抗的身体以"空白"为特征，这种特质与矛盾、堕落和讽刺紧密联系在一起，在这些作品中，身体拒绝政治权力的决定。③ 但是对于每一个女性，戈迪默都

---

① Dana C. Mount, "Playing at Home: An Ecocritical Reading of Nadine Gordimer's *the Pickup*", *A Review of International English Literature*, Vol. 45, No. 3, July 2014, p. 122.

② Stephen Clingman, *The Novels of Nadine Gordimer: History from the Inside*, Amherst, MA: University of Massachusetts Press, 1992, p. 320.

③ Stefan Helgesson, *Writing in Crisis: Ethics and History in Gordimer, Ndebele and Coetzee*, Scottsville: University of Kwa Zulu, 2004, p. 84.

从不用一种绝对的原则来判断，而是给予人性的复杂性以充分的尊重。她笔下的这些白人女性可能都并不完美，作者也没有进行脸谱化写作，而是还原她们多重的自我，只有在具体的语境中才能完整把握。

第四章 戈迪默小说中的家庭伦理主题

我的责任是根据我的认知、观察和经历来解释生活。

——纳丁·戈迪默

　　家庭是最基本、最常见的社会组织之一，也是人类社会最重要的制度和群体形式，家庭关系通常包含两种关系——夫妻关系以及亲子关系。婚姻是人类社会发展与组织的重要方式，除了是社会学和法律概念，也是重要的伦理概念，探索家庭伦理是多数小说无法完全绕过去的主题。核心家庭具有双重意义，既是避风港也是相互不理解的痛苦场所，这一象征性概念为戈迪默提供了一种手段，让她通过书写私人家庭话题在一个新民主、不断变化的南非探索种族、阶级、性别、性、犯罪和法律制度之间的复杂鸿沟。① 戈迪默通过在一个核心家庭内部冲突不断的家庭故事，将政见、性取向、人生观、婚姻价值等议题全部纳入，反映了在一个深刻的社会变革时期，人们对稳定、秩序和节制的文化焦虑。

第一节　跨种族婚恋:挑战种族制度下的婚恋伦理观

　　在文学表述中，爱情常常作为一种斗争武器，表达对阶级、门第、

---

　　① Cheryl Stobie, "Representations of the Other Side in Nadine Gordimer's *the House Gun*", *Scrutiny 2: Issues in English Studies in Southern Africa*, Vol. 12, No. 1, January 2007, p. 63.

贫富等各种障碍与偏见的反抗。在南非，最主要的障碍则是来自种族隔离，家庭伦理的概念因肤色、种族而呈现不同的诉求。对白人来说，家意味着婚姻、家庭和受控制的性行为；对黑人来说，家是一种奢侈，即使在种族隔离之后，大多数男人仍然在城市工作，而大多数妇女在农村抚养孩子。① 戈迪默的创作对这个主题进行了更深刻的思考，主要体现如下四种类型的主题。

其一，通过描写跨种族婚恋的悲剧，展开对种族制度的抨击与批判。南非国民党上台执政后，颁布了一系列种族隔离法律，其中重要的组成部分则是阻止种族间融合的法律，1949—1950 年，先后通过《禁止通婚法》、《不道德法》、《人口登记法》和《集团居住法》四项法律。《禁止通婚法》将白人和非白人的通婚视为非法；《不道德法》对跨越种族界限的性行为予以重罚。南非前总理简·史末资（J. C. Smuts）的言论极具代表性："种族隔离是必要的，不仅是出于保护土著文化的考虑，防止土著传统与制度被更加强大的白人组织所淹没，而且是出于尤为重要的目的，比如公众健康、种族纯洁以及良好的公共秩序。两个如此相异的黑白民族的混合将导致不幸的社会后果——种族通婚、双方的道德沦丧、种族敌视与冲突，还会导致很多其他形式的社会罪恶。"② 婚姻家庭问题成为种族隔离制度实施的场域，戈迪默是"通过两个过程即将私人生活与公共生活交织，将公共事件根植于私人背景、私人生活政治化，来进行写作的"③。

戈迪默通过描写跨种族爱情的主题对于反人性的种族制度给予激烈的批判。在反种族主题的小说中，从文学史上看，已经形成了一种

① Melanie Kaye-Kantrowitz, "On the Edge of Change—None to Accompany Me by Nadine Gordimer", *Journal of Japan Society for Natural Disaster Science*, Vol. 10, May 1995, p. 79.

② Pierre L. Van den Berghe, *South Africa: A Study in Conflict*, Hatfield, Ph. D. University of Pretoria, 2005.

③ J. Cooke, *The Novels of Nadine Gordimer: Private Lives/Public Landscapes*, Louisiana: Baton Rouge, 1985, p. 13.

结构模式，莎士比亚的《奥赛罗》已经谈及相似话题，以后在黑人文学中，也多有表现，跨种族爱情成为一种表述平等理念的模式。戈迪默进一步丰富了这一文学传统，并且非常集中、全面地讨论这一主题，既写出了在这一制度之下无数爱情悲剧与人性扭曲，也写出了勇敢反抗、令人动容的真挚情感，跨种族与跨肤色的爱情具有人性的普遍性，作者将种族政治问题升华到人性的复杂性。《说谎的日子》《恋爱的时节》《城市与乡下的恋人们》《我儿子的故事》《自然变异》等优秀作品都书写了跨种族恋爱的故事。《城市与乡下的恋人们》讲述了两则爱情悲剧，都属于白人男子与黑人（有色）女子之间的悲剧性爱情故事，在种族隔离时代，跨肤色的爱情成为违法犯罪，以此导致了人性的扭曲。上篇故事中的有色女孩和白人男性恋爱同居，警察可以随意搜查房间，将之逮捕。下篇故事更为残酷，白人男性为了掩盖自己与黑人女孩的恋爱，竟然把他们的孩子杀死。婚姻制度是种族隔离制度的一部分，建立在这一法律制度基础之上的婚姻伦理，竟然如此扭曲与惨无人道，暴露出其背后的种族隔离制度的邪恶。白人政府为了保持所谓的白人血统不被黑人和有色人种玷污，一个白人牧师如果为一个白人男子和一个非白人女子证婚，将被判十年苦役，即使该女子只有 1/16 的黑人或印度人的血统也不行，黑人同白人妇女通婚被绝对禁止，违者将判处死刑。① 因此戈迪默通过正面描写跨种族婚恋以此建立全新的婚姻伦理，从而达到对南非种族制度的瓦解。

戈迪默从 70 年代创作逐渐稳定成熟后，这一主题就被反复书写，但是当赢得了跨种族恋爱合法化之后，人们依然面对不同种族与文化带来的隔膜。2012 年她发表了最后一部长篇小说《最好的时光是现在》，依然谈及了这一话题在新南非新时代的发展变化。小说描述了在后种族隔离时代，一对黑白混合夫妻所呈现出的全新的家庭政治。

---

① 郑家馨：《南非通史》，上海社会科学院出版社 2018 年版，第 273 页。

主人公是史蒂夫·里德和贾布利勒·古梅德，组成了当代南非最时髦的家庭模式——黑白彩虹家庭。他们两人都曾积极投入反种族隔离斗争，作者通过他们在新南非的生活和工作以及他们各自的职业，对跨种族婚恋及后革命时代的社会问题进行反思。史蒂夫致力于先天残疾者的教育工作，是（科学教育领域的）讲师，贾布利勒是（人权领域的）律师，致力于性别平权运动，他们内心对旧的斗争理想的承诺，与对"新的"斗争的道德实质的日益不安混合，我们跟随这对"黑白"夫妇踏上了从希望到日益幻灭的旅程。正如小说的标题显示的对当下时刻的强调，它指出了迅速变化的时代性，他们当初反对种族制度的斗争，其中一个重要的目标就是将渗透进日常生活的婚姻法废除，能够没有肤色的障碍，可以自由恋爱结婚，这是当初他们所信仰的革命取得胜利的标志。短篇小说《家》中的丈夫尼尔斯，是一位瑞典白人，而太太特里萨，则是科萨人与爪哇人混血的有色人种。丈夫深深眷恋自己深肤色的妻子，但是妻子以及她的家庭都不得不卷入政治问题，她为了拯救自己的家人四处奔波，丈夫自感备受冷落，终于意识到那是她的"家"，一个他很难涉足其中的家，是他非常难以去共享的人生经验，生活在自由世界里的白人丈夫与之拥有完全不同的文化语境。

其二，戈迪默描写了这一主题在南非的变迁，当跨越种族成为绝对正确，当种族政治完成了逆转，这一主题具有了反讽的力量。戈迪默在她的作品中写到在新南非成立之后，跨肤色恋爱逐渐变成了某种政治投机，成为一种时髦，将逐渐丧失其革命性意义。在后种族时代，许多白人为了表示自己具有激进的政治立场，并且以此取得政治资源，会刻意选择黑人女性为妻，在《贵客》与《无人伴随我》中都有提及这样的细节，若是某位白种男人娶了黑太太，那就是他最耀眼的名片。这正是种族政策导致的人的异化的表现，无论是对黑人排斥还是以与黑人恋爱为荣耀，都不是一种真诚的态度，都是背离了爱情本质与人性本真的。《贝多芬是 1/16 黑人》中对这一心态刻画得极为清晰深刻，"曾几何时，黑人是可怜鬼，想做白人，到如今白人中也有可怜鬼，想做黑人，其中的奥秘没有什么不同"。主人公试图寻找自己的曾祖父（他们这一家族的第一代南非移民）或许曾经和某位黑姑娘有染，那么就会留下一丝血缘，如果找得到这一证据，他就能拥有一位黑人血统的亲戚，那么将有利于他在新的时代站稳脚跟。

其三，在全球化时代跨越种族的婚恋所呈现的更为复杂的伦理内涵。戈迪默晚期小说的卓越代表作《偶遇者》，进入全球化时代的大语境，肤色与资本的结合使家庭伦理主题呈现出了更为复杂的意蕴，主要表现为：跨越肤色、阶级、文化的婚姻选择，既是爱情对于肤色这一差异的超越，也是文化的对话，尤其是在资本的世界中，这一婚姻伦理所能呈现出的新的革命性意义。女主人公朱莉对穆斯林难民阿布杜的选择以及朱莉的叔叔——著名的妇科医生小阿希对于贫穷的犹太移民的选择都属于同一个问题。在废除种族隔离制度之后的南非，黑人已经进入政治经济的中心，成功进入上流社会，南非貌似已经实现了种族平等，但是在对待国际移民问题上依然暴露出了根深蒂固的偏见，尤其是当初那些备受歧视的黑人，现在也加入对第三世界贫穷国家移民的歧视与排斥之中，在朱莉的恋爱故事中，黑人的态度极具反讽性。朱莉是白人大资本家的独生女，她所爱上的阿布杜则是来自沙漠深处某个穆斯林小国的非法移民，两人在身份上差异巨大，虽然已经没有法律的限制，但跨越资本所建立的阻隔，依然困难重重。小说开头就写到了两人的这一身份悬殊。朱莉开着爸爸漂亮的路虎古董车，而阿布杜则是一家修理厂雇用的非法劳工，两人极为不匹配的社会地位一目了然。修车行的白人老板告诫朱莉，阿布杜连这个国家的黑人都不如，黑人还能拥有合法的不可被剥夺的公民权，这个国家的黑人都可以移民到其他国家，然而阿布杜什么都没有，他就是一个使用假身份的非法移民，随时可能被驱逐。当朱莉去向一位知名的黑人律师咨询能够让阿布杜获得合法居留权的办法时，那位标榜自己曾经也是隔离政策受害者的黑人律师，如今已经功成名就，坐在装修豪华、安保森严的办公室里接待朱莉时，却流露出对阿布杜深深的排斥。这令朱莉很受伤，这就是南非在后种族时代的真实现状，也是一个地球村时代真实的现状，世界越来越小，人类在表面上获得了更多的流动自由，事实上以资本建立的屏障，牢不可破。有钱的白人，才有在地球村自由通行的资格，阿布杜这样的第三世界的人，会成为那些号称开放包容、主张文化多元主义的资本主义国家所限制入境的人。作者借朱莉和阿布杜爱情故事中涉及的伦理法则，对后种族时代、全球化时代分裂的世界观进行了批判。朱莉唯一能够去咨询并得到真诚的关怀的人只有她的叔叔小阿希，后来她意识到之所以她会首先去找叔叔，而不是别的人去商量这件事情，不仅仅是因为小时候建立起来的感情，还有一个非常重要的理由，那就是叔叔娶了一个几乎违背了每一个家人所期望的妻子，他娶了一个叫雪伦的犹太女子为妻，她的父亲只是一个来自立陶宛的移民，是个在破落街区开了一间小店的补鞋匠。叔叔的婚姻选择和朱莉的选择具有某种同质性，那就是对世俗婚姻伦理的反叛。家庭、婚姻的核心并非只是爱情、资本、阶级、第一世界与第三世界，这些概念在种族制度消亡后发挥着更为隐秘的作用。

其四，超越种族政治与性政治的单一维度，探索人性的限度。《我儿子的故事》是这一类故事的典型代表。这是一则跨越种族的婚外情故事，是白人民权主义者汉娜与黑人革命者索尼之间的婚外恋故事，由索尼一家的命运而展开。小说所探索的问题不仅仅是种族政治，并且索尼对汉娜产生爱情的心理机制极为复杂，而其选择对家庭伦理产生了巨大冲击。小说主要采用的是儿子威尔的视角进行描述，在儿子的回忆中，首先展现了他们一家人曾经的幸福时光。索尼和艾拉组成了一个非常完满的家庭，他们彼此精神相通、心心相印，他们经常不用讨论就能在事关他们生活的问题上做出同样的决定，即使是讨论，他们也总能合二为一。他们两个是如此恩爱，他好像总是明白她想做什么，而她也好像总是知道他会想出办法协调好生活的各个环节，因为他想要的本身也是她想要的，那是他们之间的默契。这对夫妻给予子女幸福的童年时代，然而就是这样令人尊重的父亲索尼却与白人女性汉娜有了婚外情，他对家庭的背叛给儿子的成长造成了重大的困惑和影响，并且影响索尼的女儿贝比的人生选择，所以这是一个违反了家庭伦理而导致的悲剧。索尼始终未能扮演一个完美婚姻与幸福丈夫的人设，戈迪默对此做出了批判，但并没有进行简单的道德谴责，在故事的叙事者——儿子威尔眼中，索尼仍然是一位正直且充满理想色彩的黑人政治家，他始终具有强大的人格魅力。伦理具有历史性，只有在伦理的具体现实语境中才能对此展开讨论，从现存的符合社会现实的婚姻伦理角度讲，索尼与汉娜的行为不符合当今婚姻伦理的选择，他也为此付出了惨重的代价，他以家庭的分崩离析为这场婚外情做了偿还，最后他的人生充满了深深的孤独，这一情节安排，可以看作戈迪默的一种伦理态度。然而，戈迪默如果只是给出这样一个剖析，则过于肤浅。

索尼之所以会爱上汉娜，原因极为复杂，为此戈迪默还写出了另外三重含义。

第一，一个黑人革命者与一位白人人权主义者之间的惺惺相惜到背叛家庭，极易被贴上反种族主义的标签，而索尼爱上汉娜，爱上了她的肤色，不能不说种族的因素在其中发挥着作用。威尔自己所承认的，在他的咸湿的梦中，都是一些金发碧眼的白种女人。这些黑人血液中流淌着一种自卑的因子，通过一个白种女人的爱，能够给索尼带来的绝非两性欢愉如此简单，弱等民族的男性渴望与强势民族的女性拥有情爱关系，是在性别与种族双重概念上的征服。

第二，他真诚地爱上了汉娜，因为志同道合，因为革命事业与理想的一致而产生的惺惺相惜。他在走上革命之路之后，与妻子艾拉唯一能谈论的是家务问题，他俩就家务谈得越多，他俩那种一致性的感觉就越遥远。但是他与汉娜之间，他们没有家务琐事可谈，但是却可以传递给他最想要的信息，"一个陌生人没有私房爱语可谈，但她却不自觉地成了为他找到与家联系，与家的可能性联系的那个人"。汉娜并不优雅，或者说衣着打扮并不好看，不是他所喜欢的那种女性的打扮，但是打扮不好又有什么关系呢？当他的小女儿在法庭上因为恐惧而大哭时，他看见汉娜正在安慰孩子，那一瞬间对他日益增强成为某种信号，他和她之间的故事就开始了、不可避免，"需要汉娜"，这是混合着政治欲望与个人情欲的需求，是索尼此时最强烈的内心呼唤。"我知道出狱后你会欣然迎接战斗。"汉娜写给狱中的索尼的这句话帮助他度过了最难熬的一段时光，在监狱中，早早地熄灭了灯，他躺在黑暗当中，心中不停地念叨那一句豪言壮语，给予索尼无比的震撼与力量，狂暴和辉煌在他心中同时出现，他发现和汉娜交谈非常容易并且感到温暖。欢乐，这就是和汉娜交谈的收获，照耀长时间的思想交流的，是欢乐之光，而不是只能照亮家庭琐事的60瓦的灯泡。

　　第三，索尼希望能够在保有家庭的完整性的同时，拥有与汉娜之间的婚外情，他享受两位女性同时出现在自己的生活中，这正是一个男性强烈的性的占有欲。在这样一个跨种族的婚姻伦理故事中，戈迪默写出了爱欲背后有关伦理的复杂性。戈迪默写出了这场爱情令人激动的元素，这是对人性的探索，也是对爱情与婚姻本质的追问，它与既存的婚姻伦理形成了一个悖论，也是对法律意义婚姻关系的破坏，那么到底该如何解决这一根深蒂固的冲突？是追随人性还是坚守道德，在人类目前的婚姻伦理体系下是无解之题。戈迪默对此秉持了中立态度，对于人性的复杂性给予足够的接纳，正如戈迪默所说的，她真正感兴趣的是人的复杂性。她写出了这一段违背伦理的爱情的美妙，"她就在他身边，她已帮助索尼发现了他自己，她是一种像脉搏一样自然的幸福感，无论他走到哪里都伴随着他。如果说他对汉娜需要的要命的话——以一种美妙的方式——那么也可以说他对别的任何东西或人都不需要。汉娜的一个房间，对他们来说就是无限世界"。他们之间的爱具有非常深刻的共鸣性、思想的一致性。他特别喜欢和汉娜讨论自己政治上的一些问题，汉娜能够理解不同的人的主张背后的推理，他和她常常共同讨论并弄清他们的来龙去脉。他和汉娜的交往，因期待而兴奋，有生以来他从未体验过这样的情感，他年轻的时候就老了，是那么回事儿，如今颠倒过来了，只有现在他才明白年轻到底是怎么回事。他俩都不只是为对方活着，彼此之间的爱蕴含在事业之中，假如为了个人安危拒绝斗争所要求的东西，那彼此间的爱也就不会再存在了，但是这一爱情无果而终，留给索尼的只是因此而碎裂的家庭，这就是索尼的道德两难，这一伦理难题正体现了戈迪默的一种将伦理问题放在具体历史语境中的努力，"不能超越历史进入道德的乌托邦，另外设置一种新的道德环境和道德标准"①，戈迪默以一种中立的道德立场，写出了一个无法超越伦理价值的感伤故事，事实上作者已经通过索尼的最后结局给出了一个伦理价值判断，人们并不能无视现有的家庭伦理。

通过以上分析可以看出，跨种族婚恋主题在戈迪默笔下是一个非常多元的表现，具有非常丰富的主题内涵，她继承了文学前辈通过描写被禁止的爱进而批判社会制度的传统，描写了种族隔离政策的荒谬；难能可贵的是，她的笔触一直延续到后种族时代，跨种族婚恋的种种反讽，当少数变成了一种政治姿态，这未尝不是一种异化；在后种族时代，跨种族恋爱就能够将跨国资本的话题进行整合；但是她最重要的贡献则是认识到即使在种族语境之中，构成自我认知与爱情理念的并不仅仅是表面的种族主义在起作用，而永远面向的是

———————

① 聂珍钊：《文学伦理学批评导论》，北京大学出版社 2014 年版，第 247 页。

人性的复杂性。

第二节 家庭伦理与偶然之爱的冲突

从伦理学的视角来看，作为一种以婚姻和血缘关系为纽带组成的共同体，家庭的稳定性以家庭成员之价值共识为前提。在个人的层面，每一位家庭成员都有其自身的价值追求；在家庭成员层面，每个人的价值追求必须与其他家庭成员的价值追求具有统一性才能形成家庭的共同价值追求，缺乏内在价值追求的家庭容易受外在因素的影响从而失去稳定性而走向解体。夫妻之间的价值观分歧有可能导致婚姻解体，父母与子女之间的价值追求产生分歧有可能引发代际矛盾，兄弟姐妹之间的价值观分歧必然导致手足疏离。戈迪默的母亲是一位英国资产阶级女性，而她的父亲是立陶宛的犹太逃亡者。她的妈妈与比自己社会地位更低的丈夫结婚，在婚姻中一直处于主导地位，而且夫妻关系并不融洽，他们常年分床而睡，太太经常朝丈夫大喊大叫，而父亲童年时作为犹太儿童的经历和成年后在婚姻中的经历，双重的被遗弃感却导致他特别容易对比自己低等的人表达愤怒与轻视。这一原生家庭对于戈迪默的创作具有某种潜在的影响，她对婚姻模式的塑造、对亲密关系的理解，以及像她父亲这样并不算成功而且比较压抑的普通白人形象，这些都成为她创作潜意识的来源，她内心深处对父亲的复杂态度——审父与崇父双重的交织，她对于亲密关系内心深处缺乏信赖，都会在其作品中展现出来。[①]

戈迪默描写的亲密关系，几乎是以各种形式的破裂作为结局，她通常会将一对亲密关系的主体，从性格到职业都刻意设置成对立与矛

---

① Obiwu Iwuanyanwu, *In the Name of the Father Lacanian Reading of Four White South African Writers*, Syracuse, Ph. D. Syracuse University, 2011.

盾的组合。例如《新生》中的保罗夫妇，丈夫保罗从事环保事业，太太却为地产商提供广告服务，其所掠夺的正是保罗所要保护的南非的自然资源；《无人伴随我》中，本内特的职业与维拉的职业之间也具有相似的矛盾，维拉的基金会坚持普通人对土地和居住的权利，而本内特的市场研究咨询服务公司是帮助他的有钱客户占有那些有诱惑力的东西。在戈迪默看来，夫妻双方由于事业而产生三观上的分歧，人与人之间即使最亲密的关系也并不能完全和谐一致。由于这种人物关系塑造上的相似性、主题的同质性，"戈迪默一直在讲同一个故事，一个充满背叛和欺骗的故事，围绕着家庭政治、个人与家庭的矛盾关系、感官体验和社会自我认同问题。对意象和主题模式的追求最初显得老套，但确实产生了一些有价值的结果"。[1] 她通过这种同质的故事、人物设置，探索在必然之爱的婚姻关系中，偶然之爱的出现给人类婚姻伦理带来的挑战，悖论恰恰是这一伦理价值无法克服的。

家庭作为一种伦理实体，社会的稳定、家庭的和谐以及个人的幸福有赖于此，家庭伦理涉及的不只是个人选择何种生活的问题，更涉及家庭到底具有何种价值以及价值如何实现的问题。从婚姻伦理来看，彼此的忠诚一直是婚姻这一制度存续状态下的美德，文学作品从古至今反复讴歌，例如忠诚如一好妻子的典范——佩涅罗佩。永久忠诚是值得赞美的美德，但也是人性所无法实践的难题，戈迪默真实地描述了这一组矛盾，她笔下的夫妻关系，毫无例外都遭遇过偶然之爱对忠诚美德的挑战，戈迪默对这一婚姻伦理提出了质疑，"每一个选择都是正确的，并且每一种选择都符合普遍道德原则，但是一旦需要在二者之间做出一项选择，就会导致另一项违背了伦理，也就是违背了普遍道德原则"[2]，从而就会陷入伦理困境。短篇小说《另几种结局》中

---

① Stephen Clingman, *the Novels of Nadine Gordimer*: *History from the Inside*, Amherst, MA: University of Massachusetts Press, 1992, p. 320.

② 聂珍钊：《文学伦理学批评导论》，北京大学出版社 2014 年版，第 46 页。

《第二感》，讲述了两个因音乐而结识的爱人在婚姻中出现的偶然之爱。丈夫成长为优秀的音乐家，而太太则由于资质平平最后放弃了音乐，成为一个办公室文员，她为丈夫的才华和成就感到自豪，他们是最令人羡慕的幸福夫妻，但是丈夫却依然遇到了一次"偶然之爱"，她一直等着丈夫坦白，但是彼此都未提及，他一直没开口，她也没问，发生的一切就成为再也无可挽回的事实。偶然之爱似乎成为人性的必然境遇，与婚姻制度形成了一种内在的冲突。《另几种结局》的《第三感》，丈夫经营一家小型航空公司，濒临破产。太太是大学历史老师，他们曾经是幸福的一对，然而就在公司破产的同时，太太无意中发现丈夫出轨了。太太正准备要跟丈夫捅破这层窗户纸的时候，她看到了丈夫人到中年因事业失败而产生的绝望，她感觉到丈夫非常疲惫、压力巨大、灰心丧气，什么能让他重获信心，只有另一个女人来感染他生命的力量。最后她让自己习惯了这个事实。所有的偶然之爱都会深深伤害自己的伴侣，戈迪默并非以此否定婚姻道德，而是写出了人性与道德自身的限度。她对那些完全无视道德放纵情欲的行为，则持鲜明的批评态度。例如《保守的人》里的梅林和情人安东尼娅，他们彼此都想以"性"来征服对方，毫不在意传统婚姻制度的忠贞观。"婚姻是具有法的意义的伦理性的爱，这样就可以消除爱中一切倏忽即逝的、反复无常的和赤裸裸的主观的因素。"① 家庭作为基本的伦理实体，夫妻之间的婚姻关系实质上是一种伦理关系，戈迪默承认偶然之爱常常难以避免，但是对鼓吹性自由和性解放则持批判态度，这就是戈迪默总体的婚恋伦理观，她以此思考在人性的限度与道德的难度之间如何建立有效的关联。

　　和谐的婚姻关系有利于子女的健康、伦理身份的建构，而婚姻伦理的丧失则会带来精神的危机。在前一章节中我们分析了《我儿子的

---

① ［德］黑格尔：《法哲学原理》，范扬、张企泰译，商务印书馆1961年版，第177页。

故事》中索尼与汉娜这段婚外情中的偶然之爱具有的符合人性的成分，小说写出了其刻骨铭心的爱情本质，他们的爱情没有被妖魔化，然而这段偶然之爱，既不是回归家庭的喜剧，也非二人修成正果的罗曼司。小说通过另一条重要的线索——索尼一家人的遭遇，以此分析偶然之爱对婚姻伦理的巨大冲击，而带来的直接后果就是家庭破裂。正处于青春期的女儿贝比曾试图割腕自杀，她的成长带着不可弥补的伤害前行，最终辍学，较早进入社会，后来参与了暴力革命；儿子威尔无意中发现了家庭的巨大的、可怕的秘密后，产生了伦理混乱、不堪重负，青春期的成长过程一直伴随着痛苦。作为母亲的艾拉，一直沉默不语，威尔试图掩盖真相，不让母亲受到伤害，他后来已经意识到母亲艾拉只是保持了沉默，她并非不知道实情，受伤的艾拉最后也选择离开了家庭，和女儿一起走上了暴力革命的道路，这是对家庭的逃避，也是其疗伤的方式。索尼也没有成为婚外情的赢家，他曾经满意于情人和太太都在他身边所带来的激动，但是最后的结局恰恰是情人和太太都离他而去、家庭破裂，只剩下孤独。作者既非站在传统婚恋道德上去谴责他，也并非简单地赞美了飞蛾扑火一般的爱情，这两个主题构成了内在的互相消解。在小说的结尾，家庭四分五裂的索尼终于在孤独之中黯然神伤，意识到生活的中心不在汉娜那里，生活的中心，在老调重弹的地方——为生育、婚姻和家庭琐事进行的忙碌，以及他们借以长存的仪式，如吃饭和穿衣之类，它们在艾拉那里。他闻到一种过于甜蜜的香味儿，婚姻中熟悉的腻味。曾经他有一种难以平息的渴望，逃离它而趋向不拘习俗的狂野的地下爱情，而最后又没有任何东西能抑制他对他已逃离了一切的渴望。——当初的激情，依然具有充足的理由与生命的分量，但是终究是将全部的生活都毁灭了。这便是偶然之爱与必然之爱的交战，是理性的婚姻与激情之间永恒的矛盾，是人类的伦理制度无法兼容的一组难题。

《无人伴随我》也具有深刻的婚姻家庭伦理主题，表面上看其主要情节是两个女性的成长，一个中年白人职业女性的自我定义与事业追求；一个黑人革命者的妻子却颠覆了性别角色取代丈夫成为后革命的领袖，听起来像是女权主义者的论战，这是戈迪默不愿意写的主题。[①] 作者将这两对夫妻塑造成世俗眼中最为和谐与般配的伴侣，尤其是在维拉与本内特的婚姻中，丈夫本内特始终如一热恋着自己的太太，哪怕知道她的不忠。但政治、性、社会地位、经济问题等都会对家庭产生破坏，亲密关系由貌合神离到最终分离。本内特在与维拉的婚恋关系中所扮演的是痴情与忠贞的角色。女主人公维拉是一位始终坚守自我的成功的法律工作者，同时在婚恋问题上也秉承自我、自由的价值观，在与第一任丈夫无法取得性的和谐时，她很快就出轨并离婚，但是她却绝不会因此就将生活的重心全部寄托在这份爱情上。对她而言，婚姻、性爱，都只不过是发现自我的一种方式而已。维拉身上始终散发着一种工作所带来的满足感，而她的丈夫本放弃了自己的艺术追求，把这一生都献给了家庭，然而，最后他在极度的空虚孤独中离开了南非。维拉认为他犯了一个大错，即放弃了自我实现却将所有的希望都寄托在爱情上，而这种生命的全部压力，常常被世人称为"爱"，他的爱从没有冷却过，没有将之转变成别的东西，从而他的世界从来没有改变、拓展过，"孩子们诞生了，朋友们，在流亡中在监狱里消失了，我们周围的杀戮，他父亲死在屋里，整个国家在改变。爱没有改变过"，这种爱令维拉深感不适。从惯常宣扬的婚姻伦理来看，本内特所表现出来的是爱情的一种美德——"痴情与忠贞"。在多数的爱情故事中痴情主人公几乎是女性的专利，甚至成为一种刻板印象，痴情成为女性气质的特有体现，痴情也上升为婚恋关系中的美德。很明显，戈迪默对此并不赞同，在爱情与婚姻中她并不更认可"专一"所具有的道德之美，她更强调真实的自我与不断地成长。以

---

① Melanie Kaye-Kantrowitz, "On the Edge of Change—None to Accompany Me by Nadine Gordimer", *Journal of Japan Society for Natural Disaster Science*, Vol. 10, May 1995, p. 79.

爱的名义将自己的生命重负转嫁给配偶，不仅会给对方带来压力，同时也是自我逃避的一种表现。她的这一观念对将爱情看作至高无上的传统伦理观念形成了挑战，从思想根源看，这体现了在西方人本主义影响下将自我置于至高无上的地位的思想。

在维拉看来，性是大自然的恩赐，结婚只是人类社会演绎出来的道德之果。第一段婚姻，最终以维拉的出轨告终。因为她无法接受前夫性方面的差强人意。而选择第二任丈夫的理由正是男女两性身体的吸引力。在第二段婚姻中，拥有和谐的性，但仍然不能抵抗诱惑，与比自己小15岁的奥托维持了很长一段时间的婚外情关系。维拉的价值观与习俗迥异，戈迪默在接受记者采访时曾这样评价维拉，"在她（维拉）的成长环境中，婚姻的一方属于另一方——完全属于！人们说起妻子或丈夫时，总是说'我'丈夫、'我'妻子。这一事实体现了占有权观念。维拉在发现一种自由。……因此，她不可能是他人的财产。这就是维拉正在发现的东西，也就是维拉不感到负罪的原因"。作者将本内特塑造成传统婚恋观的一个捍卫者，与维拉所坚持的更为开放自由的婚恋观形成鲜明对比。他爱维拉胜于爱自己，没有维拉，他就无法生活；他可以包容维拉的所有，包括她的背叛。直到最后他终于明白维拉就是那个"不想被人爱的人"，"那种灵魂内的冷漠"，"维拉从未真正想有一个丈夫"，她从来都只属于自己，不属于任何人。本内特在她眼中"永远属于情人的范畴，一个超出婚姻的性契约和道德束缚的被选择的人"。维拉向本内特坦诚：我并不认为我们是什么好的榜样。作为父母的维拉和本内特没有给两个子女提供最为坚定幸福的榜样，儿子总是无法建立和谐的亲密关系，后来选择离婚，是因为他从母亲那里体会到一个人无法伪造爱情，如果它没了那就是没了。他们的女儿正是由于在少女时期了解到母亲的婚外情，从而对异性恋夫妻关系产生了极大的不信任，最后走向了同性恋。后来本内特离开家，跟随儿子暂居伦敦，本内特认为他们的婚姻是人生的失败，维拉则把它看作旅途中的一个阶段，婚姻本身是一个伦理关系，"婚姻的客观出发点则是当事人双方自愿组成为一个人，同意为那一个统一体而抛弃自己自然的和单个的人格"①。但在维拉眼中，婚姻不属于任何世俗规范或宗教教条，从而回避了婚姻的伦理要求。维拉将自我和自由看得胜过一切，婚姻是一种契约，但绝对不能形成对自我的束缚。她从不会为了爱情、为了家庭而放弃自己的事业追求、放弃自我的成长，同时也不放弃对婚姻之外的性与爱的追求，这种偶然性与婚姻的伦理性形成了激烈的冲突，偶然之爱必然对家庭造成不可挽回的损伤，但是也可能是重新思考人类伦理道德的契机。戈迪默敏锐地意识到这是家庭伦理的变化与挑战，"家庭伦理正是对南非无限包容的政治的一种反映"②。

伦理道德是一个历史性的概念，"道德带有历史的特性，在不同时代，不同种族不同地区有不同的道德，在不同的历史阶段，道德标准与道德内涵可能不同，文学作品的价值一方面在于通过具体的事例对时代的道德进行歌颂与弘扬，另一方面在于揭示时代转变时期社会观念变化引发的种种道德问题"③。戈迪默通过大胆的探索，向读者提出了一个严肃的伦理议题。《新生》继续讨论在变化的历史语境中的婚姻伦理问题，戈迪默有了更为激进的姿态，戈迪默在写于其晚年的这部小说中着重关注老年夫妻的婚姻伦理。如果人到暮年，这偶然之爱才会出现，是恪守道德与本分，做一个得体的"老年人"，与爱情绝缘，还是追随生命的召唤，勇敢回应爱情的召唤？这是戈迪默在这部作品中提出的灵魂之问。主人公阿德里安年轻时酷爱考古，但为了支持妻子琳赛的事业，为了养家糊口，不得不放弃自己所热爱的事业，进入公司经商，对于他来说所谓爱情就是一种承诺，帮助自己所爱的

---

① ［德］黑格尔：《精神现象学》，贺麟、王玖兴译，商务印书馆1996年版，第9页。

② David Medalie, "The Context of the Awful Event": Nadine Gordimer's The House Gun Author (s): David Medalie Source, *Journal of Southern African Studies*, Vol. 25, No. 4 (Dec., 1999), pp. 633 - 644.

③ 聂珍钊：《文学伦理学批评导论》，北京大学出版社2014年版，第246页。

人圆梦。他俩共同生活的初期，他承担了子女教育和料理那使人分神的家务琐事，让她可以无后顾之忧地继续自己的学业，结交合适的关系，以便被律师界接纳，最终实现她成为一名民权律师的愿望。两人曾如此恩爱，阿德里安曾如此奉献牺牲，但是太太却有 4 年的时间接受了一段偶然之爱，背叛了丈夫。她在一个会议上认识了那个男人，通过她事业上的进步，她才得以参加那个会议，而这一事业实际上是阿德里安的奉献牺牲才使其成为可能。人到中年的琳赛，有一个心爱的丈夫和长大成人的儿女，在一个男性占主导地位的行业中事业有成，正在进入一个新的自由的成熟期，作为一个读过波伏娃著作的人，她接受关于偶然之爱的观点，她坚信性的自由，还有体验某种新东西的自由。在共同参与的同一个智力活动框架内，把这种体验与另一个人的心灵、另一个人的人格联系在一起。于是他们以工作之名，自由地偶然去爱，并尽力保护各自家庭不受偶然之爱的打扰。但是阿德里安还是知道了太太背叛婚姻的事实，他承受着痛苦，而她则承受着他的痛苦和愤怒，直到这场偶然之爱结束，他们重新回到亲密与温暖中。在即将迎来退休之前，夫妻二人计划了一场墨西哥的考古之旅，算是对阿德里安年轻时未实现的梦想的一个小小的补偿，然而琳赛因为工作的缘故不得不提前结束了旅行，而阿德里安的归期却一再推迟，他爱上了那位导游，"我 65 岁，我从没有想象过这件事会发生，不仅不会发生在我身上，而且也不会发生在任何一个这把年纪的人的身上。我自己都无法相信，但是它确实是真的，没有人想让这种事情发生，但是它发生了。我似乎一辈子从没放纵过，我爱上了你，那就是我全部的需要，终身之爱，就像一个人的终身工作。现在我爱上了这个女人，并且无法否认这份爱"。阿德里安选择了与太太坦诚相待、告知实情，也选择了忠于自己的内心的爱情愿望。深受存在主义影响的琳赛，拥有自由主义的婚恋观，她认为男人和女人并不相互拥有，她觉得自己无权愤怒，于是说服自己接受了丈夫移情别恋的事实，阿德里安有权利进行他那机缘到来的"考古冒险",因为"人有自己的爱好完全是应该的"。这个"可怜的顾家男人",他放弃了自己的家庭角色,追求本真的自己,在生命的最后时光里享受自由选择的快乐,"伦理选择指的是人的道德选择,通过选择达到道德成熟和完善,伦理选择只对两个或两个以上的道德选项的选择,选择不同,结果不同,因此不同选择有不同的伦理价值"。[①] 每个人必须要为自己的伦理选择承担相应的后果,琳赛将阿德里安的行为看作当年自己背叛行为的解药。随后她也开始了全新的生活,她领养了一个被遗弃的并患有艾滋病的3岁黑人小女孩,她认为阿德里安的个人选择应该得到尊重,人权中是没有感伤、多愁善感的,在一个功利主义的社会,人类对爱的需求、人与人之间的情谊越发显得珍贵,因此极有必要构建一个温暖倡导关怀与责任意识的新伦理,激发关怀他人的天性与责任感。[②] 这样的婚恋伦理观念是激进而引人深思的,琳赛在原谅丈夫的同时,也意欲全身心地为一个急需关怀的人给予她能给的一切,与一个身心俱伤的社会边缘人建立一种新的伦理关系并且担负起相应的伦理责任,以此来弥补确定性关系的毁坏。对"确定性"的追求,是人生在世最基本的欲望之一,而要达到这种"确定性",一个重要的方面就是能发现一种"统一的模式,在其中整个经验,过去、现在和未来,现实的、可能的与未实现的,都被对称地安排在和谐的秩序中"[③]。琳赛此时的所作所为就是要重建一种伦理性质的秩序,并且要建构的是一种全新的伦理秩序。无论她想通过领养这孩子来证明什么,反正这一选择都是不容易的,那都意味着一种深刻的责任。

戈迪默承认了偶然之爱的合理性,无论为了追求更高的精神契合,还是发现了真爱,或者只是在自私地寻找激情,戈迪默都没有以简单

① 聂珍钊:《文学伦理学批评导论》,北京大学出版社2014年版,第280页。
② [美]弗洛姆:《爱的艺术》,刘福堂译,广西师范大学出版社2002年版,第4页。
③ [英]以塞亚·伯林:《自由论》,胡传胜译,译林出版社2003年版,第174页。

的道德立场进行评判，但是又实事求是地指出，在偶然之爱面前，终究是会有人受到伤害，尤其是那些在成长中的孩子。对于孩子来说，父母是影响其成长的最重要的因素，父母的关爱和保护是其成长中"至关重要的必需品"，戈迪默数次描写因为父母一方的背叛，孩子所受到的伤害：短篇小说《遗产》，写了一个女孩在妈妈突然死亡以后，在她的遗物中发现了一封信件，原来这个最爱自己的爸爸可能并不是自己的亲生父亲，而她的亲生父亲是一位著名的演员，母亲当年的这一行为，给予她巨大的身份危机与伦理困惑。《偶遇者》中的朱莉也是因为原生家庭父母的互相背叛而受到伤害从而走向边缘与叛逆。在她很小的时候父母就背叛了对方，父亲娶了年轻的交际花，无暇顾及她的成长，母亲嫁给了开赌场的年轻情人并定居美国，朱莉无法获得来自家庭的温暖与关怀，朱莉在父母那里感到自己是个异乡人，她在精神上是被父母放逐的流浪者，原生家庭造成她深深的无家感。

总之，和谐的家庭是每个人人生中的避风港，而夫妻婚姻关系是家庭关系的核心，也是家庭伦理的重心。夫妻关系的破裂，带来的伤害不仅仅局限于婚姻关系，而且必然会对家庭的整体性尤其是未成年子女的心理健康带来伤害。《偶遇者》中的朱莉，《我儿子的故事》中的威尔和贝比，《无人伴随我》中的女儿阿尼克，都是因为父母婚姻关系的裂痕，艰难地度过自己的青春期，感受到了被家庭的抛弃，甚至出现了情感方面的问题。戈迪默将每一段婚外恋情都描写得美好而富有激情，都是当事人认为这是一生无法磨灭的美好记忆，但在另一个层面上描写的所有的婚外情都为后来家庭的破裂、子女成长的障碍埋下了伏笔，这两种情节构成了内在的悖论与冲突，这正是戈迪默自己的伦理两难。作为受过自由主义与人本主义哲学训练的白人女性，将个人权益、爱情追求视为崇高与人生本能，这是非常自然的立场，但是当社会上充斥着以自我之爱为核心的婚恋观时，家庭也不断解体，社会也将处于变动与混乱状态，个人的伦理身份如何建构也自然成为作家需要思考的问题。毕竟当今社会仍然是以家庭为核心的社会架构，家庭的和谐稳固也是社会良好伦理秩序的保证，"一个人伦理身份的错位或变化往往会造成个人的伦理混乱"①，我们在戈迪默的伦理困境与两难之中，需要深刻思考家庭伦理在当代的危机与重建问题。

第三节　超越性与性别的全新"家庭"模式

　　婚姻即政治，戈迪默通过跨越肤色的婚恋故事实现了政治批判；性与身体是自我的载体，于是将之与自我身份的追求结合在一起。那么，人类能否超越这既定的婚姻伦理的框架，建立起全新的亲密关系？戈迪默继续前进，话题更为激进，并涉及同性恋婚姻的合法性与合理性的讨论；也构想了超越常规意义上的性而建立两性的互助共处的可能性，《无人伴随我》中的维拉，与泽夫最后建立的就是一种以性别为基础却与性无关的互相依存的特殊互助模式。

　　首先，我们讨论一下戈迪默有关同性恋婚姻这一主题。她在许多作品中都有涉及，《无人伴随我》中维拉的女儿阿尼克与自己的女性伴侣建立了幸福的同性婚姻；《家藏的枪》中的三角恋爱故事，三位主角有两位是双性恋者；《最好的时光是现在》中的海豚队是一群同性恋者，《保守的人》中梅林发现儿子对继承财富与参军都无兴趣，却在思考同性恋的合法性问题。双性恋人物形象在南非当代文学中是常见的，表明南非是"一个具有彻底中间身份的国家"。② 戈迪默在晚年出版的短篇小说集《贝多芬是1/16黑人》中有一篇谈及同性之爱的作品——《了然无痕》，"她"的丈夫去世了，她想在回忆中重建他，但

---

　　① 聂珍钊：《文学伦理学批评及其它——聂珍钊自选集》，华中师范大学出版社2012年版，第14页。

　　② Leon De Kock，"South Africa in the Global Imaginary：An Introduction"，*Poetics Today*，Vol. 22，No. 2，2001，p. 263.

是却有一段时间好像是空白，那就是他在第一段婚姻和现在这段婚姻
之间，他曾经爱上过一位同性，一位远在英国的著名摄影师。她为了
能够在回忆中把他完整拼出来，于是借一次会议的机会，决定到英国
去拜访这位摄影师。摄影师向她描述了他们曾经短暂相处的那段时光，
一段铭刻在记忆长河中的生命历程。"一段无声却不能叫沉默，两人
虽然谁也没有出声，却仍在频频对话，一切尽在不言中。"她充分感
受到了这一对曾经的同性爱侣的情意绵绵，后来她将一瓶她和丈夫都
非常喜欢的南非本地酒送给这位摄影师，酒的名字，是用荷兰语拼写
的"allesverloren"，是一切了然无痕的意思。这是一个极具抒情色彩
的短篇故事，表现了戈迪默对同性情爱的包容与接纳，将之作为人类
值得尊重的情感形态之一来看待。人类情感状态是极其多元的，与性
有关的身份特征也是多元的，对每一少数群体都能给予包容，这涉及
人类文明的宽容度与文明程度。因此在与性有关的身份中，双性恋占
据着一个模棱两可的位置，它能够揭示所有身份之间的差距和矛盾，
我们可以称之为身份内部的差异。这种模棱两可的立场，可以理解为
人与人之间的差异，无论是文化差异、性取向的差异还是性别差异，
任何试图在二元对立基础上构建一个一致身份时，都会与双性恋观点
下的身份认同产生冲突。① 戈迪默在《家藏的枪》中向读者描写了这
样一种全新的关系，住在这所房子里的是一群特殊的朋友和情人：大
多数是同性恋，但不完全是同性恋；大多数是白人，但包括一个黑人；
大多数是男性，但包括一个女性；大部分是南非人，但也包括一个外
国人。在某种程度上，它似乎是一种新的家庭单位——用邓肯的话说，
"比核心家庭更美好"，对于新南非来说，这是一个现代的布鲁姆斯伯
里集团，南非新宪法使之成为可能，一个不再基于种族、性别或性偏
好歧视的社会。邓肯拥有一段跨性别的三角恋爱，他因为这段混乱的

---

① Cheryl Stobie, "Representations of the Other Side in Nadine Gordimer's *the House Gun*", *Scrutiny 2: Issues in English Studies in Southern Africa*, Vol. 12, No. 1, January 2007, p. 76.

恋爱枪杀了曾经的男友而被监禁。在小说结尾，邓肯希望自己的父母收养女友娜塔莉的孩子。表面看这是一个夺人眼球的类似于小报风格的故事，但是作者别有深意，尤其是小说结尾具有象征色彩。三角情爱纠葛中的孩子成为某种救赎，在这个过程中父母宽恕了彼此，也宽恕了儿子，儿子宽恕了自己的女友以及曾经的男朋友，暗示和解或许成为可能，"我试图通过此寻找到生与死相连的一条道路"。① 在这个过程中，母亲克劳迪娅找到了全新的精神之旅。小说一开始，作者就指出这对夫妻早已丧失了肉体亲密感，这也影响了他们的心理亲密度，他们面对儿子突如其来的杀人事件，无所适从，这时才发现这个表面幸福的三口之家其实彼此之间有很深的隔膜。如何重新梳理家庭成员之间的关系，这成了克劳迪娅夫妻在为儿子寻求辩护的同时必须面对的难题。他们认为只有重新"孕育"这个儿子，当然这是一种比喻意义上的。在丈夫眼中重新孕育这个儿子意味着找到他和上帝之间新的关系；在妻子那里则是精神与性之间进行互相转化。而邓肯拜托父母收养女友的孩子，从他们接受这个孩子那一刻开始，这对夫妻成功地升华了他们的性，这一刻成为他们精神之旅的高潮。同时，也超越了他们最初对双性恋的排斥性看法，弥合了与儿子之间的裂痕。所以戈迪默真正感兴趣的并不是性取向的混乱与跨性别的生活，她更多的是从一个象征性含义去看待流动、变动的性取向问题，或许她对同性恋者的理解有想当然的成分，文化表征的用意更为明显，她试图以此表征正在向着民主、开放的目标重建民族身份的南非，包容与多元，正是二者之间的共性。

1994 年，南非成为世界上第一个制定宪法、保障同性恋合法权益的国家。而站在时代前列且具有独立反叛意识的戈迪默，就在这具有纪念意义的年代创作了这部穿插着女同性恋题材的作品——《无人伴

---

① Peter D. McDonald, *Apartheid Censorship and Its Cultural Consequences*, New York：Oxford University Press，2009，p. 99.

随我》，这部作品与南非国家的先锋意识相呼应，讨论了同性恋婚姻的可能性。在小说中，维拉与女儿阿尼克就同性恋和异性恋的问题产生过激烈的争吵，阿尼克认为"一个女伴就像自己一样，她知道你感觉什么，什么使你有感觉，因此——她会做——本能地她会做你想要的事情，她感觉到的就是你感觉到的。对一个男人来说，就不是如此，他需要他的那种刺激，而你需要你的那种刺激"。她甚至嘲笑一生追求性自由的维拉"从未与一个女人真正爱过"。在她看来，性不等于婚姻的成功。维拉作为异性恋的支持者，将与异性之间的性看得无比重要，但她所坚持的性与自由并未能够给予她自始至终的支持。在小说结尾她承认没有一种性与爱，可以承担自我的负担，每个人都将在深深的孤独中独自走向人生的终点。与阿尼克同性恋婚姻关系形成对照的还有维拉的异性恋的儿子，这位成功的银行家，却始终没有办法把自己的婚姻经营好。这个家庭中的三组亲密关系，两组异性恋都失败了，唯独同性恋的阿尼克能够建立完整幸福的家。通过这样的对照，很容易让读者将之解读为戈迪默对同性恋婚姻合法性的某种支持。本内特曾经做过一个维拉躯体的雕塑，一尊没有头的躯干雕像，这是对身体力量的赞歌，除身体外它没有本体。这尊雕像后来被女儿阿尼克带到自己与女朋友共同生活的家里，那尊坦率表达女性力量的身体雕塑，被转化为一种女人与女人之间欲望的联系。在阿尼克的家里，这个无头的躯干雕像已经成为家庭的神灵。维拉误以为女儿的同性恋与自己当初在性方面的放纵有关，妈妈对性的欲望超过了对女儿的关爱。这个归因或许根本不能成立，女儿为何选择（或成为）同性恋，或许是出于对男人的畏惧，或许是出于对她母亲的报复，或许是生理上与心理上的天然，也或许只不过就是自由选择，各种原因在阿尼克看来都是胡扯，因为她是为了爱，她就是热爱着自己的女友露。她与女友组建了家庭，并且收养了一个黑人小孩，这对同性恋人互相依靠，共同悉心照料这个婴儿，所表现出的强烈的父母之爱甚至胜过那些异性恋父母。这份不基于生物学意义的爱，超出了我们惯常意义上的家庭伦理。维拉是这个三口之家宁静家庭生活的旁观者，她意识到她和阿尼克已交换了位置，她已离开家，而阿尼克正在构筑一个完全新型的家庭。通过这样一个角色互换，以及家庭关系的一破一立，宣告了传统意义的异性恋婚姻的解体，全新的同性恋婚姻的可能。这样的观念颇为激进，表现了戈迪默开放且多元化的价值观，但是对她这一立场与表态，来自女同阵营的批评却最为尖锐，认为她作为作家具有描绘不同于自己的角色的艺术权利，但她对女同性恋的描述则是笨拙的。①客观而言，这种指责也有不合理的一面，因为戈迪默不是以科学或自然主义的态度讨论同性恋问题，而是以此敏锐话题启发读者对家庭伦理问题的思考，对戈迪默而言，在小说中塑造具有双性倾向的主人公，对于表达其政治观是便捷有效的，只要性别作为一种权力结构保持其显著性，与异性恋有关的术语就必然会呈现出一种权威、正确与压迫性。"酷儿"一词取代了性别作为性对象选择轴心的中心地位，"双性恋"一词唤起了人们对性和性别的关注②，可以触发读者对多元身份与价值的讨论，即戈迪默借对性少数人群的关注，表达一种真正的平权意识。

其次，戈迪默构思了一种不以性为基础的全新的亲密关系，以此突破建立在两性之爱与责任基础上的婚姻伦理观。《七月的人民》中，莫琳在故事的结尾从家中逃跑了，她奔跑着：怀着一生中所有被压抑了的自信，还有警觉，像一只独居的野兽，正处于既不找配偶也不养幼崽的季节，活着只是为了自身的生存，要求责任感的一切都是敌人。这部小说的开放式结尾，留给读者的思考是发散的，有对白人命运的思考，也与一个女性构建全新的自我有关，是对建立在核心家庭基础上的伦理关系的一种质疑。当一个女性，抛弃了作为妻子与母亲的角色之后，只剩

---

① Melanie Kaye-Kantrowitz, "On the Edge of Change—None to Accompany Me by Nadine Gordimer", *Journal of Japan Society for Natural Disaster Science*, Vol. 10, May 1995, p. 79.

② Frann Michel, Do Bats Eat Cats? Reading What Bisexuality Does, Ph. D. in Hall and Pramaggiore, 1996.

下她自己，她将会如何建立一个全新的社会性关系？这是这部小说留给读者的问题。这一留白的结构类似"砰"的一声关门而去的娜拉，留给读者关于娜拉出走之后命运的长久思考。对于这一问题最好的回答，戈迪默在此后创作的《无人伴随我》中给出了参考答案。"从伦理学的角度看，社会对人的每一角色和身份都会有一定的规范和要求，由此构成人的伦理权利和义务。"① 但是《无人伴随我》中的女主人公维拉拒绝这种规范与要求，她不仅反对丈夫本内特对自己的爱与负担，她也拒绝孩子们对自己的依恋，对于孙子要来短暂居住，表现出的是烦恼，感觉自己被打扰了。维拉的人生观正是对习以为常的伦理义务的背离，她是一个彻底的自我主义者，"她与男人之间的彼此吸引——这种吸引没有通常要求完婚的欲望"。可以说维拉在突破传统婚姻伦理的道路上走得较远，她自始至终把婚姻看作旅途中的一个阶段，与其他人一起的、与许多人和不同的人一起的旅途，人的一生是从自我到自我的独自行走。维拉将性关系描述为一种工具，通过它，自我的负担可以转移到另一个人身上，因此她对家庭伦理的看法背离世俗，即使在婚后她也一直在性自由的道路上探索，背叛家庭寻找偶然之爱，她从没有觉得出轨是对婚姻的背叛、对丈夫的背叛，她感到的是自由与骄傲；她在年轻时将性的自由凌驾于家庭道德之上，自认为已经寻找到了真实的自我，但最后发现性关系并不能给予她归宿，她未能从自由的性与偶然之爱中得到解脱，她在性之中感到的仍是独自一人的孤独，才明白通过任何方式转嫁自我都是不能实现的。当维拉孤身进入她人生的下一个阶段时，维拉知道她身体的全部语言，她对生命的孤独本质体会如此深刻，面对生与死这最关键的旅程节点，人终将是独自面对的。她厌倦了和本内特之间的婚姻，两个人事实上永远分离了，虽然不是常规意义上的离婚，"这甚至不是双方明确同意的结果。这是

---

① 朱海林：《论伦理关系的特殊本质》，《道德与文明》2008 年第 4 期。

一种双重孤独感的出现，这种孤独感在很长一段时间内一直在暗中发挥作用"。① 因此小说写到了维拉第三个阶段的探索，最后她和黑人非法占地领袖泽夫建立了某种密切联系——一种特殊的新型的关系。维拉告诉女儿，自己将搬到泽夫那里，住在他那种房子的附属建筑里，那是一个辅助建筑，非常独立，有单独的入口，两者中任何一方都不会有闯入的问题，我们彼此尊重。女儿对此非常不能理解，认为社会舆论会有微词，维拉对此哈哈大笑，她对这些世俗看法毫不在意，正如她所说"发现有关我的生活真理最终就这么些"。她之所以选择与泽夫建立这种特殊的"家庭合作关系"，是因为泽夫具有非常完美的人格，为黑人权益进行不屈不挠的斗争，但是不主张采取暴力，他始终保持克制；且在思想上与工作上，与维拉所从事的工作互相补充，互相启发；同时因为他是黑人，在新的政治局势之下其实是一个安全保障，于是维拉成为他的租客。她的确是为他着迷的，但是又并非以性欲为基础的传统意义上的男女关系。两人的关系建立在性别、种族、互相了解又彼此独立的基础之上，但是戈迪默从来没有从泽夫的角度讲述过这件事，因此我们无从知晓泽夫会如何看待这样一种全新的相处模式。我们更多地读到的是隐含作者或者是戈迪默本人的看法，"这是一种极其令人满意的非父子，非母子，非恋人，非夫妻关系的关系，他们不仅仅是好朋友，但是以现在的已知的人的亲密关系，又不好确定，所以维拉也是一样，只是接受了，而没有试图给它一个定位。他们两个的相处都进入了一个全然不同的生活方式"。② 他们之间的关系，既不是性直觉的，也不是性友谊的。他不会忌讳她的白色，她也不会忌讳他的黑色，在他们彼此的感知中，性不起作用，以前维拉从未感到——她不仅仅是被吸引到——被卷入一个对她没有性吸引力的男

---

① Denise Brahimi, *Nadine Gordimer: Weaving Together Fiction, Women and Politics*, Claremont: UCT Press, 2012, p. 109.

② ［美］南希·巴津：《娜汀·戈迪默：我的写作动机并非源于政治》，付鸿军、刘敏译，《外国文学动态》1997 年第 5 期。

人的存在之中。这不是因为她感到他身体上没有吸引力，从他第一次坐在她办公桌对面的时候，她便注意到他宽阔的脸型像玄武岩一样结实，他走出房间时那后背非常漂亮，双手手掌朝下平静地放在大腿上，所有这些给她带来了以前没有过的那种放心，在别的地方与任何人相处时不再有的放心，仿佛他们作为同一性别、属于同一个整体，一种对他作为一个男人，她作为一个女人各自经历的所有事情的调和。这一段对两性关系的描述，完美、充满了理想色彩，几乎是一种乌托邦式的，终于摆脱了性的束缚，也摆脱了亲情伦理的负担，互相欣赏的男人和女人，彼此依存而绝对独立。至此，戈迪默从根本上解构了建立在激情两性关系基础上的核心家庭的理念，而"倡导一种建立在相互保护、留存机会性选择基础上的多元化亲缘关系的新理念"。①

每一个作家可能一生都在反复讲述同一个故事，也就是都会有重复性的主题，这构成了这个作家所有作品内部的互文。在戈迪默的全部创作中，家庭伦理就是一个反复出现、反复进行讨论的主题，戈迪默为什么特别关注家庭伦理与亲子关系的主题？从戈迪默的人生经历来看，少女时期的反叛个性，让戈迪默与父母的关系一度处于紧张状态，而她又因为事业原因同自己的子女聚少离多，亲子关系是她生活中不可回避的问题。两任婚姻，一次失败，一次成功，这种生活的沉淀和积累也让戈迪默对婚姻的思考不断产生变化。正如戈迪默所说："写作，从一开始直到今天，都是一次发现的旅程。生命之谜。我相信只有这一生。但这生活太不可思议了。我非常感兴趣的是，我现在开始在我自己的书中看到这一点——这些书是从许多不同的角度写的：第一个人是一个男人，一个孩子，一个女人，一个年轻人，一个老年人——越来越多的感觉是，我真的一辈子都在写一本书。"②

---

① Lars Engle, *Disagrace as Uncanny Revision of Gordimer's None to Accompany Me*, Oklahoma: University of Tulsa, 2001, p. 49.

② Henk Rossouw, "Writing for a New Cause", *Newsweek*, No. 1, December 2004, p. 60.

第五章 戈迪默小说中的成长主题

小说家不能拒绝已知的责任，我们要让世界知道，我们必须在这种无法避免的与政治的关系中，在沉沉黑夜中寻找智慧。

——纳丁·戈迪默

有关成长是纳丁·戈迪默叙事作品中另一个常见的主题，她为成长小说这一类型贡献了几部非常经典的作品，其主人公有白人女性也有黑人少年，例如长篇小说《我儿子的故事》《自然变异》《伯格的女儿》，短篇小说《不为发表》《跳跃》都是优秀的成长故事。既有对欧美成长小说传统的继承，同时又将之与南非的特殊社会现实结合，使这一小说类型有了进一步拓展，既为世界文学长廊贡献了典型的成长性主人公，也丰富了成长小说的表现形式。

第一节 对欧美成长小说的继承与超越

成长小说（Bildungsroman）起源于德国，我国关于成长小说的研究大部分是从英语译本开始的，而 Bildungsroman 在英语译本中已经有了许多不同版本，曾被译为"修养小说""教育小说"等，本书为方便起见，统一称为成长小说。成长小说的前身可以追溯到中世纪与巴洛克时期沃尔弗拉姆（Wolfram Von Eschenbach）的《帕西法尔》和格里美豪森（Hans Jakob Christoffel von Grimm elshausen）的《痴儿西木传》，至18世纪下半叶，德国作家维德兰在1766年出版了《阿伽通的故事》，这部小说被认为是第一部成长小说，也为成长小说在德国的发展奠定了基础。在维德兰之后，歌德在1795年至1796年创作的《威廉·迈斯特的学习时代》，施勒格尔认为这部作品引领了文学审美的革命，小说以威廉·迈斯特的成长经历为线索，通过他的经历，展示了时代文化特色，表达了当时市民的追求，同时也暴露了追求理想生活过程中出现的矛盾。19世纪初期，成长小说开始传入英国并逐渐流行。在我国，冯至、杨武能和刘半九等著名翻译家相继翻译了国外的成长小说，有关成长小说的研究，国内较为出色的代表是孙胜忠和芮渝萍教授。

　　成长小说在西方经历了漫长的发展历程后，学者们对成长小说的概念也更加清晰，成长小说作为一种小说类型，我们可以根据已有的文学创作实践，研究该文体的基本美学特征。在这些作品中，主人公的成长构成了文本重要的叙事动力，这源于有关主体"成长"的现代性思维认知方式，所以"成长小说"的形成与发展离不开现代社会文化对"成长"这一关键观念的考察与认识。莫迪凯·马科斯在《什么是成长小说》中讨论了成长小说的定义，他认为："成长小说展示的是年轻主人公经历了某种切肤之痛的事件之后，或改变了原有的世界观，或改变了自己的性格，或两者兼有；这种改变使他摆脱了童年的天真，并最终把他引向了一个真实而复杂的成人世界。在成长小说中，仪式本身可有可无，但必须有证据表明这种变化对主角有永久的影响。"① 孙胜忠先生的《西方成长小说史》是国内研究成长小说的集大

---

① Mordecai Marcus, "What is an Initiation Story?", *The Journal of Aesthetics and Art Criticism*, Vol. 19, No. 2, 1960, p. 221.

成之作，他指出，成长小说有着相似的要素，通常包含代际冲突、爱的考验、事业的挫折和人生的困惑等，其中最核心的是自我教育。主人公一定有追寻自我、建构自我或反向消解自我的要求，这正是"成长"的内涵，是成长小说与传记、流浪小说、英雄传奇等文体的根本区别，也是不同的成长小说分别表现启蒙思想、社会实用主义或现代主义精神的原因所在。其生成与发展同社会文化中"少年""成长"等现代观念的演变休戚相关，主体思维和认知模式的变化构成该文体的主要叙事动力。由此可见，成长小说的一般模式为以一个青少年的经历为线索，按时间顺序、分阶段描述主人公的成长过程、在成长过程中的不同遭遇和感受，是内在的个性和外部环境因素共同作用的结果，促使、逼迫主人公不断地反思和自省，最后重新认识自我和世界。

　　戈迪默的创作过程正是伴随南非由旧到新、重新确立南非的方向与未来、是一个正在重生的南非，突破旧的制度走向多元文明的彩虹之国，摒弃旧秩序迎接蜕变是最醒目的时代特质，是南非政治上必须面对的成长之路。在这样的背景之下，戈迪默许多小说选取了成长小说这一经典类型，是恰如其分的。主人公的成长，突破了传统成长小说的框架，不仅仅是自己青春期的转折，更为紧要的是国家命运与种族政治对于个人成长、转折与成熟的重要影响。以青少年的成长问题为主要内容，讲述年青一代渴望突破旧的社会规范、争取独立自主自由而进行的斗争，所以她的经典成长小说《我儿子的故事》、《自然变异》与《伯格的女儿》中的主人公，他们所有的成长困惑都是与国家政治命运紧密结合的，从而使成长小说具有了极为开阔的政治背景，这是对成长小说这一小说类型的拓展，使这一体裁超越个体的悲欢，具有了国家、时代的广度与人性的深度，体现了南非独特的人文内涵与政治维度。"人的成长带有另一种性质。这已不是他的私事，他与世界一同成长，他自身反映着世界本身的历史成长。他已不在一个时代的内部，而处在两个时代的交叉处，处在一个时代向另一个时代的转折点上。这一转折寓于他身上，通过他完成的。"① 即政治小说与成长小说的融合，是戈迪默成长小说的主要特征。同时她在写作模式上也做了一些突破，成长小说中存在的一个重要特点就是时空的变化：让主人公走出熟悉的生活环境，进入一个陌生的空间增长见识，他们的认知发展推动故事沿着主题引导的方向前行。这就是为什么许多成长小说要让主人公离家外出的原因。它需要描写"在路上"的主人公和"在路上"发生的故事。② 主人公的漫游，往往正是成长之路，外在的探索也是心灵的探索，《伯格的女儿》中的主人公罗莎与《自然变异》中的海丽拉都是符合这一叙事模式的主人公，她们离开南非，踏上的是自我探索之路，直到内在的自我重新建立，重回南非，坚定地投入新南非的构建之中，完成了成长之路。然而《我儿子的故事》中，主人公威尔的成长之路并不是以他的空间转变建构的，他本人不曾离家外出，反而是他成长的促进者——母亲艾拉和姐姐贝比的出走，到国外参加了革命组织，威尔是通过贝比和艾拉的出走，加深了对自我的认知，也让自己内心深处的民族意识逐渐觉醒，她们二人的出走从侧面使威尔得到成长，让威尔及早地正确认识和实现自我价值。这体现了戈迪默对传统成长小说在叙事模式上的一些突破。

第二节　成长主题与黑人主体身份认证

随着 20 世纪 70 年代黑人意识的兴起，白人集体性地被动沉寂，越来越多的黑人活动家将白人视为无关紧要的人，他们试图掌握自己

---

① ［苏］巴赫金：《小说理论》，白春仁、晓河译，河北教育出版社 1998 年版，第 232 页。
② 芮渝萍、范谊：《成长的风景——当代美国成长小说研究》，商务印书馆 2012 年版，第 286 页。

的命运。① 戈迪默在创作中也更多地关注黑人意识的觉醒与黑人自我的塑造，描述黑人少年的成长旅程。

《我儿子的故事》是戈迪默写得最好的成长小说之一，描述了黑人少年威尔的成长，通过他的成长探索黑人的主体身份问题。主人公是正处于青春期的 15 岁的黑人少年威尔，他请假溜进电影院，一年前这个电影院终于向黑人开放了，然而在电影院，他遇到了父亲和他的金发情人汉娜。这是整部小说的起点，一个小男孩成长中最关键的一刻，是来自一种可怕的真相，"我的父亲，他让我看到了本来永远不该让我看到的东西"。在这个少年心中，父亲一直是家庭的核心，也是所有温暖与爱的来源。他钟爱阅读欧洲名著、对家人怀着深深的爱意、对自己的太太温柔有加，即使在种族隔离制度之下，他依然努力让这个小家庭幸福而温暖，并被梦想环绕。他让女儿去学舞蹈，每周带孩子们去城里一次，会给女儿买有公主的故事，给儿子的则常常是超级英雄。可是这一切全因这个意外的发现成为泡影，这个可怕的真相让威尔痛苦而愤怒，"傍晚回家吃晚饭的时候，我在门口停了停，然后才走了进去，我的整个身子都躲躲闪闪，他坐在通常坐的位置上，好像他又变成我父亲了，而不是他和他的金发情妇站在电影院休息厅的那个男人"。父亲假装镇定自若，询问威尔下周的考试科目，威尔感到自己被迫与父亲结成了一种同盟关系，"是他把我扯进这种关系的，好像他不是我的父亲似的（做父亲的永远不应该做这种事）"。在威尔的内心中，原本那个威严温和又热爱家庭的父亲不见了，取而代之的只是一个为了一己私欲、放弃了家庭的政治狂热分子和婚姻的背叛者。父亲这一伟岸的"他者"形象在威尔的心中毁灭了，威尔对自己无意中看到的生活真相产生了巨大的困扰，以至于不知道该怎样生活下去了。故事展示了一个家庭内部的分崩离析，这是威尔成长面临

---

① Judie Newman, *Nadine Gordimer's Burger's Daughter: A Casebook*, London: Routledge, 1988, p. 16.

的一个巨大难题。

但是对威尔的成长造成困扰的并不仅仅只是家庭问题，心理还尚不成熟的威尔同时还是种族隔离政策的受害者，他对白人有着莫大的怨恨，但是黑人已经被摧毁了自信心，一边憎恨着白人的统治，一面又渴望自己能拥有同样的白面具蓝眼睛，青春期的威尔在做一个男学生的咸湿梦时，梦到的都是如同父亲的情人汉娜这样的白人女子。甚至从色情杂志中撕下金发女郎的裸照充数，在梦里为所欲为。南非的种族制度与法律决定了白人高高在上享有特权，黑人却连自己的日常生活都无法被法律保护，黑人变成了白人眼中的病毒携带者，血液中带有病毒，也许他们还没有发病，但是这个病毒却随时能够传给别人。种族隔离的法律让威尔对白人心怀怨念，在这种仇视、怨念下，威尔做梦都想向白人泄愤、抒发自己内心的不满。与此同时，他也羡慕并渴望能够获得和白人一样的权利，对白人女性怀有性幻想，夹杂着特殊的种族自卑情结。青春期的威尔面临着双重的成长难题，不知道如何处理父亲出轨这件事，也没有办法在白人优势文化面前建立自己的信念。

威尔的成长之路从叛逆开始，他对一个失格的父亲的态度是包庇他的过错以此来换取自己想要的自由生活，父亲的秘密是他在父亲面前肆无忌惮的资本：威尔无论什么时候想逃课或是做违背索尼意愿的事都会被允许，索尼无法干涉，因为威尔知道索尼的秘密。戈迪默这样写道："一个忘恩负义的孩子比毒蛇的牙齿更能伤人。"在家庭内部，威尔童年时的教育主要由父亲索尼负责，索尼让威尔读莎士比亚的作品，尽量接受与白人相同的教育模式，他自动地使用白人文化熏陶威尔；而在社会上，索尼是一个受人尊敬的人民教师，在黑人中有较高的地位，他在自己的家族中是一位通过自己的奋斗改变人生的成功者。因此威尔心中有一个伟大的父亲形象，在威尔的成长过程中，父亲始终是一位令人信服的引导者，他按照父亲的形象塑造自己，希望自己的表现可以得到父亲的认可。所有的成长，都是在生活突然发生变化、成长的轨迹被扭转时开始。威尔在知道父亲出轨后，父亲作为一个榜样的形象瞬间崩塌，每当有人称赞威尔长得和父亲一样英俊时，他就气不打一处来，在内心深处再也无法建立对父亲的认同，他进而质疑索尼对自己的教育方式、否定索尼所带来的一切。威尔无法完成人生最初阶段需要和父母共同配合才能完成的身份建构，他放任自己的行为，他被动地处于自己的父母和家庭的负面影响中，他的主体身份被撕裂了。

父亲的出轨事件对威尔而言，无疑是一个灾难，他每每想起父亲和汉娜一起出入电影院的场景，就显得十分煎熬，威尔在帮助父亲隐瞒真相和试图说出真相之间左右为难，他甚至以为自己在一定程度上保护母亲艾拉和姐姐贝比不要发现索尼的秘密，从而保护她们免受伤害，这使他自我感觉"我不再是一个孩子了"，他开始考虑自己身上的责任。在他成长的关键时刻，父亲完美形象的破碎成为其成长的第一步，感受痛苦与责任都在这一步出现。当然，父子冲突还包含另一种更为原始的力量的较量，那就是俄狄浦斯式的弑父冲动。戈迪默在此点到为止，没有让威尔的成长故事变成一个抽象纯粹的心理学案例，可是这依然是儿子成长之路的古老命题。父亲让儿子到汉娜的住处送一份文件，儿子认为这是父亲想拉自己入伙："现在他大可以把我看成一个和他本人一样的男人了，一个想性交的人，一个为此有负罪感的人，他信赖我，我这么一个应为这些狂野的情感而内疚的孩子。"他正是在对父亲与他的金发情人的想象中，逐渐感觉到他自己身体的那种内在的冲动，并进一步通过自己身体的成长理解了父亲相似的内在生命冲动。在他的观念中，父亲之所以要出轨一个白人女性，哪怕这个白人女性在威尔看来，形象并不迷人，父亲想要做的就是炫耀他的大丈夫气概。所以当他感觉到自己身体的有所变化之后，当他梦里也出现同汉娜一样的金发女性之后，他在父亲与汉娜的寓所，既憎恨父亲对白人女性所做的一切，他理解成那是一种成年男性的特权，同时又在隐约之中，如同他在少年咸湿梦中所做的一样，感到属于自己的时刻即将到来，他将会取代父亲，做父亲做过的一切。

成长需要具体事件的激发，成长小说将这样的事件带来的影响称为"顿悟"（epiphany），顿悟最初是一个宗教术语，指的是上帝在世间显现，以显示他的现实存在。在某个瞬间，你突然觉得自己理解了，或者突然意识到了某件对你而言非常重要的事情。作为一个文学手段，顿悟指的是某个时刻一次很小的日常经历，带来了一种改变人生的启示，从而影响故事的走向。威尔成长的第一次顿悟来自姐姐贝比的割腕自杀，幸运的是，她没有死，只是她的手腕处缝了几针。威尔去探视的时候，贝比对威尔说我们能为她（指的是他们的母亲艾拉）做些什么呢？——威尔瞬间明白了贝比自杀的真正原因。贝比的自杀以更为剧烈的方式让威尔面对自我，这是一种更为锐利的成长瞬间，他毫无可能回避这种瞬间，而且必须重新思考这种家庭关系带给自己的考验："我母亲能为她做什么！我，她的亲兄弟，能为她做什么！他把我们的家弄成了这样！"对于威尔来说，姐姐自杀事件给他带来了巨大冲击，他不仅需要直面父亲出轨给整个家庭带来的伤害，还必须进一步思考自己应该变成怎样的一个人。他不希望自己像姐姐一样如此极端、激进甚至是毁灭自我，他必须寻找一种生活哲学、宗教信仰和意识形态来形成稳定的价值观，这正是顿悟对于成长的意义。威尔在极为复杂的情绪中，逐渐从单纯的叛逆和自我放纵中摆脱出来，开始认真考虑自我的成长，对于未来也逐渐有了清晰的规划，因此而建立了"自我同一性"（ego-identity）。自我同一性是由埃里克森（E. H. Erikson）提出的一个重要概念，首先是指在过去、现在和将来这一时空中，"自己是谁？""自己还是原来的自己""自己自身是同一实体的存在"等对自我同一性的主观感觉或意识。[①] 威尔在青春期身体的感受中、在

---

① 张日昇：《同一性与青年期同一性地位的研究——同一性地位的构成及其自我测定》，《心理科学》2000年第4期。

对父亲的愤怒与理解中、在贝比带给自己的顿悟中，开启了真正的自我成长。如果威尔不能在生活、文化、哲学和宗教领域形成一种意识形态或者是稳定的价值观，那么威尔就会陷入自我同一性混乱。姐姐后来辍学离家出走、参与革命，威尔逐渐明白了自己需要去做什么，他需要留在母亲的身边，好好地照顾她。他没有让自己的价值观崩坏，变成怨恨自己同胞、自暴自弃的人，在这一过程中，威尔的自我同一性开始确立。

威尔的第二次顿悟则是母亲的被捕。他最初以为是由于父亲的政治活动连累了母亲，在他心中从来没有将政治运动或者暴力革命与那么安静、沉默、内向的艾拉相联系。在姐姐贝比离家出走参加政治活动后，家中只剩下他和母亲，他一直希望可以保护、照顾好母亲，"我不想她思考，我不想让妈妈对他有别的想法，只愿她一如既往地对他温柔、信任"。在威尔正在形成的自我同一性中，由于母亲被捕，使他作为儿子的身份实验中断，他无法再作为一个儿子和母亲正常地待在一起，威尔在警察走后一个人在院子里宣泄着心中的怒火，在母亲被捕的这一严峻时刻，他突然意识到自己的责任感，他必须长大并且能够独当一面："开始是作为一个男孩，我嘶着嗓子吼叫，现在是作为一个男人，我哭了，这是第二次。"威尔渴望作为一个男人可以承担对家庭的责任，可以真正保护家人。由于艾拉被逮捕，原本关系紧张的父子又因为一个共同的目标开始一起行动，父子关系开始缓和。艾拉的被捕，给了整个家庭重新思考家庭意义、自我身份的机会。威尔才第一次读懂了艾拉，她一直保持沉默并隐瞒自己的秘密生活，她如今已经欣然迎接战斗，母亲艾拉不再是威尔需要保护的人，反过来成为威尔成长之路的引领者。艾拉曾一直按照黑人社会的传统方式生活，没有自觉的独立意识。她为了家庭每天都尽心尽力，把家庭打理得井井有条，她给予了子女成长最温柔的母爱，成了威尔的避风港。对于丈夫的出轨她一直以沉默表达自己的反抗，最为重要的是，她最终找到了自我的出路，成为成熟而坚定的革命者。母亲本身的成长与改变，感染着作为儿子的威尔，威尔的情感也悄然发生着变化，将家庭遭遇与民族境遇结合，他开始思考更为宏大的问题，对于父亲、母亲、姐姐所投身的革命事业有了更直观的体会，对他们身份中"革命者"这一形象也深感骄傲，并由此理解了自己的民族，"我"为"我们"的人民骄傲，谁也猜不到他们竟是在为解放斗争服务。

威尔从最初的父子对立与父子同谋转变为更为成熟、更具包容力的自我成长。小说在结尾时写出了威尔的转变，他将更多的精力放在学习方面，有了自己的主见，渐渐开始独立行动，他没有按索尼期望的那样学习文学，而是按照自己的意愿报考了贸易专业。母亲在沉默中选择了自己的人生方向，也促使威尔在成长过程中不仅为自己的家人考虑，也开始为他人、为整个民族考虑。他意识到他的家人是为人民做出牺牲，他终于也承认，即使索尼出轨背叛了家庭，但是他身上依然有着令人尊敬的一面，当老家的亲戚们周末来拜访时，威尔发现父亲打心底里爱他们，尊敬他们，当初他并不是出于什么个人野心而离开他们，他从来不炫耀自己曾经服过刑、进过监狱。当威尔以成熟的眼光理解父亲的时候，父亲身上就又重新闪烁着榜样的光辉。"我又爱他了，忘记一切地爱他，忘记我的母亲，我自己。我忘记了那个女人"。在他们的家被白人暴徒烧毁后，索尼以"浴火重生的凤凰"的故事激励威尔一直战斗到胜利，这一革命信念鼓舞了威尔，明白自己将要通过自己的方式，参与到这种斗争中，直到黑人再也不用担心随意被捕、房屋被烧毁。"个体身份与三个因素相关，一是一个人在历史中的位置；二是与团体的联结；三是记忆。"① 威尔的成长由第一次知道真相产生的困扰，到一直隐瞒真相、独自成长，直到最后进一步理解了父亲和母亲、理解了革命，寻找到自己的独立意义。

---

① Chikwene Okonjo Ogunyemi & Tuzyline Jita Allan, *Twelve Best Books by African Women-Critical Readings*, State of Ohio: Ohio University Press, 2009, p. 89.

　　《我儿子的故事》作为戈迪默成长小说最重要的代表之一，和欧美主流成长小说有一个明显不同，即威尔成长中除了以上分析的所有偶然事件，还有一个不能忽略的政治问题，他成长的根本障碍是南非的种族隔离制度，这一制度性的阻碍与前文分析的每一个成长的细节问题密切交织。父亲索尼在内心深处认同白人文化，对自己孩子进行白人式的教育，这一根源正是由于种族隔离制度的存在，让他接纳了黑人低人一等的二元建构。他一直以阅读莎士比亚、卡夫卡这些欧洲作家作为自己的精神追求，家里还放着《莎士比亚全集》，甚至他的儿子威尔的名字来自威廉·莎士比亚，他认为自己拥有《莎士比亚全集》可不是用来附庸风雅的，他对这本书的了解程度甚至超过自己，只要有人随便读一段，他都可以在黑暗中一下子就找到在书的哪一部分。索尼教威尔如何下棋、让女儿去学习跳舞，希望在自己儿女成长的过程中营造一个脱离种族隔离制度这一社会大环境下的缓冲地带。索尼一家人说的都是标准的英语，他希望通过拥有白人的语言来实现与白人的平等对话。他坚信使用白人的语言使他比其他黑人有了更多的、更有力的话语力量，为白人与黑人之间的谈判提供了可能，并希望通过谈判的方式来废除种族隔离这一不平等的政策。但是无论他们怎么努力，他们依旧是主流社会的他者。青春期的威尔在种族隔离与歧视中是格外敏感的，建立起来的自我意识必然是自卑而愤怒的。当他发现父亲的情妇竟然是一个金发碧眼的白种女性时，带给他的必然是难以言传的情绪。而一家人最后都投身政治，父亲作为老牌的政治家，贝比也参加了革命军，就连最为害羞安静的母亲也投身革命了，他成长道路上的每一步都和种族政治密切相关，可见，这并不是一个单纯的少年成长的故事。日益高涨的民族解放运动促进了广大黑人同胞民族意识的觉醒，最终威尔选择以一个作家的身份来揭露社会的险恶和对生活的期冀，"现在轮到我了"，他决定成为那个做记录的人，会记录下自己的父亲、母亲、贝比，或其他人所做的事，记录下为争取自由的斗争决定了的生活。黑人少年威尔从天真到成熟的成长历程，让读者能够细致地感受威尔个人形象的丰满以及威尔价值观、人生观的改变，成长小说的叙事模式也让读者更加深刻地体会到南非残酷的社会现实，认识到在种族隔离制度下，南非人在精神上的内在鸿沟，从这样的精神奴役与创伤中走出来，是威尔的成长选择，也预示了南非的发展之路。

第三节　成长主题与白人政治意识

戈迪默在小说中成功塑造了许多黑人男女形象，但"她写的最好的是反对种族隔离政权的白人女性，因为这是她最了解的一个人群"。① 描写白人女性的成长，是戈迪默作为一位白人女性作家极为重要的主题之一。在这些白人女性的成长过程中，既有作者的自我寄托，也可以看出作者对南非政治的期待，同时隐喻了全新南非的成长。

从最早期的创作开始，戈迪默就在塑造这种成长型的白人女性主人公，例如《说谎的日子》中海伦·肖在矿业区的白人中产阶级家庭长大，种族恐惧和偏见使她对社会不公视而不见，她的成长与摆脱令人窒息的家的束缚、对种族制度的批判结合在一起。《已故的资产阶级世界》刻画了更为典型的成长中的白人女性莉兹。小说一开始就让她处于一个十字路口，夹在一个已死的过去和一个正在被塑造的未来之间。这样一个特殊的正在过渡与转变的时刻就是她成长的关键点。她的前夫马克斯刚刚自杀，这是一个顶流资本家的继承人，但是他却是一个叛逆的儿子，他想通过参与激进的政治活动，脱离他的阶级，亲手埋葬这最后的资产阶级世界，马克斯在一次未遂的炸弹袭击中被捕，他无法忍受来自监狱的折磨，背叛了前战友。他被释放后却最终

---

① Denise Brahimi, *Nadine Gordimer: Weaving Together Fiction, Women and Politics*, Claremont: UCT Press, 2012, p. 17.

选择自杀（驾车沉海而死），他的自杀是由于对自己的背叛行为无法忍受的内疚。莉兹陷入对过去的回忆之中，开始了解马克斯，了解这些过激行为是年轻的资产阶级并不明确的政治狂热，具有非常大的脆弱与局限性。莉兹的这些思考是戈迪默对南非白人参与政治斗争的动机与心理准备的冷静的剖析，写出了此时她心中的疏离与困惑，主人公的成长也是小说家的成长，"这是一堂关于进入成年和在没有理想主义的情况下如何感知生活的课程"①。《自然变异》则是一部优秀的女性成长小说，女主人公海丽拉从一个懵懂的叛逆少女，成长为一位政治家，并成为非洲某国的立国总统夫人，她是"一个生命永远在向着某个时刻前进，而且是在一个别人得不到的罗盘的指引下前进"的充满魅力的女性。她四岁时被母亲遗弃，后因为和一个"有色人种"的年轻人交朋友而被罗德西亚寄宿学校开除后，再次被无能的父亲抛弃，交给约翰内斯堡的中上层犹太阿姨照顾。当她和表哥的乱伦被发现后，被赶出了自由主义者姨妈家的避难所，此后她经历了一系列的冒险——性的和其他方面的系列冒险人生。她开始探索各种各样的关系，一个白人积极分子带她离开了南非，进入独立的坦桑尼亚。当她再一次被抛弃后，她被流亡海外的南非革命者"拯救"，这一命运驱使她最终与南非黑人革命组织的领袖人物惠拉结婚生子。她此时对自我并没有正确的认知，只是充满了反叛的冲动与肉体的欲望，她期待南非能够建立真正的彩虹之国，于是首先要建立自己的彩虹家庭，虽然她逐渐接触革命，但是仍然以生命的本能在行动，直到惠拉被暗杀，她才真正成熟。巨大的悲剧成为她成长的转折点，她的政治理念立即成熟了，她的私人生活不得不卷进为南非黑人解放事业的斗争中。在这一巨变之下，她作为成熟的政治家参与运动，曾协助非洲某国被推翻的总统罗埃尔重新夺得政权，并与之结婚。她的成长伴随着南非黑

① Denise Brahimi, *Nadine Gordimer: Weaving Together Fiction, Women and Politics*, Claremont: UCT Press, 2012, p. 78.

人政权的建立，超越了个体成长的意义，小说收尾写到，在南非新共和国的开国大典中，海丽拉作为总统夫人站在非洲统一组织主席罗埃尔总统身旁，"海丽拉正注视着一面旗帜缓缓升起，旗帜，如蚕蛹般合拢着，露出了皱皱的一角，然后——啊——它最后扭动了一下，便迎风展开，被风的巨掌拖得平展展的。惠拉祖国的旗帜。……这些人，多少年来他们的面孔不能在报上出现，他们的讲话被禁止，他们被关进监狱或被迫流亡国外。人群中发出的声浪，此时汇成阵阵巨大的轰鸣声，狂喜的尖声长啸向群山扑去，向苍鹰翱翔的天空冲去。乐声被人声淹没，不管是什么样的号和笛，任何乐器也无法同场上50万群众发自肺腑的巨大的共振声相比，那些西式乐鼓在非洲鼓强大的声浪冲击下黯然失色。……非洲统一组织主席和他的夫人坐在贵宾席上。她是白人，可今天她穿了一身非洲服饰：手织的条纹革袍，绑得高高的头巾，那是总统所在国妇女的民族服饰"。戈迪默曾说她写作的主要兴趣就是考虑到她国家的政治处境，因此将人物的成长与政治问题结合，将国家的政治意识贯穿其中，是戈迪默成长小说的一个显著标志。她认识到必须致力于解放事业、献身于政治，无论个人还是黑人，国家才有未来。经典成长小说中的主人公在经历各种挫折甚至是磨难之后，个性、人格定型，人生观和世界观成熟，在社会中找到了一席之地，必然长大成人，戈迪默笔下的这些白人女性基本上符合这一成长路径。

白人女性的探索与成长主题，伴随戈迪默终其一生的创作，在她极为成熟的作品《伯格的女儿》中，深刻描绘了白人革命者的女儿罗莎的成长经历。"《伯格的女儿》是一部成长小说，伴随着个人性和政治性的成熟。个人与政治意识的融合正是戈迪默的主人公处境非常重要的一部分，她的主人公的成长总是会卷入南非国家政治结构真正的改变中。"① 这部小说主要关注的是罗莎内在意识的成长，如何通过自己的外在经

① Chikwene Okonjo Ogunyemi & Tuzyline Jita Allan, *Twelve Best Books by African Women-Critical Readings*, State of Ohio: Ohio University Press, 2009, p. 77.

历、改变意识、定义身份，最后发现本真自我。罗莎通过一场欧洲之旅，不断与各色人等打交道、与各种观念对话，最终建立了健全的观念，发现那个命定之我，并付诸行动，实现了个体成长最为成熟的状态，即知行合一。在罗莎的成长中，戈迪默讨论了一组哲学概念，即知与行、真理与行动的关系。罗莎成长最初，面对的是知行分离的状态，这会导致人物自我认知的割裂与政治虚无主义。从表面看，罗莎无疑具有积极的革命行动力，甚至表现出天生革命者的卓越才能和智谋。母亲入狱，她镇定从容前往探监，并能够巧妙地将纸条藏在暖水瓶的盖子里向母亲汇报情况；父亲年轻的战友诺埃尔被捕入狱，罗莎以未婚妻的身份定期探监，与狱警展开周旋，并成功传递消息；父亲入狱、在法庭上被审判之时，她也能够沉着冷静地参加审讯。"她，一个女学生，经常往返监狱，和狱中人建立了联系，暗示了罗莎自己生活在具有威胁性的力量之下，她生活在如同监狱一样的国家，毫无安全感。"[1] 但此时她的知与行处于分离状态，罗莎的行动源于家庭与革命环境的外因，她的行是在"不知"状态下的被动行动，她关注的焦点并不在于革命，她对自身身体体验的关注程度超过了要送给母亲的那个写有秘密纸条的暖水瓶；当她回忆起震惊世界的沙佩维尔惨案，她的焦点也绝不是这一沉重的时刻，而是发现了母亲拥有一个情人带给她的困扰。她对革命与政治的认知呈现出被动与困顿，致使她在某种程度上认同政治虚无主义。罗莎"作为伯格的女儿，似乎在决定自己想要做什么之前就决定了她的存在。她无法逃脱，即使是她生命中最亲密的细节也有她父亲身份的痕迹"。[2] 此时的罗莎无法真正认同父亲，偶尔会冒出可怕念头，盼望过父亲的死，以及父亲去世之后，她竟有种获得自由的感觉，"想摆脱他"。"当罗莎还在父亲的影响下时，

① Chikwene Okonjo Ogunyemi & Tuzyline Jita Allan, *Twelve Best Books by African Women-Critical Readings*, p. 76.

② Catalin Tecucianu, "The Burden of Legacy in Nadine Gordimer's *Burger's Daughter*", *Research and Science Today*, No. 1, March 2014, p. 158.

她被困在自己隐喻的地下，她必须从中解放自己，以实现自己的潜力。"① 在她尚未离开南非去欧洲旅行之前，父亲的声音就是她的律法，她没有自己的声音。那么她必须学会独自应对所面临的政治、社会和文化挑战，给出自己的回应。罗莎为了能够得到护照，去找 Brandt Vermeulent，和他说自己想到其他地方走走（go）而对方将之听成了 know，一字之差。Go 和 know 的区别，暗示了她离开南非到法国并非普通意义的旅行，而是一次认知之旅，在这次旅行中罗莎必须首先"发现自己的身份——作为罗莎，也作为伯格的女儿"。② 因此罗莎选择离开南非到法国投靠父亲的前妻卡佳，这位前共产主义者如今在法国享受着自由生活。她在某种程度上成为罗莎成长的导师之一。罗莎投奔卡佳，沉浸在法式浪漫中，忘记了社会效用的程度。"世界呈现无价值的外观""虚无主义与犬儒主义、失望与焦虑、怀疑与自厌都是知识分子必须生活于其中的资本主义社会的自发性产品。"③ 在自由而又虚无的氛围中，父辈们曾经珍视的价值、理想、意义等都成为她努力摆脱的精神遗产，她必须要突破知与行的分离与对立，经历一次否定之否定的精神探险，成长的任务才能得以完成。罗莎曾剖析过自己的名字，一部分来自革命家罗莎·卢森堡，继承的是革命理想；另一部分则是玛丽·伯格，是她祖母的名字，传承的是生活的信念——和平、土地、面包。即革命必须与南非土地、南非人民真正融合，知行合一的政治伦理也在这里找到依据。因此罗莎从父母压倒一切的精神状态走向解放之旅，这是一次名副其实的"自我审视的冒险"。在法国收获爱情并度过一个完美夏天后，罗莎猛然发现，她永远也无法成为一个真正

---

① Ileana Dimitriu, "Then and Now: Nadine Gordimer's *Burger's Daughter* (1979) and *No Time Like the Present* (2012)", *Journal of Southern African Studies*, Vol. 42, No. 6, June 2016, p. 1045.

② Andrew Vogel Ettin, *Betrayals of the Body Politic: The Literary Commitments of Nadine Gordimer*, Charlottesville: The University Press of Virginia, 1998, p. 82.

③ Georg Lukacs, *The Meaning of Contemporary Realism*, trans. John and NeckeMander, London: Merlin Press, 1962, p. 91.

的欧洲人，在欧洲自由知识分子眼中，基本人权根本不是需要革命去争取的事情，他们认为那是生来俱有的天然权利，但是在她的国家，这一切还只能是革命乌托邦，她的父母为此付出了自己的全部，包括生命。她记起父亲的家里，白人和黑人如何和谐地统一到一起，"白人的该隐和黑人的亚伯在一起，这种全新的手足之情为走向最终的四海之内皆兄弟铺平了道路"。于是罗莎和这些久未谋面的黑人革命者会面，听到他们谈论伯格的革命理想，谈论他为废除种族隔离制度所做的贡献，罗莎感到心情很好，"我的父母成功地把我变成了南非黑鬼兄弟"。这是她认知转变成行动的基础所在。罗莎知行选择的重要转折点在于巴塞尔的午夜来电。这便是成长小说中的顿悟，这个顿悟的点是促成其认知的点，这里反映出作者对黑人意识运动的回应，也是对"索韦托及其背景下白人的角色"的调查，戈迪默试图解决这个巨大的心理历史问题的实际和道德影响。① 巴塞尔在电话中表明自己憎恨白人，"世界上所有的人都必须被告知，他（伯格）是多么了不起的英雄，他为黑人受了多少苦难，人人都必须为他哭泣，在电视中播放他的生平，在报纸上发表纪念他的文章。可是像我父亲那样的人像狗一样病死，在监狱里变老，在监狱里被杀害，许多像伯格一样的黑人，可是他们却不会被在英国电视中宣传"。巴塞尔的敌意使罗莎意识到，种族隔离制度已经让南非陷入仇恨的循环中，再也没有比这更坏的政治。白人作为种族隔离制度的受益者，对此应该负责，她逐渐厘清了伯格所传递给自己的成长信条，于是她选择回归南非。罗莎从南非到法国到英国再回到南非的旅行，完成了她的自我成长，这一旅行象征具有成长小说"在路上"的情节模式，同时更具有象征意义：其一，象征了罗莎自主的政治意识的进程；其二，象征了罗莎在精神成长中如何处理分别来自非洲与欧洲的思想资源。当她选择重回

---

① Catalin Tecucianu, "The Burden of Legacy in Nadine Gordimer's *Burger's Daughter*", *Research and Science Today*, No. 1, March 2014, p. 165.

南非，罗莎在精神上已经完全实现了超越，她成为革命者中的一员，成长为对集体的追求，让她找到了归宿感。罗莎的成长，就是其政治意识的成长，这是对以往的成长小说的突破与扬弃。而戈迪默也通过描写个体生命的成长，实现了对宏大历史叙事的介入，"历史感其实是一种更大的整体性，可以将作家从边缘地位中拯救出来"。①

《偶遇者》则是一本成长的变奏小说，主要表现在两个方面：一是主人公的年龄不是青春期；二是呈现了开放式结局，对主人公是否真正完成了世界观的转变，给出的是一个包含悖论的暗示，光明尾巴里隐藏了对主人公不切实际行为的保留态度。主人公朱莉尽管接近30岁，已经远远超过普通意义上成长小说的主人公的年龄，但是她心智与心态仍然极不成熟，行事如同任性少女，"人的真正年纪不是以年月来计算的，而是以生活的历练来计算的，她还是一个孩子，她和她的那一群朋友全是孩子"。小说写出了她精神的成长，从原生家庭逃离，到异国他乡寻找人生方向。朱莉的成长问题具有非常重要的当代意义，已经超越了国家民族的界限，故事背景涉及全球化问题，将一个女孩的成长问题，与跨国资本和白人优势文化的流动予以结合，给予主人公以全新的定位。

小说开头就写到朱莉是坐在限量版路虎车里的有钱的白人女性，她是南非白人大资本家的独生女，真正的上流社会的小姐，但是极为叛逆，对父亲所代表的金字塔顶层的既得利益者无比鄙视，她从父亲家里搬出来，住到嬉皮士、有色人种混居的街区，经常更换男朋友，对工作也是一副浑浑噩噩的状态，正如青春期的特点。男主人公是穆斯林非法移民阿布杜，他隐姓埋名在修车厂做一名维修工，对于阿布杜这样的第三世界的人而言，如何活下去、活得更好，是他最关心的。

---

① David Medalie, "The Context of the Awful Event": Nadine Gordimer's The House Gun Author (s): David Medalie Source, *Journal of Southern African Studies*, Vol. 25, No. 4 (Dec., 1999), pp. 633 –644.

朱莉认识阿布杜之后，才意识到阿布杜为她的自我成长打开了一个全新的可能。她切身体会到这个所谓的地球村，所谓的全球公民，只是针对他们这个阶层，在拥有自由流动权的朱莉眼中，她将到其他国家生活、工作，看成一种换换空气寻求新奇的方式，但是对于阿布杜而言，他在自己的国家受过大学教育，学过经济学，但是在世界上的发达国家，包括在南非，他都毫无立足之地，随时都会被驱逐出境，连这个国家的黑人地位都不如。他出生的国家"是殖民强权在离开时强行分割出来的一个国家，是一个政教合一、政治迫害和贫穷迫害并行的国家"，政治经济情况非常糟糕，他只想逃离他那个贫穷、困顿的国家，任何一个第一世界的国家允许他去都可以。阿布杜自身生活的困顿以及他背后代表的贫困世界、他者文明构成了朱莉成长的参照系，这些所有的冲击，都将构成朱莉成长的动因，并有助于朱莉反思自我、认识全球化的本质。

在修车厂老板眼里，朱莉这样有身份有地位的白人女性，是不能和阿布杜这样的非法移民接触的，所以他提醒朱莉远离这个麻烦人物。朱莉逐渐意识到这世界果真以肤色与资本确定着一个人的身份，像她父亲这样的有钱白人，将移民称为"重新定位"，想去哪就去哪，世界是他们的；曾经受到过隔离制度之害的黑人律师，也一样流露出对阿布杜的排斥。朱莉无比愤怒，"我们的政府真是丢脸，每天有那么多屁眼里夹着可卡因，阴道里夹着开心果的人从机场里溜进溜出，他们不去管，却要把阿布杜这样的人踢走"。这一爱情事件帮助朱莉超越了既定的观察视角，迅速成熟，这成为她成长的转折点和第一个动因。

朱莉成长的第二个动因则是在阿布杜的家乡所看到的可怕的贫穷。阿布杜曾带她去集市，那是一块很大的空地，四周的篱笆早已被踩躏得体无完肤、一个个颤巍巍的摊子被热气蒸得扭曲变形、一堆堆三手的旧衣服、一些不知道多少人用过的太阳眼镜和大哥大，还有一摞摞的塑胶杯碗盘和陶瓷的小罐子、煮锅、烧水壶，全部印着与这个沙漠地区不相称的鲜艳花朵图案，朱莉看到这些琳琅满目的破烂极为震惊愤怒——为什么全世界都把破烂扔到这里来？在阿布杜的村庄散步，看到的只是歪歪斜斜的店铺，如同废墟的赤贫人家的房屋。一直以来，她的世界都是一条街连另一条街，一个区连另一个区，否则就是由高速公路，把一个有人居住的地方与另一个相连接，但现在，在街道的尽头迎向她的却是一片成堆的瓦砾，是空无一物的沙子，无形无状，一动不动。这个所谓的全球化，只是富有者的游戏，第三世界不过是倾倒垃圾的场域，生活于其中的人，可以说根本不具有同样的作为人的资格。眼前所看到的这一事实刷新着朱莉对社会现实的理解。

　　第三个成长动因来自她真切体验到了"被需要"，这类似于马斯洛的自我实现。她在南非，虽然衣食无忧，但是永远只是边缘，父亲和母亲新组建的家庭，都没有再给她预留位置，她与嬉皮士混迹于L. A. 咖啡馆，成为社会的边缘群体。但是在沙漠，朱莉被阿布杜的家庭氛围感动，感觉这就是自己一直想寻找的家，这是一个紧密地生活在一起的大家庭，围绕婆婆这一核心井然有序地运转。朱莉从未在一群家人中生活过，一直都是以朋友作为替代品，她在内心深处渴望爱与被需要，渴望一个家庭的归宿，她体会到人与人之间存在着一种很重要的东西，应该说是一种不可少的东西。在这个作为她丈夫家乡的村子里，她观察自己正慢慢形塑另一个自我，她的生命中早有过好几个自我，但没有一个是她认为有确定性的，然而此刻在沙漠深处的一个异乡，她仿佛找到了从前已经被遗失的身份。同时，她还找到了自己的另一个价值，那就是助人。沙漠居民指望能在别的国家找到体面的工作，因此对学习英语非常热切，而朱莉发现自己竟然拥有教学的天赋。她全心投入工作之中，因为在此以前她从未毫无保留地去做一项工作，而总是试试这个试试那个，总是觉得不满足，意识到自己随时可能会转换跑道，她现在教大家学英语，还设计一些寓教于乐的游戏，她以前从来不知道自己有这种能力，她也开始为那些想到首都念高中的大男孩补习英语。她还说服小学校长让女孩子来上学，尽管大部分家长都不会愿意让女儿念书。

朱莉的成长也有普通成长小说中的"顿悟"，朱莉的顿悟源自梦中出现的绿色，她真的在沙漠深处看到了。对她而言，那就是希望，是新生，"被眼前突然出现的一大片绿色所攫住"，戈迪默以极富诗意的语言描绘朱莉被眼前不可思议的沙漠稻田震动，哪里还存在这种并行不悖的奇迹呢？于是她一下子就找到了更为宏大的人生意义，她决定购买沙漠绿田，她打听到购买稻田的资金，相较于父亲为她准备的信托基金而言简直是九牛一毛，她轻而易举找到了事业、人生的意义。她忽然意识到当初她在南非的小屋不过是一个娃娃屋，她的圆桌派，不过是一群玩游戏的人，而现在她在沙漠要寻找的是真正的意义、真正的自我，"可以让我们的生活变得有用，变得有意思"。至此，从表面看，朱莉的成长已经走上了一条光明大道，作为拥有资本、肤色与文化优势的女性，终于也凭借这些优势，在全球化背景下，实现了对自我身份的重新定位。然而，小说的结尾，是开放式的，在沙漠构建的这些价值，是否能够真的支撑朱莉长久的自我追寻，或者这些价值本身是否只是作为沙漠文化过客的朱莉一厢情愿想象的产物，戈迪默保留了她的质疑。

第六章　戈迪默小说中的离散主题

我们作家有不容置疑的权利，从扩大对生活的理解和使生活
更加丰富的角度出发，对社会提出批评。

——纳丁·戈迪默

离散（Diaspora）源于希腊语的 speiro，是播种之意，最早出现在
希腊译本的《旧约·申命记》中，因此特指犹太人的离散处境。作为
一个历史术语，离散主要指在不情愿的情况下被分散开来，由于奴隶
制度、大屠杀、种族灭绝，高压政治与驱逐出境、冲突地带的战争、
契约劳工、商业移民、政治流放或难民潮而遭移位，由于系统的种族
主义、性别主义、蔑视同性恋者的异性恋主义以及社会经济的排斥，
离散人群在寄居国经常会有一种疏离感。① 通常情况下，我们在讨论
离散时，会将离散与移民作为相似的概念，但是离散和移民这两个概
念，具有诸多本质性的差异。后者涉及的迁徙过程往往以落地生根为
目的，而前者则把注意力集中于离散过程本身，视漂泊为基本生存条
件，并强调离散主体与母国和移民国之间的心理差距和政治距离。对

---

① 徐颖果主编：《离散族裔文学批评读本——理论研究与文本分析》，南开大学出版社 2012
年版，第 35 页。

于南非而言，移民与离散之间的关系相对会更为紧密，作为二元型殖民地，在这种殖民地中，白人移民虽然掌握了政治统治权、经济支配权和军事控制权，移民人数较多，具有一定的规模，形成了白人社区和文化圈，但仍然属于人口中的少数；土著虽然处于被统治地位，但土著首领的传统权力得到了保留，文化和社会结构在土著居住区也得以延续，这种殖民地在文化和社会、种族上呈二元性质和特征，殖民者文化和土著文化并存、移民社会和土著社会并存，界限分明。① 在南非的所有白人首先都是欧洲移民，移居到此的原因既有主动的流动迁徙，也有被迫的流亡。在种族制度鼎盛时期，大量的黑人革命者被迫流亡欧洲。而当黑人政权于新南非成立前后，许多白人担心自己的安危，于是南非迎来最重要的一波移出浪潮，在同一时期，由于曼德拉政府移民政策较为宽松，周边更为混乱与贫穷，非洲地区大量黑人移民涌入南非边境。随着南非种族隔离的破除以及现代化发展，"贫富差距加大、艾滋病蔓延、移民问题增多"等社会现象也浮出了水面。② 国内研究非洲英语文学的专家朱振武教授将非洲文学的流散分为三种：本土流散、异邦流散、殖民流散。③ 这三种形式也基本符合戈迪默小说中的流散主题创作。

戈迪默拥有多重标签——欧洲人、白人、犹太人、南非人、反种族主义者、国大党成员，她的每一个身份都不是为了排除异己，而体现出更强的包容精神与更为普遍意义的人道关怀。她作为欧洲白人的二代移民，对移民与离散具有天然的亲密感，"离散与迁移"所带来的身份认同成为戈迪默小说的重要主题。《贵客》中的布雷上校、《说

---

① 潘兴明：《南非：非洲大陆的领头羊——南非实力地位及综合影响力评析》，上海人民出版社 2012 年版，第 13 页。

② 李新烽：《纳丁，你的名字就是希望》，[南非] 纳丁·戈迪默《保守的人》，何静芝译，北京燕山出版社 2015 年版，"序言"第 7 页。

③ 朱振武、袁俊卿：《流散文学的时代表征及其世界意义——以非洲英语文学为例》，《中国社会科学》2019 年第 7 期。

谎的日子》中的海伦、《自然变异》中的海丽拉、《陌生人世界》中的托比、《我儿子的故事》中的索尼一家、《偶遇者》中的朱莉和阿布杜、《无人伴随我》中的迪迪穆斯夫妇等，毫无疑问都是离散主体；她的短篇小说也反复书写移民故事，例如《家乡话》《父亲离家》《仆人的足迹》《家》《列文斯通的伙伴们》《六尺土》等。这些主人公的离散与迁移，出于各种不同的原因，在以新南非成立之前的社会为背景的故事中，政治流亡是主要原因；在新南非成立之后，戈迪默与时俱进，更多关注在全球化时代，人们为了寻找更好的生活，不断移居，建立新家园的流动。全球化时代移民潮所造成的"流散"的状态已经改写了这个词的本义，与资本、阶级、跨国企业等相互交织呈现出更为复杂的形态。戈迪默使其人物始终处于一种流动的状态之中，即使不是移民，也始终穿梭在不同的地理背景中，呈现出一种文化身份的不稳定性和差异性。总之，由于离散与移民都涉及人物在不同地理空间的移动，都是对于人物动态身份的一种追寻，因此本章作为权宜之计，将之放置在同一主题之下进行讨论。

第一节　非家幻觉：政治流亡与离散

南非作家普遍有强烈而且直接的与家园有关的流散政治观。霍米·巴巴（Homi K. Bhabha）认为离散者是离家者，但是因为有非家幻觉的伴随，离家者事实上并非无家可归。罗宾·科恩（Robin Cohen）认为流散具有以下特征。其一，从出生地被迫离散，分散在两个或多个海外区域。例如犹太人的离散。其二，可选择性。例如为了寻找工作从家乡向外蔓延，劳工离散；为了寻找商机，贸易离散；为了殖民野心，帝国或殖民离散。其三，关于故乡的集体记忆和神话，包括它的位置、历史、苦难和成就。其四，对于想象或真实的古老家园的理想化，以及对它的维护、修复、安全与繁荣的集体承诺。其五，获得了集体认可的连续性的归国运动。其六，一个强烈的民族意识长期持续，基于独特感、共同历史、共同文化和宗教遗产的传播以及对共同命运的信仰。① 戈迪默笔下的离散基本上呈现了上述情况，从家庭中被排斥、流亡到海外，以及从流亡中归来，戈迪默通过对这些主题的刻画追踪了种族分离主义的兴盛与衰败。如短篇小说《六尺土》中写到了南非周边欠发达国家的黑人会以各种方式冒险涌入南非国土，成为非法移民，这在南非一直是一个比较突出的社会问题，如何应对黑人移民带来的社会治安、岗位竞争等各种冲突，成为对南非执政者的考验。小说中的农场主有一天晚上发现一位年轻的黑人死在了自己雇工的家里，这个年轻人是从罗德西亚步行来约翰内斯堡寻找工作的，而罗德西亚人不经许可不允许进入联邦，也就是说这个小伙子是个非法移民，但是农场的黑人多次成功地做过类似的事情，有许多他们的亲朋好友步行七八百英里，从穷困中来到充斥着身穿长衣肥裤的人们、警察搜查和黑人贫民窟的天堂，这是他们心目中的黄金之邦，这种事情做起来很简单，让一个人躲藏在农场，直到有人敢冒被起诉的风险，雇用这一非法移民为止。短篇小说《父亲离家》中，在父亲 13 岁的时候，从东欧辗转到南非谋生，贫苦低贱的人总认为别的什么地方有金子，他被送上火车，火车穿过葡萄园、山区，后来是沙漠，走了两天，他带着自己修表的工具来到了高原上的金矿。在这里他学会了英语以及矿工们自己的语言里面那些简单的行话，这都是能够听得懂的工作指令，干这个、这么干都是些发号施令的词，他马上就明白了，虽然自己一贫如洗，又是外乡人，但好歹还是个白人，他用结结巴巴的语句从发号施令者的阶层向接受号令的人说话，这是关于他现在身份的第一个证明；后来他又在黑人那里销售自己贩卖的廉价的手表，

---

① Robin Cohen, *Global Diasporas：An Introduction*, London：Routledge, 2008, p. 17.

他靠着黑人成了生意人，这是关于他身份的另外一个证明。父亲后来有了自己的店铺，他也开始向为他跑腿的黑人大声叫喊。小说通过一个孩子的眼光描述了这位贫穷白人在南非的发家历史，欧洲的白人，因为各种原因，离开故土，去寻找机会遍地的尚未开垦的处女地。在小说结尾，主人公跟随父亲回他的老家，以诗意的象征表现了无法阻挡的移民浪潮，"他们经过了一片树林，那里的人是在狩猎，在此地的树林里，我会发现那些惊赶猎物的人们正在向前进，向前进，走遍整个世界"。戈迪默最后一部短篇小说集《贝多芬是 1/16 黑人》中的主人公也多是国际公民，他们由于工作需要，可以在全球自由流动，而且越多元的混杂身份越会带来便利，成为真正的文化跨越者，《家乡话》的主人公就是这一类形象的代表，也正是由于其复合型的身份，他才能被大型跨国公司青睐并被派往欧洲国家从事商务拓展。

　　戈迪默的长篇小说对流散与移民主题的刻画就更为深刻。在涉及民族主义、跨国主义与移民问题时，流散既是历史的概念也是政治的概念。① 如《自然变异》非洲的政治驱逐，主人公被迫到东欧以及美国寻求政治避难；《无人伴随我》则谈到 90 年代之后流亡者的回归；《偶遇者》是关于全球迁移视野下的流散。总之，她笔下的人物由于种种原因被迫离家，寻找理想家园，却不得不面对"非家幻觉"。最后一部长篇小说《最好的时光是现在》主人公是一对跨越种族的夫妻，曾为自由而战，他们发现在一个更大的社会意义上他们其实都是无家的。《七月的人民》整个故事的背景是作者所虚构出的但是又无比真实的内乱，在无数次内乱发生之前，白人夫妇曾经想加入旨在取消特权的政治党派和联络团体，或者离开南非在别的国家开始新生，他们没有像其他白人那样在内乱前逃亡，致使他们陷入了巨大的危机

---

① J. U. Jacobs, *Diaspora and Identity in South African Fiction*, Pietermaritzburg: University of Kwazulu-Natal Press, 2016, p. 21.

之中，只能依赖家里的黑人仆人七月在他的家乡苟活。戈迪默通过想象指出等到黑白矛盾积累到只剩下暴力内战的时候，"他们都在赶白人出去，所有这些城市完全一样"，南非白人哪也去不了，他们作为早期欧洲白人移民的后代，其混杂性所带来的身份尴尬就会非常突出，因为这时欧洲人只拯救欧洲人，美国人只拯救美国人。而小说主人公莫琳夫妇就成了夹缝中的人，是彻底的"流浪离散"身份，他们是白人，但他们却不是南非人，黑人驱赶他们，而欧洲白人也并不会拯救他们，"通过把附近和遥远的地区之间的差异加以戏剧化，而强化对自身的感觉"①，南非白人感受到他们在任何一个人群里都是异乡人，是真正的流散者。小说结尾以象征的方式，描述了女主人公莫琳的主动逃亡，她冲向一架不知是敌是友的直升机，"她讲不出它的颜色、它的标志，也不知道它是载着救援者还是杀手，而且就算她辨别出了标志，也不知道是冲谁而来的"。她只是渴望逃离，她深知此时的非洲早已不再是家园，小说的开放式结尾充满了象征含义，这就是南非白人的命运，作为移民后代，一种永远流浪的心态。《伯格的女儿》的主人公罗莎在遭遇人生危机与价值危机时，她感觉没有办法继续在父亲的国家生活下去，只有主动逃离非洲，才有可能找到人生的信条，离散常常是一种主动地与母国之间表现出的疏离。她在欧洲与一群流亡者会面，大家热烈讨论南非的命运，政治是她无法逃避的人生主题，她再一次受到革命理念的冲击。她离开祖国，才更看得懂祖国，在非洲还需要英雄主义，很多基本的权力还需要流血去争取，这是欧洲人所无法理解的，她重新梳理了父亲的革命遗产，意识到只有投入革命，才能终结仇恨，于是她主动结束流亡，返回非洲，经过一番自动流亡之后，才会真正将非洲看作家园。《贵客》中的布雷上校，作为前殖民地英国官员，曾经因为同情黑人运动，而被殖民地的白人弹劾。当

---

① ［英］斯图亚特·霍尔：《文化身份与族裔散居》，罗钢、刘象愚主编：《文化研究读本》，中国社会科学出版社 2000 年版，第 218 页。

黑人政权建立之后，他受邀再次回到非洲，只有回到非洲才感到重回家园，可是布雷也逐渐发现，黑人政权已经不是他最初设想中的理想政权，黑人在建立了自己的政权之后迅速陷入了内乱、腐败与专制之中，他在非洲也失去了归宿。对这些热爱非洲的白人在非洲无处可依的边缘者心态，戈迪默的把握是极为精准的，"处于不同文化之间的这种感受，对我来说非常强烈。事实上，贯穿我人生最强烈的那一条线就是，我总是处在事情之内和之外，从未真正很长久地属于任何东西"。[①] 离散与迁移是政治问题，也是文化问题、身份问题。

《自然变异》是直接描写政治流亡与离散的小说，女主人公海丽拉由于在学校与有色人种的男孩来往被学校开除，又由于与表哥的不伦之恋，被作为监护人的姨妈赶出了家门。年轻、叛逆、懵懂的海丽拉遇到了一个政治家情人，将她带到了南非流亡革命者云集的达累斯萨拉姆，但随后情人却弃她而去，她被从事革命工作的南非白人妇女收留，从此她的一生同流亡的南非革命者发生了联系。此后她还被派往东欧进行革命活动，为黑人流亡政治运动筹集资金，并最终成为非洲某国首领罗埃尔的革命伴侣。通过她的流亡生涯，戈迪默书写了南非种族制度之下黑人革命者的生存处境，他们只能流亡海外，时时刻刻处于生命的危险之中，但是胜利一定会属于他们，非洲一定会迎接这些为了国家而流亡的英雄。《我儿子的故事》继续讨论黑人的政治流亡。女儿贝比在得知父亲出轨背叛家庭之后，处于极大的痛苦之中，曾试图自杀，最后辍学离开家乡，参加了革命军，并流亡到边境，成为自由战士，从此之后再也没有回到故土。作为妻子与母亲的艾拉事实上也早已知道了丈夫的背叛，但是她一直沉默不语，直到有一天儿子发现了她在申请护照，在拿到护照之后，开始频繁出境，她在探望女儿的同时自己也加入了革命军，成为一名战士。母女二人的主动离

---

① ［美］薇思瓦纳珊编：《权力、政治与文化——萨义德访谈录》，单德兴译，生活·读书·新知三联书店 2006 年版，第 19 页。

散，从普通人转变为流亡战士，将对家庭的失望与对革命的追求合二为一，从而实现了自己的价值。小说的结尾，艾拉永远地逃离了国家，"我的母亲离开了家，而且永远不回来了"。他们的家庭也已四分五裂，取而代之的是流亡国外、化名、地下活动，对他们这类家庭的人来说，真正的家庭和依恋是某种对后来人的东西。在南非，家园不再被视为可靠的归属空间，更多的时候呈现的是一种永远无法实现的、没有归宿的非家概念。从表面看，这是儿子眼中父亲对家庭对婚姻的背叛导致的家庭悲剧，但是等到儿子逐渐长大就已经明白，这个家庭悲剧早已超越了三角恋爱的老套故事，因为索尼与汉娜的爱情本身就不纯粹，这是混合了种族政治与革命情怀的情欲，他们的家庭最终的走向也说明了这一点，索尼一直在坚持战斗，这也是他和汉娜之间最紧密的联结；女儿贝比与妻子艾拉也都欣然迎接战斗，并走上了一条更为极端的道路：私藏武器、暴力反抗以及主动流亡。面对一个种族制度的政府，黑人随时都会遭到袭击、监禁与奴役，在戈迪默看来暴力反抗也是唯一可行的道路，至此，作者将家庭婚恋主题成功移置成了一个政治主题，革命与流亡，取代了婚外恋成为小说真正的核心。这就不难理解，从情节安排上来看，越接近小说结尾，小说前半部分铺排的三角恋爱故事越发不见踪影，这一情节从人物的命运、人物关系中走向边缘，在叙事中也逐渐消失。随着威尔的成长，他关注的焦点逐渐远离了中学时代在电影院里与父亲和他的情妇撞见这件事，他对南非黑人命运问题的理解也在加深，婚外恋的意外，导致整个家庭更彻底地汇合到了南非的政治斗争中，个人悲欢也在为争取黑人自由的政治流亡中得到了升华。这一主题的移置既是威尔成长的证据，也体现了小说从一开始就预设了政治主题作为基石。

《我儿子的故事》写的是南非政治家的流亡他乡，而《无人伴随我》则是描述这些政治流亡者的归来。德克勒克总统上台伊始，便表示愿意加快南非民主改革进程，就分享权力问题与黑人领袖进行谈判，以逐步消除种族隔离，建立一个全新的民主南非。1991 年 8 月，南非政府与非国大举行第二轮谈判后，政府宣布释放政治犯、允许流亡者回国，非国大则表示暂停武装斗争。在这种情况下，移民与海外流亡者的回归涌起了一股热潮，周边国家也有很多流民涌入国境线，《贵客》中曾提及这些跨越边境的移民危机，"他们不是来工作的，他们要找的是关系，是从家乡来这儿的，看看有没有运气找个干的工作，他们不知道要找的人在哪儿，不知道他在哪儿工作。应该设立一个收容所，市场那儿有个老房子，可是首席福利官说要是那样的话，我们就要对他们负责了，而他们本就不该来这儿，他们会一直待着，不离开有些的确会的，这是个头疼事儿。"——《无人伴随我》就是在这样的政治背景下描述了大量的政治流亡者的回归。流亡是一个视角、是一种独特的经验方式和看待世界的方式、是一种思维，小说主人公黑人革命者迪迪穆斯夫妇重新回到非洲后，作者要借描写流亡者找到一个审视南非后种族时代的立场，以流亡者的视角重新看待南非家园与政治问题。迪迪穆斯夫妇是当年为了革命流亡海外的革命者，如今新的政权成立了，大批流亡海外、为了新政权的成立做出过重大牺牲的人纷纷荣耀归国，"活着归来，从流亡的匿名中复活的欢乐中，那些留在国内的人，在欢迎他们时，想要补偿他们在流亡中遭受的种种苦难，带着这样迫切的渴望，过去有理由彼此不信任或者就是讨厌的人和过去作为兄弟姐妹那样亲密的人都得到了欢迎，像被人怀念的英雄们回家一样"，戈迪默写出了历经这些政治灾难之后，那些曾经为国家牺牲自我、流浪他乡的革命者终于归来之时的热烈与令人感动的气氛，"欢迎的旗帜被踩到地上，鲜花摇动，扩音器里发出响声，拥抱，雀跃的队伍。这是一个能够庆祝的令人难以置信的狂欢节，家这个温馨的字，对这些从战争驱逐流亡中归来的人，对这些已经忘记了家是什么的人，对这些遭受着无法忘却的痛苦的人，是一个场面，一个剧场，一次情绪上的焰火展示"。但是这些流亡者回国之后，面对新的政治氛围他们能否迅速调整自己的身份？当非洲国家赢得独立之后，为了某种政治利益，不得不牺牲某些人的权益，那么这些流亡者个人的命运就会带上时代与国家政治的悲凉阴影。已经成为新政权边缘人物的流亡者，他们的内心世界以及命运，是戈迪默在这部作品中着力去思考的。

迪迪穆斯是流亡者内部圈子里的老资格人物，他一直肩负着国际使命，参加重要活动，为新政权的诞生立下不可磨灭的功劳。他们归来后被安排在一间简陋的旅馆里，居住环境非常恶劣，赛莉认为这样无法生活，她指责迪迪穆斯，她无法忍受仍然像难民一样，需以高尚的沉默来忍受为了这个事业已经不再需要的事情。两个人对流亡归来的家园的理解产生了尖锐的冲突。以迪迪穆斯为代表的这些老卫兵们曾经去坐牢、去流亡、去死，那些没有到场的人，他们永远也不会回来了，然而迪迪穆斯虽然能够活着回到故土，但是也没有合适的政治地位留给他，不仅仅是糟糕的居住环境，重要的是政治环境也已经不是他的时代了，毫无意外，他在一次重要的政治选举之中落选了，也就是他被自己的政治事业抛弃了，他以"在流亡中我们团结一切比任何其他运动要好"来安慰自己，但无法掩饰那种深深的失落感，他逐渐陷入巨大的孤独之中。终结流亡回归家园的迪迪穆斯，在新政权的政治竞争中同时失去归属感。

归属感与家园的建立和寻找密切相关，戈迪默描写了很多种"家"和"房子"作为归属感的载体：黑人的窝棚、迪迪穆斯归来的旅馆房间，以及迪迪穆斯后来建立的自己的家、维拉和情人的房间1201，后来又成了奥帕的租房、泽夫的房子、女儿的房子，尤其是她自己的家——曾经和前夫生活的房子。这所房子好像是一生的故事收纳者，在这所房子里，发生了一生中所有的大事：孩子们的出生、成长，本内特的父亲死亡，外孙的暂时居住，朋友们的聚会，迪迪穆斯一家的暂住，女儿和同性恋女友的短暂停留，等等，这是小说中诸多家的意象中最为稳定的处所。然而小说结尾，维拉选择卖掉了这个保留了如此多生命经验的房子，她意识到人生孤独的必然性，每个人都有一种深刻的无家感。家不仅仅是指居住的空间，还带有养育、起源、归属的意味，对于离散群体而言，家代表的就是归属。"众多家园呈现于地理的、心理的、物质的层面上，它们是那样一些被置于家园中的和失掉家园的人们照此认同的地方；……家园是一个可逃至的地方，一个可以逃离的地方。其重要性就在于它不是人人都能拥有：家园是为人们竭力奋斗的，但只被少数人建构为专属领地的充满欲望的地方，它不是一个中立之所，是一个共同。"① 戈迪默在这部作品中所书写的"孤独与无家"感，当然有较多层面的解读，维拉是一个存在主义者，对这个貌似稳定的"家"的放弃，体现出她内心深处的疏离，这种无所归宿指向的是人在本质上的孤独性。但是在南非"无家感"更是一种政治寓言，家园危机实际上就是身份认同的危机，意味着身份的断裂和杂糅。放置在一个种族背景之中，非家之感与如何建立家园感，就具有了南非特有的文化寓意。正如赛义德在《文化与帝国主义》中所说的，帝国主义在全球层面上加强了文化与身份的融合，但是它带来的最荒谬的结果是让人们相信，他们大体上仅仅只是白人或者黑人，西方人或者东方人，殖民时期所树立的西方中心主义霸权思想，将殖民者和被殖民者价值观和文化的不同粗暴地异化为黑与白、东和西的冲突和对立，这种对立和冲突使得殖民者和被殖民者都产生了身份认同的危机，前者身在异地却强行推崇自己的价值观，总想把现实中的殖民地改造为自己以前的家园。而黑人，虽然身处地理意义上的家园却丧失了话语权，现实彼此的差距导致了身份的断裂。② 这部作品中黑人女政治家赛莉对女儿说，"我的女儿，我们的人民经历了很多，你父亲和我受了不少磨难，我们已经远离了我们的根，不仅仅由于流

---

① Rosemary Marangoly George, *The Politics of Home: Postcolonial Relocations and Twentieth-century Fiction*, New York and Melbourn: Cambridge University Press, 1996, p. 9.

② 费小平：《家园政治：后殖民小说与文化研究》，北京大学出版社 2010 年版，第 10 页。

亡，你父亲是一位 100 多年前抵抗英国人的了不起的酋长的后裔——你有一个不能辜负的名字，你被剥夺了你的身世，它本来应该就在这里。接受你的语言吧"。戈迪默通过这段人物代言，将家园与身份、帝国事业、政治流亡与民族寻根等话题联系起来。而赛莉的女儿，一个在流亡中出生的孩子，带着一种轻松的感觉，往来于自己的祖母和维拉的房子，迅速适应了这种流淌着祖先气息的生活，穿过一个院子去与周围人共用一个厕所，在黑人社区出入感觉非常自在，最后从祖母的语言与文化中找到了心灵归宿，可见这些流亡政治家的二代，能够在非洲寻根成功，非洲是他们永远的家园。那么南非能否在种族隔离之后，让为这块土地的自由奋斗过的人，不分肤色都能重获家园感？戈迪默通过维拉最后的选择，探讨了作为非洲本土流散者的白人可能的出路。维拉作为一个白人女性法律工作者，为黑人权益奋斗一生，她最后对重建家园感的选择，超越了人的孤独本质这一存在主义式命题，她租住在了黑人占地领袖泽夫家里，建立一种互相依存、彼此独立的全新关系，而泽夫的房子，也成了她一生中所有拥有过、居住过的房子中最令她踏实与安心的居所，她独自在房间里跳舞的结尾，暗示了一种黑白融合后的全新未来。

　　总之，戈迪默作为欧洲移民后代的南非人，对混杂与离散有着深刻的生命体验，在一生的创作中，描写了众多的流亡人物，他们终生主动或被动地流亡，非家感是他们共同的特征，这一切又与南非的政治背景密切相关，因为"在南非，移民与离散形成了一种特殊的混合状态，南非身份与流散移民经验有关，流散是南非文学的主要话题，流散人物是最有辨识度的形象"。① 在政治流亡主题的书写中，戈迪默同时表达了建构一种更为稳定的家园与归属感的努力，并且提出了可供讨论的构想。

---

　　① J. U. Jacobs, *Diaspora and Identity in South African Fiction*, Pietermaritzburg：University of Kwazulu-Natal Press，2016，p. 2.

第二节　全球化、国际移民与流动的身份

在西方进入近代以后，人类对家园的认知图景发生了变化，从安顿稳定的居家定居转化为无家可归、四处奔走、浪迹天涯，20世纪这种动力的代名词便是移民。在全球化时代，跨国公司成为国际移民的最重要的发生地，给人以世界公民的幻觉，资本自由流动的表面掩盖了世界公民实质上的不平等，第三世界实质上成为资本转嫁风险与追逐利润的最末端的承受者。跨国公司表面上实现了肤色平等、文化多元的文化建构，公司的投资者不仅依赖友好的第三世界，政府也依赖来自第三世界的离散群体，他们是资本流动、技术流动和人口流动的中介。戈迪默在晚期的小说创作中，对这一全球化语境之下移民的新的动力以及错综复杂的身份问题，进行了深入的剖析，成为与种族时代迥异的主题。

这类主题在短篇小说与长篇小说中都有优秀之作，例如采用了寓言故事写法的短篇小说《魔法庇护的生命》，描写了南非国际移民的生活场景。作为移民二代的戈迪默，从父辈那里获得了较多的有关第一代移民的生活记忆，成为其信手拈来的题材，而且多数写得具有抒情色彩。《列文斯通的伙伴们》中的主人公丘奇重走列文斯通的探险之路，一路上遇到了同为白人移民的旅馆老板娘，以及从英国来这里打工的女招待。共同的移民经验让这些四海为家的异乡人建立起一种集体认同之感，作者借人物之口表达了国际移民的真实心境，"移民，一种无根感，也是无力感，没有归宿的根源"。这些国际移民看上去自由而快活，但是内心缺失了坚定的认同，在某种程度上体现了现代人无根的生存状态。短篇小说《另几种结局》中的《第一感》，描写了发生在一对移民夫妇之间的悲欢离合、爱恨分离。男主人公是一位

来自布达佩斯的年轻文科博士，那时候从欧洲来的白人已经一波又一波如潮水般涌入这片黑色的土地，可能逃避的究竟是共产党政府还是最后取而代之的政府不可追究，移民国经历了自己的政权更迭，一个学文科的移民在新的国家很难指望得到像样的工作机会，但是他的太太虽然文化程度不高，但语言学习能力比较强，尤其是她的口音带有一点点德国腔或者法国腔，总而言之，那种欧洲腔调更容易让富人们信赖，于是成为一位成功的房产销售商，她也因此遇到了新的爱情，最终他们分道扬镳。每个人都在寻找，总有人在失去，这对夫妻为了寻找共同的归宿，才流散异乡，然而在移民浪潮冲击之下，人与人之间的关系充满更多变数，不确定性成为这个时代唯一的确定性。戈迪默将一个爱情故事嵌入移民的大背景之中，人与人之间的悲欢离合具有了因为移民而出现的文化差异与经济冲击，从而表现出与传统的爱情故事不一样的主题，试图寻找家园与始终流浪之间的矛盾更加凸显，变动与流浪这一人类的终极宿命更为凸显。《家乡话》描述了两个来自不同国家的青年男女的爱情。在他们相爱的最初，女孩就已经知道代价就是去另一个国家生活，一个她从未见过的国家，从未触摸过那里的土地、感受过那里的风云雾雨，也从未听过那里的人说话，很快她就发现自己进入了一个很难完全融入的异质文化，找到内心的家其实并不容易。爱情故事中表现出的这种文化隔膜感，是全球化时代国际移民普遍会遇到的问题，但戈迪默给这个短篇小说设置了一个模棱两可但又温暖的结尾，人类因为文化与语言而分离，但"她与他唇口相接，这是她唯一能懂的语言"。这可以说是晚年的戈迪默一种诗意的乌托邦，表达了她对爱的信念，爱是弥合一切分裂的力量，超越一切语言与文化身份的分歧之上。

移民身份一方面增加了当代人的无根感，会在人际关系中制造因文化冲突而呈现的疏离；另一方面也是一个机会，重新理解自己的文化家园，从而更有可能真正理解多元文化、增强包容性，因为"一个人离自己的文化家园越远，越容易对其作出判断，整个世界同样如此，要想对世界获得真正的了解，从精神上对其疏远以及以宽容之心坦然接受一切是必要的条件，同样一个人只有在疏远与亲近二者之间达到同样的平衡时，才能对自己以及异质文化做出合理的判断"。① 发表于2012年的长篇小说《偶遇者》是国际移民小说的经典之作，并对这一问题进行了讨论。戈迪默在这部作品中谈到了两种流散：其一是作为欧洲移民的南非白人，如今又纷纷移居全球其他地方；其二是全球化视野下第三世界人群试图向发达国家迁徙。人们都将在另一个文化框架中重新看待故国家园与移居地的文化。小说的主人公朱莉和阿布杜作为一对情侣，他们都在迁徙，然而方向并不一致，代表了这两种流散的形态，极具戏剧性冲突，"发生在两个明显不同的地理位置上的故事把整个故事情节分成了两个几乎对等的部分，且每一部分都由两个人格分裂的人物（阿布杜和朱莉）来引导叙事。他们的关系如同化学实验室里面的实验设备在不同环境下显现出的对立元素之间的相互反应"。② 移民主题涉及的必然是全球空间的重新分配与权力问题，朱莉的父亲是资本雄厚的南非大资本家，拥有豪华别墅、气派的庭院、巨大的客厅，代表了南非（白人资本主义国家）的上层空间，高高在上，是占据城市核心资源与权力的中心。这一空间的最大特征就是排他性，对于本国边缘人群与全球边缘国家，都具有排他性，能够受邀参加家庭聚会的来宾都是经过精心挑选的社会精英，"空间是权力场所和权力容器，它通常会抑制但有时也会解放'形成的过程'"③。作者精细地描写了象征着资本世界的朱莉父亲的豪宅，"起居室外头有遮阴的露天平台，起居室里有一些拱道，可以通往供各种用途的（包

---

① ［美］萨义德：《东方学》，王宇根译，生活·读书·新知三联书店1999年版，第331页。

② F. Meier, "Picking up the Other: Nadine Gordimer's the Pick up", *Erfurt Electronic Studies in English*, No. 2, 2003, p. 2.

③ ［美］戴维·哈维：《后现代的状况——对文化变迁之缘起的探究》，阎嘉译，商务印书馆2003年版，第268页。

括开舞会）的厅室，露天平台上有垫躺椅和花卉摆设，给人的感觉就像是室内那些高级家具与油画的延伸"。豪华客厅延伸出的拱道与露台，如同上流社会人脉的延展，这是全球资本关系的象征。朱莉在父亲的豪华晚宴中感到无比尴尬，她想找个地方躲起来，但是她在父亲的家却无法从巨大的豪宅中看出任何自己生活过的痕迹，"家宅总是一个巨大的摇篮。家宅是我们最初的宇宙。没有家宅，人就成了流离失所的存在。家宅在自然的风暴和人生的风暴中保卫着人。它既是身体又是灵魂。它是人类最早的世界"。① 父亲豪华的家庭空间却成了朱莉痛苦的根源，她成为自己家庭的陌生人，反叛父亲以及他所代表的秩序，对于朱莉而言，主动离开中心寻找边缘空间，就成了她对父亲施加于她的"空间实践"的一次背离。边缘空间是指"远离社会生活中心的区域，包括各种缝隙、角落、边缘等微不足道的空间形式。它不仅在现实空间中有着特定的位置，而且……它总是对应着特定的社会阶层，契合着一定的社会结构和社会运作机制"。② 小说写到了她对边缘空间的两次有意识的选择，一次是她选择搬到嬉皮士们生活的街区，租住在一个种族隔离时代曾为黑人仆役们居住的小村屋，混杂其中的都是社会的边缘人群——一些老去的嬉皮士或左派犹太人、从乡村地区流入的农民、来自刚果和塞内加尔的妓女、失业的新闻记者、过气的老诗人。这一街区和朱莉父亲的客厅具有天壤之别，形成权力中心与边缘的深刻对立。相对父亲客厅的排他性，这一边缘空间的最大特点则是开放，不论阶层、肤色、职业，都可以是 L. A. 咖啡馆的客人。朱莉和那帮肤色各异、政见不同、出身迥异的边缘人共同坐在咖啡馆谈天说地、针砭时政、率性而为，这一边缘空间构成了福柯所言的异托邦；正是在这一边缘空间朱莉遇到了第三世界穆斯林小国的

---

① ［法］加斯东·巴什拉：《空间的诗学》，张逸婧译，上海译文出版社 2009 年版，第 66 页。

② 童强：《权力、资本与缝隙空间》，载陶东风、周宪主编《文化研究》（第 10 辑），社会科学文献出版社 2010 年版，第 93 页。

非法移民阿布杜，并且开启她对边缘空间的第二次寻找，——这一次她更加激进，从英联邦的南非移居到战乱贫穷的穆斯林村庄，而小说的主题也从家庭反抗过渡到国际移民的大话题。

对于本章所讨论的国际移民与全球化问题最为直接的部分是朱莉第二次对边缘空间的拥抱，"如果空间作为一个整体已经成为生产关系再生产的所在地，那么它也已经成为了巨大对抗的场所"。① 男主人公阿布杜出身于朱莉几乎没有听过的一个国家的名字，那是殖民强权在离开时强行分割出来的一个国家，是一个政教合一、政治迫害和贫穷迫害并行的穆斯林小国。戈迪默将他们的爱情放在了一个全球不对等、不平衡的迁徙环境中进行描写。他们第一次约会，两个人就谈到了这个核心话题。当阿布杜和朱莉说自己待过很多国家，在朱莉的理解中经常到别的国家待一下换换空气是一种生活的愉快与自由，但是在一个第三世界非法移民的概念中则是"哪里让我进去我就去哪里"。阿布杜对自己的国家没有所谓的故国情怀，他只想离开。这个禁锢着他的地方的未来，跟他是没有关系的，是不属于他的，他要的是另一个国家的永久居留权，不管这里是由什么样的政府所统治，实施的是什么样的宗教法和世俗法，主政的是个戴头巾的总统还是崛起于行伍的将军，都跟他无关。朱莉却可以在任何地方永久居留，整个世界都是她的，只要她喜欢就随时可以买一张机票、登上一架飞机、在海关出示护照，到她想去的世界。在全球空间中，他们两人所处的位置与拥有的权利不同，成为他们人生重要的分歧，国家空间绝非只是罗曼司故事的背景，"空间和时间不是中立的，它们始终都表现了某种阶级的或者其他的社会内容，并且往往成为剧烈的社会斗争的点"。② 空间在全球化移民时代具有资本与权力的丰富内涵。

从国家空间这个角度看，朱莉父亲的豪华客厅超过了家庭的象征

---

① Henri Lefebvre, *The Survival of Capitalism*, London：Allison & Busby, 1975, p. 85.
② ［美］戴维·哈维：《后现代的状况——对文化变迁之缘起的探究》，阎嘉译，商务印书馆 2003 年版，第 299 页。

意味，已经是全球化语境下占主导的、强势的帝国生活的象征，他们
是世界的中心、是财富本身，他们手握世界文化霸权和移民特权，用
高高在上的姿态展示他们所代表的帝国主义的文化，用一种悲悯的、
沾沾自喜的眼神来区分不同文化之间的高低贵贱。整个世界或者说全
球——这个宏观层面的空间，是他们的，他们想去哪里就去哪里。
"空间是任何公共生活形式的基础，是任何权力运作的基础。"①朱莉
在父亲的家庭宴会上，遇到一对夫妻，他们将要携带他们的黑人家仆，
一起移民澳洲。这些社会精英们习惯用"重新定位"这个词表示移
民，戈迪默在小说中指出，定位，指的是找出一个人或一件物的精确
位置；进入、取得所有权；重新定位充满了对应许之地的渴慕。发达
国家的社会精英正通过国家空间延展自己的资本帝国，越过国界寻找
对第三世界的控制，在潜意识里那就是他们的"应许之地"。朱莉对
此表达了愤怒：他们想去哪就可以去哪，到处受欢迎，世界就是他们
的，可这是多么不公正，因为有些人就必须得隐姓埋名生活。——此
时的阿布杜，正在为能合法久居四处求告无门。在全球化时代，超越
国界的人群流动，从来不是平等的双向流动，资本才是其中的暗流，
资本借助国家空间的拓展，寻找更大的增殖点。事实上移民并不是他
们中间的第一次，他们所有这些人，他们的移民身份早已随着他们祖
辈的入土而被遗忘，但他们仍然是不折不扣的移民，通过血缘而继承
了移民的身份。为了能让阿布杜取得在南非的合法居住权，朱莉不得
不去向父亲的那些朋友们求助，她去咨询一位黑人律师，在装潢得豪
华如同五星级酒店的律师事务所里，那位曾经也深受隔离制度之害的
黑人律师，如今却站在整个国家既得利益的立场上看待阿布杜的诉求，
这位律师告诉他们："我们国家的人民过去也吃过很多出境和入境门
槛的苦头，我自己年轻时代也是受害者，当时是 60 年代，我本来有机

---

① ［法］福柯、保罗·雷比诺:《空间、知识与权力：福柯访谈录》，载包亚明主编《后现
代性与地理学的政治》，上海教育出版社 2001 年版，第 62 页。

会可以出国深造，我持续申请了三年，结果都一样，只有出境许可没有再入境许可，也就是说只要我出去了就回不来了，这是我当时必须接受的现实。"但是他现在却不想帮助或者没有能力帮助阿布杜，他认为阿布杜被驱逐出境是一个必然的事实。朱莉认识到这个著名的律师，这个坐在企业皇宫里的黑人，与她父亲和那些懂得购买未来和避险基金的人是一伙的。这些代表这个世界的发达国家、掌握资本的人，宣布了空间的主宰权，他们可以拥有整个世界，自由流动，但是来自落后国家的阿布杜，即使他拥有不错的教育背景、勤奋工作，仍是不配进入这个空间的下等公民。

在一个貌似迁徙自由的时代，对于某些国家而言，尤其是第三世界国家而言，始终存在障碍。朱莉和阿布杜在谈话中提到了两个重要的意象——海与沙漠。海是这个干巴巴的世界的终极绿洲，深处充满各式各样的生命，它的表面是自由的水道，互相交流不存在任何的边界，潮汐会在海岸线的一边涌起，然后是另一边。——海与沙漠这组对立的景观意象，海的自由，毫无边界，正是朱莉和阿布杜对自由世界的想象，但是沙漠却是阿布杜唯一熟悉的生活背景，那就是干巴巴的世界，界限分明，无法逾越。"社会秩序的空间隐藏在空间的秩序中"，这一秩序自有其逻辑，排除、被剥夺都是其逻辑之一。① 全球化正是这一逻辑的产物。朱莉对这样的国家空间逻辑充满了愤怒，对于阿布杜这样的第三世界贱民而言，如果想住在发达世界，唯一的方法就是想办法挤进所谓的基督教世界去，但是他的生活就如同永远在等待戈多的流浪汉，从前那些强调人道精神的西方国家已经改弦易辙，不再欢迎外国人，以防他们是打算在别人的国土上打意识形态战争的国际恐怖主义者。这就是全球化时代有关迁徙真正的实质。朱莉和阿布杜离开南非时圆桌派的老诗人抄了一首诗给他们："我们到另一个

---

① Henri Lefebvre, *The Production of Space*, Transl. by Donald Nicholson-Smith, Oxford U. K.: Black-well Ltd., 1991, p. 289.

国度去吧，既非你的也非我的，重新开始……"朱莉最终跟随阿布杜离开南非，通过放弃自己的国家空间选择过一种流散生活，"爱情在全球化世界中所面临的地缘政治现实，在这个世界上，人们之间的联系可以很容易地通过旅行和移民政策建立起来，也可以因此而受到阻碍。从字面上说，这首诗开启了朱莉带着阿布杜离开南非的可能性，以便认真寻找这另一个国家"。①

　　为了充分表达全球化时代国家空间的意象，小说有两次写到了代表人群在国际间移动的场所——国际机场。"像这样一个国家的机场，是一个人群的大汇流，所有的个体都被收纳在两个暂时性、悬疑性的人类状态——出境、入境。相形之下，完全的自我专注是它的反面，是一种巨大的无定形状态。"空间不断变动不断被压缩是当代社会的本质，机场就是"地球村"这个被无限压缩的空间的表现形态，而在这个巨大的混沌里，每个人都是无名无姓的。对朱莉而言，另一个国度是想象性的存在，如同浪漫派眼中遥远的异域他乡，她充满了好奇。阿布杜的国家，在朱莉头脑中无法和现实产生关联，只存在于她从阅读中得来的不可靠的叙述，他是朱莉匿名的东方王子，朱莉对这位贫贱王子的家乡进行虚构想象，这正如赛义德所说的"东方并非一种自然的存在。东方不是被人们遗忘了，恰恰相反，东方几乎是被欧洲人凭空创造出来的地方"。② 但是随着她对沙漠了解越多，她就越发明白西方对沙漠与穆斯林文化的叙述，充满了居高临下的扭曲。当她重新阅读之前的书籍时，不是哑然失笑就是中途放弃。这群来自英国、美国的著名作家，他们所写的沙漠，不过是骗人的把戏，是穿上伪装的帝国主义，是一种纡尊降贵的沾沾自喜，他们将沙漠描绘得不堪，充满同情，于是她试图通过自己的眼睛去认识一个"真正的沙漠"。但是这

---

① Dana C. Mount, "Playing at Home: An Ecocritical Reading of Nadine Gordimer's *The Pickup*", *A Review of International English Literature*, Vol. 45, No. 3, July 2014, p. 122.

② ［美］萨义德：《东方学》，王宇根译，生活·读书·新知三联书店 1999 年版，第 17 页。

个南非有钱的白人小姐，何以拥有凝视沙漠的权力？我们需要对她在沙漠所拥有的特权进行分析，她的特权恰恰来自她的身份——肤色、语言和资本。因此，摆脱"西方的视角"最终只能成为一种悖论。小说结尾，朱莉在沙漠深处的"另一个国度"，终于找到了自我救赎之路，这一异国空间正是朱莉的"重新定位"，如同她在父亲客厅遇到的那些即将再次移民的南非有钱白人，——重新定位包含着一种无以名状的渴慕，而那是无法用野心、特权，甚至用对别人的恐惧来解释的。

朱莉在这个第三世界的闭塞空间，看到了自己的影响力，那就是通过教授英语，将会给这个与世隔绝的穆斯林小村送去进步文化的光辉。语言的运用为一个民族的文化发展提供必要条件，它能定义一个世界、影响人们的思维方式、延续民族的文化传统，"语言是帝国最完美的工具"①。朱莉的沙漠英语课，与鲁滨逊教星期五、普罗斯佩罗教卡列班的故事具有某种同构性。一个人拥有了语言就拥有了这种语言所承载和表现的世界，语言同时表征着文化差异和力量的不均衡，控制语言将获得非凡的力量，朱莉的英语课与她所代表的白人资本对全球空间的主导权是密切相关的。让朱莉从语言层面走向更物化的价值追求，则是因为她机缘巧合看到了令人惊奇的在沙漠种植水稻的技术。阿布杜的家乡，一个"全世界都把破烂扔到这里来"的地方，一个完全脱离了全球高速发展的蛮荒，但是当朱莉得到机会一起去参观沙漠稻田，她立即"被眼前的一大片绿色攫住"，她瞬间发现自己在沙漠能大有作为，"当你在沙漠看到绿色的稻谷时，就表示这里可以孕育出生命，而这可以提供一种超越于一切意义之外的存在"，她哪里也不必去，要留在这里，只有这样才能实现自己最大的价值。"土地本身是一个高度政治化的地方，是许多政治言论和实际政策的主题。"② 于是

---

① Silvio Torres-Saillant, *Caribbean Poetics: Toward an Aesthetic of West Indian Literature*, Cambridge: Cambridge University Press, 1996, p. 125.

② Dana C. Mount, "Playing at Home: An Ecocritical Reading of Nadine Gordimer's *the Pickup*", *A Review of International English Literature*, Vol. 45, No. 3, July 2014, p. 112.

朱莉立即着手购买一块稻田，在这个地方，有钱就可以向政府买任何东西。在朱莉看来，购买沙漠稻田"价钱很合理"，"便宜得难以置信"，购买稻田的钱，不管是用美金、英镑、马克计算，简直只是一个可笑的数值，"资本主义存在本身就是以地理上的不平衡发展的支撑性存在和极其重要的工具性为先决条件的"①，这种不平衡正是一切资本和权力流动的根本原因。朱莉梦里出现过的沙漠之绿，只有在资本的植人之下，才得以在现实中实现。朱莉的沙漠绿洲之梦，可以看作发达资本主义国家的资本优势在贫穷落后国家畅行无阻的一种对位。资本的天性是在不断的循环中追求利润，马克思指出，殖民主义是适应西方资本主义的发展要求而产生，随着资本主义生产方式的演进而发展，为资本主义生产方式在全球建立统治地位服务的。资本具有增殖的特性，蕴含极大的膨胀潜能。而这种潜能的发挥必然要突破地域、国家的界限，也就是具有一种内在的超越地域、国界扩张的自然趋向。资本主义在全球范围内进行地理扩张和空间重组，导致资本在地理空间上的扩散、移植与演化，资本从而可以在全球畅通无阻，这就加剧了原有的地理不平衡基础。全球化致使人类空间不断压缩、边界越来越模糊，这就是"地球村"的出现，全球公民成为人类的幻觉。之所以称之为幻觉，那是因为能够在地球村中自由移动的人群是掌握了资本与文化优势的人群，小说中的朱莉所代表的阶层就是这样的全球公民。但是阿布杜和他的人民却绝无这般特权，他们只能通过偷渡、通过各种违法手段，潜伏在第一世界任何一个国家的黑暗角落。"戈迪默在这部小说中所创造的人物陷进了后殖民的现实中。"② 这部小说，需要突破爱情故事与自我探索的狭隘主题，放在经济全球化的背景中去解读。戈迪默在公开场合表达过自己的创作

① ［美］爱德华·W. 苏贾：《后现代地理学——重申批判社会理论中的空间》，王文斌译，商务印书馆2004年版，第62页。

② Dana C. Mount, "Playing at Home: An Ecocritical Reading of Nadine Gordimer's *the Pickup*", *A Review of International English Literature*, Vol. 45, No. 3, July 2014, p. 122.

过程"最初只是想写一个爱情与责任的故事，但是后来才发现已经触及了当代全球最重要的一个问题——即如何正确对待移民潮"。"所有地方，无论它们多么自然，或看起来离权力中心有多远，都充斥着标志着全球化世界的权力斗争"[1]，而"涉及空间的时候，霸权这个由葛兰西引进的概念特别有用"[2]，从根本上来说，这就是殖民霸权在全球化时代的变体。

除此之外，《偶遇者》的全球移民主题还可以从其他角度进行理解，那就是对朱莉与阿布杜不同的家园意识的文化分析，限于主题讨论的集中性需要，本章不做更多阐述，但是，这同样是一个有意思的话题。家园意识、流浪与回归在西方文学史上可以追溯到"荷马史诗"和《圣经》，在流散的视角之下，家园意识已经被赋予了新的内涵，从某种意义上看《偶遇者》，是对"荷马史诗"解构式的重写。家园，"再也不是一个固定的地方，而是不断搜寻中的场所"。[3] 朱莉与阿布杜的"家园"恰恰都不是故土，而是在远方。戈迪默通过他们的故事探讨全球化的城市边缘，她试图对这些尚未开发和发展的边缘空间的含义进行探索。朱莉和阿布杜都试图在一个自己并不属于的异乡重建自我，这是在后现代全球化时代人们已经丧失归属意识的写照。那么他们能否如愿以偿，他们的逆向追寻能否有一个完满的结尾，作者并不能给出乐观的结论，小说以开放式结尾留给读者更多的探索。戈迪默曾在访谈中谈到自己创作《偶遇者》的动机时说她想探讨的是："我们这个世界到底怎么啦？找一处家园怎么这样难？你在自己的国家到处流浪，找不到工作，无法谋生，这样那样的压力迫使你背

---

① Mount, Dana C. Ariel, "Playing at Home: An Ecocritical Reading of Nadine Gordimer's *the Pickup*", p. 122.

② Henri Lefebvre, *The Production of Space*, Transl. by Donald Nicholson-Smith, Oxford U. K.: Black-well Ltd. , 1991, p. 10.

③ Rosemary Marangoly George, *The Politics of Home: Postcolonial Relocations and Twentieth-century Fiction*, New York and Melbourn: Cambridge University Press, 1996, p. 1.

井离乡，而你又去世界上到处流浪，可仍然是那样的艰难，似乎没有一处安身之地。这就是我想探究的东西。"①

总之，通过本章的分析，我们可以看到离散群体的家园是一个永远不可能抵达的家，与其说是一个地理位置，不如说更像是一个感情空间。戈迪默的创作之所以大量涉及流亡、离散与移民主题，与她本人的生活背景以及身份感受有很大关系。19 世纪末，东欧国家对犹太人的迫害达到巅峰，大批犹太人被迫再次踏上了逃亡之旅，投奔西欧、美国和加拿大等国，戈迪默的父亲也是因为政治逃难而来到了南非。作为南非白人犹太裔移民的后代，多重的身份背景给了戈迪默独特的人生视角，她始终处在一种多重的边缘状态，戈迪默不断地呼吁南非认同——南非是非洲的南非，不是欧洲人的南非；南非是全体人的南非，不是少数白人专有的南非，并强调这种基于黑人和白人共同认知的南非认同才是国家未来的出路。

---

① 李新烽：《曼德拉心目中的英雄——走近纳丁·戈迪默——纳丁·戈迪默访谈》，新华网，http://www.xinhuanet.com/world/2014-07/17/c_126764305.htm，2002 年 3 月 29 日。

第七章 "后种族隔离时代"南非政治诉求

> 关于非洲文学的未来，我认为非常重要的是与人民的需求保持一致，这是我们评价未来文学的首要标准，这也正是我们从过去走向未来的节点。
>
> ——纳丁·戈迪默

随着世界政治格局变化，南非的种族冲突、种族政策等议题备受世界关注，在这种政治氛围中纳丁·戈迪默的创作，由于如实、全面而勇敢地描写了南非的政治问题，更加引起西方评论界的关注，其声望也越来越高。她的名声"并非只是因为她自己对南非政权采取了强硬的政治立场而上升；但政治极大地提高了她的名声"，① 戈迪默与其创作中的政治议题，相互增色、互为表里，她对政治议题的关注是始终如一的。"在后殖民时期的非洲，非暴力性的政权几乎不存在，和平解决冲突并取代利己主义统治者的机制和渠道也严重缺失，在非洲国家独立后的 20 年里政权更迭都是通过军事政变完成的"②，

---

① Becker Jillian, "Nadine Gordimer's Politics", *New York*, Vol. 93, 1992, p. 51.
② ［英］阿莱克斯·汤普森：《非洲政治导论》，周玉渊、马正义译，民主与建设出版社 2015 年版，第 188 页。

但是南非却走出了一条不一样的道路，从种族制度较为平稳地过渡到了后种族时代。南非民主化进程先后经历了如下三个阶段。从1990年2月到1991年12月为第一阶段，其主要任务是"破旧"——扫除举行制度谈判的障碍、废除种族隔离制的法律基础。1991年2月至6月南非议会宣布撤销《土著土地法》《特定住区法》《人口登记法》等八十多项种族主义法律，至此南非种族隔离制已在法律上基本废除。自1991年12月到1993年12月为民主化进程第二阶段，其主要任务是制定非种族主义的新宪法，动员南非人民参与民主进程等问题，决定建立一个没有种族歧视的民主新南非。自1993年12月到1994年5月为民主化进程第三阶段，南非历史上首次不分种族全民大选。根据大选结果，1994年5月9日非国大主席曼德拉在新国民议会首次会议上当选南非第一任黑人总统，随即非国大、国民党、因卡塔联合组成以非国大为主体的民族团结新政府，这次全民大选是南非历史上具有决定性的里程碑，它标志着342年白人统治的结束和种族隔离制的终结，从此一个统一的民主新南非在非洲大陆南端诞生，南非种族关系的正常化趋势已不可扭转，但彻底消除种族隔离制度的恶果仍需人们进行艰难曲折的努力。民族主义话语通过官方叙述声称南非在政治转型时期的特殊、复杂的历史背景下取得了重要成就，而文学话语则试图对这种表述进行反驳或补充。① 这也正是文学的使命。1982年戈迪默发表了《生活在政权交替期》的演讲，她认为在一个政权交替时期，南非的白人必须重新界定自己，戈迪默通过自己的创作，密切关注新南非的这一历史话题，呈现出其后期创作全新的主题，对南非的政治诉求的讨论取代了白热化的种族斗争和对种族隔离制度的控诉。

---

① Andrea Event, "Exceptionalism and the Imperceptible: The Politics of Nadine Gordimer's *the Pickup*", *Modern Fiction Studies*, Vol. 58, No. 4, 2012, p. 747.

第一节　历史的真相、和解与消除暴力

　　许多评论者曾怀疑在种族隔离制度结束之后戈迪默还能否继续写作，他们担心她赖以写作的环境发生了改变，她的话题消失了，她在世界上被关注的焦点不存在了。但是随后她就以自己的写作实践否定了这一猜疑，在后种族时代她立即写出两部长篇小说《无人伴随我》和《家藏的枪》。她前期的小说都在描述一个以障碍为特征的南非，而后期小说着眼于描绘一个以不确定性为特征的更具有存在主义特征的生存环境。在后种族时代的创作中她延续前期的姿态，始终直面社会议题、关注社会潜藏的危机，要勇敢揭示那些阻碍着新南非理想实现的所有因素。新南非成立后，占人口多数的黑人终于可以获得普遍的人权，戈迪默在《自然变异》《贵客》等作品中都满怀热情描绘了刚刚成立的南非黑人政权所带给黑人精神上的振奋，"典礼上黑人掌声雷动，他们都很开心，也许是出于一种无意识的安心，……原来黑人都是别人吩咐自己什么时候来，什么时候走，什么时候站起来，什么时候脱帽子，而今他们的黑人总统决定所有的规矩"，如今他们可以自由集会、讨论政治议题，对南非的政治走向激烈争论，都成为合法的事情，正如在《无人伴随我》中所描述的，"在这样的一个国家里，像这样一批人聚集在大厅里为任何一种政治目的而聚会，这在过去是一种犯罪行为，在别的任何地方是属于常规的程序，在这里却变成了神秘的权利与特权，在那被禁止的时代，这一直是他们的秘密"。戈迪默以极为写实的手法，"为读者提供了有关这一历史分水岭的极其准确的见证，流亡者们正逐渐返回南非，为创建全新的政权而做着准备"。[①] 曼德拉曾强调仁爱和宽恕

---

　　① Denise Brahimi, *Nadine Gordimer: Weaving Together Fiction, Women and Politics*, Claremont: UCT Press, 2012, p. 90.

是打开南非未来之门的钥匙,仇恨只能让南非继续堕落。如何疗治南非种族制度带来的种族创伤,图图主教提出了和解三段模式:那些对种族隔离制负责的人应该忏悔他们的罪孽;受害者应在"福音的训诫"之下谅解他们;有错的一方必须赔偿。[①] 南非最终采用了总统曼德拉与图图大主教这一真相与和解的方案,只有采用恢复性正义原则,正义才能与真相、宽恕达到平衡,为和解开辟道路。南非司法部部长杜拉赫·奥马尔(Dullah Omar)则更为明确地指出南非是一个受害者的民族,"和解不应代替正义或排斥正义。然而让和解完全服从满足正义的司法要求也是不能接受的。和解奠定了共性的基础,使在开放精神下实现正义并且为了我们共同的未来接受他者成为可能。和解代替报复文化,不是代替正义文化。从这方面讲,正义不是惩罚而是恢复,不必让事物回复到其本来面目,而是回复到理想的状态。它关注的是恢复人民的生命,恢复和平与和谐"。[②]

在20世纪80年代,南非人经常会想到一个问题:如果黑人掌权,会发生什么?戈迪默当时创作了《七月的人民》来回应这一问题,描述了可预见的未来会发生什么。"她所虚构的这个故事却不是想象的产物,而是现实的逻辑延伸。新形势不是复仇的问题,而是解放的问题。"[③] 在这部想象性作品中,她描写了南非可能的暴力冲突,已经对后来南非要面对的现实发出了警示。种族隔离政策在制度上被废除后,非洲多数国家并非因此而消除暴力,南非新政权成立后,也面对同样的社会顽症,种族之间的矛盾和积怨之深,远非短期能修复到正常状态;黑白之间仍然缺乏足够的信任感,黑人受害者要求清算白人种族主义政权犯下的暴行,而白人的右翼武装则试图用武力维护白人的利益;在黑人内部非国大主流派与因卡塔自由党之间的摩擦和冲突不断,

---

① M. R. Rwelamira and G. Werle, *Confronting Past Injustice*, Durban: Butterworths, 1996, p. xii.

② M. R. Rwelamira and G. Werle, *Confronting Past Injustice*, Durban: Butterworths, 1996, p. xii.

③ Denise Brahimi, *Nadine Gordimer: Weaving Together Fiction, Women and Politics*, Claremont: UCT Press, 2012, p. 192.

因卡塔自由党和非国大之间的暴力冲突在90年代达到高潮，造成大量的人员死伤；黑人青少年暴力犯罪事件更令人头疼，他们在种族隔离制度下接受的教育有限，而且在反对种族压迫的斗争中，形成一种无纪律性的文化，他们发动示威或抵制行动，对不参与者动辄处死，他们所表现出的不容异己的专制倾向与民主制度是不相容的；黑人社区的政治组织为自己的地盘而相互争斗，正变得残暴无常。① 总之，在后种族时代，南非最为严峻的社会现实就是"因为过去种族制度的伤害延续至今的暴力问题，暴力已经成为南非的生活方式"。② 于是人人活在恐惧之中——永远不要在公路上为任何人停下来。这些血腥场面，是非洲的现实，是非洲亟待解决的严峻问题，而这些暴力事件，带来的心理恐惧更是难以消除。戈迪默对暴力的书写，既有现实层面的直接记录，也有心理层面的深度挖掘，她运用写实主义的手法将历史还原，这是一种最为诚恳、勇敢的写作态度。

戈迪默的小说对种种暴力进行了回应与谴责，短篇小说《另几种结局》描写了城市里一个残破凋敝的街区，在那个地方白人一般都不敢住，因为自打隔离政策被废除以后，黑人就涌入那里，无形的危险变成有形。《贵客》则实录了黑人的暴力混乱场面——一群人民独立党的暴徒闯进了铁矿光秃山坡上的工人驻地，烧杀抢掠、打碎玻璃瓶，锋利的齿状玻璃碴，插进了人的脑袋和胳膊里，所有这些行为只是出于恶，而非任何别的企图。——暴力超出了政治的正当诉求，成为一场人性之恶的混乱。《无人伴随我》中的维拉和黑人同事奥帕在一次乡下调研的路上，遭到了暴力袭击，维拉小腿中了一枪，奥帕被子弹打中胸口，后来伤口感染去世，戈迪默描写了深藏在南非普通人心中的恐惧与无望，她的写作生涯与南非的种族隔离时期平行，"在后种

---

① 潘兴明：《南非：非洲大陆的领头羊——南非实力地位及综合影响力评析》，上海人民出版社2012年版，第51页。

② Catalin Tecucianu, "The Burden of Legacy in Nadine Gordimer's *Burger's Daughter*", *Research and Science Today*, No. 1, March 2014, p. 165.

族主义时代,她所描写的种族冲突逐渐从外部转移到了心理层面"。①
每一个人面对不可规避的暴力所产生的恐惧,是新南非重建的巨大心
理障碍,而直面现实、消除暴力,是戈迪默创作的目的,也是新南非
在后种族隔离时代实现政治正义最为迫切的政治诉求。

戈迪默在后种族时代所创作的第一部长篇小说《家藏的枪》,探
讨的是广泛暴力背景下个人和社会的责任问题。小说描述了一群与众
不同的朋友和恋人:大多数是同性恋,但并不完全是同性恋;大部分
为白人,但包括一名黑人;大部分为男性,但包括一名女性;大部分
是南非人,但包括一名外国人。——这是一种非常典型的新南非多元
身份混杂的状态,南非在废除二元对立霸权主导下的种族主义制度之
后,呼吁真正的宽容与多元精神。也正是这样至高无上的"包容主
义",出于对曾被压抑的"个人权利"的保护,使南非当局坚持持枪
合法化,在戈迪默看来,这正是南非枪杀等暴力事件层出不穷,使南
非成为最为危险的国度之一的原因,这部作品可以看作对这一暴力现
象与原因的直接回击。小说主人公二十七岁的邓肯,是一位有着美好
前途的建筑设计师,无意中撞见女友娜塔莉与自己曾经的同性恋男友
卡尔有染。第二天,他在遛狗时遇见卡尔,卡尔表现出一副若无其
事、漫不经心的态度,还戏称他为"兄弟",并邀他一起喝上一杯,
就好像什么都不曾发生。他的这一随心所欲、无所谓的态度激怒了
邓肯,正巧桌上放着一把大家合伙购买用以自卫的枪,邓肯随手拿
起那把枪,于是就发生了这起令人震惊的暴力杀人事件。戈迪默将
邓肯的暴力杀人事件与南非社会在种族隔离制被废止后所面临的一
个严峻问题——暴力犯罪的泛滥联系起来。暴力是对旧的南非社会行
为模式的普遍回归,这种行为模式并没有随着种族隔离政权的倒台而
被抛弃。在一个暴力盛行的社会里,每个人都习惯了暴力的解决方案,

---

① Mallika, "Racial Discrimination in Nadine Gordimer's *a Sport of Nature* and *the Pickup*", *Language in India*, Vol. 17, No. 12, 2017, p. 206.

无论是作为受害者、犯罪者还是观察者，反对暴力的道德禁忌被贬低了，但是暴力亵渎自由，没有人可以免于暴力，人人共陷地狱。通过发生在这所房子里的一个暴力事件，戈迪默直面了新南非的几个政治焦点：死刑、暴力、持枪合法、生命伦理、同性恋问题、艾滋病问题等。在南非持有枪支已成为家常便饭，似乎这是每个家庭都需要的东西，这把枪可供居住在房子里的任何一小群年轻人使用：他们就像共用一捆啤酒一样共用一把枪。邓肯的辩护律师告诉我们，"如果没有那把碰巧放在桌上的枪"，在当时的情景下，因愤怒而失去理智的邓肯也许只会揍卡尔一顿，那样的话，"坐在沙发上的那个人——卡尔也许就不会躺在地上了"。在南非，支持持枪的人论证说持枪是为了保护房子里的居民免受外部威胁，然而事实上枪支却常被其中一方用来对付另一方。屋里有枪，暴力相随，枪支和其他小武器的扩散导致暴力犯罪，是南非社会治安的一个重要问题，这也威胁到民主的巩固。[①] 律师在法庭上为邓肯辩护时就强调了南非整个社会的暴力气氛对被告的行为负有严重责任，让邓肯在"可怕事件的背景"中表现出明显的无辜，戈迪默不想让读者将这一情结看作偶然与个例，而是引导至对整个社会暴力氛围的反思。

小说中的女主人公与陀思妥耶夫斯基《白痴》的人物之一娜塔莉同名，戈迪默以此向她最喜欢的作家致敬，两个文本构成了一定程度的互文。戈迪默通过这个方式延续了陀思妥耶夫斯基笔下的主题：罪与罚——"犯罪就是惩罚"；暴力如何消除。邓肯的父母哈罗德和克劳迪娅是一对白人中产夫妇，他们拥有体面的工作和舒适的生活，住在拥有极高安保系统的别墅里，对于南非的社会变迁较为隔膜疏离，他们否认自己内心有种族主义倾向，但也否认自己的社会使命，他们不认为自己需要对种族制度负责，然而儿子的谋杀事件，打破了他们

---

① Jacklyn Cock, "Gun Violence and Masculinity In Contemporary South Africa", *Social Problems*, No. 6, June 2001, p. 43.

的冷漠，逼迫他们思考社会暴力产生的原因以及消除暴力的方案。小说写到邓肯枪杀卡尔后并没有惊慌或者去警察局自首，而是回到自己的小屋睡觉，直到警察破门而入。在案件的调查和审理阶段，邓肯承认是自己杀死了卡尔，但他描述的口吻似乎这件事情和他无关，他只是机械地配合案件的进展，其表现有几分《局外人》中默尔索的特点，冷漠而疏离。他面对自己的暴行、面对生命的死亡，其表现是违反常理的。邓肯的律师为他辩护时说，施害者和受害者互为一体，邓肯对生命的漠视不是因为个体本性的残暴，而是暴力风气使他失去了对生命可贵的直接体验，意识不到暴力带给他人的伤害。而戈迪默通过描述克劳迪娅夫妇的观念，让读者明白邓肯这种对苦难对暴力的麻木，正是这对白人夫妇本身的特点，他们之前的生活都是安心于享受作为白人的特权，虽然从科学专业知识上他们都明白白人和黑人并没有生命的区分，但他们觉得自己对种族制度无能为力，并不认为他们作为个体有任何责任可言。直到他们第一次到监狱探望儿子之前，他们在晨报上看到一个孩子紧贴着死去母亲的尸体的照片，以及在夜晚迫击炮把无名的人随机杀戮的报道，他们才深切感受报纸上所描述的人类苦难，并从中体会到没有任何人可以超然于充满了暴力与灾难的社会处境，突然之间，他们意识到生活的一部分不再是在灾难之外，而是就在灾难里面。他们现在面对儿子的犯罪与可能永远失去自己的儿子，终于发现自己与那些他们本以为处境永远不同的人有了共鸣，对别人苦难的切肤感受帮助他们从自我的那种压倒性的悲痛中撤退出来。这对夫妻承认，暴力并不是一个单一的现象，而是一系列事件的组合，从室内杀戮到恋人的争吵，到同性恋爱侣之间的嫉妒，甚至在街上被枪杀的人，诸如此类的暴力，是同一社会背景之中的系列事件。①

暴力行为根源于许多背景——例如政治和经济权力的激烈斗争——

_____

① David Medalie, "The Context of the Awful Even: Nadine Gordimer's *the House Gun*", *Journal of Southern African Studies*, Vol. 25, Iss. 4, 1999, p. 644.

对南非而言种族隔离制度是最为深刻的原因。邓肯就是在这一司空见惯的暴力环境中成长起来的，如当邓肯服兵役时，他被教导如何杀人；无论是伪装成阅兵式的地面演习、野战演习、弹道课程……年轻人被授予的是暴力行为的许可证。泛滥的暴力气氛，是种族制度带入后种族时代的一笔可怕遗产。在法庭上有关邓肯罪行的辩论，直指后种族时代南非的几个重大议题——私人可否持枪？死刑该不该废除？戈迪默借审判中法官的话表达了自己对南非社会的暴力现象的看法，她不仅谴责谋杀本身，谴责对枪支的态度，更谴责普遍的暴力行为模式，暴力犯罪在后种族时代不降反增，南非的凶杀案件已高达美国的十倍，这种暴力比过去时代更为普遍，不仅仅局限于肤色的分歧之上，所以戈迪默将凶杀案设置在两个白人男性之间，以此提醒读者必须摆脱种族思维的惯性，肤色冲突、种族创伤并不再是暴力的唯一根源。戈迪默将暴力理解成这是南非甚至是全球普遍存在的问题，她曾与大江健三郎在通信中对此进行过深刻的讨论，她指出暴力问题，需要人类反思并携手面对。《有人生来享受甜蜜欢乐》就是对世界范围内的暴力袭击事件的一次讨论，从而批判了伊斯兰极端分子在世界范围内针对平民制造的恐怖袭击，能够在小说中触及这一话题，是极为敏锐也是极为勇敢的，因为戈迪默深知拉什迪正是因为批判伊斯兰恐怖组织而被全世界追杀，暴力早已是一个越过国界的全球行为。暴力之所以成为世界性的顽疾，是因为它是一个与政治因素、经济因素、法律因素、教育问题、人性问题等都密切相关的问题，在今天，"暴力似乎像某种污点一样渗透进来，形成了人们生活的联系"①。虽然暴力是全球性问题，但对南非而言，解决其产生的政治氛围更为迫切，南非在后种族时代如果不着手解除暴力残留，很难建立理想的南非，"种族隔离

---

① Patrick Lenta，"Executing the Death Sentence：Law and Justice in Alan Paton's Cry, the Beloved Country and Nadine Gordimer's *the House Gun*"，*Current Writing：Text and Reception in Southern Africa*，Vol. 13，No. 1，2011，p. 49.

的墙倒塌了，我们不停狂欢，但之后我们必须面对彼此。这需要很大的勇气和决心，我们已经做了很多工作才战胜南非的过去。现在我们必须着手于明天的事情……黑人和白人已经达成共识，建设一个多元民族共存的彩虹南非，为实现民主政权而努力奋斗。但是种族隔离制度虽然结束，其余毒仍然存在，渐渐演变成街头的杀戮，黑社会的暗杀和持械抢劫等。南非的未来必须要努力创造出一种黑人和白人完全平等的精神"。《家藏的枪》对暴力问题的讨论就是致力于"修复"个人与政治之间的关系，在小说结尾，这对白人夫妇接受了儿子的犯罪行为，从黑人律师身上学到了新南非背景下所有人都应该学习的经验教训，并按照儿子的意愿收养了这个跨性别三角恋关系中的娜塔莉的孩子，暗示了一个新的社会仍有希望到来。①

通过阅读戈迪默的创作，思考新南非存在的暴力问题，会更加理解图图大主教与曼德拉的主张所具有的深远意义。"消除社会混乱是社会生活的必要条件。使冲突不以毁掉整个社会的暴力方式来进行。必须先有社会秩序，才谈得上社会正义与公平。如果某个公民不论在家庭中还是在家庭以外，都无法相信自己是安全的，可以不受他人的攻击和伤害，那么对他侈谈什么公平、自由都是毫无意义的。"② 曼德拉政府没有采用其他一些国家采取的清算和惩治的方法，而是以民族和解和团结为准绳，以宽容的精神处理历史遗留问题，各种族间的宽容和解精神，是南非民主改革最主要的特征，也是取得成功的关键。"让我们忘记过去，我们大家是兄弟是姐妹，我们血脉相连，我们的社区处于危险之中，我们的人民每天都在被杀害。"③ 曼德拉号召南非人民一起努力，建成这样

① Catalin Tecucianu, "South Africa Reformed: Social Changes in Nadine Gordimer's *the House Gun*", *International Journal of Communication Research*, No. 4, July 2014, p. 245.

② ［英］彼得·斯坦、约翰·香德：《西方社会的法律价值》，王献平译，中国人民公安大学出版社1990年版，第38页。

③ 潘兴明：《南非：非洲大陆的领头羊——南非实力地位及综合影响力评析》，上海人民出版社2012年版，第46页。

一个社会，"所有南非人包括黑人和白人，都能够挺起胸膛行走，内心不再有任何恐惧，拥有不可剥夺的人类尊严，这就是一个在国内和在国外都建立和平的彩虹之国"。"我知道每个人的内心深处，都存在着仁慈和慷慨，没有一个人由于他的肤色背景或宗教，而天生仇恨另一个人，人们一定是通过学习才会有恨，那么他们也一定能学会爱，因为爱在人的心灵中，比恨来得自然。"① 在戈迪默的创作中，我们也发现了同样伟大的人道主义，爱比恨更有力量，更值得人类去追求。

第二节　后种族隔离时代南非的政治正义

南非在政治上宣布结束种族隔离时代，迎来崭新的历史篇章。但后种族时代的南非，除了必须消除暴力犯罪这一政治诉求，还存在贪腐、行政能力低下等多种困难，南非在建立黑人政权之后，黑人精英与黑人民众的距离很大，而黑人警察队伍效率低、腐败现象严重，医院等公益机构的质量下降、管理混乱；高等学校，学生水平低下、学位的含金量剧减；收入不均等；南非的艾滋病感染率高达15%，感染者中大多数是黑人，黑人的艾滋病感染率大大高于全国平均水平，开普敦黑人城镇的艾滋病感染率是28%；南非是世界上犯罪率最高的国家之一。1995年2月，曼德拉曾经在《经济学家》上表示，我们已经发生了人才流失，只有通过使白人确信他们的安全无忧，才能够扭转这个势头，2009年，80万南非白人已经离开了这个国家，占白人人口的1/5。南非白人对外移民的主要原因是经济原因，但社会方面的变化影响尤为深刻和巨大，白人的特权全部丧失，城市的非洲化使大批白人迁居到其他街区或城市，教育和医疗条件明显下降，犯罪率高，

---

① 潘兴明：《南非：非洲大陆的领头羊——南非实力地位及综合影响力评析》，上海人民出版社2012年版，第50页。

针对白人的种族暴力犯罪的上升，使白人失去了安全感，南非种族关系研究院将这些因素归纳为"泛滥肆虐的疾病，严重面广的自然灾害，规模庞大的暴力冲突"①。针对这些严峻的社会问题，戈迪默的叙事作品都有涉及，体现出对后种族时代的南非的一种深度把握。在种族隔离制度之后戈迪默的小说主要是表达对政治、社会、经济等问题的不满，探讨南非政治正义如何实现，戈迪默通过自己的创作不断追问："种族隔离的结束并不意味着经济差距和根深蒂固的特权的结束，一个民族必须做些什么才能平息一段痛苦的历史？"② 她最后一部长篇小说《最好的时光是现在》被评论家认为对当代南非的社会议题进行了最为广泛的讨论，涉及功能失调的教育体系、日益增长的仇外心理、移民问题、政治不端行为、同性恋、艾滋病、失业、住房、妇女权益，以及时任总统祖马政府的腐败、任人唯亲和司法问题。③ 每一个问题都是尖锐的，也是后种族时代新南非政府必须予以做出的政治承诺，其中南非政府的贪腐问题，戈迪默在《偶遇者》中就做出了无情的批判，她通过一位黑人律师之口指出，在南非"钱总是有用的，人尽皆知那些人是收黑钱的，这是攻击我们的国家辛苦赢来的自由的一种疾病，一种发自内部的溃烂，腐败的渊薮。如果你花了够多的钱，自然可以买通某个人撕掉驱逐你出境的命令"。——南非在推翻了腐败肮脏的国民党政府之后，建立了属于黑人自己的新政权，这也是戈迪默为之奋斗过的人道主义目标，但是绝不因此而包庇黑人政权自身的毒瘤，这是独立知识分子、有机知识分子——戈迪默的选择，她不为政权服务，她的写作是对南非现实的真诚。

---

① 潘兴明：《南非：非洲大陆的领头羊——南非实力地位及综合影响力评析》，上海人民出版社 2012 年版，第 137 页。

② Nadine Gordimer, *Writing and Being: The Charles Eliot Norton Lectures*, Harvard University Press, 1995, p. 93.

③ Donald Will, "A Novel, Nadine Gordimer Review", *Africa Today*, Vol. 59, No. 3, Spring 2013, p. 170.

　　新南非面临如此之多的考验，然而，最为迫切的、首要的政治诉求应是实现物质正义。"真相与和解委员会"的座右铭"真相通往和解之路"，它希望可以通过不流血的方式迅速在南非创造正义胜利的氛围、抚慰受伤者的心灵，但是在现实中，这种妥协性解决方式存在的问题也逐渐显现。当"真相、宽恕与和解"成为压倒性叙事之时，"也就剥夺了苦难者惩罚罪恶者而寻求正义的机会"，压制了"正义的补偿"，而这种"正义的补偿"应该是物质性的，从整体的 GDP 来看，南非是一个富有的国家，但从人均 GDP 来看，则是地球上最不平等的国家之一，根据世界银行的计算，公民中最贫穷的 40% 的人，收入不到全国总收入的 4%，最富有的 10% 的人超过了总收入的 51%。[①]因此南非最需要的是"一种物质的正义"，不消除南非黑人受剥削、受压迫的现实，不实现南非白人和黑人在物质条件上的公正公平，南非就没有真正的未来。《贵客》中的黑人领袖莘扎指出，非洲新独立的政权，都会着力在各类工作领域启用黑人，但是不能创造新的就业岗位，这就是作秀。黑人政府撵走了白人，自己坐上了交椅，却延续着过去的一切经济问题，对内解决不了贫困尤其是贫富差距，对外则依然摆脱不了经济殖民，非洲将自己捆绑在了新殖民主义的马车上。他痛心疾首地指出，非洲始终摆脱不了在经济上被发达资本主义国家操控与收割的本质，例如"从日本人那里获得了轧棉机，捆绑了一个贷款协议，规定全部棉花收成归他们所有，所以我们又回到了原地"。对南非而言主要问题是在国内，过去的高速发展其实是建立在制度性的对黑人的盘剥基础上，然而"种族隔离的结束并不意味着经济差距和根深蒂固的特权的结束"。[②]非洲黑人政权不能仅仅为了稳定而维持贫穷与落后，必须促进本土经济的发展，让真正的、传统的、最底层

---

　　① ［南非］海因·马雷：《南非：变革的局限性——过渡的政治经济学》，葛佶、屠尔康译，社会科学文献出版社 2003 年版，第 1 页。

　　② David Medalie, "The Context of the Awful Even: Nadine Gordimer's *the House Gun*", *Journal of Southern African Studies*, Vol. 25, Iss. 4, 1999, p. 644.

的贫困，那些在非洲一成不变的底层人，最终破除这臭名昭著的稳定，从泥淖浑浊中走出来，但是后种族时期南非当局犯的最严重的错误之一，就是尽管所有黑人都应该从黑人经济振兴中获益，但迄今仅仅只是极少数人在经济上振兴了，并且少数黑人精英和几乎 2400 万非洲人之间的差距达到了警戒线的程度，而这些非洲人属于 2500 万最穷的南非人，他们的所得不到全部收入的 8%，这样的差距意味着爆发革命的潜在的可能性。①

戈迪默的最新文本可以看作那些从未经历过"生活的二元性"的南非白人进入"现实生活"的开始过程。② 在南非白人看来，对非洲黑人土地占有及经济掠夺都具有天然合法性，欧洲人在世界各地占有土地主要经由三种方式：征服，如英国对印度；割让，包括自愿与被迫，如英国对于香港；无主之地，如英国人占领澳洲，欧洲人占领美洲。无主之地指的是未垦殖，或者虽已垦殖，也已有人群定居，但是在欧洲人看来没有成型的社会组织。通过英国殖民史中颁布的国际法来看，对于那些"没有成型的社会组织"的土地的占有，构不成占有关系，这为欧洲人"合法"霸占被殖民的土地提供了依据。这一法律理念以自然法哲学为基础，自然法哲学倾向承认欧洲的种族优越论与文化中心理念，在他们眼中原住民依然处于野蛮状态，"如果某一无人居住的地域是由英国臣民发现并拓殖，已存在的英国法律，作为与英国臣民的与生俱来之物，即可实行于此。如果一些地方已有古法，按照古法，但是，与上帝之法违背，则其所在地为异教之地。无主之地成为普通法之上的一个重要原则，其本质在于利益分配的驱动"。③这一解释最为重要的依据是洛克的《政府论》，"一个人能耕耘、播

---

① ［南非］S. 泰列伯兰奇：《迷失在转型中：1986 年以来南非的求索之路》，董志雄译，民主与建设出版社 2014 年版，第 65 页。

② Catalin Tecucianu, "South Africa Reformed: Social Changes in Nadine Gordimer's *the House Gun*", *International Journal of Communication Research*, No. 4, July 2014, p. 250.

③ 许章润：《无主之地：一个法律神话》，《读书》1999 年第 7 期。

种、改良、栽培多少土地和能用多少土地的产品，这多少土地就是他的财产，因为神和人的理性，命令他治理地球，即为了生活需要而改良土地，谁服从了神的命令，对土地的任何部分加以治理，耕耘和播种，谁就在上面添加了属于他所有的某种东西，就这样通过人的劳动所做的改善成了所有权的标准"。① 这一思想为欧洲人拓殖的确提供了合法性与依据，世界各地原住民的领土就随着欧洲人的足迹经历了被发现、被占有、被掠夺的过程。荷兰对南非的殖民掠夺始于科伊桑人的土地，他们认定自己的行为就是对无主之地的使用。在殖民主义历史学家的描述中，当时的土著民族都是游牧民族，居无定所，他们的土地自然就是未被垦殖与未开化的，这就是无主之地。直到两千多年前一些东南亚作物才传播到东非，然后传播到南非。在欧洲人接管该地区时，黑人大部分还没有抵达南非，因此先到达的白人对南非的无主之地拥有政治和经济上的权利。② 白人殖民者认为自己可以依据殖民扩张的正当逻辑占有黑人在南非的土地。当然现在的考古证明，这是一派胡言，最先到达南非的不是白人。桑人最早，并留下了岩石绘画与雕刻，三千年前就已经有人在此定居。欧美殖民主义有关掠夺殖民地土地合法性的叙事除了法理上对"无主之地"的探讨，还有更为幽深的思想渊源，则与对《圣经》的解读有关。宗教改革后新教各派对《圣经》的解释普遍认为，神创造人是为了让他劳作而不是闲着，劳作本身就是神所规定的活动，劳动本身就是目的。那些认真对待神关于改良土地的命令的人，因其辛劳而得到了物质上的回报。17 世纪未被利用的土地，"一直在无声地提醒人们神的意图尚未被行动迟缓的人类实现"。③ 欧洲殖民者所到之处，总认为原住民冷漠、消极、无

---

① ［英］洛克：《政府论》，叶启芳、瞿菊农译，商务印书馆1964年版，第18页。

② J. M. Blaut, *The Colonizer's Model of the World：Geographical Diffusionism and Eurocentric History*, New York：Guilford Publications, 1993, p.75.

③ ［澳］彼得·哈里森：《圣经、新教与自然科学的兴起》，张卜天译，商务印书馆2019年版，第326页。

所事事，所以就理应拥有那种不友善的野蛮的环境，而造物主乐于看到人类凭借其辛勤的劳动使地上四处点缀着美丽的城市和城堡、宜人的村庄和农舍、整齐的花园、果园和种植园，因此与那些蛮夷之地浪费了神所赐予的资源不同，欧洲文明在实现神的目的方面起到了重要的作用。在这一观念指导之下，土著居民未能善用土地成为殖民的主要理由之一，有些清教徒认为"自己的使命并不是发现伊甸园，而是要把荒野变成一个伊甸园"。[1] 对《圣经》的这一解释为殖民提供了某种许可。经过几百年的殖民扩张，90%以上的南非土地为白人所占，留给黑人的保留地多是贫瘠缺水、资源贫乏的土地，而且人口拥挤、土地不足，每英亩粮食产量极低，牲畜瘦弱、灾荒连年，越来越多的黑人被迫离开保留地外出谋生。[2] 可以说南非种族歧视和种族隔离政策之所以具有如此强劲的韧性，其奥秘就在于南非种族隔离的基本政策，从最开始就深入了土地所有权的法理以及宗教文化的范畴，他们以此掩盖了殖民的真实本质。当完成这一思想基础的建构，之后的殖民政策、种族政策就顺理成章了，南非国民党实施种族隔离制度时，为了进一步强化南非白人对黑人财富进行剥夺的合法化，逐渐建立起一套完备的制度，而其中土地制度正是核心。

戈迪默通过小说的形式回应了白人大肆掠夺非洲原住民土地的历史，不是通过原始掠夺而是利用资本优势，再一次通过貌似公平的交易轻轻松松就将属于黑人的生存资源据为己有。《保守的人》讲述了白人资本家梅林对农场的占有与失去，便是以寓言的形式对白人非法占有非洲土地的一种艺术化反映。白人资本家梅林对待土地的特殊方式是将非洲土地性欲化，这在殖民叙事中极为常见，殖民地往往都是一种阴性化的存在，"踩在脚下仍不时散发出一种夏天才有的甜味

---

① George H. Williams, *Wilderness and Paradise in Christian Thought*, New York: Harper, 1962, p. 75.

② 郑家馨：《南非通史》，上海社会科学院出版社 2018 年版，第 230 页。

儿——一种母牛嘴里的气味，一种在温床中熟睡的女人，清晨醒来时嘴中的气味"。"连绵的沙丘仿佛悠哉闲适的金色裸体，裸体叠着裸体，腰肢连着臀胯，光滑的沙漠，绵延不绝，叫人联想起食物在舌尖融化的幼滑"，在梅林眼中，非洲的大地是一个被动的未被开垦的处女地，等待着欧洲白人的征服。梅林财产丰厚，在约翰内斯堡拥有一套豪宅，有钱的资本家都会生出一种对土地的亲近情感，于是他购买了400英亩的农场，有草原，有田地，有河道。梅林是资本主义秩序中的白人精英，经常飞往日本、美国、牙买加去谈生意，将生铁矿卖给国际资本家，可见非洲的自然资源是他的生财之道。他购买土地的最初动机是觉得这个地方是一个带女友来幽会的好去处。平时他雇用黑人帮他打理，本来只想偶尔带朋友们来野餐，带女人来寻欢作乐，但是后来几乎每周都去，他将之作为远离都市喧嚣和逃避大城市丛林竞争压力、亲近自然享受野趣的疗养之地。像梅林这样的白人资本家，他们拥有资本，不费吹灰之力就可以买断黑人赖以生存的土地，而且在他们眼中这一切都是合理合法的买卖，"许多富裕的城市白人在自己职业生涯的某个阶段，都会为自己置办一个农场"。这一想法在白人有钱人那里非常普遍，短篇小说《六尺土》中的白人夫妇也有同样的想法。土地带给白人资本家很多幻想，"我什么都不缺，我什么都不稀罕，我只是清坐在这里就够了，我什么都不想要"。白人在乡间有一座大的农场，也是某种身份的象征，对梅林而言，还是避税的方式，同时也可以压榨那些淳朴而温顺的黑人。也就是说购买一个农庄具有多种意义：物质剥夺、田园幻想、放松身心、避税手段。简直没有比这更合算的交易了。他认为黑人根本不懂得农场，小说一开始描述他斥责黑人小孩对珍珠鸟蛋的破坏行为，认为非洲人这样胡来会毁坏农场生态，但事实上他本人并不善于管理农场，他的这一态度与白人殖民者初次来到黑非洲时，强调自己掠夺土地的合法性几乎如出一辙。未经开垦的土地、不懂经营的土地是丑陋和凋萎的，而这又和居民的堕落相对等,"如果改良土地是神的目的正在得到实现的一个标志,如果合作执行神的计划的人,在不断积累物质财富,那么这就暗示,居住在尚未显示出耕耘和开发迹象的土地上的人,似乎不在神的计划之内"①。梅林在无意识中通过强调自己非常懂得土地,与这些对待土地随心所欲的黑人相比,自己才是真正的环保主义者,从而进一步确定了他拥有这些土地的深层合法性。

梅林的农场是他通过一纸文书购买的,这一表面合法恰当的买卖,更加可以确定土地是他的合法财产,并且可以传承给自己的儿子,他对儿子不无骄傲地宣告:"你是我的儿子,你可以上学,学到本领,你将拥有一切,一辆车,一座别墅,星期天可以去农场。我所拥有的一切都是你的。"但是梅林所代表的白人资本家真地能够成为非洲土地永恒的所有者吗?小说描绘了他面对发生在农场土地上的各种自然灾害的无可奈何,大火烧掉了他最钟爱的三号地块,随后大雨又将土地淹没。而他期待儿子能够继承自己这一土地资产,但是他的儿子完全不符合梅林的期待,这是一个身材细长反对战争与强权的瘦弱的白人少年,并且梅林在儿子的书包里发现他竟然在阅读同性恋方面的书籍,这对于一个性的占有、财产的占有都极为野心勃勃的白人资本家而言,是一个无法理解的问题,"同性恋是病,还是爱?健康的标准:丛林之爱等等,为什么同性恋者不能像女权主义者一样努力扭转大众的观念,为同性恋群体生存的处境摇旗呐喊?"而且梅林的儿子对于继承父亲的财产压根儿就没有兴趣,少年可疑的性取向以及对人生的态度,对梅林的财产野心都是一个巨大的瓦解,暗示了这一非法从非洲掠夺而来的财产,并不能世代流传下去。梅林曾想"在他来到此处买下这块土地之前,上帝知道他们非法占据这个地方有多长时间"!梅林的财产难以后继有人,他面对发生在自己农庄上的自然灾难的无

---

① [澳]彼得·哈里森:《圣经、新教与自然科学的兴起》,张卜天译,商务印书馆2019年版,第329页。

可奈何，都反映出"南非土著才是南非土地的合法主人，白人既得利益集团只有放弃既得利益，在经济层面给南非带来实质正义，南非的根本性变革才能实现"①。这就是戈迪默在这部作品中想要表达的，白人如何试图永远占有这片土地，土地却始终拥有自己的更新逻辑，一场不可控制的野火之后，芦苇会再次繁荣，长得像人一般高，那时你便再也看不见这片焦土了。祸事已成，但很快一切又将仿佛从未发生，地下将仿佛什么也没有埋葬过。非洲这片大地如果重新焕发本属于它的天然生机，白人必须考虑黑人世世代代的合法权益。

《无人伴随我》就触及了南非在后种族时代如何从法律层面上解决黑人合法权益问题，其中关于土地问题的思考具有尤为深刻的社会意义。南非土地改革是世界上最复杂的土地改革工程。因为白人对土地的兼并和扩张跨越的时空巨大，牵扯的问题过多，1994年之后南非的土地改革进行得十分艰难。土地改革所遇到的问题既有法理的、社会的、经济的和文化的，也有实际操作和执行能力的，这些问题加在一起，便是执政党所要面临的挑战。② 戈迪默认为，"物质条件的平等是评判正义的首要标准"③，她的小说与整个南非土地改革的过程是一致的。小说中的白人农场主奥登达尔拥有三个农庄，一个是通过他父亲从他祖父那里继承来的，一个是作为他妻子的嫁妆得来的，还有一个是他在80年代初农业繁荣时期购买的。这三个农庄的来历便可以看出白人从黑人手里以极低的成本购买或者最初进行掠夺后就成为白人的永久资产，占人口极少数的白人拥有了绝大多数的财产，而本来居住在这些土地上的黑人只能流离失所，他

---

① 陈昕：《作家作品研究：〈自然资源保护者〉中的物质正义》，《中国非洲研究评论》2016年总第六辑。

② 蒋晖：《土地、种族与殖民治理——南非种族隔离土地法的演变》，《开放时代》2021年第6期。

③ Nadine Gordimer, *Telling Times: Writing and Living, 1954—2008*, New York: W. W. Norton & Company, 2010, p. 562.

们世世代代都不可能再有机会从白人手里拿回属于自己祖先的土地。小说就从这一根本性冲突入手，从奥登达尔家园穿越草原，不到20公里的地方，有一个黑人聚居点，他不得不在他的牛栏兜里装上了通电的栅栏，防止他的牛被偷盗，在他的另一个农庄上，他只在那儿季节性放牧，他发现了擅自占地者。擅自占地者正是白人对于试图在原先属于自己部落的土地上安顿下来的黑人的称谓，黑人的这一行为在后种族时代依然没有得到法律的援助，因此在新南非成立之初，爆发了许多流血暴力事件。随着后种族时代的到来，白人农庄主们"与时俱进"，钻政策的漏洞，对资源做多样性的投资，也就是说采用那些使这些人变富裕的诀窍，他们向行政当局申请在自己的土地上建立一个黑人居住区，作为地主，他将把这个农庄兑换成现金，他将把它分成小块的土地出租给黑人，把他们的入侵转化为利润。如果政府允许农庄主宣布在那里建立一个居住区，他将有权利对那些人说付钱，否则离开，划分出一定数目的小块土地，那样的话即使对那些有支付能力的人，这块土地也不够。他可以在小块土地上任意收费，农民们住一块房间一半大小的土地，每个月的租金就要100个兰特，农村土地地租高昂，没有法律上的援助，剥削是供需法则的另一个名称。而黑人正在试图通过占地运动获得曾经属于自己的土地。戈迪默对白人农场主与擅自占地者之间的冲突如实描述，将白人农场主的野蛮、贪婪进行了淋漓尽致的刻画。这些白人认为霸占黑人祖辈就已经定居的土地，是理所当然合理合法的，在西部边境地区，有一个部落的人被迁移，当时的让步条件是一年里有一天的时间，他们可以回到他们的土地，照管他们祖先的坟墓，但他们到了黄昏不肯离开，并且开始建造小屋，要求归还土地，奥登达尔肆无忌惮地对出现在他土地上的占的者进行了疯狂的报复与仇杀，其行为表明后种族时代的南非如果不从法律层面上改变，并不能有效地实现政治正义，因为政治正义首要关注的是"基本制度的框架和应用于该框架的各种原则、标准和戒律"①，正确合理地解决土地问题是关键，否则暴力冲突在所难免，正义永无可能。正如非裔美国学者琼斯（Eldred D. Jones）对独立后的非洲状况所描述的"乌托邦的梦幻只持续了一个短暂的时期，蜜月就结束了，继之而来的是恐怖和混乱的梦魇。国家依然贫穷如故，人民的苦难更加深重"。②

《无人伴随我》后面的章节中，通过介绍维拉和泽夫的工作，戈迪默提出了相应的解决思路。对于这些问题的彻底解决，绝对不能只是将矛盾丢给白人农场主和土地最初的拥有者——这些黑人，而必须上升到国家法律层面，社会正义分成两个部分：政治正义与分配正义。政治正义的目的是通过国家政治法律制度来确立公民的权利和义务，其标准包括法治、权利与民主；分配正义的目的是通过社会经济制度来分配资源和利益，其标准包括平等、需要与应得。③维拉作为一位训练有素的职业律师，在一个基金会工作，所着手的正是这一类棘手任务，她根据两种指示工作：一种来自他们自己受到的世俗法律方面的训练，认为这些土地的拥有者一开始就是被非法迁走的；另一种来自那些正在用草料盖小屋，并在他们四周用带刺的树枝围起来的人们，因为回来占领土地的指示来自他们的祖先。显而易见，机灵的农民们想到使用对祖先的崇拜作为政治策略，他超越了律师们理性的机制。由于白人在南非的殖民拓展，首先就是以掠夺土地开始的，政治上废除了种族隔离制度，但是历史遗留问题如何通过法律的手段得到合理而明确的处理，这是留给新南非法

① ［美］罗尔斯：《政治自由主义》，万俊人译，译林出版社2000年版，第12页。

② Eldred D. Jones, "The Price of Independence: The Writers' Agony in Kirsten Holst Petersen", *Criticism and Ideology: Second African Writers' Conference Stockholm 1986, Uppsala: Scandinavian Institute of African Studies*, 1988, p. 60.

③ 姚大志：《社会正义论纲》，刘擎等：《学术月刊：重绘世界政治的知识图景》，上海人民出版社2015年版，第36页。

律修订方面的一个重大任务,"一个更公平的财富分配应该由法律强制执行"。① 只有让南非土著人拥有财产,才能实现真正的正义。此时的维拉"感到迷惑和没有把握,他们要求的唯一有效性是否存在于政治斗争之外,是否存在于对法律的挑战之外,——这些法律由上台后又垮台的政府所制定,是否在土地之下和之上的,这生命本身的延续过程中还有什么其他的要求会有效,那些战争在土地之上展开,边境的宣布,纸上的出售契约,每一个取消了另一个"。戈迪默通过维拉的思考以及她最终的选择,表明了对于黑人权益的坚持,白人殖民者抢夺了黑人的生存资料,后种族时代仅凭道歉并不能解决问题,而是需要实实在在地恢复政治的正义,首先是物质的正义。如果白人殖民者不能够归还原本属于黑人的一切,"这个政府是一个小偷,他被逮住了,但只归还了他盗走的东西的一半,这个政府正在行使权力,盗走人民的财产,然后再来成立委员会,所以那些黑人们宣称我们将会为重新得到我们的土地而斗争,直到时间的尽头"。维拉身边的大部分白人男性对土地改革的理解不过是失去他们周末垂钓的胜地,伙计们不再被邀请去那里度周末了,他们并没有兴趣关注维拉所严肃思考的问题:如果不进行改革,佃户劳工们将要失去他们一代又一代、一天又一天的耕种资源。维拉所在的这个基金会是在向南非的法律提出挑战,当初白人占有非洲的土地,首先就是通过法律将之合法化,而如今要归还原本属于黑人的土地,需要介入法律的空隙以及超越这空隙的伟大的正义原则,这些原则处在空隙和正义之间的某个地方。南非白人利益集团利用国家机器逐渐将殖民制度加以永久化,其首要特征就是"白人向黑人征收税赋和擅占他们的土地"②。维拉在土地问题上,与黑人占地者领袖泽夫的观念不谋而合,他们在事业上志同道合,

---

① Nadine Gordimer, *The Essential Gesture: Writing, Politics and Places*, Massachusetts: Harvard University Press, 1995, p. 265.

② Nadine Gordimer, *Writing and Being*, London: Harvard University Press, 1995, p. 115.

因此二人对此有过许多深刻的讨论，小说让两人的对话得以充分展开，将新南非所面对的这一难题反复论证剖析，"那些白人极端分子想要在这个国家里得到一块完全属于他们自己的土地，可是住在那里或曾经住在那里的黑人们怎么办？我们许诺把土地重新分配给人民，但我们甚至在考虑让那些起初把土地盗走的人得寸进尺，难道我们又将开始，这次是以统一的利益、统一的南非、统一的人民的名义，把黑人们从城市送到农村去呢？难道我们将只好满足于联邦制或某种地区主义？地区主义实际上是联邦制的掩饰，以便旧的白人权力集团，也许还带着一些黑人的附属集团或他们带有种族野心的联盟保留下来？"泽夫的这番言论指出只要不解决这一物质正义问题，后种族时代的南非没有办法真正迎来和平与发展，但是泽夫反对只是将原先白人占有和创造的财富拿来重新分配，这也正是一种分配体制，而不是创造机制，对于南非的发展只是一时的表面平等，而没有促进南非真正的繁荣，"如果我们不提高生产力，我们仍然无法在国际市场上竞争，我们远远落后于一些成功的国家，远远落后于韩国、中国等拥有廉价劳动力的国家，他们生产的商品比我们好并且是规模生产，它使我们的生产力显得微不足道"，这番言论足见泽夫的深刻。土地问题涉及隐喻与实际、历史与现实、身体与精神等多个层面，对于世世代代生息在南非的黑人来说，土地不仅是他们生活的保证，也是他们作为南非主人的标志。"没有土地，他们不仅无法维持生计，更会在精神上沦为大地上的异乡人。这种身体和精神上的耻辱不解决，任何关于真相与和解的叙述都会变得虚伪和可疑。"① 维拉与泽夫充满激情，畅谈南非的土地正义，全身心为新南非、为黑人获得政治正义而奋斗。维拉这时看到窗外的风景，颇有象征意味：最后一下光亮，把常绿植物的叶子增强为深黑色，伴随着一抹微弱的金色越过正在隐去的蓝花楹，

---

① 王旭峰：《〈无人伴随我〉与后种族隔离时代的政治正义》，《当代外国文学》2011 年第 2 期。

这种植物只有冬天结束时才会落叶，在远处洁净的光辉中，一架飞机静默地在飘浮，当他们的眼神跟随着它时，他们的目光结合在一起，那些万物显现出来了，然后那消失了的太阳的余晖，在变黑的树木后点燃起森林之火。——在这黑暗之中即将迎来巨变，维拉和泽夫深深地感受到他们已成为聚集起来的黑色计划的一部分，没有什么比这些政治上的恐惧和兴奋使他俩具有更强烈的感受，没有任何其他的情感，比这种情感更能使这两个人紧密地联系在一起，一股强烈的现实之流猛烈地推动着他们：这是旧生活终结的那一年，他们充分认识到"正义是社会制度的首要价值"①，"经济正义作为我们工作议程的首要任务，除非健康、住房、水、电力，尤为重要的是工作，成为要求和解的一部分，否则我们仍将生活在一个极度分裂的社会中"。②

在种族隔离时代，南非通过种族隔离计划，国家帮助那些濒临破产的阿菲利卡人——直接依靠国家为生的一个寄生阶层，很快演化成一个阿菲利卡中产阶级。这样的一种原始积累的关键因素是种族结构，经济学家把这种发展模式描绘成"种族福特主义"。③ 南非的发展正是建立在这种对黑人的非正义基础之上，以剥夺黑人权益换来了南非白人的经济增长，在戈迪默看来，南非必须实现"物质条件平等"，这是她"评判是否'正义'的首要标准"④。那个旧政权的灭亡使得放弃一种旧的个人生活也成为可能，后种族时代的南非，取得了举世瞩目的成就，尤其是避免了大规模的暴乱，维拉全身心地投入了宪法问题技术委员会的工作，从制度、政策与法律层面上改变，才是解决问题

① ［美］约翰·罗尔斯：《正义论》，何怀宏、何包钢、廖申白译，中国社会科学出版社1988年版，第1页。

② Charles Villa-Vicencio and Wilhelm Verwoerd, "Looking Back Reaching Forward: Reflections On the Truth and Reconciliation of South Africa", *African Studies Review*, Vol. 45, No. 4, April 2003, p. 255.

③ ［南非］海因·马雷：《南非：变革的局限性——过渡的政治经济学》，葛佶、屠尔康译，社会科学文献出版社2003年版，第23页。

④ Nadine Gordimer, *Telling Times: Writing and Living, 1954—2008*, NewYork: W. W. Norton & Company, 2010, p. 562

的正路，该隐与亚伯的那种暴力的手足情谊可以被转化为另一种显露出的手足情谊，社会正义的诉求必须集中解决黑人问题和妇女问题，这是南非当局未来的政治任务。

通过阅读戈迪默的后种族时代的小说，可以了解到新南非在废除了种族隔离制度之后面临的问题也极为严峻，正如研究南非问题的专家蒋晖指出，南非宪法的性质被定义为以积极自由为原则的宪法，和美国等西方发达国家建立在消极自由原则上的宪法相区别。所谓消极自由是指美国人权法案的精神实质是保护个人权利不受外力侵害；所谓积极自由宪法是指这样消极的保护不够，因为黑人在种族隔离时期失去的不仅是政治权利，同时也失去了经济权利，因此，如果不促进黑人在新的民主自由国家中获得这些政治权利和经济权利，也就根本谈不上保护。因此，积极自由的宪政要求在司法、立法和行政层面积极促进黑人享有各种各样的权利，尤其是社会经济权利，而不是教条地保护现有权利，这是一切政体运行的基础。① 南非必须积极采取措施，正确面对白人殖民者对南非黑人的掠夺所造成的物质上的极度不平衡，才能在后种族时代建立美好的南非。正义是政治生活与政治政策的首要原则，而物质的正义更应该放在首位，"我们必须严肃地对待过去，因为它是我们未来的关键。结构性暴力问题，不公正、不合理的经济社会安排，以及未来的均衡发展都得不到正确处理，除非我们对过去有一个清醒的认识"。② 为了实现这一目标，必须从哲学、法学与社会政策上进行切实可行的探索。这些充满了政治深度的话题令戈迪默的晚期创作，超越了她赢得世界性名声时的反种族主义小说的成就。

---

① 蒋晖：《"南非道路"二十年的反思》，《读书》2015 年第 2 期。
② L. Graybill, "Truth and Reconciliation Commission of South Africa Report", *African Studies Review*, Vol. 6, 2003, p. 49.

第八章　戈迪默小说中的生态与经济发展

> 作家既反映民主精神，又揭示自身。
>
> ——纳丁·戈迪默

　　新南非成立之后，除了顺利完成后种族时代的政治交接、实现和平过渡，经济发展也是亟待解决的迫切问题。种族制度遗留的许多顽疾成为后种族时代南非发展的桎梏，致使南非依然处于新殖民经济体系的樊篱；同时迫切的经济发展目标与自然生态的平衡，呈现更为紧张的矛盾关系；进入全球化时代之后，在资本作为权力的世界市场，个体身份与资本的关系也将更为复杂。戈迪默的小说对非洲经济发展面临的问题进行了多层次的探索，综合考虑生态主义、环境保护与经济发展如何平衡发展的议题。非洲生态批评与通常的生态学道路不同，不是寻求将人类影响最小化，而是"需要思考非洲保护和基于'人类中心'的政治。非洲环境研究大胆地削弱了将人类关切置于环境关切之下的危险"。[①] 在对这些问题的思考中，体现出戈迪默作为一位严肃作家与时俱进、不断深化自己的思考与拓展小说主题的努力，这也正是作为一名有机知识分子介入现

---

　　① Dana C. Mount, "Playing at Home: An Ecocritical Reading of Nadine Gordimer's *the Pickup*", *A Review of International English Literature*, Vol. 45, No. 3, July 2014, p. 122.

实的姿态。

第一节　自然生态与经济发展的两难处境

戈迪默在后种族时代的创作中，主题更为多元，面对南非的经济发展与自然生态之间的矛盾提出了自己的看法，从伦理学的视角审视和研究人与自然的关系、经济发展与生态平衡的关系，思考自身与生态环境交往中的伦理道德问题，可以看出戈迪默具有非常敏锐的时代问题意识，在生态危机日益严重的今天，她的生态与经济发展主题小说具有重大的现实意义。在戈迪默的创作中，土地、生态、经济问题是结合在一起的，其实也并不是只有新南非成立后她才开始关注这一话题，早在《七月的人民》中就对南非过度的自然开采进行了批判；《偶遇者》讨论的是种族隔离背景与全球化时代下，"种族与资本的遗产如何影响到了土地与生态问题"。[①] 朱莉通过投资土地的方式，她可以花很少的钱获得一种郁郁葱葱的乌托邦回报。土地是南非种族政策的核心，也是后种族时代首先要解决的问题，后种族隔离政府最早通过的法案就是《归还土地权利法案》。因此南非作家几代人都在作品中深入探讨土地、种族和家园问题，进入 20 世纪，生态问题也日趋严峻，在土地问题的思考中增加了生态与环保的要素。

戈迪默在《七月的人民》《新生》《保守的人》等长篇小说中对生态、环保与经济主题的思考非常具有代表性。《七月的人民》是一个政治预言，被称为预言现实主义，其中有一部分情节谈到了有关经济发展对于环境的破坏，而糟糕的环境又会返回来损害人类的健康与生命的主题。女主人公莫琳是南非矿山倒班经理的女儿，这一身份是

---

① Dana C. Mount, "Playing at Home: An Ecocritical Reading of Nadine Gordimer's *The Pickup*", *A Review of International English Literature*, Vol. 45, No. 3, July 2014, p. 121.

有特殊含义的，当她逃难到七月的黑人部落时，发现当地的河流已经受到了严重污染；如果人们直接饮用河里的水，会患痢疾或其他严重疾病，她非常担心自己的孩子直接喝了生水会生病。南非金矿的开采具有悠久的历史，由于金矿多分布在坡积地、河谷及其河流阶地，大规模的淘金活动和重型设备的使用严重毁坏了当地的植被，破坏了河床结构和高位阶地的稳定性，会导致水土流失、山崩和泥石流等诸多环境问题。金矿的开采除了对地形地貌和植被造成破坏，还有开矿过程中产生的汞、砷、铅、锌等重金属污染问题，废石被风化淋滤后，释放出的这些重金属和炼金过程中的氰化物也会加重对自然环境的污染，金矿开采的重金属污染直接破坏了南非的自然生态。南非还是世界上重要的石棉产地之一，然而，石棉纤维吸入肺部后，经过 20 年至 40 年的潜伏期，很容易诱发肺癌等疾病。南非直到 2008 年才颁布禁止开采石棉的法令。环境保护与经济发展如何保持平衡，不仅是南非，也是人类共同的命题。《七月的人民》中七月部落的不少黑人在离家几十公里的石棉矿厂上班，遭受着职业病的折磨。当地黑人从事石棉矿的开采工作，为白人赚取了大量财富，但是白人并没有采用有效措施来消除石棉对采矿工人的危害，导致黑人部落成年男子健康状况严重恶化。环境伦理学的先驱者——法国的阿尔贝特·施韦泽的思想代表了人类对环境、生态与经济发展的平衡性的思考，他强调生命的价值，对工业社会持激烈的批判态度，揭露了关于工业社会的进步和普遍的幸福的虚拟神话，指出了工业社会的实践使人付出健康代价，要求人类将敬畏生命内化为自己的伦理信念。因此我们应该建立敬畏生命的伦理学，给予我们"创造一种精神的伦理的文化的意志和能力"。[①] 包括南非在内的大多数片面追求经济效益的国家在经济发展的过程中都出现过阿尔伯特施维泽所批判的以牺牲生命价值而实现的工

---

① ［法］阿尔贝特·史怀泽著，［德］汉斯·瓦尔特·贝尔编：《敬畏生命——五十年来的基本论述》，陈泽环译，上海社会科学院出版社 1992 年版，第 9 页。

业发展，戈迪默通过小说中这一主题的探索，表达了自己的忧患意识。

《保守的人》中的主人公梅林是一个有钱的工业资本家，如同所有的有钱白人一样购买了一个农场——以资本的方式将黑人世代定居的"非洲"购买下来。工业业主圈子里有一种不成文的共识，认为买田、种田似乎象征着一个人保存了完整的人性，懂得享受穷人所无法享受的简单生活，这种行为是值得称许的。土地对这些并不懂得种地的资本家意味着一种身份和情怀，因此梅林最欣赏的土地风景就是维持其自然而原始的风貌。小说一开始写了梅林对黑人小孩去捡拾珍珠鸟蛋大为恼火，认为这些黑人不懂生态，这样下去，就再也不能在农场看到这些美丽的鸟儿们的身影了。但是梅林对待土地的态度从根本上说不是环保主义而是殖民色彩的保守主义，他将非洲的土地女性化，"连绵的沙丘仿佛悠哉闲适的金色裸体，裸体叠着裸体，腰肢连着臀胯，光滑的沙漠，绵延不绝，叫人联想起食物在舌尖融化的幼滑"。这一思维方式同殖民主义者对待土地的态度如出一辙，将殖民入侵与性的占有建立某种内在的联系。按照这一对待土地的思维方式，土地带给梅林的是因占有而产生的满足感，他所谓对生态环境的追求，并非从土地、人、经济平衡发展的角度出发，他理解的生态指的是一种辽阔静谧的德兰士瓦景色，是能够带给他可以随心所欲拥有一块处女地的想象。因此梅林对非洲土地的执念与他对数位女性的性幻想在小说叙事中互为表里、互相交织，成为他意识流的两条线索。他总是用女性的身体特征比喻土地，他购买农场的直接动机则是觉得这是一个可以带女人来幽会的场地，这种对土地和性的双重占有的欲望是殖民者根深蒂固的霸权思维，他更认为这样一种欲望与野心是所有男性共有的，然而他却发现自己的儿子对二者都毫无兴趣。在他眼里，儿子细溜溜的身体，刚刚有了些成年男性的味道，坐在椅子里弯着腰背部稍驼，仿佛要把自己藏起来，他无法想象为何这块处女地不能激发儿子的男性雄心，于是他希望儿子能够参军培养一下男子汉气概，儿子回答道：我看不出剃个光头，跟一群精忠报国的南非人一起混 9 个月，学习怎样拿枪去剥削压迫人，有什么受益匪浅的。——梅林在儿子身上找不到他引以为傲的"男性本质"，这令他受挫。当他在儿子的书包里发现他正在看关于同性恋平权问题的书籍时就更为震惊，他不明白怎么会有男性会对女性没有占有的欲望，他都 16 岁了，难道他没长着眼睛，从没有整夜对肉体向往过？梅林觉得儿子年幼无知而令人怜悯。他本人是"对非洲和女性的吸引力如此的确定，拒绝其中一个意味着拒绝另一个"①，因此花钱可以拥有对非洲土地的所有权，和花钱可以占有一个女人，都是能够给梅林带来愉快的行为，他对自己的女朋友说：时不时花钱睡一次女人，的确别有一种乐趣，我说不清为什么。很干脆。买她一晚、一个下午或一个白天，随你怎么买，钱一付就两不相欠。那种感觉不过是你不仅占有了一个女人，而且还消费了她。可见梅林对待非洲土地和对待女性的态度都体现了一种保守的白人男性中心论，这一论调有助于梅林对资本而非生态的认同。他当然明白如果多用些心思、多花些时间，就一定能让农庄像自己经营的其他产业一样盈利，不过这样一来所得税就得不到减免了，这就背离了他置地的初衷，可见梅林口头上的"环保主义"并没有形成他工业资本家（他的主业是销售矿产）身份的对立面，而正是对他男性中心论思维的一种重述，因此，政治上的环保主义变成了一场"生态正义"的斗争。②

农场对梅林来说，代表的不是那些渴望旅行的人与一架伟大的飞机有关的自由，而是在土地上的自由，在这个地方呼吸新鲜空气、远离闷热的机场，这只是他在工业资本版图之外为自己建立的逍遥场。为此，小说围绕一系列空间划分与隔绝意象展开描述梅林每周末的农

---

① Judie Newman, *Nadine Gordimer's Burger's Daughter*: *A Casebook*, London: Routledge, 1988, p. 63.

② Eleni Coundouriotis, "Rethinking Cosmopolitanism in Nadine Gordimer's *the Conservationist*", *College Literature*, Vol. 33, Iss. 3, (Summer 2006): 1 – V.

场之旅。每当周末梅林从城市驱车前往农场，"顶上带刺的铁丝网将这里一分为二，墙这边是柏油路，墙那边是土路，隔离区边缘不见有房屋建立起来，事实上从隔离墙开始还要穿过一大片稀树草原才能见到房屋。房屋原始而简陋，仿佛出自初次提笔的幼童：一只盒子，中间一扇门，两侧各一扇窗"。小说中有关黑人隔离区的这些空间意象，农场、印第安人的庄园、大门和狗、地点、城市，都给人一种被包围的感觉。① 但是农场却是特有的一种辽阔之美，高海拔处具有特有的静谧。辽阔草原上，不见一棵大树，也没有半丛灌木，只有连绵的色彩，绿、黄、银、褐，四季更迭。除了夏天风暴过境的时候，这是一片没有丝毫波澜的景色，也是一片没有拍摄价值的景色（因为摄影大多无法展现它的美），面对这种典型的德兰士瓦景色，一个人不是感到他无趣平庸，就是觉得他盖世无双。这种关于非洲"原始自然"的言论往往有助于剥夺土著非洲人的权利并剥夺他们的土地，同时也强化了这样一种观念，即只有以西方为基础的环保主义才能正确地为土地说话和行动。② 对梅林来说，这片土地并不是因为只是土地而美丽，而是将土地作为一个可以生产的农场，在梅林看来，环境保护主义与情感有关，资本与理性相联系。世界各地的商人们都对非洲有着非凡的想象，会因为一个在非洲有农庄的商人，从而对他产生莫名的好感。农场是白人（尤其是布尔人）民族认同感的有力象征，戈迪默就是在这个民族神话中定位梅林。——但是充满反讽的是，梅林并非布尔人，也不是英国人，他拥有德国血统。作为生铁销售大亨，他财富的来源是采矿业，这一产业与环境破坏密切相关，他的土地梦想与作为资本家的自我之间形成了一组对抗的关系，这也在某种程度上具有寓言性作用，南非白人在发展资本主义经济的同时，与生态之间是无法调和

---

① Eleni Coundouriotis, "Rethinking Cosmopolitanism in Nadine Gordimer's *the Conservationist*", *College Literature*, Vol. 33, Iss. 3, (Summer 2006): 1 – V.

② Caminero-Santagelo, Byron, and Garth A. Myers, *Introduction. Environment at the Margins: Literary and Environmental Studies in Africa*, Athens: Ohio UP, 2011, p. 21.

的一组矛盾。

梅林是一个实用主义者,在梅林眼中"进步与发展就是统领世界机器的全能上帝,是不可阻挡的无情巨人,只要财力允许就能解决世上一切问题,金钱和实干就是信仰,政治不用考虑,意识形态无关痛痒,只要股东的收益不受影响"。然而在经营农场的早期,梅林曾决定种植进口的栗树,这一计划表明,梅林的关注点更多的是美学而非经济。① 同时这也是欧洲征服者的姿态,他试图通过种植树木重塑当地的景观,这些树将标志着他与欧洲的联系和在非洲的扎根。这是小说中唯一一个梅林使用地名特兰斯瓦尔并暗指其民族主义共鸣的例子,但可以看出它唤起的民族情感对梅林的吸引力有限,正如小说所描写的,农庄在他生命中不过如此,在小说结尾他飞往城镇之前,他正在露天吃、喝、睡、排便。梅林对待土地的态度依然是实用主义的,自以为最懂得土地的梅林,将土地进行浪漫化与色情化的想象,然而他唯一关心的是经济利益,是他的生铁销售,这种对资本利益的追逐消解了他作为"环保主义者"的虚假身份。而他的儿子拒绝继承梅林的农场,从梅林所代表的南非白人资产阶级的世界中撤出,他成为一种中立姿态的新生一代的态度,他们对占有没有兴趣,表明白人非洲陷入了双重观念的冲突:"梅林是一个保护自己头脑中绘制出来的非洲景观的保守主义者,特里则是一个中立、客观、有社会意识的新居民。"②

戈迪默又通过寓言和暗示的写法,告诉读者,非洲的土地是与黑人命运相连的,白人无论曾经如何占有了这些生活资料,最终依然会无可奈何地失去。小说在开头部分就写到工头在 3 号地块发现了一具

---

① Edward Powell, "Equality or Unity? Black Consciousness, White Solidarity, and the New South Africa in Nadine Gordimer's *Burger's Daughter* and *July's People*", *Journal of Commonwealth Literature*, Vol. 54, Iss. 2, 2019, p. 242.

② Judie Newman, *Nadine Gordimer's Burger's Daughter: A Casebook*, London: Routledge, 1988, p. 63.

陌生黑人的尸体，当梅林报警之后警察却草草了事，将黑人就地盖了一层薄薄的土算是掩埋了，关于黑人尸体与这块土地的关系成为整部小说的一条线索，直到又有黑人在 3 号地块莫名其妙地受伤，关于 3 号地块的传言越来越多，作者将黑人土著的神话传说编织进来，掩埋死者并不是剧终，唯一的剧终形式是接受黑人永远存在的事实。从小说中可以读出梅林对死者的焦虑：一个匿名的非洲人在这片土地上被掩埋，似乎宣告了某种合法性，挑战着梅林这样表面拥有农场的白人资本家在非洲的合法性问题。戈迪默通过梅林在农场的诸种挫折与最后的失败，预示着"种族隔离所建立的僵化的社会和空间界限的崩溃"。① 梅林的女友指出，梅林"觉得自己独占了这一切，你觉得你买到的是金钱买不到的东西，一桩伟大的终极的买卖"，农场是白人权力的象征，梅林作为一个富有而有影响力的白人所拥有的所有权力，但事实证明他无法驯服横扫整个农场并决定农场命运的自然力。② 小说写到了一场野火、一场洪灾，虽然梅林认为自己很懂农场，但是没有谁能抗拒自然的威力，"火焰借着芦苇跳上了隐藏其间的小岛，在岛上越烧越旺，又捉住更远处的芦苇，一举烧到了梅林这边的土地上，一夜之间火焰登陆湖畔，确立了自己的地盘"。但是土地却永远具有再生的能力，当灾难过去，万物在它眼皮底下新生，仿佛一种陌生语言的语法突然呈现出了意义。它只顺应自我，不受任何人的强迫，揠苗助长不起半点作用，只有等时机自己成熟，因为一旦时机成熟，便谁也阻挡不住。如果他是环保主义者，就应该懂得顺应大自然这一趋势，而非只是掠夺。梅林最后意识到"一个人不可能真正只为自己保留下什么"，在小说的结尾，梅林终究不能永远占有农场，也不能将

① Eleni Coundouriotis, "Rethinking Cosmopolitanism in Nadine Gordimer's *the Conservationist*", *College Literature*, Vol. 33, Iss. 3, (Summer 2006)：1 – V.

② Edward Powell, "Equality or Unity? Black Consciousness, White Solidarity, and the New South Africa in Nadine Gordimer's *Burger's Daughter* and *July's People*", *Journal of Commonwealth Literature*, Vol. 54, Iss. 2, 2019, p. 241.

之继续传承给自己的后代。

在生态与经济发展这一主题的探索中，《新生》的地位最为重要，代表了戈迪默对这一问题思考的深度。小说主要由主人公保罗的意识流构成，其意识流的核心意象围绕环境、自然、生存与爱，这正是小说的主题所在。保罗是一位生态学家，受聘于南非的一家基金会，从事自然资源保护和环境控制方面的工作，在学术上得到了美国、英国大学和研究所的承认。然而作为环保主义者的保罗，他的太太蓓蕾妮丝则是一家国际广告公司的创意人，正在从事一个地产项目，这一地产开发将会侵入和破坏保罗正在振臂高呼的保护区，所以两人的工作表面看是风马牛不相及，实则针锋相对。他们代表了两种价值观，这对夫妻身份的设置暗含了叙事上的一种巧妙的戏剧性冲突，家庭微观领域的矛盾冲突与社会价值观冲突互为印证。从事广告代理的太太收入很高，是家庭经济真正的支柱，甚至保罗能够得以随心所欲从事自己的科学研究也得益于太太的高收入，令他高枕无忧。小说开篇揭示了这对年轻夫妻正面临生命中的一个巨大难题，从事环保工作的保罗罹患甲状腺癌，必须立即手术，随后为了彻底杀死癌细胞，他进行了放射治疗，而这种放射性物质会在他体内持续产生辐射，因此需要隔离。保罗得到了一个重回父母身边居住的机会，当保罗在父母家隔离的时候，他和父母的关系发生了一些新的改变。他的工作会受到许许多多政治与经济方面的力量的掣肘，而这些力量却与妈妈在法律工作上有着本质上的依赖关系。哪条河、哪边的海应该怎样开发，这样的问题最终由政府颁布的法律来决定，环保主义者可以证明某一特定环境中这一形式的开发会对人类、动物和有机物的生长以及气候有好处，而另一环境中的那一种形式的开发则会因为废水剥夺动物物种的食物产地，从海洋中过多地攫取，而超出它的再生能力，加重了人类的污染。但是那些由政府批准的项目，对环境的内在品质不感兴趣。相反，它更感兴趣的是从长远来看"环境为人类服务的潜力"①。所以环境保护专家需要请教律师，知道这些开发项目的企业家是如何钻了法律的空子，知道在独立研究进行的过程中，如何预防和揭露这些专钻法律空子的行径。母子关系的改善，表明了环保与法律界联合的意义，戈迪默表面是对母子关系的描写，实则关注的是南非生态发展的问题。

废除种族隔离制度之后的新南非以及所有的新独立的非洲国家，也可以说世界上所有发展中国家，都会面临一个大的冲突，那就是经济发展与环境保护。往往不得不牺牲环境，拿不可再生的资源换眼前的发展，在解决眼前经济发展问题上的确可以解燃眉之急，但是后患无穷，付出的代价也是非常沉重的，保罗的癌症就是关于南非经济发展顽疾的一个隐喻。保罗想起了自己小时候在花园里玩耍，第一次对死亡的思考。孩子们不被允许打死鸟类，但是却可以用投币的方法来对逮到的每一只蜗牛进行宣判，结果是把它们扔在了一桶水里淹死。生命有贵贱，这成为人类的生存法则，为了更高级的人类的生命以及人类中更为高级的白人或者当权者，破坏环境、牺牲掉普通人的长久利益，似乎都是可以被默认的。人类无度的经济行为，已经将动物的栖息地全部破坏，动物既从空中的栖息地被驱逐，也从地面上的栖息地被驱逐——通过伐木、焚烧以及城市、工业和乡村的污染来驱逐，通过放射性核沉降物来驱逐。当我们已经失去真正的大自然，人们的栖息也会成为危机。保罗每次从野外回来就会向太太讲述那不可替代的森林，被罚到给赌场腾地方，鱼儿肚皮朝上地漂浮在河道中仅剩下的一点点水中，而水流已经改道注入了奥林匹克规模的游泳池和一个复制的罗马喷泉，保罗对人类这样盲目地毁坏人类最后的乐园，无比痛心。当保罗结束隔离时，他的太太为了迎接他康复回家，制订了一个短期旅行计划，全家人到她的一位客户在丛林里的小屋去度假，那

---

① Richard Jones, Towards An Understanding of the Cultural Specificity of the Environment, Ph. D. Brigham Young University, 1999.

个丛林相当于是一个微缩的荒野，她认为自己的丈夫应该会喜欢这里。这些被号称休闲业所购买的领土，原本是当地土著居民的土地，土著居民被赶了出去，一些财团投标取得了建立度假村的权利，原来的自然环境却无法在这种度假村的开发中被保存下来。保罗所愤怒反对的地产开发正是他太太代理的具有丰厚回报的地产广告业务，这对夫妻的冲突体现了经济利益与环保公益之间的不相容。正如保罗自己意识到的，他为了环保，反对从动物保护区建设高速公路以及投标大型采矿项目，但是这两个项目若不立即上马，当地的黑人百姓似乎又错失一次分享经济发展成果的良机，发展与自然资源保护孰轻孰重，它们好像永远是一对难解的矛盾。

　　小说中详细介绍的南非正在运行的一个项目——蓬多兰更具有代表性。蓬多兰是伟大的植物宝藏，政府想把一条收费高速公路横穿它，并让一家澳大利亚公司有权在沙丘中采矿，这一行为会毁坏海岸线，他们在那儿发现了矿藏——1600万吨的重矿砂，是全世界最大的矿砂储藏基地，各个国家的资本都飞来，对南非的经济前景大有好处。但是环保主义者发难：这就是我们想通过吸引外资得到的吗？这条高速公路直穿人们的住宅和田地，直接建造在他们的玉米地上，毁坏农民的粮食来源，其不可挽回的破坏性是如此明显。因此保罗试图启蒙那些农民，让他们呐喊要求停工，他想联合部落酋长们，要让政府听取他们的意见，"南非的大公司，他们在破坏社会环境上的罪行仍然很少为公众所注意"，① 政府必须要睁开眼睛看看，打着开发的幌子搞一些毁灭性的项目，遍及整个国家。然而他的呼吁并没有用，就连那些黑人部落也并不在乎，他们更在意是否能立即拿到补偿金。保罗最为忧心的是南非正讨论在奥卡万戈建造一个大坝，这是位于博茨瓦纳的一个内陆三角地带，在这个内陆三角地带建造大坝会影响整个地区，

---

　　① ［南非］海因·马雷：《南非：变革的局限性——过渡的政治经济学》，葛佶、屠尔康译，社会科学文献出版社2003年版，第415页。

大自然是不承认国界的，生态学也无法承认，这片三角洲对于整个非洲的生态都具有重要作用。这个生态系统太过于完美和伟大，以至于保罗认为对于一个如此完美的生态系统作为生态学家所知道的都太抽象了，奥卡万戈凭着人类的大脑在绘图板上是绝对设计不出来的，它的变化是自发的、自我生成的，这种变化根本无法凭大脑构想出来，也没有证据能够声称这是由于宗教或其他创造性的神秘论所造就的，这种大自然的创新要比任何集体的智慧、集体的信仰都更伟大，这个复合体且不说创造它就是把它设想出来都是不可能的。与一片沙漠共存的奥卡万戈三角地带是一个含有各种成分的系统，由自然现象本身来自我维护，它自动地在正与负之间达到了平衡。人类打算建造的大坝会致使这一切美妙达成的平衡被毁灭掉。但是"犹太—基督教教义把人当作自然之中心的观念统治了我们的思想，于是人类将自己视为地球上所有物质的主宰，认为地球上的一切——有生命的和无生命的，动物、植物和矿物——甚至就连地球本身——都是专门为人类创造的"。[①] 在这样的思想指导之下，人类将自己看作大自然最重要的生灵，缺乏对大自然生态系统本身的尊重，保罗认为人类正在自取灭亡。他的这一看法与环境伦理学者的意见一致，他们认为土壤高山、河流大气等地球的各个组成部分，好比是地球的各个器官、零件，自然是一个高度组织起来的结构，它的功能的运转依赖它的各种不同部分的相互配合和竞争。环境伦理学确立了生态整体主义作为价值判断的核心价值，当一个事物有助于保护生物共同体的和谐稳定和美丽的时候，它就是正确的；让它走向反面，它就是错误的。还有一个概念值得关注，那就是大地共同体，把权利概念扩大到自然界的实体和过程，既认可个体成员的生存竞争，又强调了伦理观念促使个体去合作。[②] 按照保罗以及环境伦理学的认识，地球的各个系统之间都是完美配合的，

---

① R. Caeson, *Man and the Stream of Time*, New York: Frederick Ungar Publishing, 1983, p. 118.
② 邵凌:《库切作品与后现代文化景观》，高等教育出版社 2016 年版，第 29 页。

如果哪一个环节出现了大的失误，一定会殃及所有的系统，人类也无法幸免。

可是戈迪默通过保罗的视角非常痛苦地认识到，如果只是从环保角度去看问题，又未免不够充分，因为经济发展，可以帮助更多的人摆脱贫困，对于南非而言依然是当下最为迫切的问题。保罗想起了童年时在动物园所看到的鹰的故事。鹰风帆般的黑色大翅膀一掠而过，"当它准备好了要降落在那肯定无法容纳它的巢穴之上时，它似乎把自己收拢了起来，几乎是折叠起来，只有脑袋和喙是直立着的，在空中使脑袋无足轻重，只有那对翅膀，那对翅膀显然一直只受自己的敏捷的速度所指挥，高居于空气和空间之上的力量。这个缩拢起来主动使自己适合家居的生灵，三下两下，就把自己安置在了它那树枝铺成的普洛克路斯忒斯之床上"。普洛克路斯忒斯是希腊神话中开黑店的强盗，他把人放在一张铁床上，如果身体比床长，他就砍去长出的部分；如果身体比床短，他就用力把身体拉长，使之与床齐平。戈迪默借用这个神话故事指出了作为环保主义者的保罗内心的分裂与纠结，暴露了削足适履式经济发展问题的荒诞，同时暗示人类似乎不得不委屈自己去适应"普洛克路斯忒斯的床"这一生存困境。鹰一窝只孵两个蛋，第一个蛋孵出大约一个星期后，孵第二个蛋，两只雏禽，号称该隐和亚伯。当亚伯破壳而出时，先出生的该隐已在成长，该隐和亚伯就互相掐架，一般情况都是亚伯被该隐杀死扔出巢外，活下来的那个得到父母双亲的喂养。这是一种保持自然平衡的方式，不过这很残酷。他觉得古老的《圣经》用非人的形式提供了一个客观的课程，如果你将一条高速公路穿过一个特种植物中心，穿过那个巨大的植物奇迹，你从那大海雕成的沙丘景色中挖出 1000 万吨矿物和 800 万吨钛铁矿，这不就是存活下来的道德吗？这不就是实现工业化吗？而工业化不正是利用我们丰富的资源来发展我们的经济、提高穷人的收入吗？如果贫穷不结束，那么还有什么能存活下来，如果亚伯必须被该隐扔出巢外，那不也是为了一种更大意义的存活吗？似乎应允许这样的事情发生，因为鹰那恐怖有力的翅膀都无法战胜这样的现实。该隐要把亚伯扔出巢外，这是发生在生灵当中的事情，我们也是这些生灵当中的一个种类，鹰不得不采取如此残酷的方式适应自然，那么《圣经》故事是否暗示了人类的生存法则也只能如此？这也正是他在童年的花园里所学到的生存法则，生命的等级序列，人类在儿童时期的游戏中就逐渐被渗透这一残酷的概念，于是"人类在追求自身发展的过程中改变了自然生态的自然调节规律，把自然生态纳入人类可以利用、改造和征服的范围之内，这就形成了人类文明"。① 人类在这些信条的掩护之下，将掠夺变得理所当然，保罗意识到自然一直没来得及形成对人类的防御，市场性的现实便是这真实的世界，老百姓活在一个有限的现在。如果允许采矿商赠予那些黑人价值 8900 万兰特的股权，差不多八百万英镑，就没人能反对黑人比较深层地参与开放性经济。这样可以使工人每个星期都挣到工资，以此来取代那些牺牲。保罗陷入两难处境。当他和同伴成功阻滞了澳大利亚人在南非的采矿、修建大坝和高速公路的项目时，也浇灭了当地人民因这些经济项目而获得就业机会、改善生活的梦想。如果保护自然违背了人类"结束贫困"的基本存活道德，那么保护的意义又何在呢？在南非，这一问题格外具有迫切性，早年由于反对种族隔离的紧迫性，环境曾一度被激进分子忽视②，而种族隔离制度结束之后，环境保护又与经济发展成为一组矛盾。该隐和亚伯在特别艰难的环境中只能活一个，戈迪默在此表达了她的困扰，并启发读者继续思考。小说以一个光明的象征结尾，保罗和太太生育了一个健康的婴儿，从而将小说意义指向了无限的开放：总会迎来新生。保罗希望能够找到该隐与亚伯共生的方式，但是作者并没有答案。

---

① G. Garrard, *Eco-criticism*, New York: Routledge, 2012, p. 146.
② Naparstek Ben, "Nadine Gordimer at Eighty-Two", *Tikkun*, Vol. 31, No. 3, 2006, p. 69.

从道德意义上探讨人与自然的关系，会成为未来时代最有意义的议题之一，"荒野自然是人与自然的交会之地，我们不是要走到那里去行动，而是要到那里去沉思；不是把它纳入我们的存在秩序中，而是把我们自己纳入它的存在秩序中"。[①] 在南非，人与自然的矛盾关系很尖锐：南非有良好丰富的自然资源可以利用，同时南非又必须要解决经济的快速发展问题。可是经济的发展似乎必然会导致自然资源的过度利用以及生态环境的被破坏。因此生态问题、环境问题与经济发展成为悖论，这不仅是南非的两难，也是世界上绝大多数发展中国家所面临的问题。我们的哲学观念传统中强调人类中心主义，导致人类更看重人类需求、忽略生态系统遭到毁灭性的破坏，但是这些问题都不是孤立的，环境污染与生态破坏，必将威胁到人类进一步的生存与发展。人生存于自然界之中，必须学会尊重自然、善待自然，调整自己的经济目标，以可持续的眼光讨论发展议题，保护自然是为了让人类更好地存活，自然生态环境的恶化最终必然会阻碍社会的发展。戈迪默通过这一类主题的描述，警示人类需要在二者之间建立一种平衡，坚持个人和社区需要与当地重新联系，克服现代社会对自然的疏离，矫正以牺牲生态换发展的短视观念。

第二节　跨国资本、全球化与新殖民主义

种族隔离制度造成的不公平是一个根深蒂固的问题，从 1917 年到 1990 年，非洲土著人均收入一直低于白人人均收入的 10%，但后种族时代仅仅只是极少数人在经济上振兴了，并且少数黑人精英和 2400 万非洲人之间的差距达到了警戒线的程度，政治经济体制甚至在更大程

---

① ［美］霍尔姆斯·罗尔斯顿：《环境伦理学：大自然的价值及人对大自然的义务》，杨通进译，中国社会科学出版社 2000 年版，第 53 页。

度上被矿产能源复合体和其他国内外的公司支配。资本主义/公司主义正在以危害大多数为代价，垄断着南非的权力，最终的问题在于公司主义的翅膀本应该是有所约束的。[①] 新南非在经济政策上的不足，更多还是着眼于财富重新分配，也就是对白人有产者的掠夺，对于南非真正的可持续经济发展并没有实质性的意义。南非的境况是与殖民主义、晚期殖民主义、新殖民主义有关的历史境况的一种反映。

　　将非洲问题置于世界版图，戈迪默一直具有这样的格局与视野。《贵客》讨论了新独立的非洲国家经济发展与新殖民主义的关系。作者指出，非洲新独立国家面临的最大问题是如何摆脱新殖民主义、获得经济的充分发展与独立性。从 1957 年起，欧洲经济共同体已与非洲国家签订了五个有关经济贸易关系的协定。欧洲经济共同体提供"财政援助"的目的，实际上是使非洲国家充当欧洲经济共同体的原料产地和工业品的销售市场。同时，使非洲国家的工业化进程能够按照欧洲经济共同体所设计的模式进行。[②] 小说借助莘扎之口表达了对新成立的黑人政权的批判，由于新成立的黑人政权无论在经济发展还是政治资源方面都过多地依赖欧美国家的扶持，因此黑人领袖生怕得罪英国人和美国人，非洲的经济发展需要外国的资金，因此就受限于资本主义经济体系，"我们按他们的价格出口铁矿，再按他们的价格从他们那儿买钢，我们卖给他们棉花买他们的布"，这完全是不平等的贸易关系，政治独立的非洲国家立即陷入了新殖民主义的泥淖之中，这些新独立国家从理论上讲是独立的，而且具有国家主权的一切外表。实际上，它们的经济制度，从而它们的政治政策，都是受外力支配的，事实上非洲国家又回到了原地，"我们还有什么可口可乐装瓶厂，还有个收音机组装厂，把德国的收音机装在塑料壳子里，因为我们的劳

---

① ［南非］S. 泰列伯兰奇：《迷失在转型中：1986 年以来南非的求索之路》，董志雄译，民主与建设出版社 2014 年版，第 136 页。
② 刘颂尧：《略论新殖民主义》，《经济研究》1984 年第 4 期。

动力成本比欧洲低，而我们买收音机他们获得丰厚的利润"，在新殖民主义的体系之中，非洲的经济发展已经被捆绑在世界资本主义的战车上，很难获得独立性，会成为世界跨国资本的牺牲品，甚至以牺牲本民族企业、非洲的环境作为前提的。恩克鲁玛在《新殖民主义：帝国主义的最后阶段》一书中指出："外国私人的投资是必须加以鼓励的，但是应当谨慎地加以限制，以便把这种投资引向重要的发展部分而又不使这些部分听任外国控制。"[①] 戈迪默通过小说人物之口，也明确指出了非洲国家在独立后经济发展遇到的新殖民主义问题，"新殖民主义不是一个时髦的词，而是跨国公司对我国自然资源的控制，让我们永久处于经济落后状况，永久低价出口原料，高价进口制成品。我们只听说过吸收外资，但事实上我们也需要防御它，一个国家的发展是由人来推进而不是钱"。这些立场鲜明的观点，部分地体现了作家本人的立场，对于不断陷入新殖民主义的南非而言，必须寻找到真正能促动非洲独立发展的方法。在这部作品中，提到了中国对非洲的援助，这是迥异于欧美资本主义国家具有太多附加条件的无私的援助，莘扎认为，南非应该接受"由中国人建设的纺织厂、轧棉机，我们需要的专有技术以及全部免息融资"。从历史事实来看，中国政府在对外提供援助的时候，严格尊重受援国的主权，绝不附带任何条件，绝不要求任何特权。从 20 世纪 70 年代中国恢复在联合国的一切权利后，便开始在国际关系中开展大规模外交活动，并将与非洲的友好关系作为外交活动的中心，以期摆脱在两大阵营对抗中的被包围态势。当时几乎全部的非洲国家从中国的经济援助政策中受惠，一些重大援非工程项目举世瞩目，例如连接坦桑尼亚与赞比亚的坦赞铁路等。在中国援非的任何一个地方，中国政府都提供了无息或低息贷款，并建成了当地因各种原因无法或不愿建造的基础性工程：各类学校、博物馆、

---

① ［加纳］克瓦米·恩克鲁玛：《新殖民主义：帝国主义的最后阶段》，北京编译社译，世界知识出版社 1966 年版，第 234 页。

体育场、少年宫、大会堂、桥梁、港口等。中国政府对非洲国家的农业援助和医疗援助一直延伸至非洲最偏僻的乡下。① 中国不附带任何政治条件的援助，对于巩固非洲国家的民族独立和自决无疑是一种及时之助。这种大公无私的精神是追逐超额利润的帝国主义国家或谋求超经济强制的殖民主义国家所不具备的。② 在戈迪默的小说中数次谈及了中国对非洲的无偿援助，以及非洲到底会走哪种社会主义，中国式的社会主义之路对非洲人充满了巨大的吸引力。对于非洲新独立的国家而言，想办法摆脱欧美殖民国家的新殖民主义政策是发展之路上必须面对的难题。

之所以这些新独立的非洲国家很容易陷入新殖民主义的陷阱，《贵客》分析了一个重要的现象，比如小说中非洲国家独立后第一代领袖莫维塔，其身份在非洲各国具有普遍性，无论他们的知识背景还是革命资源都是来自西方，因此在立国之后政策更加难以拥有独立性。革命领导者几乎都是受西方教会教育的精英，他们在国家独立过程中扮演的角色主要是谈判者，是非洲国家民族利益和西方政治集团利益达成妥协的调停人。③ 为了寻求发展资金，利用国外资本是最便利之道，因此，虽然普遍实行了支柱型产业的国有化政策，但不可能彻底驱除国外资本。相反，大多数国家不得不沿用殖民时期留下的西方经济体系，这样便不能提出一套切实可行的独立自主的发展政策，莫维塔曾就国内的经济现状向布雷上校诉苦，这个时期经济发展的需要压倒一切，但是"我们被迫买南非的玉米，这个从那个国家进口，那个从另一个国家进口，我们被捆绑起来，像三条腿赛跑，而对手是各种各样的人，殖民时代的经济结构把我们绑死了"。他试图将英国的议

① ［毛里塔尼亚］古尔默·阿布杜罗：《非洲与中国：新殖民主义还是新型战略伙伴关系?》，马京鹏译，《国外理论动态》2012 年第 9 期。

② 刘乃亚：《互利共赢：中非关系的本质属性——兼批"中国在非洲搞新殖民主义"论调》，《西亚非洲》2006 年第 8 期。

③ 蒋晖：《当代非洲的社会和阶级》，《读书》2019 年第 12 期。

会制搬到非洲，但是却只能建立了"小儿国会"，反而逐渐走向专制，"人民独立党成了一个典型的保守党，原地不动，跟老牌殖民势力藕断丝连，倾向西化，奉行排他主义，他们所奉行的民主最终是把那些老团体的权益置于任何人之上"，戈迪默在这部严肃的政治小说中采用对话的形式，充分展示了人物的政治观点，将非洲国家在独立后面临的政治经济政策的抉择进行讨论，我们两手空空掌握了自己的国家，从第一天起我们面对的事实，就是许多管理工作和技术工种仍需外国侨民来做，非洲如何突破新殖民主义政策的围剿、破除这臭名昭著的稳定、从泥淖浑浊中走出来，是戈迪默在这些小说中思考的，也是非洲发展历史上的真实处境与难题之一。

　　戈迪默的小说除了对新殖民主义进行批判，还紧随时代，密切关注全球化与资本扩张问题。戈迪默提示我们，在一个发展不平衡的全球化世界中，种族关系呈现不对称性。① 其中短篇小说《另几种结局》涉及后种族时代的经济问题：私人航空公司受到最大的冲击是国营大航空公司，而国营公司的大飞机是用纳税人的补贴托上天的，当然竞争力非常雄厚。丈夫把当年出售房地产产生的利益，还有太太从父亲的铝矿上继承的收益都投入了他行将破产的航空公司，那些都是夕阳产业，属于旧政府统治下的白人资本主义，在多种族混合的经济中，所谓照顾弱小的资本主义中，它们已不再是成功的安全之道。《家乡话》描述了一个受雇于跨国公司的英裔非洲青年，他被派驻德国协调公司的广告业务，这完全是出于主管对他作为"智力、适应能力以及他学习该国语言的诚意"的赞赏，人物所具有的后殖民混杂文化背景，因为会带来商业价值，而具有了商品的味道，成了他打进欧洲中心的资本。随着跨国资本的形成和流通，世界迎来了发达资本主义生产方式和生活方式的全球化，作者敏锐地意识到了这种全球化的真相。

----

① Andrea Spain, "Event, Exceptionalism, and the Imperceptible: The Politics of Nadine Gordimer's *the Pickup*", *Modern Fiction Studies*, Vol. 58, No. 4, 2012, p. 747.

伴随南非进入后种族时代以及全球迈入全球化时代，政治经济体制在更大程度上被矿产能源复合体和其他国内外的公司支配。资本主义/公司主义正在以危害大多数为代价，垄断着南非的权力，过多的权力和过多的特权给予了跨国公司。

关于资本与全球化这一主题，《偶遇者》是极为优秀的代表作，这部作品是对她过去常写的种族问题小说的超越，一些保守的评论家认为她失去了她的主题——种族隔离，而另一些人则称赞她后来在移民、社会正义、非洲艾滋病流行以及从法西斯向民主过渡的残酷痛苦等方面的研究。① 事实上，她的这一部晚期创作触及了一个非常深刻的话题，全球化时代的移民身份以及资本入侵引发的多种危机。作者本意是描述一个跨越国家的恋爱故事，但是"在本书的结尾突出了数百万家庭在全球金融引发的政治停摆中别无选择地挣扎"。② 小说主人公阿布杜认为在一个所谓的全球化时代，自由只能是属于基督教世界的有钱人，像他这样的贫穷的第三世界的穆斯林，没有自由，也没有前途，只能通过偷渡在第一世界国家过着最为卑贱且时时会被驱逐的生活。小说最后让阿布杜拿到了前往美国的签证，他认为自己终于有机会可以永远离开贫穷的故国，到美国做自己想做的事，过自己想过的生活，他以为在美国遍地都是机会。但是朱莉却无比清醒地看到他将要面临的命运：住在一间肮脏的小房间，打扫美国人的大便，干那些真正的人也就是美国白人所不愿意做的工作，她看过美国的贫民窟，知道那里是怎样一个荒芜的新世界——那里有全世界最高的大楼，工人可以爬到企业的最高职位，也可以让人头朝下往下跳，那里才是真正的世界——这就是全球化时代所谓的世界公民自由迁徙的真实面目。

全球化时代能够自由迁徙的是以朱莉的父亲为代表的资本雄厚的

---

① John Timpane, "Nadine Gordimer, 90, Acclaimed South African Novelist", TCA Regional News, Chicago, July 15, 2014.

② Andrea Spain, "Event, Exceptionalism, and the Imperceptible: The Politics of Nadine Gordimer's *the Pickup*", p. 838.

白人大资本家。他拥有豪华别墅、气派的庭院、巨大的客厅，代表了南非（白人资本主义国家）的金字塔的顶层，高高在上占据城市核心资源与权力的中心。这一空间的最大特征就是排他性，对于本国边缘人群与全球边缘国家，都具有排他性。从国家空间这个角度看，朱莉父亲的豪华客厅超过了家庭的象征意味，已经是全球化语境下占主导的、强势的帝国生活的象征，他们是世界的中心，是财富本身，他们手握世界文化霸权和移民特权，用高高在上的姿态展示他们所代表的帝国主义的文化，用一种悲悯的、沾沾自喜的眼神来区分不同文化之间的高低贵贱。发达国家的社会精英们正通过国家空间延展自己的资本帝国，越过国界寻找对第三世界的控制，在潜意识里那就是他们的"应许之地"。在全球化时代，超越国界的人群流动，从来不是平等的双向的流动，资本才是其中的暗流，资本借助国家空间的拓展，寻找更大的增殖点。"社会秩序的空间隐藏在空间的秩序中"，这一秩序自有其逻辑，排除、被剥夺都是其逻辑之一。① 全球化正是这一逻辑的产物。

　　这个作品在表面上有跨国爱情和女性价值的追寻两条线索，但是全球化时代的社会本质是这两条线索的焦点。首先，从国际通用语言来看，全球化其实是英语向全球普及的过程，因为在跨国资本时代，在全球化时代，英语成为通行的国际语言，出生于英联邦国家的朱莉就是掌握这一语言特权的人。朱莉的自我价值与救赎之旅，都是从她所拥有的语言特权开始的，她在阿布杜的村庄找到了从来没有过的价值感，就是从她开始给这些渴望有一天离开沙漠跻身第一世界的穆斯林教授英语开始的，使一个在自己的国家只能以嬉皮士的方式表达自我的白人女性重获新生。其次，全球化时代必然会涉及对他者空间的想象。沙漠作为一个物理的、精神的空间，重塑了朱莉对自己在世界

---

① Henri Lefebvre, *The Production of Space*, Transl. by Donald Nicholson-Smith, Oxford U. K.: Black-well Ltd. , 1991, p. 289.

上的地位，相对阿布杜以及其家人，朱莉才拥有对沙漠想象与定义的权力。当朱莉得到机会一起去参观沙漠稻田，这一图景的本质是由朱莉界定的，"暗哑的沙漠和合唱的绿色，在这里可两者兼得"，"没有任何东西比正在生长的庄稼更美"，稻谷的概念在文本中起着关键作用，它创造了想象中的定居可能性，朱莉对沙漠的憧憬是"生态帝国主义"的某种象征①。最后，最为重要的是，朱莉之所以能够拥有以上两个特权，资本力量是其底层支撑。朱莉发现了自己在沙漠大有作为，立即着手购买一块稻田，在她看来购买沙漠稻田便宜得令人难以置信，那只是因为朱莉是来自资本雄厚的南非白人家庭。朱莉曾经刻意与父亲所代表的资本世界保持距离，但戈迪默毫不留情地指出，她之所以能够对资本毫不在意恰恰是因为她拥有资本，这就是她获得自由的秘密，"当你什么都不缺的时候，当然是可以对钱嗤之以鼻的"。通过购置沙漠稻田，朱莉的自我价值感获得了最大化，既超越了留守在南非终日无所事事的曾经的朋友们，也超越了被困于沙漠深处的穆斯林妇女，可见隐藏于一切意义与文化价值背后的其实是跨国资本。无论是小说的爱情线索还是女性的自我探索，最终都需要在资本的力量之下得以实现，"资本主义存在本身就是以地理上的不平衡发展的支撑性存在和极其重要的工具性为先决条件的"②，这种不平衡正是一切资本和权力流动的根本原因。朱莉梦里出现过的沙漠之绿，只有在资本的植入之下，才得以在现实中实现，"稻米、洋葱、马铃薯、番茄、豆子，很多东西都可以种，什么都可以办得到，只要有钱。只要有钱就行，对于任何你想得到而得不到的东西，问题总是卡在一个钱字上"，金钱在乌托邦实现中的核心作用证明田园诗是不适合后殖民主义的。朱莉的这一投资行为，是对殖民主义的乌托邦主义、充满了

---

① Dana C. Mount, "Playing at Home: An Ecocritical Reading of Nadine Gordimer's *the Pickup*", *A Review of International English Literature*, Vol. 45, No. 3, July 2014, p. 101.

② ［美］爱德华·W. 苏贾：《后现代地理学——重申批判社会理论中的空间》，王文斌译，商务印书馆 2004 年版，第 162 页。

怀旧色彩的田园牧歌的一种回应，朱莉的沙漠绿洲之梦，可以看作发达资本主义国家的资本优势在贫穷落后国家畅行无阻的一种写照。20世纪70年代末至今，资本的扩张以境外直接投资为新的形式和特点在全球展开，命名为"经济全球化"。哈维认为，资本主义解决过度积累有两种策略：时间修复和空间修复。空间修复是"一种相对持久的过度积累问题的解决办法"①。主要表现为资本主义在全球范围内进行地理扩张和空间重组，导致资本在地理空间上的扩散、移植与演化，资本从而可以在全球畅通无阻，这就加剧了原有的地理不平衡基础。在资本运动的过程中，它总是试图创造出与自己的生产方式和生产关系相适应的空间。朱莉如果在沙漠成功，不是个人的成功，而是资本的成功，她在沙漠穆斯林小村找寻到了"人生意义"，得益于她父亲给予的资本，使她在这一东方空间畅行无阻，"戈迪默在这部小说中所创造的人物陷进了后殖民的现实中"。②

　　朱莉从南非到中东的"逆向"移民，以及选择农村而不是城市，从而对中心—边缘重新定义，体现了全球化时代后殖民作家已经改变了有关环境的话语，这些话语往往是在西方（欧洲）利益中形成的，但是戈迪默最了不起的地方在于，她没有止步于揭示朱莉生态乌托邦以资本为基础的实质，她还进一步褪去其行为表面覆盖的所有浪漫主义面纱，朱莉实际上不过是在过家家，她的稻谷计划不太可能成功，朱莉的行为虽然充满真诚和善意，但归根结底是天真和自我满足。在小说结尾，作者将朱莉绿色梦想的失败，抽象地与安哥拉钻石的销售采购联系在一起，试图说明资本主义和军国主义对第三世界自然生态的共同破坏与腐蚀。而她对沙漠稻田的浪漫化想象，则完全是一厢情愿的，沙漠稻田的真相是对小型军火交易的一个掩护，稻田既没有改

---

① ［英］戴维·哈维：《后现代的状况》，阎嘉译，商务印书馆2003年版，第232页。
② Dana C. Mount, "Playing at Home：An Ecocritical Reading of Nadine Gordimer's the Pickup", *A Review of International English Literature*, Vol. 45, No. 3, July 2014, p. 122.

变沙漠的本质，也没有改变贫穷，在这诗意之下只有暴力与财富才是目的，世界黑暗阴谋的幽灵玷污了她对沙漠景观的田园风光的怀旧。"全球化呈现出阶级特征，他们俯首在资本的特权面前。"① 朱莉最初从南非逃离，从父亲的客厅逃离的"英雄壮举"，在资本的胜利之下，形成了反讽，暗示了在全球化时代，空间特权、话语权力都与资本直接相关。

通过在本章中对这一主题的分析，可以看出，戈迪默作为有机知识分子，始终关注社会议题，因此其创作保持了高度的敏锐性，对种族主义的揭露曾给她带来世界性赞誉，她的创作却在种族主义结束之后有了更为广泛的主题探索，正如库切在《纽约图书评论》撰文对戈迪默进行的评论："如果有某个重要的原则，使戈迪默从二十世纪六十年代到九十年代南非民主化期间的作品充满活力，那就是对公正的追求。她笔下的好人都是无法在不公正环境下生活或获益的人；而被他拿来严厉审问的人，则都是那些想方设法窒息自己的良心、使自己顺应世界现况的人。戈迪默所渴望的公正，要比公正的社会秩序和公正的政治分配更广泛。"② 正因此，对生态、环保、新殖民主义以及全球化等经济发展问题的探索，使其创作具有了更为广泛的意义。

---

① ［南非］海因·马雷：《南非：变革的局限性——过渡的政治经济学》，葛佶、屠尔康译，社会科学文献出版社 2003 年版，第 209 页。
② 夏榆：《"我所关心的是人的解放"——纪念南非诺奖得主纳丁·戈迪默》，《世界文化》2014 年第 10 期。

第九章　戈迪默小说中的风景叙事

　　　　写作永远且同时是对自我和世界的探索，对个体和集体存在的探索，这乃是作家的创世记，是将她或他写入存在的故事。

——纳丁·戈迪默

　　风景（landscape）又称景观，它是一个具有多种意义的术语，指一个地区的外貌，产生外貌的物质组合以及这个地区本身，文学中的风景研究已经为人熟知，风景也演变成了一个总括性的概念，用于代指土地、地方、区域、环境、空间、背景、景色等，与空间地方等词互换使用，风景作为一种表征的形式，超出了视觉艺术的范畴，它是一个有关意义的复杂系统，风景不仅是自然风景，还包含人们对风景的诠释与运用。[①] 而风景也超越了个人层面，具有民族叙事的功能，并且与小说的主题融合为一体。景观研究的代表人物科斯格罗夫则将landscape 定义为"观察的方式"，这种观察方式是意识形态的，不同阶层的观察视角是不一致的；同时风景是一种文化意象，一种表征。[②]南非被称为彩虹之国，地貌特征复杂多样，丛林、沙滩、草原、森林、

---

　　① 李政亮：《风景民族主义》，《读书》2009 年第 2 期。
　　② Danielss Cosgrove, *The Iconography of Landscape*, Cambridge：Cambridge University Press, 1989, p. 1.

高山，一应俱全，戈迪默以精美的笔法对其刻绘，那是她理想家园的写照；同时在作家笔下，风景有时也显示出满目疮痍的景象，歪歪扭扭破烂不堪的房屋、垃圾遍地的黑人社区、界限分明风景迥异的隔离地带，以及高墙电网之下的监狱，这些风景正是南非的真实写照，是作者对南非命运的一种把握，本章将选取主要的几个角度对戈迪默的风景叙事进行分析。

第一节　风景、权力与政治寓言

风景首先是一种视觉性存在，归根结底是一种观看与凝视，因此风景与权力之间拥有密切的关联，看什么、怎么看，什么被允许看、什么不被允许看，哪些事物可以成为被描写的风景，都涉及风景与权力之间的关系。在南非由于种族隔离制度的存在，这一类风景是南非作家笔下普遍性的存在，这就是南非的现实语境，戈迪默也毫不例外，我们主要集中于带有监禁与封闭色彩的风景，例如营地、监狱、医院、隔离带等，对其进行分析，思考风景作为政治寓言的特点。福柯认为规训、纪律是从对人的空间分配入手的，种族隔离时代的南非正是这一空间与权力关系的体现，除了铁丝网就是荒芜的草原，还有无数的监狱与黑人聚居区，它们的规划与建造是权力在空间上的分配，而当地理景观最终被变为规训场所的时候，权力也就完成了对人类生活的控制。人类在面对自然时，总是喜欢把强权加在自然之上，扭曲并改造了自然的本来形态，从而获得强权带来的快乐。

带有监禁、封闭性的风景是南非风景的重要独特标识，监狱在南非文化景观中具有持久的象征性地位，尤其是臭名昭著的罗本岛（现在是一个博物馆和旅游景点）证明了监狱的文化意义。[①] 戈迪默在其

---

① David Philip, *Compare with the Island: A History of Robben Island, 1488—1990*, Cape Town: University of Western Cape, 1996, p. 21.

小说中将南非监狱作为一个风景进行描述，使之具有独立的主题性价值，这是"一个不可思议的时代，那时几乎所有我认识的人都在监狱里或逃跑"。①《贵客》写到了私刑、监禁，布雷上校曾经有一次绕道经过监狱，背后狗叫声紧随不舍，他停车下来抬头望去，"只见这里跟非洲任何军营和监狱一样，是个光秃秃的地方，低矮无窗的房子暴露在太阳下面，他不知道自己想找什么，有道很高的铁网围栏，顶部带刺，灯光暗淡，新旗子奔拉着，他当地区专员的时候进去过好几次，他知道那个炎热的白墙院子，熟悉那消毒剂和木薯的味道，英国统治期间那儿不关押政治犯，紧急情况下他们都被送进了拘留所，拘留所他也去过，建在没有人家的偏远地区里面，周复一周，日复一日，年复一年，都在炎热和孤独中过去，人们在里面忍受折磨，死于痢疾"。风景，既不是小说内容的"容器"，也不只是故事发生的背景，更不属于可有可无的描写，而是"存在着一种风景的意识形态"，这种由铁网与无窗的房子构成的监狱，正是种族隔离制度之下南非黑人的生活本质。《我儿子的故事》则通过黑人革命者索尼一家的家庭故事与革命之路探索了黑人必然的命运，那就是奋起反抗，直到南非再也没有种族隔离、没有非法囚禁。为了突出这一主题，作者写到小学教师索尼曾经的监狱生活，他曾经在监狱中"看见白种暴徒，对那些手戴镣铐的犯人给他们几拳，他们痛得立即摔成了一团，或者是黑种暴徒抓住他们，一边推撞摇晃一边破口大骂，被镣铐弄的一跛一跛的人，被囚禁的人身上升起的恐怖"，可以说这正是高度浓缩的种族制度。《伯格的女儿》则写到了14岁的少女罗莎在监狱与学校之间往返，承担了传递革命密信的使者；等到她重回非洲，最终也因为参加革命运动，被投入监狱。监狱这一意象伴随她生活的每一个阶段，也是小说从开头到结尾的统一意象。《无人伴随我》中的黑人奥帕在年轻时由

① Stephen Clingman, *The Novels of Nadine Gordimer: History from the Inside*, Amherst, MA: University of Massachusetts Press, 1992, p. 75.

于参加黑人反抗运动被关进了罗本岛，他产生了巨大的心理创伤，他经常会向维拉描述那个令他恐怖的监狱，在那里人性所有的恶都得以释放。戈迪默这样反复地描写监狱在不同人物生命中的影响，以此表明没有任何意象、任何景观，比监狱更能代表南非的政治状态。

戈迪默笔下另一种意味深长的景观则是房屋。《七月的人民》被认为是有关未来的启示录，关于黑白对立的意识形态是通过一组对照性的房屋的描述展开的。莫琳一家逃离了城市的灾难中心到了七月的家乡，小说一开始就描述了莫琳超出了她熟悉的视觉参照系"在另一个时间、地点、意识"之外的位置，破坏了她理智的社会化，使她立即意识到"不再是原来的自己"。① 在内战发生之前，莫琳一家住着宽敞舒适的豪宅，相比黑人的小茅屋简直有天壤之别。在小说的开始，当七月每次回乡的时候，他就禁不住向黑人妻子和家人炫耀自己主人家的奢华："一个屋子用来睡觉，另一间用来吃饭，还有一个休息室，一个满是书籍的屋子……"当白人夫妇在村庄的生活屡陷困境的时候，他们始终念叨的就是"回到那里"，指的就是在城里的宽敞明亮的卧室，幸福美满家庭的婚姻生活，莫琳就是这个幸福家庭的核心，她是三个孩子的母亲，性格温和，深受黑人仆人的爱戴。关于家庭空间与女性的关系，许多学者认为家庭空间与母性特质相似，生活在这里开始、封闭，受到保护，获得温暖。② 但是小说告诉我们莫琳一家人再也回不到从前。他们不得不寄居在七月家的茅草屋里，"不知道自己身在何处，处于什么时间"。莫琳再也不能向全家提供温暖与情感支持，她的母性特征逐渐丧失与他们一家失去宅屋处所这两者几乎同时发生，孩子们也逐渐从母亲身边走远，夫妻之间的亲密关系也荡然无存。通过一种特殊的家庭空间与景观的描写，展现的是作者对

---

① Laura Wright, "National Photographic: Images of Sensibility and the Nation in Margaret Atwood's Surfacing and Nadine Gordimer's *July's People*", *A Journal for the Interdisciplinary Study of Literature*, Vol. 38, March 2005, p. 92.

② Gaston Bachelard, *The Poetics of Space*, Trans. Maria Jolas, Boston: Beacon, 1969, p. 7.

白人命运的寓言。当所有的空间都被挤占而失去主动权的时候，白人必将陷入绝境的边缘，空间的失去，意味着权力的丧失。莫琳一家再也不能维系固有的生活方式，他们不仅失去了自己的房屋，只能在肮脏而破败的茅草屋避难，而且象征他们权力的金钱已经丧失了购买力，同时，维护其权力的枪支和汽车，也将不再为他们所占有，当所有的支撑都不复存在时，白人的帝国文化在南非黑人革命的背景下脆弱的一面就被显示出来。莫琳和巴姆都将在这个空间之中，丧失了自己原先的身份，因为"空间不仅是一个地点，或者主体仅仅是居住在其中。主体与空间是相互作用的。主体创作了空间，而空间也在形塑着主体"①。短篇小说《死亡与花朵的气息》并未直接描写种族隔离制度的残酷与惨烈，而是将隔离区的景观呈现出来：高高的带刺的铁丝网——与其说是一种种族隔离的手段，还不如说是一种象征，——包围着将近一平方英里范围的，使人沮丧的住宅区，那是附近城市中非洲土著晚上回家睡觉的地方，那儿的房子简陋不堪，上面盖着寒碜的马口铁皮屋顶，靠近居住区的大门处是居住区的管理部门，还有一两座像样的小屋，那是白人住房建筑主管部门为进行实验而建造的，这里几乎没有商店，因为同意在这儿开设一家商店，就会减少城里白人商店的一笔生意，但这儿有许多教堂，有些是用泥和马口铁皮盖成，有些是新哥特教堂用砖砌成，代表了诸多的教派。——这是一幅对于隔离区的速写，由高高的铁丝网所围成的黑人聚居区，具有监狱一般的实质；正常商业形态的缺乏，这是一种经济控制；多教派的基督教教堂，是一种文化殖民。戈迪默的风景叙事直指种族制度的多重层次。

同类的风景叙事在《伯格的女儿》中也极为出色。小说写到罗莎在试图逃离南非的过程中参加一次妇女会议，一些黑人妇女会在散会

---

① Thomas Schaub, *Contemporary Literature*, Wisconsin: The University of Wisconsin Press, 1993, p. 106.

后搭便车回家，她送一个老太太回家，她这一次所看到的南非黑人
"风景"，让她觉得自己根本无力继续生活在父亲的国家，这位老年黑
人妇女住在一个模糊地带，在黑人招待所和城市郊区煤矿、垃圾场之
间，小型工业已经耗尽了枯竭的金矿，那些凹地是报废的汽车和机器
零件的巨大坟墓，老辣椒树是地下酒吧的遮棚，妓女们在垃圾场的沙
地里躺着接客。还有小贩的骡子，拴在那个到处扔着易拉罐的大草原
的牧场上；一个小的瓦楞铁皮教堂，窗户都破了，还有一棵一半已经
被砍掉当木柴的桃树；人们生活在被白人城市荒废和遗弃了的地
方……这一段黑人社区的风景，令人压抑，构成了南非种族隔离制度
之下黑色且苦难的背景。在风景研究中，不仅需要考察风景是什么，
还要关注风景都在诉说什么，这本身就是小说的主题而非只是环境。
罗莎有一次在深夜参加完黑人聚会后驱车从黑人隔离区离开，"我们
开车行驶在黑夜的街道上，天空一阵阵电闪雷鸣，黑暗中低矮的房子
房门关紧锁牢，安上铁栅以防盗贼。烟雾缭绕像火灾后的现场，方圆
几英里的镇区淹没在黑暗中，没有醒目的高耸入云的高楼大厦，没有
在霓虹灯、泛光灯及从窗户泄进花园的灯光映照出的白人城市上碗状
的迷蒙的大理石般的天空。一个人躺在没有排水沟的路上。在这个地
方绝对不能停，就算我们是黑人不能停，即使我们是白人也不能停"。
这是一段特别精彩的景观叙事，对南非种族隔离制度带来的危害这一
严肃的政治议题，进行了揭露。风景在戈迪默的小说中具有思想性的
功能，风景本身就是主题，体现了罗莎对南非政治氛围的厌倦与无力
感，她之后逃离南非就成为必然。

有关"土地"的风景描绘，也是戈迪默小说中着墨较多、较为特
殊的部分。例如《伯格的女儿》第三部分探索的关键词是"土地"，
作者也是通过风景来表达这一主题的。首先从少女时代罗莎的视角展
开一段风景叙事，但这里的自然风光却充满了政治意味，本雅明、福
柯、列斐伏尔、哈维、科斯格罗夫都曾强调风景（景观）的意识形态

内涵，"风景是一个意识形态的概念"①，戈迪默所描绘的南非风光即充满了种族制度色彩。罗莎姨妈一家的小旅馆设在离黑人聚居区不远的小镇上，小说对此地的景观着重描绘了两次，形成了一组充满寓言色彩的对照。第一段出现在罗莎的回忆中，粗糙、杂乱、粗制滥造，安静而荒凉，没有一点生气，构成了毫无诗意的南非乡村风景，是罗莎最终形成自我判断以及其政治正义的重要依据。在她年幼时，她无法理解这一切的不合理，她觉得那就是生活本身该有的样子，白人和黑人有天然的、本质的不同，大家都待在各自的位置上，生活井然有序。年幼时所看到这些家园场景，是她问题意识的起点，正如她父亲的演讲，白人一方面宣扬自己的仁慈，另一方面却根据人类的肤色而对黑人进行奴役。等到她去国离乡，有了重新看待非洲的新视角，她才会更深刻地理解脚下的土地这一蛮荒风景的真实意义。罗莎记起小时候经常跟随妈妈穿越隔离线到黑人家里去，"跨过这条自然的分界线，干净的街道转换成了遍布车辙的土路，市中心转换成了堆着废铜烂铁的大草原和废纸飞扬的永恒秋天。这到底是郊区还是废品处理场？在这个白人城市的巨大后院，牛和柴油机，拱着人的粪便的猪和屠夫，混乱的挤在一起……"黑人聚居区不过就是白人扔垃圾的后院，黑人混同着牲畜，过着凄惨贫穷的生活。戈迪默有着惊人的客观描述的能力，种族隔离制度带来的危害以及作者的控诉，全部呈现在她的风景叙事中，"风景的建构或阐释中掺入了道德的、观念的、政治的因素，使其具有了自然的、历史的、社会的符号学意义。最终形成了一种'风景的意识形态'、以艺术形式表达了由经济所决定的阶级观点。这就是风景作为文化表征的深层义"。② 然而，在《伯格的女儿》中，与种族隔离政治最密切相关的风景叙事则是罗莎离开南非前目睹的备受

---

① Ann Bermingham, *Landscape and Ideology*: *The English Rustic Tradition*, *1740 – 1860*, Berkeley: University of California Press, 1986, p. 8.

② ［美］史蒂文·布拉萨:《景观美学》，彭锋译，北京大学出版社 2008 年版，第 181 页。

虐待的驴子，她在南非苦难的风景底色上，看见那头令她终身难忘的受苦的驴子，一个农夫手里拿着鞭子在死命地鞭打一头驴。"我没有看到鞭子，我看到了痛苦，那痛苦来自某个可怕的中心"，这头驴子成为非洲甚至人类所有苦难与暴力的隐喻，它一次次地挨打，痛苦并不让它震惊，无法摆脱那些轭具……罗莎幻想过自己会运用自己白人的特权，冲上前制止这场令人恐惧的暴力行为，但是她什么都没有做。"我不得不将车转向一条没人的路，迎着让我睁不开眼的落日的余晖。当我向那里看时，借着炫目的尘土间隙间泄出的探照灯光，看到翻滚的黑影。那情形就像爆炸。"这一段风景叙事充满了过分饱满的个人情绪，风景并不是真实的自然风景，是经过主体认知之后的成像。詹姆斯·邓肯（James S. Duncan）认为，景观在理论上可以被理解为"政治话语和政治行动的舞台"，景观是理解社会生活和关系的核心方式。① 这头被暴力鞭打的驴子成了罗莎的风景，是南非苦难的高度浓缩，代表她对南非社会生活的理解，也体现了她对苦难本身的矛盾心理，她被教育成对苦难不能袖手旁观，但她又带着虚无的观念认为自己对苦难无能为力，"风景不仅是情感事件的载体，也是马克思言及的社会的象形文字"。② 风景从来就不是中性的，在罗莎眼中的南非风景，都带上了权力与种族制度的阴影，囚禁与限制是这些风景最基本的内涵，苦难与死亡是其核心，这也正是戈迪默对南非现实的感性把握。

第二节　家园、旅行与南非国家认同

皮尔斯·F. 路易斯（Peirce Fee Lewis）认为，风景的解读并不是

---

① James S. Duncan, Nuala C. Johnson & Belfast H. Richard, *A Companion to Cultural Geography*, Oxford: Blackwell Publishing, 2004, p. 348.

② 黄继刚：《思想的形状：风景叙事的美学话语和文化转义》，《南京社会科学》2019 年第9 期。

表面看起来那么简单易懂，需要我们"轮流地进行观察、解读、思考，再观察，再解读。这样才能达到理想的效果，提出我们以前从未提过的问题"①，因此我们需要对戈迪默笔下的风景做进一步的解析，臭名昭著的南非种族隔离制度，产生了各种与监禁有关的风景，那么，南非作为黑人和白人共同的家园还有未来吗？戈迪默通过笔下的风景叙事，探索其在南非国家认同中的重要性。

在前一章中，我们分析过《保守的人》中梅林在经营农场的早期，梅林决定种植进口的栗树，这是欧洲征服者的姿态，试图重塑当地的景观。这些树将标志着他与欧洲的联系和在非洲的扎根，最后他把栗子树种在了进入庄园的路上。他试图建立一个他所理想的在非洲大地上扎根的欧洲景观的庄园，但是这一风景终究并未实现，试图改造农场庄园的景观失败，表明梅林虽然作为一个富有而有影响力的白人拥有权力，但"事实证明他无法驯服横扫整个农场并决定农场命运的自然力"。② 每周梅林都会从城市开车去农场，汽车旅行带着梅林穿过一道风景线，这道风景线起着心理地形图的作用。这本小说对风景的描写使梅林与他的国家身份的关系更加复杂，并使我们回到横向和纵向运动的紧张关系中："岬角的风景与洪水泛滥的土地的特写镜头交相出现，迫使人们重新思考梅林的定位，不仅是对地点，而且是对他自己的主体性和人性的定位。"③

《伯格的女儿》通过风景叙事将风景与家园、与南非的国家认同相结合，体现了风景叙事最重要的功能，也为戈迪默创作提供了坚实且温暖的核心意象。罗莎无法忍受南非的政治制度，以及她自己的家

---

① D. W. Meinig, *The Interpretation of Ordinary Landscapes*: *Geographical Essays*, New York: Oxford University Press, 1979, p. 11.

② Edward Powell, "Equality or Unity? Black Consciousness, White Solidarity, and the New South Africa in Nadine Gordimer's *Burger's Daughter* and *July's People*", *Journal of Commonwealth Literature*, Vol. 54, Iss. 2, 2019, p. 242.

③ Eleni Coundouriotis, "Rethinking Cosmopolitanism in Nadine Gordimer's *the Conservationist*", *College Literature*, Vol. 33, Iss. 3, (Summer 2006): 1 – V.

庭政治遗产，她决定永远逃离南非，她离开前在商场偶遇了极具魅力的黑人女革命者玛丽莎，这次会面让罗莎深受感染也颇为愉快，与玛丽莎告别后在回家路上看到了美好的一幕：印度商贩推销着用铁丝做成的烛台状玫瑰花和染色的马蹄莲，卖报的黑人小孩在汽车间飞奔，一个壮实的妇女头上顶着一个装得满满的购物包，一个小孩拽着她的裙子，她刚要迈步，又停下——回头向我微微一笑——令人舒服的黑人。他们大多数就是这样长久一贯的坚韧、顽强。这段世俗、日常的风景是对南非种族和谐的讴歌，暗示罗莎对父亲政治伦理的认可，她认识到南非的黑人，充满了人性的美好，因此小说的结尾，罗莎在护照有限期内就回到了南非，就成为必然。在这一年的夏日，她去拜访了姑妈一家，"空气中弥漫着夏日的气息，一切都充满了生机。小鸟、蜻蜓、蝴蝶、蜜虫，欢快地飞舞盘旋，大雨过后，水泥建筑在早晨的阳光下格外清新，似乎有了生命"。晚上她住在农场的一间圆顶茅草屋里，她跌跌撞撞地踩到水坑，仿佛打碎了水洼中的星星，听到了蜂巢里蜜蜂的嗡嗡。这些令她备感温暖的风景唤起她内心对南非最深切的认同，"亲近土地是如此容易，不是吗？"在这一段的描写中展示了南非优美大自然的神性、灵性、和谐美好、万物轮回，连最微不足道的风景都仿佛获得了生命，罗莎对自然美景的独特体验和深刻感悟，表达了人类在与自然的亲近与和平共处中获得愉悦和启示，这是南非的未来，生活在这片黑色大地上的所有人群都应亲密共存，人在与土地的互动中建立了对南非的归属意识与人道关怀。那么将这一段和开头她在幼年时代回忆中的风景对照起来阅读，读者就极易发现戈迪默的良苦用心，以及小说结构的完美平衡。结束欧洲之旅的罗莎，意识到了自己的道路，亲近土地、基于土地，热爱自己的家园。她深知对于部分黑人而言，"我恨故我在"，但是草原上那头苦难的驴子让罗莎认识到，在南非谁能对此袖手旁观？谁能逃脱苦难本身？"我不懂意识形态。它是关于苦难的。如何结束苦难。它在苦难中结束。是的，生活在一个仍然有英雄的国家是奇怪的。像其他人一样，我尽我所能。"种族隔离制度已经让南非变成了地狱，人人互相仇恨。"我们的孩子和我们孩子的孩子，最终，孩子因父辈的罪行向父辈复仇；他们的孩子和孩子的孩子，那就是未来，父辈无法预见。"南非已经陷入了仇恨的循环中，这是最坏的政治，而每一个人最终都要为他的信仰和行为拷问自己的良知，白人的该隐和黑人的亚伯在一起，这种全新的手足之情为走向最终的"四海之内皆兄弟"铺平了道路，罗莎对南非黑人以及大地景观的赞叹，表明了她对南非家园的认同——白人和黑人共同的家园。

在罗莎的家园感建立过程中，也伴随她对自我身份的梳理，而在这一过程中风景始终扮演着核心作用，最初她为了摆脱父亲带给自己的沉重的政治遗产，与康拉德在小屋约会，体会她所渴望的叛逆与自由，而她的焦点或者说小说的焦点，都是在小屋的景观上。瓦楞锡皮屋顶和木质阳台都被漆成蓝色，长满野草的废弃网球场上悲哀的鸟鸣预示着降雨。紫荆花树耸立在灌木丛中，漂亮的棕榈树叶形成一片绿色长矛般的丛林；两间蓝色的房子如同池塘掩映其中。这就像一个静谧舒适的儿童乐园，也是一个容易撩起情人激情的隐蔽之处。康拉德的爱情给予她革命生活所不具备的静谧与自由，她特意强调了这一爱情小屋像一个"静谧舒适的儿童乐园"，"童年是一个社会化的时期，是由成年人组织和制度化的时间和空间。童年的话语总是位于特定的空间景观：家、学校、操场、街道、乡村、城市、国家"[1]。类似一个儿童乐园的蓝皮小屋，暗示了她对从不曾拥有真正的童年的感伤，在她成长过程中，身体的感受是一个存在而又无言的部分，"地方、身体和环境相互结合，这些景观以特定的方式将事物、思想和记忆融合"[2]。这一失

① Ames S. Duncan, Nuala C. Johnson & Belfast H. Richard, *A Companion to Cultural Geography*, Oxford: Blackwell Publishing, 2004, p. 407.

② Arturo Escobar, "Culture Sits in Places: Reflections on Globalism and Subaltern Strategies of Localization", *Political Geography*, Vol. 20, 2001, p. 139.

落的童年，在康拉德的蓝色小屋这一景观中得到了某种程度上错位般的补偿，成为她最持久永恒的家园想象。为了补充这一家园想象，戈迪默在该书中描写了三个主要的城市空间：南非的约翰内斯堡、法国的尼斯与英国的伦敦，以及分别与这些城市相联系的四种花木：紫荆花、蓝花楹、欧洲丁香、康乃馨。紫荆花和蓝花楹是南部非洲最常见的花木景观，是南非的植物名片，更是罗莎家园意识的表征。当罗莎内心开始质疑作为伯格的女儿这一沉重身份的时候，她在康拉德这里看见了蓝色的小屋、紫色的紫荆花树、棕榈叶形成的长矛般的丛林、静谧舒适的乐园、情欲激荡的隐蔽之所。这正是她对自幼年时被建构的身份的一次试图逃离，但乐园与情欲，也是家园与归宿。当她要离开南非之时，她最后一次开车去看了保存着她和康拉德爱情的小屋，"高速公路已经修完了，瓦楞锡皮屋被推土机清除了，老枇杷树也和园林绿化融为一体，各个地区之间都连了起来，距离缩短了。环形路蜿蜒而上，平缓地离开冬天变成石头沟渠，夏天淹死动物的牛奶咖啡似的河流，经过乡村庄园，那里到处有马儿在跳"。南非如此之美，成为无论她走到哪里，都会最熟悉、最眷恋的家园风光。高速公路作为一个常见的空间意象，指向是明确的，代表了远方与未来，与家园形成一组彼此依存的二元对立。罗莎自身也正在经历这样一个巨大的转变，从父母为之奋斗、牺牲自我的家园离开，推倒旧有的自我，踏上一段未知的通向远方的路。那个小屋的消失，象征罗莎完成了一段颇为关键的自我梳理。但是眼前的景观依然是明朗美好的，老枇杷树与园林融为一体、被缩短的距离、马儿在跳的美好的乡村庄园、这个曾经盛开紫荆花的蓝色小屋，暗示了罗莎最终的回归。从结构上看，小说的第一部分通过景观叙事建立了首尾呼应的精致圆环结构，罗莎的离家已经包含了罗莎的归家意识。

　　有关家园意识与景观叙事在小说中还可以找到非常多的精彩段落，其叙事功能具有相似性，如画风景不仅仅是故事的背景，而且是指向罗莎内在自我对故国家园的认知。罗莎费尽心力已经拿到护照准备离开南非时，曾被一个正在从事革命的黑人女孩克莱尔寻求帮助，让她使用自己供职的单位的打印机打印革命传单，罗莎对此不置可否。小说此时转而写了一段罗莎眼中的风景，"向外望着远处山腰上渐渐消隐的屋顶和树木，墨绿色的常青树簇拥着团团积云般的蓝花楹，树叶已经变黄即将落下，像是在温暖的冬天里反季盛开的鲜花"。这是南非最有代表性的风景，正如前文所言蓝花楹也是南非的常见植物，在每年十月南非会成为蓝花楹的海洋，此时急于逃离南非的罗莎，眼前却充盈着如此富有感情色彩的画面："墨绿色的常青树，团团积云般的蓝花楹"，色彩饱满、热烈、鲜明，植物已经不再是单纯的自然生物，而是具有了超出自然属性之外的社会属性的象征或隐喻性风景，它与社会生活、古老的传统习俗等密切关联，成为文化编码——这些典型的南非的风景，激发着罗莎对南非的家园意识。"风景是通过背对外界的'内在的人'发现的。"[1] 也就是说风景是内面的自我，这段风景叙事阐释了罗莎尚未充分认知到的一个事实：南非是她无法忘却也无法重新选择的家园。戈迪默在这段风景叙事之后，写到了罗莎和克莱尔的一段对话。两个女孩谈到了对于这样的家园，我们能做什么的问题。罗莎那一刻记起了父亲，莱昂纳尔·伯格，这位为了改造自己的家园，为了让南非摆脱可耻的种族政治而奉献所有的革命者曾说过，"在个人生活受到摧残的经历中，失败是抵抗运动积累的遗产，如果我们进行的斗争都是在绝对顺利的条件下进行，那么创造世界历史就太容易了"。尽管此后罗莎怀着无比挫败的心情离开南非，她认为自己或者其他白人，在南非无能为力也无所作为，父亲的革命也没有实现人人自由幸福的目标。正如她此时所看到的家园，仿佛是在世间循环原地打转的魔幻之地，"每年的11月，反反复复，伴随着夏季

---

① ［日］柄谷行人：《日本现代文学的起源》，赵京华译，中央编译出版社 2017 年版，第66 页。

的暴风雨，满街的蓝花楹汇成一片紫色的海洋，季节只能不断重复自己，它们没有未来"。只有重复，没有未来，也正是令人沮丧的南非的历史。但是作者非常精密而巧妙地用风景叙事对此时罗莎的认知进行了反讽，罗莎也将在离开南非之后对自己的这一判断实现否定之否定。在这次会面结束时，克莱尔对罗莎说："罗莎，在这个国家，在这个制度下，看看黑人是怎么生活的——父母有什么选择？你又能选择什么？"罗莎热爱开满蓝花楹的家园，这是她旅途的起点，也必将成为她归来的终点。正如戈迪默本人在年轻时离开南非去英国寻根，但是她最终明白"这次旅行确实是一个了解自我的过程，并帮助我甩掉了身上残存的殖民色彩。当我第一次离开南非之后，我意识到我的家乡毫无疑问只在非洲，永远不可能是在其他地方"。罗莎的家园，将如何冲破这一历史循环，从时间的怪圈中走出，这正是戈迪默这一政治题材的小说最为重要的主题。

为了凸显家园意识的不可替代性，作者还描写了罗莎的旅行景观。她离开南非之后来到了法国东南部沿海的尼斯。尼斯是欧洲乃至全世界最具魅力的海滨度假胜地之一，典型的地中海气候，温暖而湿润，蔚蓝的地中海、巍峨的阿尔卑斯山、神圣的古罗马历史文化、浪漫芬芳的薰衣草……一到夏天，挤满了来此度假的欧洲人。罗莎到尼斯投靠莱昂纳尔·伯格的前妻卡佳。罗莎在父亲的前妻卡佳这里，企图寻求一种全新的生活，远离那个充满了痛苦而又无能为力的苦难之地——南非。她乘坐卡佳的车，从机场回到卡佳的家，她贪婪地注视着车窗外的风光："沿着海边，从一个小道转到另一个小道。通过车窗和红灯暂停时看到的难以想象的生活场景，棕榈树、牛轧糖的阵阵香气掺和着一氧化碳的气味，粉红的夹竹桃，面向大街的一家商店里闪闪发亮的鱼，车市周围飘动的三角旗，戴着绒球帽子玩球的老人，还有城堡，灰色和黄玫瑰色的房子尖顶"，这些风景意象，既是尼斯的风景实录，也更是罗莎从南非逃离之后的内在期待，对欧洲的期待、对于一个不存在种族冲突的她理想中的国度的期待。回到卡佳的家，越过庭院里铺着石头的路面，石头的潮湿味儿和以前从没有闻到过的香气扑面而来，门打开时芳香轻抚着罗莎的脸，行李箱颠簸着经过：紫丁香花，真正的欧洲紫丁香。欧洲紫丁香，这一幸福国度之花，在这段风景叙事中被放在句尾，着重强调，"炫目的色彩，婆娑的绿植和海平面在凹凸不平的玻璃窗上摇曳"。这段优美的如画风景传达出她对这份来之不易的自由的热烈拥抱，"面朝大海，头顶蓝天，脚下是缀着橘子的葱郁树木覆盖着的层峦叠嶂。她闻到了猫和天竺葵的气息"。这是一个可以让她暂时忘却那个开满蓝花楹的故国家园的地方。有一天晚上卡佳带着罗莎去听夜莺歌唱。温暖寂静的夜晚，街灯下小蝙蝠拍动翅膀，音乐在夜色里飘来，笑声与喋喋不休的闲聊、康乃馨的味道、新叶婆娑的葡萄藤，罗莎在这个毫无隐患的欧洲丛林里漫步。我们要注意这段风景叙事中的词汇：温暖、寂静、欢声笑语、毫无隐患。很明显这段风景叙事的背后暗含了一个对照原则，那就是南非的日常。南非的黑人街区所看见的风景，则是黑人逼仄的生活空间、黑人街区的暴力四伏。罗莎意识到在优美风光之下无法消弭的现实问题。欧洲，事物不断在变化中，但连续性好像从来没有打断。可是南非不一样，"让他们在自己的国家能够自由行动，决定他们所做的工作和孩子在学校学习的内容，能够乘坐公交车或走进某个地方点一杯咖啡"，这在欧洲人看来是不用奋斗的基本人权保障，而在南非，那还属于我们不得不流血去捍卫的政治乌托邦。记忆中的南非风光成为她坚实自我的镜像，即使住在开满欧洲丁香的庭院，蓝花楹的形象依旧鲜明，风景叙事对民族的塑造和认同具有巨大的作用。①

　　《我儿子的故事》也采用了同样的方法，向读者传递了索尼对南非的热爱。索尼虽然因为与白人人权主义者汉娜的婚外情伤害了家庭，

---

　　① W. Darby, *Landscape and Identity*：*Geographies of Nation and Class in England*, Oxford：Berg Publishers, 2000, p. 157.

直接导致了家庭分崩离析的悲剧，但是他身上永远具有一种令人感动的革命的真诚。而他对爱情的复杂心态、对黑人革命的激情，戈迪默正是通过风景进行了暗示性的描述，当他和汉娜坐在小花园里面交谈时，那的确曾是他一生中非常幸福的时光，他通过皮肤表层也通过视觉和嗅觉感觉到那叫花园的东西在他上方盘旋并向他逼近，没有阴影的淡紫色花瓣完全展开，就在他的脸庞流溢着芳香，羊齿类植物在浮满睡莲叶的池塘边上摇曳着绿色的翅膀，刚刚割过的青草地腾着暖洋洋的水蒸气，一些不知名的长尾巴鸟儿在无花果树中沙沙作响，把一种叫人心痒痒的宁静送进他耳朵，送上他的神经末梢。这段风景细腻、暧昧、不乏美妙，产生于他与汉娜恋爱的最初，虽然这段爱情具有极为复杂的因素，甚至有与伦理道德冲突之处，但通过这段风景的描述，依然可以看出戈迪默并不回避这段非法恋爱所具有的甜美。但是他和汉娜之间有一个微妙的关系——黑人革命者拥有了一个白种女人作为自己的情人，两性关系中蕴含着他难以言明的种族主义感受，而他对汉娜院子风景的一段主观印象就非常完整地传达了他的这一复杂情绪，"一株阿尔卑斯松树，刻画在正在变黑的大地上渐渐消失的昏光之中，最先出现的小而明亮的星星正从天空的迷蒙之光轻快地飞出，云朵像影子一样遮掩天光。那一瞬间，他看向那棵异国的树，那像他一样超然的元素，它庄严地倒下，追随着它巨大的影子，感觉到很近的东西，突然远去了，他和它被拆开了，这种隔离显示了他的意义，这是一个富有的白种男人的寂静而美丽的领地，为绿树荫蔽，远离惊恐的尖叫和愤怒的高歌，远离肮脏破败的黑人区和被枪弹弄得面目全非的尸体，这一领地与他无关，他不知道他在那里做什么"。这一段非常细微而且充满了象征含义的景物描写，表现了他与环境合二为一，但是又被深深地隔离，正如他在这场恋爱之中，最终必然会分离并失去全部一样。家乡土地上的异国的树，一个黑人男子在一个原先属于白人男子的花园里，产生一种疏离感，丧失了自我意识，正是种族制度对黑人造成的精神创伤的表现。黑人本来是非洲的主人，但是由于白人的入侵，黑人反而被驱逐，在自己的土地上再也没有自我存在感，这一沉痛的历史感受，戈迪默没有正面描写，而是让景观自己发声，呈现了景观背后的政治意义。

有关旅行、家园风景的描述，《偶遇者》的表述方式有一些特殊，描写的是人物的逆向选择，朱莉必须离开南非上流社会的家，然后在积贫积弱的异地他乡重新建立一个真正的家园，这里最重要的风景则是沙漠。朱莉被沙漠的广袤以及与之前她所见过的自然景观的迥异而震惊。她清晨到沙漠边缘独自散步，"这风景的纯粹性让她否认自己之前生活的真实"。① 沙漠对于朱莉而言不仅仅是差异的转喻，而是一个物理的、精神的空间，它重塑了朱莉对她在世界上的地位的思考方式，她认为自己之前无论拥有过多少身份，都不过是小孩过家家一样幼稚。朱莉可以独自走到小镇边缘，沙漠景观对她呈现某种程度的开放性，风景的开放无疑为朱莉提供了观看和意识到她的社会环境的时间和空间，"地方、身体和环境是相互结合的，这些地方以特定的方式收集事物、思想和记忆"。② 朱莉不仅意识到沙漠对于形塑自己的身份至关重要，她发现自己的角色也成为改造当地环境的角色之一，她逐渐在沙漠建立了归属感。当她被阿布杜的家庭全然接纳，被允许进入厨房与家族女性一起准备食物时，这对她而言是"家园认可"的一种仪式。在全球化时代，家园已经不再意味着故土，而是人类试图寻找的东西，它指向更多的开放与可能性。沙漠稻田如梦似幻的风景，承担的就是这一主题的升华，朱莉梦中出现的沙漠之绿，这是朱莉梦想家园的样子，是一个白人富家小姐背井离乡逆向寻找的归宿，归宿与家园呈现了一种全球化时代"流散"的本质特点。

戈迪默本人并未离开南非到任何一个国家久居，她始终强调自己

---

① Dana C. Mount, "Playing at Home: An Ecocritical Reading of Nadine Gordimer's *the Pickup*", *A Review of International English Literature*, Vol. 45, No. 3, July 2014, p. 101.

② Arturo Escobar, "Culture Sits in Places: Reflections on Globalism and Subaltern Strategies of Localization", *Political Geography*, Vol. 20, 2001, p. 74.

的"南非身份",她小说中的风景叙事,主要是刻画南非的风光如绘,在这些风景背后,既有人物对南非家园的热爱,也饱含了作者对南非的认同,如此美丽的南非,绝不能容忍罪恶的种族制度继续存在,而应该建立不分肤色幸福生活的彩虹南非。在短篇小说《客居他乡》中,戈迪默就借她的主人公从南非到罗德西亚的一场旅行,热情洋溢地讴歌南非的田园风光:"一路驶过种上玉米地、烟草和辣椒丛的田野,田野融成鲜红——玫瑰红——黄色的一片,犹如瓦垄一般。进入干涸河床那边的凹陷——小时候他们经常一起在这里捉蜥蜴;又经过在荆棘丛和荒凉的柳木间放牧的牛群;穿过一扇扇孩子们带着卡菲尔狗从村庄里跑来打开的大门;驶过那群围坐在一起的爷儿们娘儿们——座圈中间放着一听听啤酒和饮料……晌午的时候,山峦的阴影笼罩大堤。"继续前行带来的愉快的轻松感,让主人公感觉自己不是陌生人中的一个,他感到仿佛自己一直在旅途当中,并能永远如此,跨越30载,又走回他的记忆。那些平衡岩石,那些将岩石断裂又将它们紧锁在蔓延的树根中的白皮无花果树,那些春来时变成红色的平顶树——河对岸那片已经变成错杂森林的丛林地,那些古老的猴面包树以及悬挂满绿色果实的非洲橘树,还有那些大面积的浅湖。戈迪默的短篇小说具有诗化特点,淡化故事冲突,而风景的叙事性就得到凸显,风景就是作者写作的主要对象而非借此渲染气氛、描述环境。主人公眼中可爱的南非风光,是一种家园认同——而在所有的自然风景中戈迪默最爱描写的除了南非的蓝花楹,就是湖。

《贵客》中布雷上校对南非有一种回到"家"的感觉,非常重要的一个萦绕在心头的风光就是那个大湖,他在鱼鹰酒店的门廊露台上,偶尔会被湖光水色的景致吸引:"晃眼的一片亮光,在林木后面的极远处,阴天雾天则是一片异样的冥蒙,转瞬间他脑子里一片空白,湖面的光泽变化莫测。湖水泛光,融入热气氤氲之中,宛如水行天际,空旷渺远,……这个大水系伸向内陆绵延600英里,跨四五个国家。

那个瞬间，这个无限遥远的符号和无限的时间合二为一，使他心胸豁然开朗，抛开了当天的思绪，恢复到了 10 年前的自我，今夕贯通，与当前的自我浑然一体。"布雷对自我的思考、对非洲的认同，全部体现在这段满含感情与哲理的关于湖的风景之中。对于一位被视为政治小说家的戈迪默来说，她的写作也可能是感性的，甚至是诗意的。①短篇小说《列文斯通的伙伴们》也紧紧围绕大湖展开叙事，主人公沿着伸进一片宽阔的灌木地带的小路，他看见了一痕水光，那是一个美丽的湖。"此刻的湖，就像在黑暗中发亮的眼白。他缓缓地走向湖中，湖水好像在慢慢将他吞噬。湖水清凉，凉如口腔。许许多多的小鱼在他身旁跃出水面，宛若暖洋洋、黑漆漆、沉甸甸的空气中闪闪发亮的罐头听。"当他只想一早就离开这里时，却又因一眼看到了那个湖而继续逗留。湖成为决定小说叙事的关键因素，"不只是人物活动的背景，也不仅仅起到象征的作用，它本身就有生命，有影响人物活动并推动叙事向前运动的力量"。② 戈迪默笔下的湖水波涌连天、生机勃勃，湖面泛着一片珍珠般的银白色的粼波，清澈透明，亮着淡淡的柔柔的嫩绿，一尾花斑鱼一动不动地悬浮在他腿旁，他好像又回到了童年时代。鱼鹰在凝视远方的眼神中露出那种空远、那份淡漠，万物均无法与之相比。大湖又是如此宁静，给予人物无限的安宁感。美丽的大湖风光在一个被种族隔离制度分裂了的南非，白人殖民者疯狂追逐经济效益，黑人则浑浑噩噩生活在悲惨之中，大湖与丑恶的现实形成了一个对照，是作者心中的伊甸园，大湖不仅仅是一种生态主义的自然现实，更带有超验色彩，"湖就在那儿。却听不见，也看不见"。戈迪默的主人公们都难以遏制自己对湖的渴望，宁静悠远的大湖，就是美丽南非的缩影，"默默无语的湖，它平如镜亮如锦，一直绵延到遥远的非洲

① Nadine Gordimer, "90, Acclaimed South African Novelist", John Timpane, TCA Regional News, Chicago, July 15, 2014.
② 尹晓霞、唐伟胜：《文化符号、主体性、实在性：论"物"的三种叙事功能》，《山东外语教学》2019 年第 2 期。

北部"。人类纷争不断，但在探险家利文斯通的日志中提到的湖，至今依然。这些南非景观，尤其是大湖这一风景，除了文化表征和有力量的行动者功能，还具有独立于人类理性的本体性，从语言和文化的再现中溢出，显现其独立而实在的"物性"。戈迪默小说中的风景叙事，既是文笔绝佳的散文，更是她整体叙事不可或缺的有机组成部分。

第三节　日常生活风景与自我表达

列斐伏尔认为日常生活是一个"力量"的场所，因此日常生活场景本身也构成了风景，戈迪默敏感而细腻，尤其善于抓取细碎日常景观，并通过日常生活风景建立人物的自我表达。

《保守的人》中，戈迪默描写的日常景观中特别值得注意的是"鞋子"，她对这一日常之物进行了多次描述，使之具有存在主义哲学般的思想性。她描写鞋子的细节特别多，例如：梅林回到城里后，粘在鞋上的厚厚的露水和青草把梅林和他的农场连在一起；仆人雅各布斯感激地穿着特里·梅林的旧衣服，从农舍里借了一双旧胶靴来代替自己的；当埋葬不充分的尸体在梅林的农场重新出现时，首先通过他的鞋子来辨认，鞋子一直粘在脚上，这表明它与梅林有某种关联，梅林的鞋子最近被附近的泥土缠住了；特里不屈不挠地光着脚走，拒绝父亲留下的沉重的财富遗产和"文明"的适应。[①] 鞋子这种琐碎平常的生活物件构成的风景，包含了重要的生命意识。鞋更类似于一种哲学表达，因为它接近"生命存在"，是生命与大地的某种联系，它们在日常生活中占据了一席之地，在这部作品中通过鞋子构成的日常生活，强化了戈迪默以生命意识反对种族隔离和殖民主义的论点。

---

① Susan Pearsall, "Where the Banalities Are Enacted: The Everyday in Gordimer's Novels", *Research in African Literatures*, Vol. 236, No. 3, March 2000, p. 236.

　　《七月的人民》中这种类似的日常生活风景更为凸显，在小说的开头，描写经过了艰难的漫长逃亡后，莫琳一家终于在七月的老家睡了一个沉沉的觉，早上半梦半醒之间莫琳的一段意识流。即使在逃亡之中，白人已经丧失了一切特权，寄居在七月家里的破旧茅草屋避难，但是七月仍然按照从前惯例正在提供服务，作者在这里集中描写的是一组日常生活物象，"七月，他们的仆人，他们的房主，拿着两只粉红色的玻璃茶杯，还有一小听炼乳，来为他们服务"。我们根据小说随后的对黑人生活现状的描绘，这种典型的白人中产阶级的生活做派，与黑人的生活有天壤之别，七月和他的族人过着接近原始、赤贫状态的生活，因此这里粉红色的玻璃茶杯、炼乳，正是白人日常生活的真实写照，在这之中包含着一种权力的不对等。莫琳在半睡半醒之间意识到自己是睡在一个小茅草屋里，她以前也曾在这种顶上覆着茅草的圆形小土屋里睡过觉。在克鲁格公园，倒班老板的一个孩子和他全家在度假，桌上摆着橙汁、饼干等，还有一只搪瓷脸盆和水罐……现在他们住的这一间是所有其他小屋的原型和再现：在她身下，在这张铁床底下，是留着泥巴和粪便印记的地板，就在这张床生锈的弹簧上面他们铺开了汽车的防风油布；在她上方，纸条粗粗编成的尖顶支撑着破损的灰色茅草顶，沾满灰尘的蜘蛛网晃晃荡荡地垂下来。门口环着一圈的亮光，一只秃毛母鸡带着一群小鸡进来了，叽叽喳喳叫着发出世界上最柔弱的声音……莫琳在这种回忆的意识流中沉沉入睡了。在半梦半醒之间，她仿佛回到了自己的童年，回忆起在倒班老板的度假小屋里的情境，虽然同样都是这样的非洲茅屋，但有钱白人的度假小屋和她此时的栖身之处差异巨大，几头猪的影子，一些她完全听不懂的语言，将之拉到了现实。七月跑前跑后拿来了粥、煮熟的野菠菜，居然还有一个又青又硬的木瓜，——不管什么情况，这个家庭每顿饭必以水果来结束的规矩，还被这么长时间熟知他们的他仪式般地遵守着。作者通过对这种日常生活场景简约的描写，将黑白对立的世界呈现在读者面前。小说中还写到了日常生活中非常平常的"气味"——七月身上的一个熟悉的味道，救生圈肥皂（Lifebuoy Soap）的气味。我们在前文交代过，救生圈肥皂与殖民统治之间具有明确的关联，由于去污性强，这一肥皂的形象最终不可避免地朝着男性化和黑色化的方向发展。戈迪默通过肥皂这一生活物象的强调，含蓄地指出即使在此时白人一家已经失去了自己的特权，他们赖以生存的一切都已经被摧毁，可是黑人骨子里的自我奴役的意识并不能立即消除。而黑人的生活，戈迪默也不需要戏剧性的写法强调和突出其悲惨，而是通过莫琳的眼睛观察到的生活场景所反映出来的：很难称之为农具的破烂家什、套着轭和缰绳的公用的耕牛、黑暗的低矮小屋、从屋顶掉下来的锄头、篮子里储藏的发霉的食料……这些在莫琳的眼里简直就是自然历史博物馆设计的原始文明的西洋景。黑人的日常生活用品，在莫琳眼里看来根本称不上用品，但是却还需要一个村落的黑人共享，他们真的是一无所有。黑人本来是南非大地的主人，但是已经被剥夺全部生存资料，这样的风景抵得上正面描写种族斗争。

《伯格的女儿》虽然是一部严肃的政治小说，但作者也绝非板起脸来只是强调政治斗争的残酷，她通过风景叙事，非常好地诠释了主人公罗莎对南非的认同，以及对生活的热爱，没有将之抽象成天生政治家，而是写出了浓厚的生活气息对她的致命吸引力。对日常生活场景的关注，有研究者指出这是早年过多关注政治大事件的戈迪默，晚期创作的一个转向，可以借用本雅明的"拾荒者"一词描述这一转向，作者如同拾荒者，捡拾以及重新安排人生经验，并挖掘日常经验的光晕。在这样一个时代，"弥赛亚主义已经失去了光晕，反而在日常生活的描述中会有这样一种超越了物质与精神二分的光晕存在"。[1]

① Ileana Dimitriu, "The Writer as Ragpicker: The Aurati Power of the Mundane in Nadine Gordimer' Srecent Fiction", In Wale Adebanwi, *Writers and Social Thought in Africa*, Routle: London & New York, 2016, p. 72.

罗莎去国离乡到达法国后，才第一次感受到烟火气息的生活的滋味，"一早上的事件都能被市场里的购物填满，没有时间感。鼻黏膜上满是芹菜的辛辣味，花和草莓微弱的甜香，湿滑的海域分泌的凉凉的咸味，奶酪的气味，满眼是水果和蔬菜的颜色、形状、光泽、密度、图案、纹理和感觉；买卖声不绝于耳"。这种日常生活场景充满了烟火气息，对罗莎具有致命诱惑，因为这些平常的生活风景表达了自由、安全、平静、幸福的生活理想。所以整个夏天，她都在小酒馆里打发时间，她所享受的是温暖寂静的夜晚、街灯下小蝙蝠拍动翅膀、笑声与喋喋不休的闲聊、康乃馨的味道、新叶婆娑的葡萄藤，在罗莎看来这就是幸福生活本身，而对当时正处于种族隔离制度的南非而言，却不过只是乌托邦。作为对照的南非，是她此时记起小时候经常跟随妈妈穿越隔离线到黑人家里去，黑人社区就是坑坑洼洼的街道，强制建设的、整齐划一的、军营一般的房屋，破烂的房子，闲逛的孩子，流浪的土狗，蹒跚的驴子，光屁股的孩子，散养的鸡群，醉酒的男人，眼神痴呆的老人，泼辣妇女的吆喝，穿的破破烂烂的男孩，煮熟杂碎的气味……弥漫的啤酒味和尿味，拱着人的粪便的猪和屠夫，混乱地挤在一起……在罗莎的记忆中构成了黑人生活的就是这一系列令人窒息的混乱与贫穷，黑人也期待能有个生活舒适的家，但这是一种奢望，永远也实现不了，除非从根源上废除种族隔离制度。这些生活的问题是白人政府强加于他们的，政府却对此视而不见，也没有提供解决的方法。这一段与黑人日常生活相关的风景，是罗莎实现自我认知非常重要的组成部分，她后来重返南非，投身革命，或许正是对这一生活的追求——在一个还有英雄的南非，该隐和亚伯应该握手言和，让普通大众拥有没有恐惧、没有刑罚的幸福生活，通过她眼中的风景来展现她的内在。

《偶遇者》中的主人公朱莉与阿布杜其实属于两个世界的人，他们之间具有不可弥合的鸿沟，虽然两个人都仿佛是自己家庭与国家的流放者，但朱莉始终有选择，而阿布杜却无论如何挣扎，永远都是世界的贱民，而这一点构成了前面几章我们讨论过的全球化与人物身份的主题的基础。对此，戈迪默选择让日常景观自我表达，景观比人物对自我的认知与判断还要更为真实，"人会被自己的幻想蒙蔽，无法准确区分什么才是真实的自我，物却具有独立于人类理性的本体性"。①朱莉第一次见到阿布杜是在汽车修理厂，"像伤患般搁在油压起重机上的汽车，放在长凳上的工具，饮水机，塑胶杯子和外带食物的盒子，一部正在喋喋不休的收音机，有个男人躺在一辆车子下面，只看得到下半身，车下的男人爬了出来，那是一个年轻人穿着油腻腻的工作服，长长的手垂在长长的手臂下，两手都是油污"。这个卧在汽车下面隐姓埋名的"油猢狲"，无论如何努力，小说最后的结局都暗示了他永远也无法改变自己的命运，即使他如愿以偿拿到了前往美国的签证，对于这一点，朱莉眼中毫无诗意、充满了生活的重压的日常景观已经做了充分的言说。阿布杜唯一一次到朱莉父亲家里，则看到了这样的日常生活，"客人们都坐在起居室外头有遮阴的露天平台上，而起居室里则有着一些拱道，可以通往各种用途的包括开舞会的厅室，露天平台上的有垫躺椅和花卉摆设，给人的感觉就像是室内那些高级家具和油画的延伸。食物早已铺排好，包括隔水炖过再冷冻的挪威鲑鱼，色彩像万花筒一样斑斓的沙拉，玛格丽特鸡尾酒的大酒钵上蒙上了一层盐式的白霜，有柄的白镴啤酒杯和玻璃酒杯，也因为温暖的天气与杯中物的反差而裹上了一层水气"。奢华、富贵、高级，这就是白人资本家的真实人生，这就是世界的真相，世界全部掌握在这些有钱的白人手里，阿布杜非常明白，正因如此，他永远也无法干预朱莉的人生选择，她如同这个奢华午宴所展示的一样，那就是资本带来的自由。之后两个人人生的选择、趋势以及结局，其实在这样一组对立的日常生活景观之中，已经全部说明。如果我们进一步再举一个例子，那就是朱莉对于阿

---

① 尹晓霞、唐伟胜：《文化符号、主体性、实在性：论"物"的三种叙事功能》，《山东外语教学》2019 年第 2 期。

布杜的沙漠之乡的想象和她真的在这个沙漠小村所看到的景观，则有天壤之别，她那种从高处去凝视这个穆斯林小村的身份，是无法避免的。她想象的沙漠是"棕榈树、骆驼与三桅帆船"，而现实中却是一个个颤巍巍扭曲变形的摊子，蔬菜、水果、晒干的果皮，无法确认是什么的条状物（鱼或者肉），扁块的面包，一瓶瓶黏糊糊的东西，汽车车轮盖，磨损的工具，旧收音机与掏空了机件的马达，一堆堆三手的旧衣服，一些不知道多少人用过的太阳眼镜和大哥大，全世界都把破烂扔到这里来。在阿布杜的家乡她不得不重新定位自己，重新认识这个世界，她所有已知的经验与知识都不再发生作用，什么也比不上眼前的破烂不堪的生活景观带给她的震撼。在流沙的映衬下，她的家庭和社区价值开始形成，正如阿图罗·埃斯科巴所说的，我们需要"认识到地方、身体和环境是相互结合的，这些地方以特定的方式收集事物、思想和记忆"。①

段义孚认为人们逃亡的自然毕竟已经被人文化了，他用 topophilia（恋地情结）阐释人与地方之间难以割舍的真挚情感，恋地情结彰显了地理意识中的美学感知，并将其与怀旧、空想结合起来，是驱动人类环境行为和态度的力量。"在小说中风景是无法被简单地作为背景或陪衬的，它在某种程度上充当了人物的另一个自我。"② 戈迪默的景观叙事的确呈现了这一美学特质，我们通过分析戈迪默小说中的景观，可以做出如下结论：景观叙事在戈迪默的小说中具有重要的美学意义，景观具有多元的意义和功能——社会环境、情景、视野、身份、资本主义的场域、工作场所、隐喻，日常实践的背景——景观经常被策略性地用于构建权力关系和对"政治"的理解。"风景俨然成为一座实有的或抽象的宝库，蕴藏着纵横交错的观念。"③

---

① Arturo Escobar, "Culture Sits in Places: Reflections on Globalism and Subaltern Strategies of Localization", *Political Geography*, Vol. 20, 2001, p. 74.

② ［美］段义孚：《逃避主义》，周尚意、张春梅译，商务印书馆2004年版，第56页。

③ ［美］温迪·J. 达比：《风景与认同：英国民族与阶级地理》，张箭飞、赵红英译，译林出版社2011年版，第38页。

第十章　戈迪默小说的叙事策略与技巧

> 我们必须完成福楼拜所说的"所有任务中最困难、最激动人心的任务：转变"，这就是自由的现实。
>
> ——纳丁·戈迪默

戈迪默对南非的政治采取了"介入主义"的创作态度，记录历史，参与并影响南非历史的进程，她的作品确实因见证和反对种族隔离制度而受到广泛的赞誉。从叙事形式上看，戈迪默的创作是极为学院派的，这和她所受到的正统的欧洲精英教育以及她所承袭的文学传统都有关系，其作品被公认为难读难译。读者从她的创作中非常容易感觉到她深受卡夫卡等现代主义作家影响，但是她没有走到完全效仿卡夫卡或普鲁斯特的道路上去，因为她明白"文字的革命"对于像她这样的人来说是不够的，她所生活的南非要求她"不仅仅是一个作家"。对于戈迪默小说的叙事技巧的评价，评论界意见不一，尤其南非黑人作家崛起之后，他们会认为戈迪默的创作远离了南非多数民众的阅读能力与趣味，这是许多非洲精英作家面临的问题，也就是他们的潜在读者到底是谁，为谁写作的问题。在这些否定性声音中，有些未免过于尖锐，认为她的叙事密集、冗长、过度散漫、不够清晰，"风格单调乏味，过度依赖破折号来破坏句子，作品具有极不规则的结构"。① 整体来看，她的创作是对 19 世纪现实主义传统的继承，同时不断吸取现代主义多样化的表达策略，进行了诸多叙事实验，这些叙事技巧又和她的创作主题互为表里、有机统一，构成了其作品的整体风貌。南非是一个多语种多文化的杂糅，英国和荷兰语言文化、非洲各部落语言和文化的因子构成南非文化的有机组成部分。作为一名南非白人作家，戈迪默的小说有意识拒绝纯粹的欧洲白人文学中心主义，她的作品既有政治承诺，又有形式上的创新，内容上涉及当代人感兴趣的主题，在形式上则采取了多种叙事策略。② 本章选取戈迪默创作中与种族、性别主题表达最密切相关的几个叙事技巧进行论述。

第一节　多元视角与多线叙事的融合

戈迪默的长篇小说擅长多线索布局，她以双线以上故事并进的结构方式，将多层次的主题呈现在复线发展的故事情节中，叙事结构不仅仅是其小说的形式载体，其结构本身就具有主题性意义，体现出南非多元政治背景之下各种议题、多种声音、不同意见的纷繁复杂。对于戈迪默而言，现实生活已如此复杂，简单明晰的叙事结构与线索，无法承担叙事的重量，多线索、多视角就成为一种必然的形式载体。

《贵客》是多元视角与多线叙事的典范之作，其叙事结构复杂、叙事技巧精致、人物纷繁、关系错综，呈现出一幅非洲某国独立后的政治全景图，这样的作品注定阅读难度非常大，无论小说的内容还是叙事手法，都易将普通读者拒于千里之外。从结构上看，戈迪默最巧

---

① Jim Hannan, "No Time Like the Present by Nadine Gordimer Review", *World Literature Today*, Vol. 86, No. 5, September 2012, p. 65.

② Judie Newman, *Nadine Gordimer*, London：Routledge, 1988, p. 13.

妙的处理手段是设置两条叙事线索，互为经纬，紧密编织：一条政治主线，一条爱情辅线。叙事的视角则随着故事的需要不断转换，从而形成了一种戏剧性的编织效果。爱情线索将时不时逃逸出普通读者注意的沉重政治议题重新编织进叙事之中，政治与爱情成为整个叙事框架之中闪烁的珠贝，经过编织形成了一个有机的叙事整体。政治主线的主人公是黑人独立运动的领袖莫维塔与莘札，二人在独立之后因为政见不合，而产生矛盾与分歧，发展成了政敌。布雷上校因为当初支持黑人独立运动而被弹劾，如今在黑人政权成立后作为新政权的"贵客"受邀返回南非。政治主线围绕新政权成立后出现的各种问题、各种政见展开，这一部分戈迪默写得严肃、繁复而场景宏大；爱情辅线的主角是布雷上校，他受邀重新到访非洲，而他的太太奥利维亚出于种种原因拒绝同行，布雷在重返非洲后遇到了年轻的丽贝卡，乱世之时，两人互相欣赏、彼此照顾，产生了刻骨深情。主线与辅线并不分离，或隐或显，与黑人政局的动荡紧密相连，最终布雷在和丽贝卡逃往首都的途中成了动乱的牺牲品。在双重线索的推进中，戈迪默"运用叙事视角的转变表现个人与政治的复杂关系"。①

在叙述过程中为了使叙事显得更加自然与真实，戈迪默回避自己的情感和价值判断，因此放弃了传统小说中全知全能的叙述模式，而采用非个性化全知叙事视角与人物有限视角结合的模式。通过这两种模式的交替运用达到作者的声音消退、人物意识凸显的效果。《贵客》一共有六个部分，从第一部分开始就有一个全知叙事者的存在，但他并没有现身讲故事，而是隐藏起来，以有限视角展示事件和人物行动。小说一开始以第三人称描写布雷在一个午后的非洲醒来，开始回想过去三天以及过去三个月里发生的事情以及参加独立庆典的情况。作者在表现布雷或者奥利维亚等人物心理时，叙事视角就会由第三人称客

---

① Mary Donaghy, *Not Merely Political*: *Narrative Perspective in Nadine Gordimer's Later Novels*, Dalhousie University (Canada)：ProQuest Dissertations Publishing, 1992, p. 245.

观叙事暂时转变为人物有限视角。通过全知视角描绘布雷回到非洲后的经历来展示人物和事件的发生及进展，但同时又以有限视角的限定方式，关注人物的心理，避免从全知立场对人物和事件进行评价。这样的视角切换，给予读者更多空间去进行自我判断，从而参与了整个叙事的构成。整部作品都延续了第一部分的叙事特点，视角切换与双线故事结合，以非个性化全知视角的叙事为主，以人物有限视角关注内心冲突为辅，叙事形式更为精密。不同视角的切换还起到另一个作用，那就是对叙事的中断，通过这种叙事方式使布雷行为的延宕得到了叙事上的支持。布雷作为这个新独立的国家的"贵客"，在离开了十年后怀着对总统莫维塔无限的情谊回到这里，但莫维塔对国家的错误定位以及新政权对权力的腐蚀让布雷感到焦虑，他感受到了与新独立的黑人政权之间深深的分裂，这位"贵客"不过是个外来者。出于纯粹的政治理想，出于对非洲的热爱，作为英国人的布雷不知不觉中陷入了一种对立势力的交锋之中，他最后又成了在野政治人物莘札的"贵客"，试图从中调和他们的矛盾，其行为呈现出明显的延宕与纠结。戈迪默将这种延宕与叙事视角的切换结合，从而使叙事节奏与人物的思想呈现一种和谐。

为了配合多元视角，戈迪默注意引语的使用。在《贵客》中，她大量采用了自由直接引语和自由间接引语来调整读者与事件之间的距离，摆脱了引导词以及引号的束缚，使人物的语言、印象以及联想等行为更加自如地出现在小说之中，不同形式的引语和非个性化全知叙事视角以及人物有限视角相结合，使叙事者在表现人物内心活动时有更多的选择。例如，在使用自由直接引语的时候叙事视角往往会切换到人物有限视角，从而使人物的心理活动更为直观，一方面自由直接引语使读者能在无任何准备的情况下，直接接触人物的"原话"，另一方面自由间接引语是出自叙事者，而不是人物，这样有时能够起到误导读者的效果，从而增加了作品的戏剧性。"在转述人物的对话时，如果完全采用自由间接引语，则可以使这方面的优势表现得更为明显。"① 我们来看小说中的例子：小说第一部分布雷准备从英国重新回到独立后的非洲，奥利维亚正在给他收拾整理行李，叙事者通过自由直接引语以及自由间接引语的交替使用展现了奥利维亚的内心世界。奥利维亚在布雷即将离开的时候总会产生一种疏离的感觉，小说写道："她不知道他是否也有这种感觉……害怕发现他没有——她有一种预感，中年阶段你可能会一夜之间失去一切：爱你的丈夫、朋友、孩子……或是你不知不觉走开了。"奥利维亚的内心活动随着第三人称转变为第一人称表现出来。奥利维亚和布雷结婚二十二年，"经历过起初的激情，接下来在互相坦诚和理解中长期相处"。奥利维亚是英国传统的淑女形象，个性沉稳、优雅、克制，许多隐秘的内心活动很难直接通过人物自白来揭示，这时候全知第三人称的剖析就显得很有必要，而不同引语的运用也能够让其情绪处于一种隐晦状态，这也正是这位上流社会英国女性的克制的个性，可见叙事技巧充分为人物个性服务。而小说在描写布雷与丽贝卡的交往中，写出了布雷无意识中具有的双重立场，他陷入与丽贝卡的爱情之中，但是他又不断提示自己，他已经是一个做了外公的人了，过不了多久就该永远离开非洲，回到英国。关于他这种双重心理的描写，多元视角的切换可以帮助读者更深入了解人物的复杂内心，"他一开始就挑明了，两人之间不能有什么地位权力的关联，因为他开始就看出，这种关联的危险——可能掺杂尊卑贵贱的意识，这种意识来自殖民时期。我必须忘记自己是个白人。一个白人在非洲，总把自己看作老师"。原本是叙述者在进行叙述，但是在没有任何提示语与符号的情况下，自然地从叙述者转变成了布雷的人物内视角。自由间接引语的运用与之结合，"虽然他舱位已经预订；他在想也许会顺便在西班牙停留一

---

① 申丹：《叙述学与小说文体学研究》（第三版），北京大学出版社 2005 年版，第 315 页。

周。他还从来没有认真看看马德里的普拉多博物馆呢"。同时在布雷的自由间接引语中对丽贝卡发出"这个人多直率啊"这样的感叹。由于这两种引语的独特优势，叙述视角的切换更加自由，读者可以跟随叙事者往返于小说文本，人物形象、人物的内心世界就更容易被表现出来。

《伯格的女儿》作为经典的成长小说，如前文所分析的，单线索发展才是这一类作品在结构上的共性，然而戈迪默依然采用多线索叙事方式，罗莎的政治觉醒与她的爱情故事，形成了作者最擅长的政治叙事为主、爱情叙事为辅的并线结构，爱情叙事既是一条单独的生命探索线索，也是为政治主题而服务的一条隐线。在这个作品中，戈迪默娴熟运用叙事视角的切换，每一件事都会从不同的视角重述一遍，这一视角转变揭示了主人公罗莎的个人觉醒与她重新做出政治承诺之间的相互依存关系。① 小说第一章一开篇就给予读者极大的震惊，我们在欧美经典作品中也看到过同一个故事不同视角反复讲述的先例，例如《喧哗与骚动》就是这样的案例，有关凯蒂的失身与命运，作者说他相当于讲述了五遍，形成了如同《罗生门》一样众声喧哗的结构。而戈迪默对于这个技巧的运用方面更为激进，她在开篇第一章，就运用了多个视角从不同立场对罗莎父母的入狱以及罗莎的行为，讲述了至少四遍，而每一遍都随着视角的不同，被遮蔽的事实也不一样，这个故事就出现了完全不一样的版本，历史全凭言说，何处才是真相？这正是作者通过这种视角的切换想要思考的，唯有罗莎身体的语言才最真切，因此小说的主题——罗莎认知与自我的形成，必须与最直接的生命经验相关，戈迪默的这一观点就与抽象的革命精神之间拉开了距离。作者首先运用的是第三人称全知客观报道的视角写道：那天莱昂纳尔·伯格的女儿就在人群中，给她妈妈送鸭绒被和热水袋。那时

① Mary Donaghy, *Not Merely Political*: *Narrative Perspective in Nadine Gordimer's Later Novels*, Dalhousie University (Canada)：ProQuest Dissertations Publishing, 1992, p. 245.

她 14 岁，站在监狱门口，黄色衬衣外面套着 V 字领，棕黄相间的校服，个头比实际年龄显小，酒瓶腿和细细的小腰。——这是一份来自报纸的报道，着眼点是在第三者视角下罗莎的无助与承受的痛苦。接下来的一段是人物第一人称有限视角的叙述，是罗莎的内心独白，这一视角构成了对新闻报道的否定，否定了前者叙事中的夸张、捏造、煽情。罗莎的独白视角表明实际上自己在学校中过得不差，可以说根本没有什么不幸，但是作为父母是入狱政治犯的孩子，往往被贴上"不幸者"的符号，而她真正关注的不是父母的入狱，而是她自己正经历的青春期初潮，"我神秘的身体内部在翻江倒海，所以在那个公共场合，我处在每月一次的毁灭性危机中，我自身构造的清除、撕裂、排泄。这与我的子宫同在，而一年前我根本没有意识到——身体里——有个这东西。下身一阵接一阵地痛，疼痛的间歇，我才意识到手指上吊着热水袋的橡胶环"。——在罗莎的这段有限视角的叙事中，身体意识是核心，而经期、经血，在女性身体中别有意味，是真正的自我秘密，因此具有很强的象征意味。而这一视角构成对官方报道的解构。接下来小说出现了一个有限第三人称——康拉德对罗莎的观察，他是一个带有虚无主义色彩的政治边缘者，戈迪默透过他的眼光来理解背负着沉重革命遗产的罗莎的内心世界。从这一段开始，小说通过康拉德有限第三人称视角与罗莎的第一人称视角不断交替进行写作，构成小说中一组最为重要的对话。而隐含作者的声音"听起来好像在向我们耳语着秘密，从无所不知的视角飞到有限的第三人称视角，然后又回到那个无所不知的上帝般的叙述者，在向读者诉说让我告诉你我看到了什么"。[①] 世界存在于叙事之中，同一个事件，视角不同，关注的焦点不同，叙述的版本就完全不同，因此关注叙事本身就是关注

① Ilene Durst, "The Lawyer's Image, the Writer's Imagination: Professionalism and the Storyteller's Art in Nadine Gordimer's *the House Gun*", *Cardozo Studies in Law and Literature*, Vol. 13, No. 2, Fall 2001, p. 299.

真相，小说开篇即体现出了戈迪默极具后现代色彩的叙事实验。

《我儿子的故事》在多线与多视角叙事方面表现得更为巧妙，表面看小说的双线故事是以儿子威尔的视角和父亲索尼的视角分别在讲述故事；读到最后，我们又会发现双层故事其实是儿子威尔眼中父亲的政治与爱情经历；但是与小说题目对照来读，才会明白这些故事都是父亲索尼眼中"我儿子"的观察、思考与成长，这一安排破坏了交替视角的明显简单性，使叙述复杂化，作者的政治立场会在不同的视角中隐含，暗示了"写作与政治承诺之间的关系是极为复杂的、交织的"。[①] 这种相对比较隐藏的视角转换，使叙事呈现多重的叙事距离，我们有时很难断定这一事件的观察视点到底是父亲索尼还是儿子威尔。例如索尼和汉娜在狱中的相逢与爱情萌芽，他们曾并肩作战一起参与演讲游行，这些事件儿子威尔是不可能作为见证者出现的，作者采用了一种模棱两可的叙事口吻，仿佛是从索尼自白的角度回忆了自己的婚外情，让读者与索尼之间拉近了距离，能够深入人物的内心去体会他在政治洗礼之下对白人革命者、引路者汉娜的复杂情愫，以及他作为一名普通的黑人面对家庭与子女的道德拷问所产生的自我审视。但是作者又绝对不能仅仅站在索尼的立场上，因此又让这一事件在儿子的成长记忆中出现，透过威尔的视角，凸显这一事件所具有的伦理意义。这样的叙事手段导致阅读难度增加，读者需要在双层视角中寻找一个定位，并同时意识到因观察立场的差异，这些事件与叙事所产生的意义差异。这一互相嵌入又互相解构的叙事视角，体现了戈迪默对现实世界复杂性的包容心态，并以叙事手段的方式告诫读者，非黑即白只是一种简单粗暴的理解方式，事件的解读永远大于事件本身。

戈迪默早期作品至少部分地忠实于传统的现实主义，然而在20世纪90年代种族隔离主义结束之后她有意识地大量运用现代主义技巧，

---

① Mary Donaghy, *Not Merely Political*: *Narrative Perspective in Nadine Gordimer's Later Novels*, Dalhousie University (Canada)：ProQuest Dissertations Publishing, 1992, p. 244.

探索这些技巧在欧美20世纪早期的文学传统背景下意味着什么，以及这些技巧对于后种族隔离时代的南非又有怎样的意义。① 后种族时代产生的第一部作品《无人伴随我》，其双线故事是以两个家庭——白人斯塔克一家以及他们的黑人朋友迪迪穆斯一家为描写对象展开的，在主题上彼此对立又紧密融合，以此关注后种族时代南非的政治重建以及人生价值的探索，表现那个时代的复杂性和多样性，可以说复线与多重视角是对处于过渡时期的南非政治状态最好的表现形式。维拉是一名资深白人律师，她不仅同情黑人，支持他们的解放运动，而且经常通过法律的手段为黑人争取土地和生存的权利。在黑人解放运动获胜、新政府即将成立的时期，她积极参与政治活动，是国家宪法技术委员会的委员。对于维拉所做的工作以及体现出的政治问题，戈迪默采用的是全知第三人称视角，让读者获得对南非在种族隔离前后土地政策、配套法律问题一系列问题的全景观感，并且可以从立法的高度去理解后种族时代南非的出路问题。另一叙事主线是迪迪穆斯一家。他们夫妇是黑人解放运动的领导人之一，常年在国外流亡，在黑人解放运动取得胜利之后，他们回到了祖国。然而这对夫妻正面临彼此感情与政治地位的双重考验。解放组织出于政治需要，为了证明自己有能力对过去所做的事情进行反省和自我谴责，要求迪迪穆斯公开自己过去在拘留营中当审讯官的时候所做的事情，他成为政治的牺牲品；在举行的选举中，迪迪穆斯落选了，赛莉却进入了高层，在这个时候，妻子表现出对自己政治地位的敏感，即使在私下，她也不要任何来自他那里的、让人回忆起此事的东西，任何熟悉的名字。——这一主线作者的叙事视角基本上也采用了第三人称全知，从而能够给我们描述黑人领袖伴随着南非种族政治的变迁，他们与政治之间微妙的关系、如何为政治所利用与抛弃，客观的叙事可以给出更为综合的、全面的

---

① L. R. Furst, *All is True*: *The Claims and Strategies of Realist Fiction*, Durham: Duke University Press, 1995, p. 172.

描述。这两条主线故事都是政治故事，但因为以家庭作为写作的对象，因此又潜在地将家庭、个人情感、伦理、自我探索等私密、私我的话题与政治大话语结合起来了。

对于私我主题的处理，需要改变以上这种叙事视角的选择，戈迪默不着痕迹地将叙事的镜头推进，进入人物有限立场，进入人物细微的内心，尤其是她最为擅长描写的是女性心理。这一小说中的两位女主角：维拉与赛莉。她们如何一边在政治事业中自我实现，一边去处理最为棘手的个人家庭问题。尤其是白人知识女性维拉，这是戈迪默最擅长的一类角色，带有戈迪默本人自我探索的烙印。她一生都在探寻人的存在问题，最开始她通过两性关系的寻找，把自我的负担递交给对方，但是她不断反省，明白通过这种方式把自我交给对方是徒劳的。把自我的负担放到心爱的人身上，但负担是无法传递的，自我不像一张床，是无法分享、无法抛弃的。每个自我是独立的、无人伴随的，人的一生是从自我到自我的独自行走。这一系列的内心探索首先凭借第一人称视角展开，叙事者与第一人称人物合二为一，从而获得进入人物内心深处的极大自由。20世纪90年代之后，戈迪默的创作中对传统现实主义有意识地进行超越，有批评者认为她的晚期小说或多或少地在对第三人称的原始忠诚、传统的现实主义叙事形式和对透视主义、意识流和间接自由风格等现代主义技巧的忠诚之间摇摆不定。① 实际上这是一种误解，她并非摇摆不定，而是随着她写作语境的变化，以及主题的调整，她正在寻找一种更为合适的叙事技巧，戈迪默承认自己学习了普鲁斯特、乔伊斯以及沃尔夫等人的创作方法，戈迪默曾说："随着时间的推移，我已经越来越多地寻找一种新的小说的形式。她认为小说总是以不同的形式出现，19世纪巴尔扎克式的小说无法充分表达我想说的，而现代主义的表达方式对于表现人物的分裂、

---

① Jiménez Heffernan, "Unspeakable Phrases: The Tragedy of Point of View in Nadine Gordimer's *Get a Life*", *Research in African Literatures*, Vol. 41, No. 4, Winter 2010, p. 87.

人物意识的脱节会更为得心应手。"① 所以，她在运用第一人称有限视角介入维拉的自我意识时，和前期创作例如《贵客》对这一视角的使用不同，在维拉的自我探索中，意识流、碎片化、自我分析等手法的使用要比其前期创作更为灵活多变。通过这些在欧美 20 世纪早期文学中就广泛使用的技巧，戈迪默的创作甚至是南非的当代小说终于可以摆脱早期政治文学的单一叙事，探索的话题也超越了种族问题的单一维度，进入整个欧美当代文学的大家庭，在更为普遍性的文学议题上得到发展。

戈迪默在叙事上多线索、多视角的技巧在晚期作品《新生》中体现得格外淋漓尽致。从叙事主线来讲，戈迪默其实并没有特别大的突破，甚至可以说在某种程度上，她的叙事模式是固定的，从最初的《说谎的日子》《恋爱的时节》等长篇小说开始就逐渐形成这种个人生活与政治事件双线并进的方式，发表于 1970 年的《贵客》就已经炉火纯青，《新生》则是这种双线叙事的变体。环保主义者保罗因为甲状腺癌治疗而被要求隔离，他对于自己身体及其环保事业与经济问题的冲突等问题的思考，成为一条主线，这条主线呈现了戈迪默小说向内转的特点，完全聚焦于人物的意识流，叙事减少了事件，而聚焦于人物的意识与回忆。另一条主线则是琳赛与阿德里安的爱情纠葛，是一种存在主义哲学层面的探索，强调选择与自由。作者以第三人称全知视角对这个故事做了非常详细的描绘，使整个小说呈现出传统现实主义的清晰叙事与厚重风格。恰恰就是在这一部分，有关视角与视点的游移，戈迪默也做了非常多的探索，例如人称随意游走："他（阿德里安）向他们的女儿建议，也许出于骄傲和愤怒，你可以过于仓促地摧毁对你来说至关重要的东西。她疯狂地爱上了那个男人，不管他们后来发生了什么。给自己一些时间来确定拒绝的令人兴奋的力量……没有从你身上夺走你真正想要的，值得接受所有幻灭的发生。所以那个结

① Nancy Topping Bazin and Marilyn Dallman Seymou, *Conversations with Nadine Gordimer*, Jackson and London: University Press of Mississippi, 1990, p. 224.

婚太年轻的女孩没有迅速而彻底地离婚。"——叙事视角在叙述者的第三人称客观叙事和阿德里安对女儿的直接讲话之间的摇摆，在从"她"到"你"的过渡略显突兀，的确可以看出戈迪默在向乔伊斯等意识流小说前辈致敬的痕迹。戈迪默创作的双线手法，是为了能够容纳更多的主题，甚至要在政治主题之外，描写她真正想写的东西，于是做了一个折中。她的小说中写的最为优秀和动人心扉的恰恰是那些对人性幽微的洞察，而非大开大合的政治事件，并且能够超越历史获得更为久远的艺术生命的也往往是这些对人性的拷问。她在叙事技巧方面匠心独运，则看出她作为虚构艺术家，作为语言文字的使用者对语言的敏感与游刃有余。这些叙事能力不应该被她的政治叙事遮蔽，但是由于在20世纪90年代这种写作手法本身并不再是世界文学的主流，又与戈迪默一贯的叙事风格差异较大，因此评论界出现较多的质疑之声。① 尤其是早期评论者，对这些风格特质没有多少耐心，甚至怀疑这本书没有"经过编辑或校对"。② 从这些充满误解的批判中，我们不禁对一个不得不书写政治成为政治话语代言人的作家感到一丝遗憾，全世界的读者与批评者只愿意接受戈迪默的一种叙事风格，认为她晚期的创作是对自己已经形成的艺术世界的背离，也会认为随着政治事件的终结，戈迪默的时代过去了。事实上，我们缺乏对她艺术遗产更为全面的继承。

第二节　空间叙事艺术

　　时间和空间是认知的两个重要维度，本身都非常难以给出定义，是一个错综复杂的研究领域；语言具有时间性的特点，小说整体而言

---

① Jiménez Heffernan, "Unspeakable Phrases: The Tragedy of Point of View in Nadine Gordimer's *Get a Life*", *Research in African Literatures*, Vol. 41, No. 4, Winter 2010, p. 87.

② Jane Stevenson, "Cast Out of Eden", *The Observer*, Vol. 13, 2005, p. 92.

以传统的线性叙事为主，但实际上除了以传统的时间维度作为叙事的考量，罗曼·英伽登认为，文学作品实际上拥有"两个维度"：在一个维度中所有层次的总体贮存同时展开，在第二个维度中各部分相继展开。① 即小说中的时间必须在某个空间之中，情节的发展才能被分析与确定，时间与空间是不可分割的，也正因此，弗兰克明确提出现代派小说需要从空间上进行理解。在戈迪默的长篇叙事作品中，空间性也是一个非常重要的特征，南非的种族隔离制度是首先通过对空间的划分、阻隔而实现的，可以说南非这种独特的政治背景，成为戈迪默空间叙事的一个重要根源。而关于其空间叙事的艺术，由于"空间"与"叙事"这一复合概念本身具有一定的含混性、复义性，因此我们为了论述的权宜之计，简单做一个范畴界定，这里的空间叙事主要指：一是通过空间来叙述和建构作品；二是以空间为叙述对象；三是在叙事形式上呈现叙事的非线性发展，叙事逻辑和叙事线索往往是立体的、网状的、断裂、开放或者可逆的。

从戈迪默的创作整体来看，她很喜欢用"地方感"来塑造自我，例如"她拔出了刺；但所有其他的过去都被扔掉了。有迹象表明，一切都还在那里；它躺在一堆破碎的瓦砾中，经常会从中发现碎片。她的日常生活是建立在废墟上的，但没有继承权，就像一座城市建立在一系列被摧毁的城市的遗址上，而现在的市民对这些城市的历史一无所知"——这是《爱的时刻》中对主人公的描述，全部围绕有关地方感而展开。在长篇小说《我儿子的故事》以及短篇小说《死亡与花朵的气息》中都描写了南非最著名的种族主义制度表征之地的索韦托，这是一个"地方"，令人难忘地被描述为白人城市的后院，一个"地点"，这个词本身就被纳入了种族隔离的意识形态国家机器中，使黑人留在他们虚假的、分配的地方。而在《跳跃》中描写了在一个饱受

① ［波兰］罗曼·英加登：《对文学的艺术作品的认识》，陈燕谷等译，中国文联出版公司1988年版，第11页。

战争创伤的非洲城市里，主人公是一位被迫进入反种族隔离斗争之中的少年，他人生的一切都被摧毁了，他最后只能被关押在一个酒店的房间里，失去了所有现实的生活，这个空间，他的酒店房间，"是他自我收缩和枯萎的象征"。① 在种族隔离时代，空间隔离主要是政治性的，"空间成为生产关系再生产的场所，那么它也成为众多矛盾的丛生之地"。② 例如《城市与乡下的恋人们》就通过书写空间限制来表现种族隔离对正常人性的戕害。有色人种的女性只能在允许她工作的超市上班，然后穿过整个城市回到边缘地带的家，当她出现在白人男主人所租住的这套公寓时，从一个空间的概念上看她是在越界，整个故事的冲突就隐含于此，小说的线索就是通过这个空间描述建构起来的，——她出现在了不该出现的地方。空间——这栋大楼，超过了人物而具有了独立的权力，戈迪默对种族制度的批判就通过一个空间问题力透纸背，没有过多的议论与血泪控诉，那一个个被划分成三六九等的空间就成为南非政治永恒的伤口。《穿越时空》《终极游猎》等小说都是采用了路上小说或者说冒险游历、流浪汉故事的模式，将人物的命运封闭在一个狭小而移动的空间里，它们不能构成逃离种族制度的乌托邦，在种族隔离时代没有任何净土。《穿越时空》的主人公开着卡车沿途兜售廉价商品，这辆卡车既不是快乐的吉卜赛，也不是吉姆与哈克逃离陆地的"自由之舟"，它是故事叙事的线索，也是种族制度残暴命运的写照。《高速公路上的雄狮》则以动物园被围困的狮子作为意象，代指占人口数量最多的黑人被围困在南非最糟糕、最贫瘠的空间，他们失去了生存的最低机会，如同雄狮，非洲大草原本是它天然的天堂乐园，如今却被关进笼子，作者期待在它的奄奄一息中

---

① Katie Gramich, "The Politics of Location: Nadine Gordimer's Fiction *Then and Now*", in *Current Writing: Text and Reception in Southern Africa*, p. 74. (Cardiff University, Wales Published online: 01 Jun 2011.)

② Henri Lefebvre, *The Production of Space*, Transl. by Donald Nicholson-Smith, Oxford U. K.: Black-well Ltd., 1991, p. 280.

酝酿巨大的咆哮。这种象征主义的写法，增加了阅读的韵味，而围困巨兽的笼子这样的空间意象，成为戈迪默反种族隔离小说的灵魂，可以说解读戈迪默的创作，从空间意象入手是一个有效路径。

在戈迪默笔下，"生锈的链条围起来的坑坑洼洼的地带""铁丝网围住的草原"等空间性描写，都给我们指称了一个种族隔离下的南非空间图景。戈迪默创作的黄金时代是 20 世纪 50 年代末到 90 年代，这正是南非的种族隔离政策非常严峻的时期，在世界上所有的国家和地区中，我们很难找到一个地方像南非一样，人为地隔离了黑人、白人的生活空间，正因为如此，戈迪默作为一个有良知的南非白人作家，对空间的感受比任何作家都要敏锐，戈迪默对空间叙事的重构在《贵客》之中有很好的体现。《贵客》作为一部描述国家过渡时期的小说，其中的人物都在寻求一种崭新的生活方式，戈迪默在文本中将传统的空间瓦解然后重建。小说描写了曾经的白人空间已经涌入黑人甚至成为黑人主导的空间，这是戈迪默的"预言现实主义"。例如，在小说开篇就通过莫维塔邀请布雷参加独立庆典而宣布了这个国家的殖民时期在形式上结束了——莫维塔作为黑人独立的领袖，搬进了曾经的殖民政府的房子；许多黑人农民开始离开乡村进入工厂，进入城市，侨民社区不再只属于白人；在鱼鹰酒店，党代会召开后的一次聚会中，受到这次酒会邀请的几乎全是黑人。除了这种物理空间的黑白易位，心理空间同样与传统殖民时期截然不同：丽贝卡在首都一直和黑人夫妇艾德娜一起生活；哈尔玛·温茨的女儿伊曼纽尔爱上了黑人小伙拉斯·阿萨和，并与之一起逃亡到了国外，他们的爱情故事象征着黑人最终将通过革命改变自身的处境，打破两性的心理空间，创造出无视肤色的爱情。福柯认为，"要探讨权力关系得以发挥作用的场所、方式和技术，从而使权力分析成为社会批评和社会斗争的工具"。①

---

① 谢立中、阮新邦：《现代性、后现代性社会理论：诠释与评论》，北京大学出版社 2004 年版，第 161 页。

戈迪默通过对物理空间与心理空间的描述，探讨的是空间变化中的权力问题：白人不断被边缘化，在工作上没有了以前的铁饭碗，变成了合同制；白人公司董事会都必须有一个黑人董事；法庭由原来的白人审判变成了黑人进行司法判决。整体而言，以白人为中心的权力空间叙事开始瓦解。《伯格的女儿》中能够触发罗莎对黑人命运的同情并坚定了自己的革命之路的因素，恰恰就是一些有关空间的记忆。幼年时从姑妈家的旅馆向着隔离区的漫游，长大后跟着妈妈跨越隔离线到黑人家里集会，离开南非之时误入黑人聚集区所目睹的惨剧，等等。这些空间构成了一幅南非人间惨剧，它是视觉性的，空间主要指向一种视觉概念；它是并列式的，空间有时候消除简单的因果导向。这种空间并置，既能够增加作品感性的力量，也给出了罗莎心理动态最有力的理由。可以说，对种族制度的控诉，戈迪默找到了一个得心应手的切入点，那就是对空间的把握。事实上，空间想象、空间叙事不仅仅在戈迪默的创作中非常重要，这也是研究非洲当代文学不可回避的重要议题。这是因为，非洲在殖民史上一直被整个现代性隔离了，它成为时间的弃儿，而之所以成为时间的弃儿，那是因为首先它成为空间的他者。《我儿子的故事》中所描写的种族隔离问题，也正是通过年幼的孩子的视角，谈到了对黑人生活影响深远的空间限制，孩子从小就知道有哪些空间自己是没有资格去的，连厕所也有黑人专属，广场的凳子，单独为黑人开放的所有公共空间。祖父辈们唯一的生活证书是他们的工作证和各种折叠的皱皱巴巴的许可证，正是这类纸片使他们能够在城里被雇用，能够在城外面由市政当局指定专供他们这类人栖身的地带居住。连不懂事的孩子也已被规训，认为黑白不同，空间不同。星期六以外的其他日子，黑压压的人群就会从城里消失，温顺地被逐回镇外专供他们栖身的地区，——这个世界因为肤色而划分了空间，为何黑人只能屈居边缘？但是黑人从不对这个问题产生质疑，因为在漫长的种族政策之下，这一切不公都已成为"存在即合理"，他们全然接受。在戈迪默笔下我们看到，对于南非而言，这一空间政治成为它最深刻的危机。当然对于空间的感受，在马拉维等非洲更为弱小的国家的文学中，会看到更为复杂而沉痛的空间体验，在夹缝中丧失自我的非洲小国，即使在殖民主义结束之后，他们在南非这样一个金砖大国与欧美殖民列国之间不断寻求自我的认同，但是最后发现，地缘政治构造了他们的自我，脆弱的土著文化在双重的争夺中更易陷人自我否定。①

戈迪默对空间隔离的感受如此之深，她认识到在种族隔离结束之后，人和人那些微妙的关系恰恰也是可以通过空间表达的，只是由于政治内容的变化，空间的政治含义也随之而变。与 20 世纪 90 年代之前的小说相比，现在各种私人的、公共的空间都以黑人的出现来彰显自己的平等与开明，甚至有白人专门跑到黑人社区，梦幻中自己会在黑人社区找到一丝半缕的血缘关系，作者对此进行了嘲讽，"参加战斗的理想就是要人类不再需要以血液成分来做区分，认识始自自身。理想哪儿去了呢？昔日的斗争轰轰烈烈，曾几何时，黑人是可怜鬼想变成白人，现如今白人中也有可怜鬼想变成黑人，其中的奥秘没有什么不同"。空间从对黑人隔离，再到白人试图被黑人空间象征性地接纳，都体现出空间这一概念背后最为深刻的根源——种族隔离制度给南非带来了难以抚平的精神创伤。更为需要引起研究者注意的是，在 20 世纪 90 年代之后的创作中，戈迪默越来越在一种比喻层面上讨论隔离，例如《新生》。有评论者非常精准地指出："隔离"一词在《新生》中具有中心地位，表现了戈迪默对南非政府持续存在的担忧，这是一种特殊的社会政治条件的表征，由于这种隔离、阻隔状态的存在，阻碍了乌托邦承诺。② 小说中的主人公保罗，因为自己治疗甲状腺癌的

---

① Mpalive-Hangson Msiska, Kujoni, "South Africa in Malawi's National Imaginary", *Journal of Southern African Studies*, Vol. 43, No. 5, May 2017, p. 1011.

② Jiménez Heffernan, "Unspeakable Phrases: The Tragedy of Point of View in Nadine Gordimer's *Get a Life*", *Research in African Literatures*, Vol. 41, No. 4, 2010, p. 108.

需要，不得不接受隔离照料，当他和正常的社会被动地隔开距离之后，通过他的意识流表达了盘桓心中已久的困惑：环保、经济发展、普通人的命运、非洲的生态能力、他自己的事业与太太事业的冲突等。这些问题都构成相互的矛盾，而且极难给出答案。在非洲，黑人的发展被剥夺；在整个世界，非洲的发展被剥夺。对非洲，尤其非洲黑人而言，或许当务之急并不是环保问题，而是如何让普通人活下去，正如鹰巢里的雏鹰，总有一只会被另一只挤出巢外，以它的牺牲换取另一只活下去的权力。非常残酷，但这就是他从小观察自然就已经知道的法则，而他作为一位资深环保人士，他又深知非洲的生态对整个地球的重要性。隔离，是非洲生存空间的主要特点，保罗在这一个特殊的生命阶段，被单独隔离在一个房间，成为他对所有这一切宏大话题思考的缩影。

我们生活的地方绝不仅是一个背景，而是对特定位置感觉结构的一部分。① 戈迪默在进入千禧年后创作的第一部小说《偶遇者》，是一部在主题上全面超越其早期创作的作品，在这部小说中，空间性成为作品主要特征，将时间逼退，似乎以这种方式，可以从现代性的历史概念中，为穆斯林小村从基督的时间观中争得一份空间，为男主人公阿布杜争取一份存在权。他在发达国家四处碰壁，他以逃离这个毫无历史感的沙漠空间作为自己人生的目的，在他的价值追求中，世界的空间已经被分割：第一世界、第三世界；穆斯林世界、基督教世界；自由文明的世界、闭塞限制的世界，而支配空间的优势始终是阶级斗争的一个至关重要的方面。被基督时间观踢出去的阿布杜也同时丧失了空间选择权，而作为阿布杜对立面的朱莉则具有完全的空间自由。小说开篇以极具戏剧意味的空间描述展开：一个出身显赫的白人女子，出现在一条和她的身份完全不相称的大街上，她的车子在马路上抛锚

---

① Katie Gramich, "The Politics of Location: Nadine Gordimer's Fiction *Then and Now*", in *Current Writing: Text and Reception in Southern Africa*, p. 73. (Cardiff University, Wales Published online: 01 Jun 2011.)

了，于是她在这条街上寻找修车厂，"这条大街所呈现的林林总总，都是她父母那一代的习俗与法律所不允许的"。而她却经常出入坐落在街道上的 L. A. 咖啡馆。男女主人公就在这样一个空间相遇：一个油污满地的修车厂，一个坐在路虎车里的白人女性，一个卧在车下谋生的穆斯林非法移民。朱莉和她的限量版路虎一样，都属于富人云集的市郊区，"出现在不适当的地方"显得极不协调，"太过扎眼"，人们"就像看到了外星生物"。"空间里弥漫着社会关系，它不仅被社会关系支持，也生产社会关系和被社会关系所生产。"①

戈迪默在这里所刻画的朱莉借助对空间的选择来实现对社会秩序的反抗。朱莉的父亲是资本雄厚的南非大资本家，拥有豪华别墅、气派的庭院、巨大的客厅，代表了南非（白人资本主义国家）的上层空间，高高在上，占据城市核心资源与权力的中心。作者精细地描写了这座象征资本世界的豪宅，"起居室外头有遮阴的露天平台，起居室里有一些拱道，可以通往供各种用途的（包括开舞会）的厅室，露天平台上有垫躺椅和花卉摆设，给人的感觉就像是室内那些高级家具与油画的延伸"。这一空间的最大特征就是排他性，对于本国边缘人群与全球边缘国家，都具有排他性，朱莉作为独生女，毫无疑问她属于这一核心空间。但是她却主动放弃这一空间，搬到嬉皮士生活的街区，租住了一个种族隔离时代曾为黑人仆役们居住的小屋，进入本不属于她的空间。反叛父亲以及他所代表的秩序，对于朱莉而言，主动离开中心寻找边缘空间，就成了她对父亲施加于她的"空间实践"的一次背离，从中可以看出作为富家女的朱莉在一定程度上的自我意识。她放弃上流社会的宴会厅，甘心居住在鱼龙混杂的底层空间，实现了"自为的自我"，通过对空间的自由选择，完成了第一次自我塑造。"如果空间作为一个整体已经成为生产关系再生产的所在地，那么它

① ［法］列斐伏尔：《空间、社会产物与使用价值》，载包亚明主编《现代性与空间的生产》，上海教育出版社 2003 年版，第 48 页。

也已经成为了巨大对抗的场所。"① 而男主人公阿布杜则来自朱莉几乎没有听说过的一个政教合一、政治迫害和贫穷迫害并行的沙漠深处的穆斯林小国。他们的爱情故事从南非开始，最终将要在阿布杜的国家完成升华，小说涉及对于全球化移民潮时代有关国家空间的探讨。朱莉父亲的豪华客厅超过了家庭的象征意味，已经是全球化语境下占主导的、强势的帝国生活的象征，他们是世界的中心，是财富本身，他们手握世界文化霸权和移民特权，用高高在上的姿态展示他们所代表的帝国主义的文化，用一种悲悯的、沾沾自喜的眼神来区分不同文化之间的高低贵贱。整个世界或者说全球——这个宏观层面的空间，是他们的，他们想去哪里就去哪里。发达国家的社会精英正通过国家空间延展自己的资本帝国，越过国界寻找对第三世界的控制，在潜意识里那就是他们的"应许之地"。朱莉意识到阿布杜连待在这个国家的权利都没有，这是这部作品所涉及的一个核心命题：在全球化时代，超越国界的人群流动，从来不是平等的双向的流动，资本才是其中的暗流，资本借助国家空间的拓展，寻找更大的增殖点。为了充分表达全球化时代国家空间的意象，小说有两次写到了代表人群在国际间移动的场所——国际机场。"像这样一个国家的机场，是一个人群的大汇流，所有的个体都被收纳在两个暂时性、悬疑性的人类状态——出境、入境。相形之下，完全的自我专注是它的反面，是一种巨大的无定形状态。"空间不断变动、不断被压缩是当代社会的本质，机场就是"地球村"这个无限被压缩的空间的表现形态。而在这个巨大的混沌里，每个人都是无名无姓的。

戈迪默的小说还展示了一种空间、种族、性别相关联的空间政治及风景书写，对时空的特殊认知会与特定社会结构比如性别关系等紧密结合在一起，以文化特殊性的方式表现出来，这一点在《偶遇者》

---

① Henri Lefebvre, *The Survival of Capitalism*, London：Allison & Busby, 1975, p. 85.

所描述的沙漠小村得到最为完整的反映，在其他一些作品如《家乡话》中也有触及。琳达·麦道威尔提出人们一般不太容易将身体设想成地方，但身体确实是个地方。[①] "权力已然将其领域扩展到了每一个人的骨髓之中，扩展到了意识的根源，到了隐匿在主体性的皱褶下的'特殊空间'里。"[②] 在权力、政治与知识的背景下，身体是一种多维度和多层次的空间存在，它不仅与人自身的复杂性感官相关联，而且不可避免地与外在时空相交织。空间是通过实践和关系创造的与权力交织的特殊场域，在此意义上身体本身不仅成为它所属时空的浓缩符号，而且透过身体空间的棱镜，我们能清楚地看到社会空间嵌入其中所造成的权力关系及其后果："肉体是驯顺的，可以被驾驭、使用、改造和改善。但是，这种著名的自动机器不仅仅是对一种有机体的比喻，他们也是政治玩偶，是权力所能摆布的微缩模型。"[③]《偶遇者》中的朱莉选择跟随阿布杜回到他沙漠深处的故乡———一个穆斯林小国，在这里最需要引起读者关注的便是文化与女性身体空间的冲突。在阿布杜的家乡，女性永远蒙着面纱，没有丈夫的陪同，连在沙漠边缘散步都不被允许，可以说女性身体如果作为一个"地方"，那就是男性权力实现的场所，她们都在等待来自男性的发号施令。但是穆斯林文化对女性身体的规训，对朱莉而言则是不必要遵守的，她永远拥有对自己身体的自由主权。阿布杜的母亲也曾提出让朱莉在家庭之外的男性成员在场的情况下是否应该佩戴头巾，结果阿布杜坚决而粗暴地拒绝了。阿布杜通过和朱莉一起宣布朱莉身体空间的自由，象征性地获得了他渴望拥有的自由。身体是他们唯一能自主的空间，他以身体的自由甚至是性的禁忌，以此宣告——他和朱莉，不属于这里，他们很

---

① [英] 琳达·麦道威尔：《性别、认同与地方——女性主义地理学概说》，徐苔玲等译，（台北）群学出版社 2006 年版，第 13 页。

② Henri Lefebvre, *The Survival of Capitalism*, London: Allison & Busby, 1975, p. 87.

③ [法] 米歇尔·福柯：《规训与惩罚》，刘北成、杨远婴译，生活·读书·新知三联书店 1999 年版，第 154 页。

快就会再一次离开沙漠，到美国、到欧洲、到加拿大、到澳洲，随便哪里都可以。朱莉的身体受她自己的自由支配，因此每天清晨不需要佩戴头巾的她一直散步到沙漠边缘，这宣告的是一种权力。她在身体空间上的自由度，不仅超越了穆斯林妇女，也超越了阿布杜，阿布杜发现自己对朱莉——自己的太太，没法发泄的怒火，对着自己的妹妹就拥有了发火的权力，"对朱莉而言，这是一个积极的空间。戈迪默的艺术实践可以被视为是女权主义者在心理、社会，尤其是政治层面对空间的重新分配"。[①] 当阿布杜紧锣密鼓地张罗美国的签证，并如愿以偿，朱莉却宣布要留在沙漠，她既不去美国，也不回南非，她的身体她自己做主。身体作为规训的对象，无疑是权力最终的落脚点，身体和空间在权力体系中获得了一致性。——可是朱莉何以就能超越穆斯林妇女拥有身体的绝对自由？是因为白人女性更拥有自我觉醒意识吗？对朱莉而言，她能够在穆斯林村庄获得绝对的身体自由与空间自由，如同我们在前面分析过的，主要靠两种力量的支撑：一是英语所代表的白人主流文化；一是她背后的第一世界的资本。作者以此写出了"空间"这一概念所具有的重要的文明与权力的冲突问题，阿布杜的家乡，一个"全世界都把破烂扔到这里来"的地方，沙漠作为一个物理的、精神的空间，它重塑了朱莉对自己在世界上的地位认识。沙漠这个巨大的空间，是跳出时间之外的永在、一个完全脱离了全球高速发展的蛮荒，性别与空间，所承载的其实依然是权力分配。

在这些涉及爱情、性、空间的故事中，女主人公都是要到另一个国家生活，一个她从未见过的国家、从未触摸过的土地，也从未听过那里的人说话的他者文明，寻找爱情，求得存在与自我关系的答案。在这样的跨国爱情里，自然有跨国地理、差异的文化空间、不同的性

---

① Katie Gramich, "The Politics of Location: Nadine Gordimer's Fiction *Then and Now*", in *Current Writing: Text and Reception in Southern Africa*, p. 75. (Cardiff University, Wales Published online: 01 Jun 2011.)

别文化带来的冲突。小说的结构也会呈现出空间性特点，将故事发展的脉络进行折叠，并不按照线性叙事延展故事的纵向进程，而是在垂直空间里反复叠加文化差异和隔膜带来的爱人之间的冲突。在这样的叙事中，时间并不重要，因此故事不需要给出时间性或者逻辑性结局，它最为重要的是在空间之中将主题平行展开，形成一种并置性的结构关系，这可谓"叙事结构的空间性"。同样的叙事风格也出现在《历史》这篇小说中。戈迪默本意欲描述时间，正如题目所示，但是这是一个无比宏大且流动的主题，戈迪默避开了直接描写难以描述的时间问题，转而描述了一个空间——小镇上历史悠久的鹦鹉饭店。它是一个时间容器，因为它见证了小镇几十年以来所有人的变迁，因此成为历史本身，然而历史这一时间性概念在作品中最后呈现出来的是具体的一个个物象、片刻，就仿佛是一个花束，那些并置的花朵，如同一首诗歌中复沓出现的意象，叠加而成一个完整的空间布局，它们成为共时并置的设置，整个作品在结构上就是这样一个空间装置。因此描写空间、以空间作为作品的建构，以及在叙事结构中呈现出空间并置的特点，这都是戈迪默小说空间叙事的主要表现。

戈迪默还有一类空间书写值得我们关注，是其空间叙事中的特殊性存在，那就是在南非结束种族隔离制度之后，她敏锐地意识到从种族隔离时代走来的普通白人，随着肤色特权的消失，他们的无所依从感，南非将不再给予他们归属感，但欧洲、北美也从来不是家园，他们被留在了一个尴尬的过渡空间，一个存在状态和另一个存在状态之间的过渡空间。① 有关南非普通白人对政治、家园、认同的这一复杂难言的心态，戈迪默通过空间叙事进行委婉表达。好比《跳跃》，被动卷入了种族之战的主人公，最后被困在一个狭窄的空间、一个被遗

---

① Katie Gramich, "The Politics of Location: Nadine Gordimer's Fiction Then and Now", in Current Writing: Text and Reception in Southern Africa, p. 75. (Cardiff University, Wales Published online: 01 Jun 2011.)

弃的最后住所，这个空间是他疲惫灵魂的象征，也是他无所依附的空虚的自我的写照。① 而更有意思的文本可以参考《客居他乡》，作品中落寞的白人父亲，经过漫长跋涉前往北罗德西亚探望儿子，但是旅店客满，酒店安排他与一名有色人（印度人）合住同一个房间，让他的种族主义自尊心受到一点伤害，然而当他回来的时候却被那个印度人故意锁在了外面，这让依然还保留着白人优越感的他受到了很大的刺激，竟然被一个低人一等的有色人种的印度人排斥了。最后他不得不去黑人居住的多人间，他的尊严底线被彻底打破。"上锁的房间"就成为小说中一个饶有意味的空间意象，创造了一个内与外的对立，这个空间隐喻的是种族主义的分裂，但在后种族主义时代，从曾经居于空间优势地位的白人角度看，这种内与外的空间转化，更多指向的是他们在新时代不得不去应对的心理落差。这位失败的父亲，此时必须面对一种在种族隔离结束之后作为白人的尴尬，他"不是黑人""不是印度人"。他在酒店无法拥有一个属于他的空间，集中体现了白人在后种族隔离时代陷入失去归宿的迷惘。

总之，在戈迪默的这些空间描述中，我们可以领略到空间是一个意涵丰富的存在，它构成了戈迪默叙事的核心意象，有时成为作品的线索，也影响了作品的结构形式。总之，空间也是解读戈迪默作品不可回避的要素，构成了戈迪默叙事艺术的重要特征。

第三节　叙事的对话性与复调艺术

复调小说整体而言指的是一种多声部的小说，也就是充满了全面

---

① Dolores Hayden, "What Would a Non-sexist City Be Like? Speculations on Housing, Urban Design, and Human Work in Stimpson", *Women and the American City*, Chicago & London: University of Chicago Press, 1981, p. 167.

对话性的小说，正如巴赫金所说的"有着众多的各自独立的而不相融合的声音和意识，由具有充分价值的不同声音组成"①。在这一部分的论述中笔者并不主张一定将戈迪默的创作定义成"复调小说"，因为这个概念本身也多有含混之处，是否与独白小说具有界限分明的差异，在学界本就有争议，但是戈迪默的小说呈现出非常突出的对话性、共时性、复调性特征，这是毫无疑问的，因此我们可以借用相关术语对其叙事艺术进行把握。

首先，戈迪默的创作在叙事上有一个极为突出的特点，即她擅长描写对话，小说中充满了对话，尤其是那种众多人物出场的、大型的、众声喧哗的对话，这些大型对话增加了阅读困难。为了不阻断对话的流畅性，戈迪默省略了主语、省略了标点，大量使用独创的形式——在每一句对话前后加破折号，这种写法的确会带来一气呵成之感。《贵客》《无人伴随我》《伯格的女儿》等作品都是极为典型的代表。在这些作品中戈迪默经常模拟会场风格，人物纷纷发表自己的意见，各种观点不断穿插交战，这种人物七嘴八舌的叙事，令普通读者望而生畏，但确实非常真实地展现出对话小说、复调小说的叙事风格，在小说的对话性方面戈迪默的实验是前卫而冒险的。尤其是，当为了充分表达不同人物的政治观，给予不止一位出场人物以完整发言的机会时，小说的情节会受到阻碍，陷入大量观点的陈列中，令读者坠入云里雾里难以把握主导性的认知到底是什么，作者到底持怎样的态度，或者读者应该形成怎样的立场，这一切都是模糊的。这种大型对话的写法，需要读者沉浸式阅读，进入对话现场，跟随人物思想的表述，从而对所有出场人物要表达的思想做整体性把握。这时我们就会发现，这些对话本身就是小说的主体，情节反而只是为了展现这些观点而服务，"小说中主人公的议论，并

① ［苏联］巴赫金：《陀思妥耶夫斯基诗学问题》，白春仁、顾亚铃译，生活·读书·新知三联书店1988年版，第29页。

不是为了刻画性格或者说只是展开情节，而其实就是一些独立思想的表现"。① 所以人物在小说中的作用也发生了改变，并不仅仅只是作品描写的对象，而是表现自己观念的主体。可见戈迪默叙事中的复调性主要就是要展现那些有着同等价值的各种不同的独立意识，尤其是人物与人物之间不同的意识，通过对这些意识的展开，介入社会议题。

在这一点上最为完美的例证毫无疑问是《贵客》，这是一部政治意味浓郁的作品，同时也是戈迪默在叙事艺术完全走向成熟的标志之作，小说一开篇就是非洲某国黑人独立政权的成立，各色政客纷纷登场，在开国大典之前群情激昂，各个团体与派别、持不同政见者，全都急于发表自己对新政权道路的看法。对于这样的写作内容，戈迪默的处理方法就是只提供舞台，让人物与思想独立，这在本质上就和巴赫金所讨论的复调小说一致了，对于戈迪默而言，叙事艺术与所描写的内容性质是高度融合的。布雷上校作为这个国家的"贵客"受邀来参加新政权的成立与建设，他刚到非洲就首先与曾经的政坛老友丹多会面，小说迅速切入对话模式：丹多一边饮酒一边和他讨论政治，在对话之中迅速交代了布雷在离开非洲之后政坛发生的一些事件。新来了几个年轻人，那几个年轻人让丹多心生嫉妒，他们来自英国和美国，很在意表现他们不带有肤色意识，避免使用歧视性词语，称呼人很礼貌，而丹多对这些根本不在乎，用的是从前老侨民用的语汇，其实他跟这些语汇反映的态度毫不相干。然后他们谈到了莫维塔和莘扎之间的紧张关系。丹多提议让布雷向莫维塔提议给莘扎一个合适的职位，要有个像样的名分给可怜的老莘扎，当年他手提大砍刀撞开布政司大门那会儿，莫维塔还是教会学校唱诗班的一个小屁孩儿。还有新政府成立的时候白人的一些表现，有的忽然转向欢迎新政权，有的收拾东西一走了之。——小说第一章以如此密集的信息轰炸的方式，迅速将

---

① ［苏联］巴赫金：《陀思妥耶夫斯基诗学问题》，白春仁、顾亚铃译，生活·读书·新知三联书店1988年版，第2页。

布雷拉回了非洲新政权的现场，也以最精简节约的方式让读者了解故事情节展开的政治背景。如果不选择对话的方式，这些背景的介绍与梳理会变得极为困难且乏味，甚至会偏离叙事主线。随后作者描写了布雷参加开国大典，这一部分是类似于平行舞台的处理方法，也像福楼拜在《包法利夫人》中最为得意的"农业展览会"的写法，仿佛是一场大型的音乐合奏：热闹非凡、庄严的重大政治场景，伴随着骚动不安，记者们的上蹿下跳，以及年轻夫妻俩的低声争吵，各种嘈杂与不同人物的低语，而主席台上是总统就职演说。我们在戈迪默的小说中时不时会看见她在向欧洲经典文学致敬的痕迹，但是这些写法也都有机地成为她自己的创作。我们在这一段合奏中，已经读得出其中所蕴含的对新政权的担忧与一丝解构意味的嘲讽。那些宏大叙事本身无法掩盖群众的私人独语，甚至是夫妻之间为感情琐事而发生的所有争论，戈迪默此时还以这样的句子结束这场大型的语言秀场，"不知道从哪儿钻出来一条杂种狗，旁若无人地冲向总统讲演台，抬起了一条后腿"。宏大的政治理念到底能否奏效，能否带领在殖民政治中已经分裂的人群走向一个现代化的新非洲。这是值得怀疑的，戈迪默对此以极为克制的笔触不做任何预设与评论，政治立场全靠叙事呈现。随后描写了一系列国家舞会、招待会、鸡尾酒会、宴会、午餐会，还有各种各样的私人宴会，每场宴会都有无数的出场人物，他们会围绕新政权各抒己见甚至发生争论，在这些聚会上通过每个人的关系，这群朋友不断扩展，在小小的首都新国际人物圈子里，吸收了波兰人、加纳人、匈牙利人、以色列人、南非人，还有罗德西亚的逃亡者。这一部分对话繁复复杂，甚至极难分清是哪个人物在讲话，对于这样一种将对话发展到极致的做法，也让戈迪默的作品拒绝了普通读者，但这确实是处理巨大的政治题材、展现极为纷乱的政治思想与言论时非常有效的叙事手段。

其次，全面的对话性，人物意识的独立性可以说这是复调的一个关键，因此戈迪默的小说从叙事上来讲，必须要给予主人公完整的独立地位，主要是展示他们思想的动态过程与辩证思维的过程。因此其主人公往往都是一些思想者型的人物，比如《伯格的女儿》中的罗莎，《我儿子的故事》中的威尔，《家藏的枪》中的克劳迪娅，《新生》中的保罗，《无人伴随我》中的维拉等，这些主人公思考的焦点多涉及人的存在与南非的发展等宏大问题，戈迪默要展现世界在他们眼中是什么，他们又是如何表达的。这些主人公在某种意义上都是探索型人物形象，不断遇到思考的挑战，但是他们都非常勇敢地寻求真理。戈迪默不会将这些人物及其思想定型，而是在小说中将这些人物的思想过程展示出来，或许他们的思考有很多不足和局限，但戈迪默保持人物思想的开放性，在她的作品中"没有权威的、全知的叙述者去贬低各种人物对世界的认知。揭示出的不是现实的真相，而是观察者的真相"①。思想的本质就是一种对话，人物需要和世界进行互动，"以表现思想为重要内容的小说，就必然在本质上是对话性的"。② 我们可以通过《伯格的女儿》中罗莎的思想探索做一个简单的说明，罗莎的父母都是坚定的南非共产党员，并为了废除种族隔离制度献出了生命，罗莎从小在这样的家庭中耳濡目染，小小年纪就已经具备了极高的革命素养，但是作者的重心却是要放在罗莎内在思想的探索与成熟上。她只有真诚地去思考、去和生活对话，和内在的真实自我对话，才能明确自己是否需要继承父辈的遗产。戈迪默给予了罗莎每一个阶段思想表达的独立性，当康拉德和罗莎谈起她的父亲，罗莎和他说"我不能告诉你更多，因为我现在明白自己知道的并不比别人多"。罗莎在幼年时期尽管就按照父母的期待在做事，甚至显得非常少年老成，并且能够完成很多政治任务，送信息、探监、假装成革命者的未婚妻等，但是她必须经过之后自己的探索，这些信念才终会成为她自己的。只

---

① ［美］刘康：《对话的喧声：巴赫金的文化转型理论》，北京大学出版社 2011 年版，第 134 页。

② ［苏联］巴赫金：《陀思妥耶夫斯基诗学问题》，白春仁、顾亚铃译，生活·读书·新知三联书店 1988 年版，第 2 页。

有对话才可以深入生活的本质，问题才是可以解决的，生活也才是可以理解的，所以对话性本身就是生活的一种本质。在叙事形式上，作者不会仅仅以罗莎为中心讲述她的观念，而是给予其他出场的人物以足够的自由去表达他所认知的世界。例如戈迪默在开篇就引进了一个虚无主义、绝对自由主义者的代表人物康拉德，让他成为罗莎的一个对照，他们在作品中一直是一种对话交锋的关系，罗莎后来的许多独白也有一个潜在的倾听者、对话者，其就是康拉德。他们的观念差异非常大，罗莎最初抗拒讨论她自己的经历与她的家庭，但却在对话中一次次被康拉德影响，以至于在罗莎远离非洲去法国游历之前，一直将对方的小屋称作自己"温暖的家"。这两种观念表面看来互不相容，但基本代表了南非白人两种最重要的观念：一种是疏离的、漠然的；另一种则是全身心投入南非的政治事业中，戈迪默给予这两种完全不同的人生观念以平等的表达权利。

当然这种对话的表现形式是复杂的，可以表现在人物的独白当中；表现在各种各样的人物之间的对话中，各种思想的展示中；也可能体现在读者和小说的人物互动中；体现在作者思想与其他所有人物的对话中；等等。有时候作者还要建立一个更为客观的历史表述，充当对话的一方。例如在有些作品中关于历史声音，作者通过引用革命家的宣传、媒体字报等构成，戈迪默声称这类内容很有必要："我在小说中重现这些传单的原样，是因为我觉得它们比我本人创造出来的传单内容会更有力更忠实地体现孩子们的精神。"[①] 这些剪贴式的引用提供了超越全知视角或者叙事主导者之外的另一种声音。对话性的小说从形式上看，充满了一定数量的观点、思想和语言，作者要给出足够的空间，让所有的思想得到平等的阐述，整个作品就会呈现出一种意识和思想的层次性。不同的叙事视角构成一个思想交锋的大场所，从不

① 宋兆霖选编：《诺贝尔文学奖获奖作家访谈录》，浙江文艺出版社 2005 年版，第 314 页。

同层面展现了人物对自我的探索，"我是谁？真正的我是在与多重异己的叙述之关系中形成的"①，对话就成为小说最关键的因素。我们来看《伯格的女儿》这部作品。罗莎面对父亲的死，作者至少给出了三种叙事，这一点和前文我们讨论的视角问题相关，也非常好地呈现出对话的层次，因为对同一事件不同角度的叙述代表了不同的立场与思想。第一种就是从莱昂纳尔的角度讲的，非常完整地展示了他对革命的看法，表现了对正义的绝对追求，他无法对南非以肤色划分人群的极端荒谬与不公坐视不管；第二种则用第三人称将这件事描述了一番，以非常传统的现实主义的方法、客观冷静的姿态代表了作者本人的态度，更多的是为了交代故事，因此既不抒情也不议论，用一种近乎白描的口气谈到"父亲在人群中寻找她，然后她在亲吻父亲时闻到了肥皂的味道"；第三种是罗莎的描述，是第一人称且是意识流的，有很强的抒情甚至是煽情的功能，表述这个事件对罗莎内在的影响，通过第三种叙事，让我们进入这个十几岁少女的内心，看到家庭变故对她带来的影响——弟弟的死，妈妈的死，如今是父亲的终身监禁的判决，让这个小姑娘成为孤零零的一个人，只剩下她自己的孤独感。这三种叙事代表了对革命的三种观念，它们是独立的三种声音，复调小说"赋予主人公以自由的声音和独立的个性，使作者意识和主人公意识以及主人公意识和主人公意识平等并存、相互作用，最终进入积极的对话状态"。② 作者在这里没有否定任何一种声音的合理性，它们只是不同立场，革命与个人的命运本就具有多样化的关联。通过这种对话性和复调性的叙事，将一些单独讨论的核心问题联系起来，如性别或种族障碍、不同思想之间的认知冲突、争夺叙事突出地位的语言之间的冲突、私人与公众之间的伦理冲突、自我与他者之间的冲突等。③

① 张亮、李媛媛编：《理解斯图亚特·霍尔》，北京师范大学出版社 2016 年版，第 211 页。

② 凌建侯：《巴赫金哲学思想与文本分析法》，北京大学出版社 2007 年版，第 264 页。

③ Jiménez Heffernan，"Unspeakable Phrases：The Tragedy of Point of View in Nadine Gordimer's *Get a Life*"，*Research in African Literatures*，Vol. 41，No. 4，Winter 2010，p. 87.

即这种对话性的、复调性的写法，可以很好地避免只能从一个角度去描述这个故事的弊端，在思想尖锐冲突的一个政治事件中，给出更多元的解释可能性是必要的，政治文学最怕陷入传声筒或宣言书的叙事模式中，戈迪默对复调叙事的运用，或许是具有重要启发的。

戈迪默在小说中为了取消一元独白叙事，整体来看采取了三种方式：第一，当她要呈现某个人物的观点时，总是要通过其他人物的多重声音来展现；第二，当她要表达某个人的道德立场时，她需要通过这个人物自身的道德承诺进行表达；第三，当她要引入一个外部的第三人称的声音与立场时，则通过制造疏离、间隔的叙事效果。总之不能让任何一种声音和立场成为主宰者。① 这种对话形式也可以体现在某个人物的意识内部，即使是意识流，也会通过人称的跳跃和变换，展现意识所具有的层次性，每一个人称的变化都是一次思想切面的变换。例如戈迪默在《新生》中对于保罗的思想主要便是以意识流的方式体现的，我们可以通过他在花园里的这一段作为例证，看一下即使在一个人物意识的内部是如何形成对话的："花园。这儿既是被先入为主的成人的房子所摆脱的放逐之地，也是你自己独处的地方，对抗秩序的地方，家庭作业没做完就放下了，当鸸降落在树上和地上，近在咫尺的时候，他们那唠唠叨叨的叫声中没有责备，几乎伸出手去就可以触到一只。当暗淡的深灰色羽毛被阳光照耀之际，珍珠贝的光泽偶然间诱人的闪亮，当时也是无意之间注意到的，就像几年以后，一个女人眼中一瞥的波光，被他注意到一样。"——这段人物意识中的自我对话非常精彩，保罗正是通过花园回忆，意识到童年时代在那些儿童恶作剧的游戏中，我们并不能够公平地对待每一个生命，鸟类和蜗牛，大人们默许了孩子可以对其采用不同的处置方式。他生命中的两件重要的事：他的环保事业和自己深爱的女人与自己共建的家庭，

---

① Jiménez Heffernan, "Unspeakable Phrases: The Tragedy of Point of View in Nadine Gordimer's *Get a Life*", *Research in African Literatures*, Vol. 41, No. 4, Winter 2010, pp. 87, 108.

但它们内部有某种不可调和的价值冲突。他的这段意识流将这几件相互矛盾却又无法给出标准答案的问题都有所提及，而随着在第三人称与第一人称之间的转换，表明了这些问题会随着视角的不同而看法迥异，这成为整部小说要达成的共识——没有绝对正确的答案，只是选择而已。

除了要描写作者、人物、读者的对话，复调性还会表现在结构上，整体而言就是呈现出一种共时性的特点，正如我们前面所分析过的空间性。作者要将很多的矛盾和思想放在同一个平面上进行描写，让它们获得充分的展开，因此从结构上看，这些构成作品的要素都处在同一个空间上，而不是一个历史的维度上。这是我们理解小说的复调性时一个关键的要点。比如在《伯格的女儿》《贵客》《无人伴随我》等作品当中，戈迪默都会在一个小的时间的横断面上聚拢众多的人，这些人物代表的是不同的思想，作者给出一个具体的事件焦点让这些矛盾、冲突、思想得以爆发和展示，呈现出一种众声喧哗和共时性的特点。有的学者认为结构上的平行性也是复调的一种表现，但是这种结构不可能只有复调小说才具备，多线索及平行结构在18、19世纪的欧洲小说中很常见，因此我们在这里不再详细展开讨论，而相关内容在第一部分"多线叙事与多元视角"中已经论证过。需要稍微提及的是这种结构确实与复调性有很高的关联，每一个人物都是一个正在发展的思想，为了充分展现这个思想只是给出一个断面是不够的，因此必须在较长的发展线索中全方位地呈现，这样不同的思想发展就会必然形成多线索，它们之间是一种平行关系。例如《新生》中保罗对环保与经济发展这个问题的思考，一直贯穿整个作品并成为小说的主线之一；而琳赛对于婚姻中的偶然之爱、自由与选择的思考作为小说的另一条主线，成为小说主题的独立部分。从结构上看当然是一种多线并进的结构，是一种平行结构；从另一个角度来理解，恰恰也是不同思想独立发展、平等呈现所需要的对话性，也就是复调性的体现。

对于戈迪默而言，复调性叙事有深刻的内在需要，这并不仅仅是叙事形式的探险与创新问题。从书写主题来看，政治思想的冲突是她要描写的重点，各方诉求与理论依据纷纷登场互相争论，这种思想与主题上的对话性，需要她尽可能展现出南非并存的众多思想，这是第一种内在的规定性；第二，南非的官方语言有十几种，真正在使用的语言有几十种，而每种语言都与一个阶级、种姓或种族有着千丝万缕的联系，文化构成极不统一，因此，语言本身就是一种政治声明，一种对文化领土的要求。① 即南非由于历史上多元文化并存、多语种并存的局面，使南非在文化上呈现为一种"拼盘"，因此一种纯粹单一、独白的叙事状态并不适合南非的政治现状。以上两个方面，可以说正是其小说在叙事形式上呈现复调与对话的根本原因。例如在《保守的人》中，戈迪默大量使用祖鲁族的神话就是这样一种政治表态，以此与白人中心殖民文化传统形成了一种最基本的对话。

而复调性、对话性的叙事，对戈迪默小说的整体理解是无比关键的，她认为"现代主义顿悟是一个整体性的时刻，这是一个理论和行动在想象中相遇的地方，从而建立一条超越黑人与白人二元对立的新的伦理之路"。② 因此戈迪默通过叙事上的对话性、复调性，可以回到一个未知空间，充分展开讨论从而寻找一种价值差异的方式，将自我和社会空间重新纳入和谐的伦理关系。这种复调性、对话性，不仅有利于表现多元而独立的各种思想，有学者指出，这种叙事在小说中是通过一场多声部为特征的形式来实现这种停滞状态，在这种多声部的实验中，成功地产生了"另一种生活"的现代主义希望。③

总之，戈迪默往往被视为一位经典现实主义的传承者，确实在她

---

① Judie Newman, *Nadine Gordimer*, London: Routledge, 1988, p. 56.

② Safundi Laura Winkiel, "Immigration and the Practice of Freedom in Nadine Gordimer's *the Pickup*", *The Journal of South African and American Studies*, Vol. 10, No. 1, January 2009, p. 27.

③ Jiménez Heffernan, "Unspeakable Phrases: The Tragedy of Point of View in Nadine Gordimer's *Get a Life*", *Research in African Literatures*, Vol. 41, No. 4, Winter 2010, p. 106.

的写作中更多采用了 19 世纪现实主义的叙事技巧，诸如强调刻画人物与生存环境的关系，以及探索个体与群体的关系等，但是我们必须也要客观地看到，她的写作为现代主义叙事学做出了重要贡献，有意识地挑战了欧洲的小说观念，在小说叙事策略方面做了非常多值得讨论的实验。① 我们在本章中挑选的这三个角度只是其叙事特点中较为显著的，还有很多叙事手法与价值值得进一步推敲。

---

① Judie Newman, *Nadine Gordimer*, London：Routledge, 1988, p. 13.

结语　被低估了的南非国宝级
女作家纳丁·戈迪默

　　1991 年，南非女作家纳丁·戈迪默（Nadine Gordimer, 1923—2014）在被提名六次后，获得诺贝尔文学奖。瑞典文学院的授奖词对她做了这样的介绍，"她是南非人，她的母亲是英国人，她的父亲是立陶宛人。她生于 1923 年，她的作品包括长篇小说和短篇小说，种族隔离社会的种种后果构成了她的作品的主题"。① 这位被誉为南非文学的良心的南非国宝级作家，出生于德兰士瓦的斯普林斯商人之家，9 岁开始写作，14 岁即发表作品，1948 年出版第一部短篇小说集，1953 年出版第一部长篇小说《说谎的日子》，在南非文坛崭露头角，直至 2014 年她在家中平静去世，漫长的一生笔耕不辍，共发表长篇小说近二十部、短篇小说二百余篇、戏剧 1 部，还有二百多篇散文、随笔、政论文等。20 世纪 90 年代中期之前，也就是南非废除种族隔离制度之前，她的作品保持了基本一致的主题，即反对种族歧视和种族隔离制度，描述种族隔离制度带来的种种后果。其作品因为政治立场而遭到南非当局的查禁，但她始终满怀勇气，直面现实，为正义、自由而发声。南非种族隔离制度被废除之后，戈迪默的创作视野更加多元而广阔，

---

① 胡德奖：《纳丁·戈迪默获 1991 年度诺贝尔文学奖》，《外国文学研究》1991 年第 4 期。

《偶遇者》（2002）、《新生》（2005）展现了她在全球化时代面对科技、经济发展、伦理问题新的探索。戈迪默一生获得了二十多个具有国际影响力的文学奖项，曾三次获得南非最高文学奖 CAN 奖，还获得过英国布克文学奖、法兰西国际文学大金鹰奖、美国现代语言协会奖等文学大奖，并于 1991 年荣获诺贝尔文学奖，成为南非第一位、非洲第三位获此殊荣的作家。可以说戈迪默一生著作等身、成就卓著。国外对戈迪默的研究一直方兴未艾，剑桥、牛津的论文数据库显示，2014 年戈迪默去世之后还有一千多篇有关戈迪默研究的论文出现。她在国际知识界具有极高的人格魅力与感召力，2004 年曾为艾滋病防治公益事业振臂高呼，马尔克斯、阿特伍德、大江健三郎、伍迪·艾伦等二十多位世界顶级作家积极响应，合作出版《爱的讲述》，将全部收入捐赠给南非的艾滋病防治组织。

以戈迪默的成就、地位，以及同为亚非拉文学圈，与中国文学界按理说有着天然的亲近性，但是这样一位极具个人魅力与国际影响力的作家，在国内却没有赢得与其分量相当的重视，并未引起评论界以及普通读者太多的关注。而同为南非的诺贝尔奖得主库切，却在中国形成了阅读和研究的一个庞大群体，戈迪默的被冷遇，就颇为引人深思（具体国内研究过程，参考本书的"绪论"部分）。2014 年，戈迪默和马尔克斯两位诺贝尔文学奖获得者同年去世，马尔克斯的作品在国内出现一个不小的阅读高潮。但是面对戈迪默的去世，国内评论界显得非常平静，这个名字对普通读者而言显得颇为陌生。曾经采访过戈迪默的《人民日报》驻南非首席记者李新烽认为，造成这一现象的主因是"我国翻译界、评论界对戈迪默及其作品的系统翻译、深入研究不够；且她不曾到过中国，未曾在中国扩大自己的影响"。那么为什么我国翻译界没有对其作品进行系统的翻译介绍呢？这又是一个意味深长的问题。我认为这几个因素尤为重要，那就是与我国外国文学研究界整体对非洲文学的忽视有关，更与戈迪默的创作特点及 20 世纪

80 年代中期以来我们的文学阐释范式有关。

戈迪默走了一条与 20 世纪西方文学创作主流颇为不同的道路，与大多数作家明确表示自己的创作远离政治不同，戈迪默这样描述自己，"我的人生有两个角色，一个是作家的角色，另一个是为南非的自由而奋斗的角色"①，她以反种族隔离制度为己任，是曼德拉的亲密伙伴，她曾与南非非国大的成员并肩作战，曾掩护黑人政治领袖避难，曾于 1986 年出庭作证，使 22 名非国大成员免于死刑。因此 1948 年南非国民党在大选中获胜、1957 年的叛国大审判、索韦托事件等都在戈迪默的作品中留下深刻印记。因此难免有评论者会猜测戈迪默的获奖与她的政治立场有关，戈迪默回应说："我始终是个作家，我坚信，这也是我存活于这个世上的理由和动力。"但客观来看，政治在她的创作中占据重要的位置，政治也极大地提高了她的名声，作家在亲身经历政治时，其想象力被真正激发，从而完全投入政治的精神中。她曾引用叶芝的话——历史的重要关头有一种可怕的美丽，人们寻找新秩序，使人回归本性，一种天赋权利的状态。作家可以拒绝服从一切正统，可以拒绝走一切政党路线，但是我们不能拒绝已知责任——作家必须在这种无法避免的与政治的关系中，在沉沉黑夜中寻找智慧。毋庸置疑，戈迪默的一生及其创作都与政治的距离很近，这构成了她创作的现实基础。库切这样评价她，"作为一个作家，一个社会个体，戈迪默以表率性的勇气及开创性的力量，直面她所在时代的巨大挑战——无情禁锢南非人民的种族隔离制度。她视十九世纪伟大现实主义作家为典范，并从中汲取养分，用自己的丰硕作品塑造了一个不可磨灭的二十世纪晚期南非的缩影"。② 而她备受赞誉的政治性和现实主义或许正是她在中国受到冷遇的重要原因。对此的考量必须回到

---

① ［南非］纳丁·戈迪默：《在希望与历史之间》，汪小英译，漓江出版社 2016 年版，第 4 页。
② J. M. Coetzee, *Gordimer and Turgenev, Stranger Shores: Essays, 1986—1999*, London: Seeker & Warburg/Random House, 2001, p. 282.

戈迪默在中国的接受史中，回到 20 世纪 80 年代以来中国文学批评的语境中寻找答案。

　　20 世纪 80 年代我国文艺理论界的"去政治化"是一个非常重要的范式转变。中华人民共和国成立之后的文学批评基本是在《在延安文艺座谈会上的讲话》的指引下发展的，由于当时的国内国际政治经济形势，决定了文学批评服务于政治与政策；在"文革"期间，"政治挂帅"使文艺阐释成为意识形态和政治阐释的同义语，成为政治的宣传和附属品。而在 80 年代后，政府根据政治形势的改变提出了"两手都要抓，两手都要硬"的方针来繁荣文化和经济发展，这对文学批评提供了新的发展空间。例如 80 年代中期曾出现过"审美无功利"的大讨论，正是对文学批评被政治捆绑的一种反拨，文学批评开始关注文学自身，因此文学主体性和文学自律论开始登上批评舞台。20 世纪 80 年代促成文学批评转向的还有一个最重要的特征就是主体性的旗帜被高扬——"主体回归"，指的是一种作为个体的主体性，而非 20 世纪 50 年代所崇尚的群体的、均质化的"前现代"或者说"非现代"主体性。在八九十年代，表现为一整套价值观与行为规范的"个人主义"逐渐为人们所接纳的价值观念与行为方式，"审美中心论"在 20 世纪八九十年代的中国应运而生。"审美中心论"是"个人主义"的感性表达；阶级的群体性话语转向个体的自由主义言说，此时的审美现代性、审美自由所激烈批判和反对的是 20 世纪 80 年代之前的阶级政治，把阶级政治与阶级理性作为绝对的他者而予以激烈的批判、否定，转而拥抱市场、资本和中产阶级的生活方式、生活理想。[1] 在这样的转向下，文学和社会的边界被清晰地划分出来，人们试图剥离掉美学观念曾经附着的庸俗经济决定论、政治桎梏、意识形态残余和功利主义成见。审美走向非功利性、纯粹性、自主性、独立性。于是文

---

① 金永兵：《文学定义嬗变的文化分析——近 70 年文学理论发展的一个考察》，《中国人民大学学报》2019 年第 6 期。

学写什么和怎么写都发生了剧烈的变化，现实主义的表现手法与文学本质论都显得老旧狭隘不合时宜，文学创作的形式、手段、技巧成为评判文学的重要标准和尺度。一时间，无论是作品翻译、理论研究还是文学创作，现代派或"先锋文学"都成了一种时髦的追求，在这现代派热潮滚滚而来的态势下，"现实主义"变得又有些灰头土脸、满面尴尬，并被认为"过时"。① 于是在评论界出现一种贬低现实主义文学的极端现象。

进入 20 世纪 90 年代之后，形形色色的当代西方文论话语涌入学界，批评家可资使用的理论越来越多，从结构主义到解构主义，主体概念不断被消解，历史深度消失，作家们力图摆脱意识形态的重负，批评者则追求文学批评的自主性与科学性，抵制文艺为政治服务的工具论，将 20 世纪 80 年代文学批评中的"去政治化"继续推进。评论界以这个标准开始经典"重读"，一些作家借此浮出历史的地表，进入经典行列，一些作家却因此而被拉下神坛，甚至不断被否定、贬低。戈迪默的作品就是在这样一个批评时代进入中国的，很明显她的文学观与此并不契合。她旗帜鲜明地强调创作中的政治性，她曾对安东尼·伯吉斯有关文学是"对世界的美的探索"的定义提出质疑，认为这仅仅是创作的开端，探索远远不止于此。她强调作品的倾向性以及作家到底为谁而写作的问题，激赏切斯瓦夫·米沃什的论点："不为国家或人民服务的诗歌算什么呢？"可见，戈迪默的政治书写与中国文学阐释的去政治化范式在错误的时间相遇，文学价值发生冲突，受到冷遇属于情理之中。

20 世纪 90 年代我国文学批评出现的第二个范式则与消费文化有关。90 年代以来，在市场经济的大潮下，大众消费文化盛行，而市场经济对学术话语的转型有着极大的推动作用。文学与文学批评都被商

---

① 蒋承勇：《现实主义中国传播 70 年考论》，《浙江社会科学》2019 年第 11 期。

品化，不再只是从美学立场出发，而必须要考虑文学的市场效益。文学所面对的是大众消费者，大众追求的是短暂的阅读快感，人们草草地阅读，追求篇幅简短甚至接近碎片的东西，他们拒斥内容艰深、表达晦涩的写作，经典、严肃文学都势必受到一定程度的冷遇。正如童庆炳在90年代指出的，既然是娱乐休闲，大家就愿意看一些通俗的、轻松的、幽默的、微微有点刺激性的东西，而不愿看那些板着面孔教训人的东西，不愿看那些太沉重的东西。戈迪默的作品恰恰就是这种和消费文化极其相反的东西，她有着严肃的社会责任感、强烈的道德感、使命感，不仅始终关注社会现实，而且其思想不断追随着时代发展而前进，在创作上始终坚持现实主义风格与人道主义思想，"始终关注的是南非这个国家以及生活在那儿的人民"，用自己的作品"忠实地反映作家周围的现实"，表现"现实生活中的重大问题如何持久地影响着人们的生活"，其创作中极为严肃的内容，决定了在一个消费文化盛行的时代很难商品化且赢得市场。

即使是在诺贝尔文学奖获奖作家中，戈迪默作品阅读的难度都是比较大的。其作品内容涉及南非的政党、种族制度、后种族时代南非重建、国内混战、殖民主义、新殖民主义等众多政治、历史，甚至哲学问题，对一般读者而言，如果缺少相关历史知识，阅读障碍非常大。同时她的创作的艺术水准非常高，具有19世纪现实主义创作的厚重恢宏，而叙事手法又极为复杂，可以看到乔伊斯、普鲁斯特、加缪、陀思妥耶夫斯基的影子，线索多重、人物繁多、对话性叙事极为跳跃，充满隐喻，其小说根本无法作为消遣娱乐被普通读者接受。戈迪默认为，如果读者在阅读自己的作品时不能完成思维的跳跃，在阅读的时候就会感到困惑，但她认为作为一个读者"读一本书令人兴奋的重要部分就是被唤醒，同时拥有自己的见解"。而这样的创作特点，又加上南非语言混杂，戈迪默虽使用英语写作，但是南非多种语言的痕迹明显，翻译的难度可想而知。因此戈迪默最优秀的小说一直缺少精彩的中译本，例如《伯格的女儿》直至 2018 年才有第一个中译本。

由于上述种种原因，使我们低估了戈迪默的创作价值，她的创作比我们对她的想象更广博，她绝非为政治而写作，她认为政治只是她生活与写作中不可回避的问题，这是南非的现状，一个有担当、有人道关怀的作家是不能回避的。"假如我生活在其他地方，我的作品可能不会过多反映政治，甚至我根本不会去写政治。"① 而我们从她晚期创作来看，的确如此，她在八十多岁高龄还始终保持旺盛且敏锐的创作力，并进行了更多样化的主题探索，尤其是她在生命晚期创作的《偶遇者》《新生》等作品，视野开阔，对于生态、科技、伦理、跨国资本都有自己的思考。

在 20 世纪现代主义几乎成为现代化的别称，多数作家热衷于描写自我，描写抽象、变形、黑暗与梦魇成为时髦的时候，戈迪默毅然采用传统现实主义的方法进行创作，这是艺术上的选择与坚守。近年来中国文学创作和批评界，也开始出现一种回归现实主义文学创作的呼声。事实上，文学创作依然无法回避几个基本问题：文学与现实的关系、文学与政治的关系、文学为谁而写的问题等。随着对现实主义精神的回归，那些严肃的、具有深刻社会批判意识的文学会逐渐重回读者阅读视野，曾因为时代阅读和批评范式的变化而被低估的戈迪默就有被重新阅读的必要：戈迪默作为"有机知识分子"，她所具有的对现实的担当精神、积极入世的写作态度，是值得创作者学习的；非洲当代文学的发展与中国现当代文学之间有一种同为"第三世界文学"的内在相似性，也是需要通过具体作家的研究进行梳理的；在六七十年代之后《在延安文艺座谈会上的讲话》对非洲当代文学的发展有重要影响，"尽管毛泽东从没来过非洲，他的思想却是成为后殖民时期非洲思想论证的一部分"，②

---

① ［南非］纳丁·戈迪默：《在希望与历史之间》，汪小英译，漓江出版社 2016 年版，第 122 页。

② Ngugi wa Thiong'o, "Asia in My Life"，转引自蒋晖《"普遍的启蒙"与革命：〈讲话〉和非洲左翼文学运动》，《现代中文学刊》2022 年第 3 期。

即中、非在文学本质、文学价值的追求上有值得深入互相学习的必要；近两年随着我们对非洲文学整体关注度提高，戈迪默也是一个无法回避的重要研读对象。习近平总书记关于文艺工作的重要论述中，针对中国当代文艺创作中存在的历史虚无、喧哗浮躁等现象，重申了文艺的表现内容、服务对象等基本问题，对文艺的人民性、现实性内涵作出了深刻阐发，文学艺术不能只是消遣，更需要给人以理想与指引。因此整体而言，在我们今天，其实特别需要戈迪默这样的作家：以积极入世的德性伦理意识，对政治问题极为敏锐，毫不回避时代话题，坚持思想启蒙，追求正义，深度剖析人性，并且以极高的艺术水准为这些主题服务。通过阅读纳丁·戈迪默的作品，中国的当代文学研究可以深入思考如何处理历史、政治与想象力的问题，"真诚直面当下中国人的生存现实"，按照美的规律书写中国人的美好生活，塑造中国文学独特的民族风格，发挥文艺的文化创造能量。[1]

---

① 赵学勇：《延安〈讲话〉与中国文艺的文化创造》，《中国社会科学》2022 年第 7 期。

参考文献

一 中文文献

［美］阿里夫·德里克：《后革命氛围》，王宁等译，中国社会科学出版社 1999 年版。

［美］阿里夫·德里克：《跨国资本时代的后殖民批评》，王宁等译，北京大学出版社 2004 年版。

［美］埃里克·吉尔伯特、乔纳森·T. 雷诺兹：《非洲史》，黄磷译，海南出版社、三环出版社 2007 年版。

艾周昌、舒运国等：《南非现代化研究》，华东师范大学出版社 2000 年版。

［美］爱德华·W. 苏贾：《后现代地理学——重申批判社会理论中的空间》，王文斌译，商务印书馆 2004 年版。

［波兰］巴利茨基：《种族主义在南非》，温颖、金乃学译，世界知识出版社 1957 年版。

包亚明主编：《后现代性与地理学的政治》，上海教育出版社 2001 年版。

蔡圣勤、谢艳明：《库切研究与后殖民文学》，武汉大学出版社 2011 年版。

陈凤姣、高卓群：《非洲英语文学在中国的研究》，《非洲研究》2017 年第 1 期。

陈顺馨、戴锦华选编：《妇女、民族与女性主义》，中央编译出版社 2004
　　年版。

陈晓兰：《女性主义批评与文学诠释》，敦煌文艺出版社 1999 年版。

［英］戴维·哈维：《后现代的状况——对文化变迁之缘起的探究》，阎
　　嘉译，商务印书馆 2013 年版。

段枫：《历史话语的挑战者——库切四部开放性和对话性的小说研究》，
　　复旦大学出版社 2011 年版。

费娟：《对〈伯格的女儿〉中主人公罗莎·伯格的身份研究》，硕士学
　　位论文，苏州大学，2010 年。

高岱、郑家馨：《殖民主义史（总论卷）》，北京大学出版社 2003 年版。

高文惠：《戈迪默的自由人文主义观念》，《中国青年政治学院学报》2012
　　年第 5 期。

高文惠：《论黑非洲英语文学中的传统主义创作》，《山东社会科学》2016
　　年第 4 期。

韩超：《论性别/种族之解构——以戈迪默三部小说为例》，硕士学位
　　论文，兰州大学，2017 年。

胡忠青、蔡圣勤：《论戈迪默后期作品的异化主题》，《湖北社会科学》
　　2016 年第 1 期。

黄晖：《非洲文学研究在中国》，《外国文学研究》2016 年第 5 期。

［美］J. M. 布劳特：《殖民者的世界模式：地理传播主义和欧洲中心主
　　义史观》，谭荣根译，社会科学文献出版社 2002 年版。

［法］加斯东·巴什拉：《空间的诗学》，张逸婧译，上海译文出版社 2009
　　年版。

蒋承勇：《"说不尽"的"现实主义"——19 世纪现实主义研究的十
　　大问题》，《社会科学战线》2021 年第 10 期。

蒋承勇：《现实主义文论话语之百年流变与体系建构》，《当代外语研

究》2021 年第 10 期。

蒋承勇：《现实主义中国传播 70 年考论》，《浙江社会科学》2019 年
　　第 11 期。

蒋晖：《从"民族问题"到"后民族问题"——对西方非洲文学研究
　　两个"时代"的分析与批评》，《文艺理论与批评》2019 年第 6 期。

蒋晖：《论非洲现代文学是天然的左翼文学》，《文艺理论与批评》2016
　　年第 2 期。

蒋晖：《载道还是西化：中国应有怎样的非洲文学研究？——从库切
　　〈福〉的后殖民研究说起》，《山东社会科学》2017 年第 6 期。

蒋晖：《中国的非洲文学研究展开的历史前提、普遍形式和基本问题》，
　　《文艺理论与批评》2019 年第 5 期。

金明：《在孤独中走过的生命之旅——解读纳丁·戈迪默的〈无人伴
　　随我〉》，《当代外国文学》2003 年第 4 期。

［南非］康维尔、克劳普、麦克肯基：《哥伦比亚南非英语文学导读
　　（1945—　）》，蔡圣勤等译，武汉大学出版社 2017 年版。

李美芹、姜智强：《戈迪默〈朱赖的族人〉中空间景观的政治隐喻》，
　　《外国语文研究》2018 年第 5 期。

李美琴：《非洲文学中的政治、历史与文化观照》，《北方工业大学学
　　报》2020 年第 8 期。

李鹏涛：《殖民主义与非洲社会变迁》，社会科学文献出版社 2019 年版。

李永彩：《南非文学史》，上海外语教育出版社 2009 年版。

李永彩、隋振华：《纳丁·戈迪默及其创作》，《山东外语教学》1994
　　年第 2 期。

［英］琳达·麦道威尔：《性别、认同与地方——女性主义地理学概说》，
　　徐苔玲等译，（台北）群学出版社 2006 年版。

凌建侯：《巴赫金哲学思想与文本分析法》，北京大学出版社 2007 年版。

刘炳范：《20 世纪南非文学简论》，《国外文学》1999 年第 1 期。

刘鸿武：《初论建构有特色之"中国非洲学"》，《西亚非洲》2010 年第 1 期。

刘鸿武：《非洲文化与当代发展》，人民出版社 2014 年版。

刘鸿武：《黑非洲文化研究》，华东师范大学出版社 1997 年版。

〔美〕刘康：《对话的喧声：巴赫金的文化转型理论》，北京大学出版社 2011 年版。

路庆梅：《论纳丁·戈迪默后殖民写作困境的超越之途》，《当代外国文学》2012 年第 2 期。

〔美〕伦纳德·S. 克莱因：《20 世纪非洲文学》，李永彩译，北京语言学院出版社 1991 年版。

罗钢、刘象愚主编：《后殖民主义文化理论》，中国社会科学出版社 1999 年版。

〔苏〕M. 巴赫金：《陀思妥耶夫斯基诗学问题》，白春仁、顾亚铃译，生活·读书·新知三联书店 1988 年版。

〔英〕玛丽·伊格尔顿编：《女权主义文学理论》，胡敏等译，湖南文艺出版社 1989 年版。

孟悦、戴锦华：《浮出历史地表：现代妇女文学研究》，河南人民出版社 1989 年版。

〔法〕米歇尔·福柯：《疯癫与文明：理性时代的疯癫史》，刘北成、杨远婴译，生活·读书·新知三联书店 2003 年版。

〔法〕米歇尔·福柯：《规训与惩罚：监狱的诞生》，刘北成、杨远婴译，生活·读书·新知三联书店 1999 年版。

聂珍钊：《文学伦理学批评导论》，北京大学出版社 2014 年版。

〔英〕齐亚乌丁·萨达尔：《东方主义》，马雪峰、苏敏译，吉林人民出版社 2005 年版。

钱超英：《"边界是为跨越而设置的"——流散研究理论方法三题议》，《深圳大学学报》2012 年第 5 期。

任一鸣：《后殖民：批评理论与文学》，外语教育与研究出版社 2008
  年版。

任一鸣：《后殖民时代的非洲宗教及其文学表现》，《社会科学》2003
  年第 12 期。

芮渝萍：《美国成长小说研究》，中国社会科学出版社 2004 年版。

芮渝萍、范谊：《成长的风景——当代美国成长小说研究》，商务印书
  馆 2012 年版。

[美] 萨义德，爱德华·W.：《东方学》，王宇根译，生活·读书·新
  知三联书店 1999 年版。

沈艳燕：《国内纳丁·戈迪默研究述评与展望》，《湖州师范学院学报》
  2007 年第 12 期。

[南非] 斯蒂凡·黑格森：《南部非洲文学中的跨国主义：现代主义者、
  现实主义者与印刷文化的不平等》，皮维译，民主与建设出版社
  2015 年版。

宋素凤：《多重主体策略的自我命名：女性主义文学理论研究》，山东
  大学出版社 2002 年版。

孙胜忠：《成长的悖论：觉醒与困惑——美国成长小说及其文化解读》，
  《英美文学研究论丛》2002 年第 1 期。

孙胜忠：《德国经典成长小说与美国成长小说之比较》，《安徽师范大
  学学报》2005 年第 3 期。

孙胜忠：《英美成长小说情节模式与结局之比较研究》，《安徽师范大
  学学报》2014 年第 2 期。

[尼日利亚] 泰居莫拉·奥拉尼央、[加纳] 阿托·奎森主编：《非洲
  文学批评史稿》，姚峰等译，华东师范大学出版社 2019 年版。

谭惠娟、倪志娟编译：《大地的葬礼——南非经典短篇小说翻译与赏析》，
  浙江大学出版社 2018 年版。

陶东风、周宪主编：《文化研究》（第 10 辑），社会科学文献出版社 2010

年版。

陶家俊:《思想认同的焦虑:旅行后殖民理论的对话与超越精神》,中国社会科学出版社 2008 年版。

[挪]陶丽·莫伊:《性与文本的政治:女权主义文学理论》,林建法、赵拓译,时代文艺出版社 1992 年版。

[英]瓦莱丽·肯尼迪:《萨义德》,李自修译,江苏人民出版社 2006 年版。

万君:《纳丁·戈迪默小说创作的创伤主题研究》,硕士学位论文,江西师范大学,2015 年。

王旭峰:《〈无人伴随我〉与后种族隔离时代的"政治正义"》,《当代外国文学》2011 年第 2 期。

王旭峰:《解放政治与后殖民文学——V. S. 奈保尔、J. M. 库切与纳丁·戈迪默研究》,博士学位论文,南开大学,2009 年。

王岳川:《后现代后殖民主义在中国》,首都师范大学出版社 2002 年版。

王政、杜芳琴主编:《社会性别研究选译》,生活·读书·新知三联书店 1998 年版。

王助民、李良玉、陈恩虎等:《近现代西方殖民主义史:(1415—1990)》,中国档案出版社 1995 年版。

[英]温迪·J. 达比:《风景与认同:英国民族与阶级地理》,张箭飞、赵红英译,译林出版社 2011 年版。

夏吉生主编:《南非种族关系探析》,华东师范大学出版社 1996 年版。

夏艳:《非洲文学研究与中非交流与合作》,《云南民族大学学报》2011 年第 2 期。

谢景芝:《全球化语境下的女性主义文学批评》,河南人民出版社 2006 年版。

徐贲:《走向后现代与后殖民》,中国社会科学出版社 1995 年版。

许宝强、罗永生选编:《解殖与民族主义》,中央编译出版社 2004 年版。

杨莉馨：《影响与互动：解构理论与女性主义》，《南京师大学报》2003
　　年第 3 期。

杨玉珍：《中国戈迪默研究论评》，《吉首大学学报》2010 年第 2 期。

姚峰：《阿契贝的后殖民思想与非洲文学身份的重构》，《外国文学研
　　究》2011 年第 6 期。

于文秀：《解构双重话语霸权：第三世界女性主义理论》，《南昌大学
　　学报》（人文社会科学版）2003 年第 3 期。

俞灏东、杨秀琴、俞任远：《非洲文学作家作品散论》，宁夏人民出版
　　社 2011 年版。

[印度] 查特吉，帕尔塔：《民族主义思想与殖民地世界：一种衍生的
　　话语?》，范慕尤、杨曦译，译林出版社 2007 年版。

张德明：《成长、筑居与身份认同——当代加勒比英语文学中的成长
　　主题》，《浙江大学学报》（人文社会科学版）2006 年第 1 期。

张亮、李媛媛：《理解斯图亚特·霍尔》，北京师范大学出版社 2016
　　年版。

张爽：《环境与人性——纳丁·戈迪默〈七月的人民〉解读》，硕士学
　　位论文，吉林大学，2012 年。

张顺洪、孟庆龙、毕健康：《英美新殖民主义》，社会科学文献出版社
　　2007 年版。

张毅：《非洲英语文学》，外语教学与研究出版社 2011 年版。

周乐诗：《民族化的性别和性别化的民族——论戈迪默的长篇小说〈我
　　儿子的故事〉》，《外国文学》2009 年第 4 期。

周兴杰：《他性话语的交汇——论女性主义与后殖民主义的话语融合》，
　　《湖北社会科学》2006 年第 5 期。

朱振武：《"非主流"英语文学的源与流》，《英语研究》2014 年第 9 期。

朱振武：《非洲国别英语文学研究》，华东理工大学出版社 2019 年版。

朱振武、刘略昌：《中国非英美国家英语文学研究的垦拓与勃兴》，《中

国比较文学》2013 年第 3 期。

朱振武、袁俊卿：《流散文学的时代表征及其世界意义——以非洲英语文学为例》，《中国社会科学》2019 年第 7 期。

二　英文文献

Amy Marie Davis, *Goddess Theory and the Heroine's Journey in Woman Warrior: Memoirs of a Girlhood among Ghosts and Burger's Daughter*, Ph. D. California State University, 1999.

Ann Marre Fallon, *Global Crusoe: Comparative Literature, Postcolonial Theory and Transnational Aesthetics*, Aldershot: Ashgate Publishing Ltd. , 2011.

Attwell David, *The Cambridge History of South African Literature*, New York: Cambridge University Press, 2012.

Babapir, N. & F. Parvaneh, "Power, Space and Resistance: Foucauldian Reading of *the Pickup*", *Advances in Language and Literary Studies*, Vol. 6, No. 3, June 2015.

Badr, Y. H. , "Liberalism in the Novels of Nadine Gordimer", *School of Oriental & African Studies*, No. 8, August 2001.

Bagchi Williamson, N. , *Reinscribing Genres and Representing South African Realities in Nadine Gordimer's Later Novels (1979 – 1994)*, Ph. D. Massachusetts: Boston University, 1999.

Barnouw Dagmar, "Nadine Gordimer: Dark Times, Interior Worlds, and the Obscurities of Difference", *Contemporary Literature*, 1994, 35 (2) .

Bazin Nancy Topping, *An Interview with Nadine Gordimer: Contemporary Literature*, Awsconsin: University of Msconsin Press, 1995.

Benjamin Ivry, *Recalling the Humanism of Nadine Gordimer*, Forward, New York: N. Y. 25, July 2014.

Boehmer Elleke, *Stories of Women: Gender and Narrative in the Postcolonial Nation*, Manchester: Manchester University Press, 2005.

Caminero-Santagelo, Byron, and Garth A. Myers, *Environment at the Margins: Literary and Environmental Studies in Africa*, Athens: Ohio University Press, 2011.

Cheryl Stobie, "Representations of the Other Side in Nadine Gordimer's *the House Gun*", *Scrutiny 2: Issues in English Studies in Southern Africa*, Vol. 12, No. 1, 2007.

Clingman Stephen, *The Novels of Nadine Gordimer: History from the Inside*, London: Bloomsbury Publishing Ltd., 1992.

Clingman Stephen, "Surviving Murder: Oscillation and Triangulation in Nadine Gordimer's *the House Gun*", *Modern Fiction Studies*, Vol. 46, No. 1, 2000.

Darby, W., *Landscape and Identity: Geographies of Nation and Class in England*, Oxford: Berg Publishers, 2000.

David Harvey, *The Urbanization of Capital*, Oxford U. K. : Basil Blackwell, 1985.

David Medalie, "The Context of the Awful Event: Nadine Gordimer's *the House Gun*", *Journal of Southern African Studies*, Vol. 25, Iss. 4, 1999.

De Kock, Leon, "South Africa in the Global Imaginary: An Introduction", *Poetics Today*, Vol. 22, No. 2, 2001.

Deborah E. McDowll, *The Changing Same: Black Women's Literature, Criticism, and Theory*, Bloomington: Indiana University Press, 1995.

Denise Brahimi, *Nadine Gordimer: Weaving Together Fiction, Women and Politics*, Claremont: UCT Press, 2012.

Derek A. Barker, "Crossing Lines: The Novels of Nadine Gordimer with a Particular Focus on Occasion for Loving and *the Pickup*", *Literator*,

Vol. 28, No. 3, July 2007.

Dhaka, "Nadine Gordimer: Writer and Anti-apartheid Activist", *The Financial Express*, July 18, 2014.

Diala Isidore, "Nadine Gordimer, J. M. Coetzee, and Andre Brink: Guilt, Expiation, and the Reconciliation Process in Post-Apartheid South Africa", *Journal of Modern Literature*, Vol. 25, No. 2, 2002.

Dimitriu Ileana, "Pathway Under Construction, Spirituality in Unexpected Places: Nadine Gordimer's Recent Fiction", *Journal of Postcolonial Writing*, Vol. 51, No. 1, 2015.

Dimitriu Ileana, "The Civil Imaginary in Gordimer's First Novels", *English in Africa*, Vol. 29, No. 1, 2002.

Dimitriu Ileana, "Then and Now: Nadine Gordimer's *Burger's Daughter* (1979) and *No Time Like the Present* (2012)", *Journal of Southern African Studies*, Vol. 42, No. 6, 2016.

Dominic Head, *Nadine Gordimer*, Cambridge: Cambridge University Press, 1994.

Donaghy Mary, *Not Merely Political: Narrative Perspective in Nadine Gordimer's Later Novels*, Dalhousie University (Canada): ProQuest Dissertations Publishing, 1992.

Dorothy Driver, Ann Dry, Craig MacKenzie and John Read, *Nadine Gordimer: A Bibliography of Primary and Secondary Sources, 1938 - 1992*, Oxford: Hans Zell Publishers, 1993.

Eckstein Barbara, "Nadine Gordimer: Nobel Laureate in Literature, 1991", *World Literature Today*, Vol. 66, No. 1, 1992.

Eleni Coundouriotis, "Rethinking Cosmopolitanism in Nadine Gordimer's *the Conservationist*", *College Literature*, Vol. 33, Iss. 3, (Summer 2006).

Emenyonu, Ernest N., *Diaspora & Returns in Fiction*, Suffolk: James

Currey, 2016.

Engle Lars, "The Political Uncanny: The Novels of Nadine Gordimer", *The Yale Journal of Criticism*, Vol. 2, No. 2, 1989.

Erritouni Ali, "Apartheid Inequality and Post-apartheid Utopia in Nadine Gordimer's *July's People*", *Research in African Literatures*, Vol. 37, No. 4, Winter 2006.

Ettin Andrew Vogel, *Betrayals of the Body Politic: The Literary Commitment of Nadine Gordimer*, Charlottesville: the University Press of Virginia, 1993.

Fatemeh Pourjafari, "The Mirage of the Mirror: A Lacanian Reading of Nadine Gordimer's Loot", *International Journal of Applied Linguistics & English Literature*, Vol. 2, No. 5, 2013.

Flona Ruthven Barnes, *Explorations in Geography, Gender and Genre: Decolonizing Women's Novels of Development*, Ph. D. University of Wisconsin, 1993.

Gayatri Spivak, *A Critique of Postcolonial Reason: Toward a History of the Vanishing Present*, Harvard University Press, 1999.

Gorak Irene, "Libertine Pastoral: Nadine Gordimer's *the Conservationist*", *Novel: A Forum on Fiction*, Vol. 24, No. 3, 1991.

Gray Stephen, *Isolation and Connection in Gordimer's Art*, New York Times, October 10, 1981.

Green Robert, "From the Lying Days to *July's People* the Novels of Nadine Gordimer", *Journal of Modern Literature*, Vol. 14, No. 4, Spring 1988.

Head Dominic, *Nadine Gordimer*, New York: Cambridge University Press, 1994.

Henri Lefebvre, *The Production of Space*, Transl. by Donald Nicholson-Smith, Oxford U. K.: Black well Ltd., 1991.

Henri Lefebvre, *The Survival of Capitalism*, Trans. Frank Bryant, London: Allison & Busby, 1976.

Ibironke Olabode, *Remapping African Literature*, Hampshire: Palgrave Macmillan, 2018.

Ilene Durst, "The Lawyer's Image, the Writer's Imagination: Professionalism and the Storyteller's Art in Nadine Gordimer's *the House Gun*", *Cardozo Studies in Law and Literature*, Vol. 13, No. 2, Fall 2001.

Iomberg Alan R. , *Withering into the Truth: A Study of the Novels of Nadine Gordimer*, Ph. D. University of Windsor (Canada), 1973.

Ismail, S. Talib, *The Language of Postcolonial Literatures: An Introduction*, London: Routledge, 2002.

Jeyifo Biodun, "An Interview with Nadine Gordimer", *Callaloo*, Vol. 16, No. 4, 1993.

Jill, L. Purcell Piggott, *Writing Against the Law: Nadine Gordimer's Fiction*, Ph. D. State of New Jersey: Drew University, 1999.

Jiménez Heffernan, "Unspeakable Phrases: The Tragedy of Point of View in Nadine Gordimer's *Get a Life*", *Research in African Literatures*, Vol. 41, No. 4, Winter 2010.

John Cook, *The Novels of Nadine Gordimer: Private Lives/Public Landscapes*, Baton Rough: Louisiana State University Press, 1985.

John Cook, "African Landscapes: The World of Nadine Gordimer", *World Literature Today*, Vol. 52, No. 4, 1978.

Judie Newman, *Nadine Gordimer*, London: Routledge, 1988.

Judie Newman, *Nadine Gordimer's Burger's Daughter: A Casebook*, London: Routledge, 2003.

J. Cooke, *The Novels of Nadine Gordimer: Private Lives/Public Landscapes*, Louisiana: Baton Rouge, 1985.

J. U. Jacobs, *Diaspora and Identity in South African Fiction*, Pietermaritzburg: University of Kwazulu-Natal Press, 2016.

Karen Lazar, "Jump and Other Stories: Gordimer's Leap into the 1990s: Gender and Politics in Her Latest Short Fiction", *Journal of Southern African Studies*, Vol. 18, 1992.

King Bruce, *The Late Fiction of Nadine Gordimer*, London: the Macillan Press Ltd., 1993.

Laura Winkiel, Safundi, "Immigration and the Practice of Freedom in Nadine Gordimer's *The Pickup*", *The Journal of South African and American Studies*, Vol. 10, No. 1, January 2009.

Leewenburg Rina, "Nadine Gordimer's *Burger's Darughter*: Why Does Rosa Go Back", *New Literature Review*, Vol. 14, 1985.

Levy Judith, "Narrative as a Way of Being: Nadine Gordimer's *the Conservationist*", *Journal of Literature and the History of Ideas*, Vol. 4, No. 2, 2006.

Luzia Maria Caraivan, "A Return to Senses: The Healthy Self in Nadine Gordimer's Writing", *Romanian Journal of English Studies*, Vol. 9, Iss. 1, December 2012.

Luzia Maria Caraivan, "Nadine Gordimer: Familiar Tales from South Africa", *Romanian Journal of English Studies*, Vol. 11, Iss. 1, 2014.

L. R. Furst, *All is True: The Claims and Strategies of Realist Fiction*, Durham: Duke University Press, 1995.

M Davies, *Third World, Second Sex: Women's Struggles and National Liberation: Third World Women Speak Out*, London: Zed Press, 1983.

Mallika, "Racial Discrimination in Nadine Gordimer's *A Sport of Nature* and *The Pickup*", *Language in India*, Vol. 17, No. 12, 2017.

Michael Thorpe, "The Motif of the Ancestor in *the Conservationist*", *Research in African Literatures*, Vol. 14, No. 2, Summer 1983.

Millett Kate, *Sexual Politics*, Chicago: Univeristy of Illinois Press, 2000.

Miranda Fricker & Jennifer Hornsby, *The Cambridge Companion to Feminism in Philosophy*, Cambridge: Cambridge University Press, 2000.

Morgan Robin, *The Word of a Woman: Selected Prose 1968 – 1993*, London: Virago, 1993.

Mount Dana C. , "Playing at Home: An Ecocritical Reading of Nadine Gordimer's the Pickup", *A Review of International English Literature*, Vol. 45, No. 3, 2014.

Nancy Topping Bazin and Marilyn Dallman Seymou, *Conversations with Nadine Gordimer*, Jackson and London: University Press of Mississippi, 1990.

Neill Michael, "Translating the Present: Language, Knowledge, and Identity in Nadine Gordimer's *July's People*", *Journal of Commonwealth Literature*, Vol. 25, No. 1, 1990.

Obiwu Iwuanyanwu, *In the Name of the Father Lacanian Reading of Four White South African Writers*, Ph. D. Syracuse: Syracuse University, 2011.

Okolo, M. S. C. , *African Literature as Political Philosophy*, New York: Palgrave Macmillan, 2007.

Patrick Lenta, "Executing the Death Sentence: Law and Justice in Alan Paton's Cry, *the Beloved Country* and Nadine Gordimer's *the House Gun*", *Current Writing: Text and Reception in Southern Africa*, Vol. 13, No. 1, 2011.

Peter D. McDonald, *Apartheid Censorship and Its Cultural Consequences*, New York: Oxford University Press, 2009.

Plummer Carolyn K. , "Tomorrow's South Africa: Nadine Gordimer's *July's People*", *English Journal*, Vol. 79, No. 3, 1990.

Powell Edward, "Equality or Unity? Black Consciousness, White Solidarity, and the New South Africa in Nadine Gordimer's *Burger's Daughter* and *July's People*", *Journal of Commonwealth Literature*, Vol. 54, Iss. 2, 2019.

Prigan, C. L. , *Redeeming History in the Story*: *Narrative Strategies in the Novels of Anna Seghers and Nadine Gordimer*, The Ohio State University, 1991.

Rasebotsa Nobantu Nkwane Lorato, *The Language of Possibilities*: *Domination and Demythicization in Gordimer's Art*, Ph. D. State University of New York at Stony Brook, 1988.

Rebecca Fasselt, "Where to Locate the Self Gendered Hospitality, African Immigration and White Self-Renewal in Nadine Gordimer's *the Pickup*", *Journal of Literary Studies*, Vol. 32, No. 2, 2016.

Riach Graham K. , "The Late Nadine Gordimer", *Journal of Southern African Studies*, Vol. 42, No. 6, 2016.

Rita Barn ard, *The Keeper of Metamorphosis*: *Nadine Gordimer*, Development and Change, Vol. 46, Iss. 4, (July 2015).

Robin Visel, "Othering the Self: Nadine Gordimer's Colonial Heroines", *Review of International English Literature*, Vol. 19, Iss. 4, 1988.

Ruth A. H. Lahti, "The Essential Gesture as Transnational Gesture in Nadine Gordimer's *the Pickup*", *Current Writing*: *Text and Reception in Southern Africa*, Vol. 25, Iss. 1, May 2013.

Sasha Gear, "Imprisoning Men in Violence: Masculinity and Sexual Abuse: A View from South African Prisons", *SA Crime Quarterly*, Vol. 33, No. 1, September 2010.

Seonjoo Park, "Politics, Imagination and Every Day Life in Nadine Gordimer's *The Pickup*", in Michael Schoenhals, *Imagining Mass Dictatorships*, Palgrave Macmillan UK, 2013.

Silvio Torres-Saillant, *Caribbean Poetics*: *Toward an Aesthetic of West Indi-*

an Literature, Cambridge: Cambridge University Press, 1996.

Spain Andrea, "Event, Exceptionalism, and the Imperceptible: The Politics of Nadine Gordimer's *the Pickup*", *Modern Fiction Studies*, Vol. 58, No. 4, 2012.

Stefan Helgesson, *Writing in Crisis: Ethics and History in Gordimer Ndebele and Coetzee*, Scottsville: University of Kwa Zulu, 2004.

Sue Kossew, "Beyond the National: Exile and Belonging in Nadine Gordimer's *the Pickup*", *Scrutiny 2*, No. 1, 2003.

Thorpe Michael, "The Motif of the Ancestor in *the Conservationist*", *Research in African Literatures*, Vol. 14, No. 2, 1983.

Wale Adebanwi, *Writers and Social Thought in Africa*, London and Newyork: Routledge, 2016.

Weinhouse Linda, "The Deconstruction of Victory: Gordimer's *a Sport of Nature*", *Research in African Literatures*, Vol. 21, No. 2, 1990.

Wolski Marja, *Violence in Apartheid and Post-Apartheid Literature: Nadine Gordimer's Burger's Daughter and J. M. Coetzee's Disgrace*, Ph. D. University of Helsinki, 2018.

附录　戈迪默创作年表

戈迪默发表的长篇小说包括：

出版年份、英文名、通行中文译名

1953　*The Lying Days*　说谎的日子

1958　*A World of Strangers*　陌生人的世界

1963　*Occasion for Loving*　恋爱时节

1966　*The Late Bourgeois World*　已故的资产阶级世界

1970　*A Guest of Honour*　贵客

1974　*The Conservationist*　保守的人

1979　*Burger's Daughter*　伯格的女儿

1981　*July's People*　七月的人民

1987　*A Sport of Nature*　自然变异

1990　*My Son's Story*　我儿子的故事

1994　*None to Accompany Me*　无人伴随我

1998　*The House Gun*　家藏的枪

2001　*The Pickup*　偶遇者

2005　*Get a Life*　新生

2012　*No Time Like the Present*　最好的时光是现在

短篇小说包括：

出版年份、英文名、通行中文译名

1949　*Face to Face*　面对面　*Town and Country Lovers*　城市与乡下的恋人们

1952　*The Soft Voice of the Serpent*　毒蛇的温柔声音

1956　*Six Feet of the Country*　六尺土

1956　*Which New Era Would That Be?*　将是怎样的新时代

1960　*Friday's Footprint*　星期五的足迹

1965　*Not for Publication*　不为发表

1970　*Livingstone's Companions*　列文斯通的伙伴们

1975　*Selected Stories*　故事选

1978　*No Place Like：Selected Stories*　没有这样的地方故事选

1980　*A Soldier's Embrace*　战士的拥抱

1984　*Something Out There*　那有什么事情

1984　*Correspondence Course and Other Stories*　函授课程及其他故事

1988　*The Moment Before the Gun Went Off*　枪响前的时刻

1989　*Once Upon a Time*　从前

1991　*Jump：And Other Stories*　跳跃

1992　*Why Haven't You Written：Selected Stories 1950—1972*　为什么不写信给我

1992　*Something for the Time Being*　暂时的事情

2003　*Loot and Other Stories*　战利品和其他故事

2007　*Beethoven Was One-Sixteenth Black*　贝多芬是 1/16 黑人